Théâtre

Modes d'approche

Dans la même collection :

Lettres françaises de Belgique — Mutations.
Éditions Universitaires, Bruxelles, 1980

Le Théâtre chinois
Camille Poupeye

Le Monde de Paul Willems
Textes, entretiens, études rassemblés par Paul Emond, Henri Ronse et Fabrice van de Kerckhove

Maeterlinck — Introduction à une psychologie des songes et autres écrits (1886-1896)
Textes réunis et commentés par Stefan Gross

Écritures de l'imaginaire
Dix études sur neuf écrivains belges

Les Écrivains belges et le socialisme (1880-1914)
Paul Aron

Constant Malva — Correspondance (1931-1969)
Édition établie et annotée par Yves Vasseur

Marie Gevers — Correspondance
Lettres choisies et annotées par Cynthia Skenazi

Le Cru et le faisandé
Sexe, littérature et discours social à la Belle Epoque
Marc Angenot

Charles Van Lerberghe : Lettres à Albert Mockel
Édité et annoté par Robert Debever et Jacques Detemmerman (2 tomes)

Vers une Synthèse esthétique et sociale
Marcel-Louis Baugniet

Grandeur et misères d'un éditeur belge : Henry Kistemaeckers (1851-1934)
Colette Baudet

Théâtre
Modes d'approche

sous la direction de

André Helbo, J. Dines Johansen,
Patrice Pavis, Anne Ubersfeld

avec la collaboration de :

Marvin Carlson, Marco De Marinis, Svend Erik Larsen,
Ane Grethe Østergaard, Franco Ruffini, Lars Seeberg

Archives du Futur

EDITIONS LABOR
MERIDIENS KLINCKSIECK

Couverture : Stéphane Lœckx

D/1987/258/38
ISBN 2-8040-0252-7
L 906314

Ce volume est publié avec le concours de l'Office européen de la Coopération en Education et l'aide de la Communauté française de Belgique.

Sommaire

Avant-propos

Production textuelle ou événement en représentation, le théâtre fait aujourd'hui l'objet de sollicitudes nouvelles. Les sociologues dévoilent la dramaturgie du quotidien, les linguistes rappellent le poids des métaphores spectaculaires dans les structures verbales, les neurochimistes parlent de fonctions théâtrales, ces nouveaux universaux du comportement. Les praticiens mêmes évoquent leur expérience, s'associent aux hommes de science, multiplient les recherches sur l'opéra, la danse, le cirque, la performance.

Ce regain de faveur fait d'autant plus cruellement ressentir la difficulté que pose toute pédagogie du fait théâtral. Est-ce pour cette raison que jamais traité scientifique ne tenta d'introduire à la théâtrologie ? Quatre chercheurs, impliqués chacun dans une tradition et un engagement universitaire spécifiques, ont relevé le défi et proposent un travail dont la vocation est double :

— elle est propédeutique et aborde les applications des théories scientifiques au phénomène spectaculaire ;

— elle est pluridisciplinaire, assumant, par la diversité des regards, la complexité même de l'événement théâtral aujourd'hui.

Le présent volume résulte d'une initiative de l'Université libre de Bruxelles qui, en 1983 et 1984, obtint l'aide de l'Office européen de la Coopération en Education pour coordonner un enseignement programmé (PCE) relatif aux arts du spectacle ; grâce à la collaboration de l'Institut d'Etudes théâtrales (Université de Paris III) et de l'Université d'Odense (Danemark), des modules d'enseignement furent évalués, confrontés, soumis à la concertation de nombreux collègues et au dialogue de 600 étudiants par année. Les résultats de cette expérience, confortés par la participation des universités de Bologne et d'Indiana, se trouvent ici rassemblés, sous forme variée : état présent des recherches, bilan méthodologique et terminologique, questionnaires et études de cas. La publication de ce manuel reflète à la fois une concertation internationale et sa pluralité culturelle ; elle signale aussi des convergences institutionnelles qui débouchent déjà sur des stages et séminaires offerts aux étudiants par les institutions partenaires ; puisse-t-elle enfin par les promesses qu'elle ouvre constituer un apport utile à tous ceux qu'intéresse la pratique théâtrale.

I

Les sciences du spectacle

1. Enjeux

De nombreuses disciplines s'intéressent aux arts du spectacle. Chacune, selon ses priorités, privilégie telle ou telle pratique ; au point que la typologie suivante peut être établie.

a) Les recherches empiriques visent à réunir les enseignements de la tradition théâtrale. Délaissant les hypothèses théoriques, elles concernent surtout la *notation* (de gestes, mouvements, mimiques, espaces et des déclamations), le travail du comédien, les indications de régie. Emanant des gens de théâtre eux-mêmes, ces traités n'échappent pas toujours aux présupposés métaphysiques : codes des émotions spectaculaires au XVIIIe s, code des expressions spectaculaires (dramaturgie de Hambourg, écrits de Lessing, Goethe, Schiller...) par la suite. A travers certaines tendances contemporaines (« l'anthropologie » théâtrale d'Eugenio Barba), s'esquisse une rencontre entre « la pratique théâtrale » et la science : le propos abandonne les rhétoriques ponctuelles au profit de modèles plus généraux portant sur la théâtralité. De plus, les dramaturges du XXe s. ont eux-mêmes tenté d'assumer des démarches qu'on aurait pu croire assignées aux disciplines scientifiques. En témoignent d'abord les préoccupations sociologiques : conquête de publics populaires, décentralisation, choix de lieux créatifs, rapport avec l'animation culturelle. Les projets sémiotiques se multiplient dans la revendication des metteurs en scène : travail sur les couches de signification, neutralisation du personnage, performances, appels au public. Faut-il évoquer enfin cette tendance de plus en plus contemporaine qu'éprouve la scène à offrir la mise en spectacle de son fonctionnement ? Par ailleurs, l'apparition de nouveaux métiers de la scène (scénographes) dotés de connaissances spécialisées (décors, éclairages, focalisations) stimule parallèlement des travaux faisant appel à des savoirs technologiques : architecture, électronique (polyester, télécommandes, fiches perforées, laser) voire informatique (télématique, micro-informatique).

b) Les sciences humaines fournissent des approches et des méthodes spécifiques qui dépassent l'application des méthodologies générales.

— L'histoire étudie les conditions déterminant la genèse des spectacles. Elle aide au repérage et à l'identification des signes. Elle souligne à quel point pratiques scéniques, publics, objets, techniques portent des *marques,* exploitent ponctuellement des formations sociales et idéologiques, des « codes ».

— La philosophie étudie les arts de la représentation sous plusieurs angles : rapport au temps et à l'existence (l'imposture, l'inauthenticité sartrienne). Dans la foulée des travaux de Gouhier, l'*esthétique* tente de cerner l'essence du théâtre. Plus récemment, des critériologies plus vastes (T. Kowzan : *Littérature et spectacle)* situent le théâtre dans le système des arts et s'orientent vers une poétique cernant les catégories du théâtre (l'utopique, le *comique),* et abordant la théorie des genres. C'est l'ambition d'André Veinstein.

— La critique d'interprétation, héritière de la philologie et de la critique littéraire, pose un certain nombre de choix théoriques dont les indices seront repérés dans le texte ou dans les autres supports de manifestation (mise en scène, jeu des comédiens, costumes, etc.) afin de dégager une signification globale conforme ou non aux hypothèses de départ.

— La dramaturgie, au sens contemporain, aborde la relation entre les moyens d'expression (matériaux de la fable, espace et temporalité scénique, dispositifs formels) et la « vision du monde ».

— La psychologie s'intéresse au travail de l'acteur (en analysant plus rigoureusement le « dédoublement », le « naturel » évoqués intuitivement par les praticiens) et à l'activité du spectateur. Elle a particulièrement développé ses moyens d'investigation (Maryvonne Saison : *Imaginaire imaginable*) depuis l'apparition du psychodrame. Les valeurs psychothérapeutiques du spectacle ont été mises en évidence et ont ouvert la voie tant à des expériences de création qu'à des recherches critiques (relatives au théâtre, à la danse, aux marionnettes). La psychanalyse a fourni, notamment sur le jeu et sur le drame, des études importantes dans le domaine théâtral.

— La sociologie applique ses méthodes (interviews, enquêtes, statistiques) à la réception du spectacle : conditions de perception, composition des

publics (goûts, besoins, pratiques de consommation culturelle), rapport au lieu d'implantation. Plus largement elle situe le rôle socio-culturel du théâtre dans une politique des loisirs, dans une politique culturelle, voire aborde la relation entre théâtralité et vie quotidienne (Duvignaud, Goffman, Debord, Bourdieu). L'analyse de la demande (taux d'audience, fréquentation) relève aussi de paramètres économiques (volume d'audience au sein d'une aire géographique par unité de temps, déterminants de la demande, évolution et articulation éventuelle à une théorie de l'habitus).
— La sémiologie aborde l'activité spectaculaire construite à partir de systèmes de signes organisés en ensembles signifiants d'une certaine manière. Elle englobe à la fois la production, la réception et les modèles du spectacle. Sa vocation est double : aborder le fonctionnement de l'objet qu'elle étudie et la circulation des systèmes des signes dans le réseau socio-culturel. A ce titre, elle se veut essentiellement propédeutique : dialoguant avec les sciences et évaluant leur pertinence.
c) Les sciences dures consacrent de plus en plus d'attention à l'étude du spectacle. Les biologistes et les neurochimistes assimilent le spectacle à une fonction « comportementale » (Laborit) correspondant à des programmes génétiques mis en forme par l'environnement (simulacre, rite, parade présentent des rythmes comparables). Ces systèmes biologiques peuvent être « modélisés » grâce aux mathématiques (René Thom). La physique, l'acoustique, intéressées au théâtre en tant que « science du vivant » (Pradier), ont apporté ces dernières années des contributions originales.

2. Les moyens d'investigation

Les moyens d'investigation dont on dispose aujourd'hui ont sans doute évolué ; ils demeurent cependant tributaires de l'hypothèse théorique qui les sous-tend.
a) Les questionnaires et méthodes d'enquête sont orientés vers l'étude externe (décodage du public par essais et erreurs, etc.). Le présent recueil proposera cependant de nouvelles tentatives.
b) Les techniques de fixation de l'image posent le problème de la captation et, plus fondamentalement, de l'analyse menée code par code ou selon une perspective globale. *La photo* constitue chronologiquement le premier témoin ; on sait toutefois qu'elle constitue elle-même un mode d'écriture dont la grammaire a pour noms angle de vue, choix de l'objectif, luminosité et profondeur du champ. Moins qu'un garant objectif, elle fournit plutôt un prétexte de recréation. La même remarque concerne la *dia-*

positive. Compte tenu de ces restrictions, les techniques permettent l'étude en *coupes* transversales et peuvent rendre compte d'une atmosphère ou d'un public. *Le film* apporte la dynamique de ses codes au risque parfois de trahir une mise en scène statique, certaines expériences de Bablet l'ont démontré. La vision de l'événement théâtral par la (les) caméra(s), l'impossibilité de saisir du même geste la réception du spectateur limitent la valeur de la captation. En revanche, la trace conservée affine l'analyse : le travail de répétition (Vitez : les répétitions de *Vendredi*) peut être cerné de plus près dans le mouvement même de son évolution. L'enregistrement magnétoscopique *par vidéo* appelle les mêmes remarques encore qu'il puisse, par sa souplesse, se rapprocher mieux de la rigueur documentaire. Globalement, ces techniques s'inscrivent dans les progrès *documentaires* réalisés dans le domaine du spectacle : la mémoire théâtrale s'est considérablement affinée ; l'action concertée menée en bibliothèques confirme d'ailleurs cette évolution (p. ex. la recherche menée par la SIBMAS sur les traits pertinents du spectacle à consigner sur *fiche*). Elles fournissent aussi des procédures d'*investigation* plus précises.

3. La terminologie

La terminologie utilisée par les chercheurs est loin de recouvrir des significations univoques. Il n'est pas inutile de parcourir d'emblée l'appareil lexical de la théâtrologie et de décrire son champ sémantique.

— Le terme *théâtre* (étymologie theatron : lieu d'où l'on voit, hémicycle entourant l'orchestre) désigne le lieu social (édifice ou aire de jeu) ou le public (« amuser le théâtre »).

— Le vocable *spectacle* (étymologie spectare : regarder) présente deux définitions : stricto sensu, il désigne la partie *visible* de la pièce ; largo sensu, il évoque la marque symbolique isolant un pan du spectaculaire considéré comme la trame de notre culture.

— L'appellation de *représentation* (étymologie repraesentatio, action de mettre sous les yeux, tableau) est souvent rapportée à l'opposition platonicienne *mimesis* vs *diégèse*. Elle souligne le caractère événementiel du théâtre censé rendre présent tout en substituant quelque chose à quelque chose ; ce paradoxe, qui renvoie à l'*illusion* et à la *convention,* rappelle que le théâtre reconstitue sans faire disparaître l'objet représentant. De plus, la représentation définit le théâtre non en termes de relation assumée par un narrateur mais sous forme de fable offerte au *spectateur* par *les langages dramatiques*.

— Le mot *acteur* (étymologie : hypokrinomai : répliquer, expliquer, jouer un rôle) renvoie au *rôle* et par dérivation à la ruse. Le lexème porte ainsi la marque du statut du comédien, tour à tour honni et réhabilité selon les aléas de l'histoire. La constellation lexicale qui lui est associée fait apparaître aussi le *jeu* et le *code* théâtral ; cette corrélation est perçue aujourd'hui comme significative de la fonction sociale de l'acteur : celle d'imiter un rôle qui n'est pas le sien, de théâtraliser un rôle social renvoyant à d'autres codes que le sien. Comme le bouffon, le sorcier ou le fou, l'acteur confronte le groupe à un imaginaire inconnu et dévoile des codes. Monstre de l'écriture, de l'esthétique et de l'idéologie, l'acteur sera défini par le jeu (exprimant ou non une émotion personnelle), le transfert d'identité, le code social.

4. Méthodes

A. Les moyens d'expression

ou supports de manifestation, constituent dans leur majeure partie l'objet de réflexion choisi par les praticiens ; en dehors du message esthétique ou parallèlement à la démarche concernant la fonction du spectacle, les metteurs en scène portent leur discours sur les points suivants :
— le texte : pour certains, il constitue une partition précédant le spectacle ; pour d'autres, il n'existe que dans sa dimension verbalisée et dans sa relation avec d'autres codes de la représentation. Répétable, perdurable, le texte se trouve transformé notamment en voix, en parole éphémère au cours du spectacle. Cette mutation justifie le distinguo entre texte dramatique (écrit) destiné à la lecture, texte de régie (didascalies, indications scéniques), texte théâtral (ensemble destiné au jeu). L'histoire du théâtre fournit nombre de cas limites où le texte de régie a fonction dramatique (Beckett : *Actes sans paroles ;* Cocteau : *La voix humaine).* On convient aujourd'hui de décrire la représentation comme le tissage du texte dramatique et du texte de la tradition (corpus produit par les metteurs en scène).
— La parole pose le problème du pouvoir du langage. Elle sera donc abordée dans son intrication avec d'autres codes de la représentation :
a) le geste : support du langage ou autonome, précédant le verbe (lazzi de Marivaux) ou le suivant, tenant parfois lieu de décor. Le mouvement peut être symbolique (codé), traduire visuellement des rapports (Beckett), servir à planter un décor (Meyerhold) ;

b) la mimique, support de focalisation, sera lue aussi en fonction d'une esthétique globale ;
c) les accessoires (objet, costume, maquillage, coiffure, masque) se situent également vis-à-vis de la fable, du projet scénique (vérisme, symbolisme, neutralité) et contribuent à l'empilement des significations.
— La scénographie :
a) l'éclairage peut soutenir les focalisations, englober ou exclure une salle par rapport à l'aire de jeu ; de la lampe à huile aux réflecteurs, de l'éclairage électrique au laser, les progrès technologiques ont profondément modifié le rôle de ces techniques ;
b) il en va de même des éléments musicaux et du bruitage : appoint d'atmosphère (Antoine), rythme de l'action (Wagner) ou personnage (Beckett), la musique peut aussi délimiter l'espace (Arrabal) ou ponctuer la durée ;
c) le décor pose le problème de l'organisation scénographique dans son ensemble : mimétique ou symbolique, il peut aussi être dynamique (Craig) ou statique (Antoine), souligner la plasticité des corps (Appia) ou disparaître (Copeau, Vilar, Grotowski). On assimile souvent le théâtre du XXe siècle à une « marche vers le vide ».
— La relation scène/salle pose le problème de l'esthétique théâtrale et de la formation du comédien. Le spectacle sollicite ou non la participation de ses destinataires (communion chez Vilar, provocation, culpabilisation, remise en cause des présupposés, identification, appel d'intervention ou de contrôle) ; l'apprentissage auquel sera soumis l'acteur varie en conséquence : analyse par le jeu des mécanismes du quotidien, traduction de mythes universels, exploitation de la sensibilité, connaissance de soi, part d'improvisation, acceptation ou refus du hasard, etc.

Les tableaux des pages 18 et 19 marquent quelques étapes de la réflexion dramaturgique prise en compte par quelques praticiens importants.

La description qui vient d'être faite procède par relevés/notations empiriques : elle concerne les matériaux (éléments scéniques, couleurs, formes) plus que l'objet de connaissance. La simple énumération de supports de manifestation évacue la relation signifiante ; le travail du spectateur construisant le sens par des mises en séquence spatio-temporelles, par des structures de cohérence se trouve ignoré. De plus, pareille attitude pose le problème du signe théâtral comme réglé par avance grâce à la tradition praticienne ; en donnant pour acquises des typologies ou des réductions essentiellement dues à la vision des metteurs en scène, cette démarche élude la question : l'objet-spectacle existe-t-il, comment le construire ? On trouvera en filigrane, par exemple, chez Artaud la conscience de cette problématique : la dimension esthétique et sémiologique sous-jacente au tableau que nous venons d'exposer mérite qu'on s'y attarde.

Comme on l'aura remarqué, le tableau récapitulatif fait apparaître plusieurs modèles du théâtre : performance brute, outil de connaissance, lieu fantasmatique, imaginaire de fiction ; émergent corrélativement des règles d'accessibilité variables :

— règles d'interprétation dérivées de la performance du comédien,
— règles de traduction de la performance dans la fiction,
— règles d'interrégulation déterminées par les spectateurs.

Les réflexions à portée théorique relatives au théâtre portent sur les hypothèses évoquées ci-dessus : qu'elles soient de nature philosophique ou esthétique, elles traversent l'histoire de la pensée sous la pulsion de ces préoccupations : Lessing *(Dramaturgie de Hambourg)* cerne l'intentionnalité du jeu de l'acteur même s'il s'inscrit dans la mimesis ; le *Paradoxe sur le comédien* de Diderot insiste sur le caractère théâtral de l'identification ; les deux autres essais abordent les composantes visuelles (« tableaux ») du spectacle et le rapport au spectateur ; les *Idées sur le geste et l'action théâtrale* de Engel précisent le rapport entre l'émotion de l'acteur et sa rhétorique ; de même, Gomperz situe le jeu de l'acteur dans une « sémasiologie ». Il faudrait citer Valéry (dont les essais sur la danse abordent la fonction esthétique), Hegel (l'acteur comme support matériel de la représentation), Rötscher (rapport acteur/personnage) dont la filiation plus ou moins directe (Diderot et Honzl, Valéry et Mukařovský) sera assumée par la théorie de l'école de Prague. Cette dernière trouve en 1931 ses relais privilégiés : l'*Esthétique de l'art et du drame* (Zich) et l'*Analyse structurale du phénomène d'acteur* (Mukařovský).

B. Les systèmes de signes

Le Cercle de Prague fournit les premières tentatives de théorisation systématique des phénomènes spectaculaires. Ainsi J. Honzl, pour aborder le fonctionnement des signes théâtraux, leur mobilité et transformabilité, dénonce une vision limitée au *matériau* scénique. « L'art total en arrive à nier l'art théâtral ; ce dernier finit par n'être plus que la somme, la juxtaposition, la « manifestation concordante » de plusieurs matériaux : musique, texte, acteur, décor, accessoire, lumière. Enfin, « le principe de « l'art total » sous-entend que la puissance de l'effet théâtral, c'est-à-dire l'intensité de l'impression ressentie par le spectateur, est fonction directe de la quantité de perceptions qui se déversent au même moment sur le sens et l'esprit de ce spectateur ».

a) Pour la première fois, le Cercle de Prague, en la personne de Veltruský,

	Répertoire/ statut du texte	statut du comédien	conception de l'espace	esthétique de la mise en scène	relation au spectateur	relation aux autres arts	activité théâtrale/ postérité	œuvres théoriques principales
Diderot (1713-1784)	partition (intrigue)	rapport passion/ expression	mimétique	théorie des conditions des passions	contemplateur (ne participe pas)	rapport à la poésie	*Le Fils naturel, Le Père de famille* Lessing Engel, Morelli Stanislavski	*Entretiens sur le Fils naturel (1757) De la poésie dramatique* (1758) *Paradoxe sur le comédien* (1773)
Antoine (1858-1943)	répertoire naturaliste (Ibsen, Strindberg)	rôle de la troupe, renouvellement du jeu de l'acteur (jeu direct)	mimétique : reconstitution minutieuse du quotidien	réalisme historique, vérisme, refus de la convention	places tarifées à bon marché, salle obscure et confortable, rôle de contemplateur de la représentation	théâtre au service de l'atmosphère, jeux de lumière, unité de l'image scénique	Théâtre libre (1887) Théâtre Antoine (1896) Odéon (1906)	*Causerie sur la mise en scène* (1903)
Fort (**1872-1960**)	répertoire symboliste et poétique	symbole	symbolique ludique	idéalisme, symbolisme	objet de suggestion	insertion des arts plastiques et de la danse	Théâtre d'Art (1890) Lugné-Poe Rouché	
Stanislavski (1863-1938)	répertoire naturaliste, texte à vivre	importance cruciale du jeu de l'acteur (psycho-physique et techniques)	mimétique et ludique : climat naturaliste assorti de stylisation	réalisme synthétique au service de l'acteur	sensibilité	au service de l'acteur	Théâtre artistique (1898) Strasberg Grotowski	*La formation de l'acteur* (1926) *La construction du personnage*
Meyerhold (1874-1942)	répertoire symboliste	techniques de jeu appuyées sur les formes du passé, biomécanique de l'acteur	rôle du proscenium	constructivisme, retour à la convention	fonction politico-sociale du théâtre, créativité du spectateur	inspiration de la pantomime et du théâtre de foire	Studio-école. Direction du TEO (1919)	*Ecrits sur le théâtre* (1907-1912-1922)
Craig	texte	surmarion-	schématisa-	symbolisme	conscience	synthèse	monte	*De l'art*

Appia (1862-1928)	texte porté par le corps de l'acteur	corps mobile et plastique rythmique	importance des dispositifs scéniques au service de l'acteur	refus du réalisme	expérience partagée de la beauté	fusion des moyens d'expression	peu de mises en scène (Wagner, Claudel)	*La mise en scène du drame wagnérien*(1895) *La musique et la mise en scène* (1899) *L'œuvre d'art vivant* (1921)
Copeau (1879-1949)	soumission au texte	métier d'acteur, esprit d'équipe	tréteaux nus	« illustrer la vérité de l'œuvre »	formation du public (cahiers du Vieux-Colombier)	synthèse des arts	le Vieux-Colombier Les Copiaus le Cartel, Vilar	*Registres* (1917-1930)
Brecht (1898-1956)	nouvelle écriture, narration, fable, montage	dialecticien, médiateur, nouvelle technique de jeu	historicisé, mise en scène des contradictions du quotidien	théâtre épique, refus de l'illusion, identification	pédagogie sociale, distanciation	reflet du monde	*Mère courage Maître Puntila,* etc.	*Ecrits sur le théâtre* (1930-1954)
Piscator (1893-1966)	documenraire	incarne des personnalités historiques	fonctionnel, architecture exprimant la réalité des rapports sociaux et dramatiques	travail collectif de la scénographie, forme épique	didactisme, influence politique, militant	projection de film, images, textes	*Les aventures du brave soldat Schweyk, Raspoutine,* Théâtre-document : Weiss, Hochkuth Kipphardt	*Le théâtre politique* (1929)
Artaud (1896-1948)	remise en cause du texte	libéré de la psychologie et de la littérature, porteur de signes par le souffle et le corps	marche vers le vide, spectacle intégral	toute-puissance de la mise en scène	cruauté, remodelage de la vie thérapeutique	vision d'une culture unitaire où formes et forces sont solidaires	théâtre pauvre Grotowski, Beck, Ionesco	*Le théâtre et son double* (1938)

met l'accent sur la sémiotisation inhérente au phénomène théâtral. *L'artificialisation* des signes scéniques désigne le pouvoir de transformer tout phénomène marqué de la convention spectaculaire en signe intentionnel ; au théâtre le contingent, l'incident sont resémantisés d'emblée par le spectateur ; le signe non délibéré (le bégaiement de Jouvet, l'égratignure imprévue) est perçu comme significatif. Bogatyrev confirme la sémiotisation de la scène en distinguant signes quotidien et théâtral par le supplément de sens inhérent à ce dernier. Mukařovský évoque, lui aussi, la structure du signe : au signifiant ou « texte » de la performance serait associé un signifié défini par la conscience collective (le public).

b) Le système de significations scéniques est également pris en compte. Le réseau dénotation/connotation serait dialectisé par l'acteur.

c) La surdétermination du signifiant — même au plan dénotatif (la cape de Mephistophélès signifie tour à tour sa soumission à Faust ou son pouvoir sur les forces diaboliques) — a suscité l'étude des codes théâtraux. Honzl remarque l'interchangeabilité des signifiants (l'homme mis pour un objet) et le caractère illimité de la classe signifiée à laquelle ils renvoient. Est ainsi posé le distinguo entres codes statiques (à relation fixe) et dynamiques (le symbolisme demeure ouvert).

d) La hiérarchie des codes retient également l'attention des Praguois : la génération des significations, l'embrayage verbal/non verbal au sein de la performance font émerger l'empilement des codes.

C. Héritage du Cercle de Prague

a) **La communication.** Dans la foulée des suggestions linguistiques, Georges Mounin propose l'examen des phénomènes théâtraux en termes de *communication.* La notion est utilisée ici dans son sens linguistique (transmission intentionnelle de l'émetteur au récepteur, perçue comme telle et entraînant une réponse par le même canal) ; elle ne concerne donc que l'univers scénique, la relation scène-salle excluant dans cette optique la réponse du spectateur (réduite à l'applaudissement ou au coup de sifflet). Cette position extrême du linguiste est aujourd'hui abandonnée par tous ceux qui envisagent le théâtre *sub specie communicationis;* la césure idéaliste entre un avant-spectacle (l'auteur, le texte) et une réalisation (relais du metteur en scène, de l'acteur et du spectateur) a fait place à une approche matérialiste et *in praesentia* de l'événement spectaculaire. Les chercheurs évoquent la reconnaissance d'intentions, le décodage aberrant (Eco), la délégation de plaisir (Helbo), soulignant ainsi la réciprocité des fonctions d'acteur et d'observateur dans l'événement théâtral. L'interaction scène-salle étant perçue comme contingente (liée à l'existence d'un

public et à son historicité), les études se focalisent plutôt sur les langages de la scène saisis dans la fonction de production ou de réception au sein d'une expérience vécue collectivement. C'est dans ce sens que l'on parle de *codes* spectaculaires (conventions propres à la représentation, au genre, à l'époque), généraux (linguistiques, idéologico-culturels, perceptifs) ou mixtes (code général en situation spectaculaire). L'idée d'un collectif d'énonciation désigne plus proprement le phénomène communicatif au théâtre ; celui-ci comprend dès lors :
— un discours : ou combinatoire d'actes communicatifs ; le discours théâtral est spécifique dans la mesure où il exhibe ses règles de fonctionnement, les rend lisibles in vitro en les dissociant de leur pouvoir quotidien,
— une situation d'énonciation renvoyant à une dynamique de rapports, à des contrats (présupposés ou institués) que détermine l'idéologie.

b) **La segmentation.** L'hypothèse de la plus petite unité, chère aux narratologues et aux filmologues, retient l'attention critique des scientifiques du spectacle.
— Nous ne citerons que pour mémoire les travaux consacrés au texte dramatique (Souriau) : leur orientation renvoie à la « narratologie » de la première génération (Brémond, Propp, etc.).
— Certains proposent un découpage fondé sur la corrélation texte-scène. Une partie de l'école italienne (Serpieri) voit la représentation comme un croisement d'instances de discours : le texte possède une articulation performative-déictique qui contient les indications pour sa segmentation spécifique et prédétermine ainsi sa mise en scène. L'espace scénique consiste en une organisation déictique de virtualités connotées dans le texte.
— Les Roumains (Marcus, Dinu) abordent la question du découpage à partir de modèles mathématiques. Des analyses statistiques de mobilité (fréquence relative des apparitions de personnages) permettraient de réduire le continuum théâtral à des « hyper-syllabes » ou épisodes fondamentaux de l'action.
— L'école de Paris (la sémiotique greimasienne) refuse de poser le problème des signes (unités de manifestation) comme déjà réglé et propose d'interroger la forme de l'expression et du contenu. Quel que soit le support de manifestation (éclairage, geste, mouvement, élément visuel), c'est la signification qui est étudiée dans son autonomie ; ainsi par exemple telle opposition clair/sombre associée à la segmentation temporelle jour/nuit sera prise en compte si elle donne à telle séquence du discours théâtral un rôle organisateur de texte, notamment celui de signaler un progrès narratif dans le récit.
— La sémiotique peircienne propose elle aussi de substituer à un éparpille-

ment de signes des fonctions (iconique, indicielle, symbolique) applicables tant au textuel qu'au représenté.

5. Le spectaculaire. Modèles

Au fur et à mesure de leur développement, les sciences du spectacle ont englobé de multiples pratiques (signe figé (marionnettes) dans le cas du Cercle de Prague, cirque, opéra), pratiques que certaines dramaturgies n'hésitent d'ailleurs pas à confondre. On ne s'étonnera guère que le renoncement aux modèles linguistiques et narratologiques ait conduit les recherches vers l'exploitation d'un paradigme propre : le spectaculaire.

a) De nombreux sociologues rappellent que les structures sociales sont théâtrales. On sait que, par une espèce de perversité critique, la méthodologie goffmanienne nous est restée sous le label d'*analyse dramaturgique* : nous serions tous des acteurs engagés dans des situations susceptibles de provoquer des stratégies (dérobades, parades, etc.) ; les interactions régiraient toute notre vie quotidienne ; nos modèles et codes culturels *(Rites d'interaction)* seraient ludiques ; reproduction de rites carnavalesques insinués dans la culture officielle (Bakhtine), théâtralité généralisée (Duvignaud), mise en scène de la vie quotidienne (Goffman) : la trame de notre culture serait spectaculaire, le spectacle institutionnel constituant un isolat, se posant en exception, rassemblant *hic et nunc* des effets à l'intérieur du champ spectaculaire. Le problème de la théâtrologie serait donc d'établir par quels moyens (marque, convention, frontière, arbitraire) le spectacle circonscrit son territoire et comment il exhibe le fonctionnement de rituels qui gouvernent aussi notre « réalité ».

b) Des présupposés analogues mobilisent les biologistes : Laborit assimile le spectaculaire à une propriété comportementale (rite, parade animale) régie par le cerveau droit ; le spectacle institutionnalisé mettrait à nu des mécanismes camouflés par la socio-culture quotidienne, le théâtre libérerait l'angoisse des inhibitions ; par ses fictions symboliques il répercuterait l'imaginaire éludé, pallierait les interdits de la société marchande.

c) La sémiotique rencontre ces préoccupations en développant diverses méthodologies :
— la sémiotique peircienne propose une théorie des niveaux de convention construits par la culture ; c'est bien le sens des trichotomies (p.e. icone/indice/symbole) censées régir les systèmes de signification ;
— la sémiotique greimasienne s'intéresse également au faire spectaculaire

ouvert par la convention aux séquences discursives (modalités illusoires et factitives) et à sa structure actantielle.

d) Les sémioticiens du théâtre se sont efforcés pour leur part de référer leur définition du spectacle à un discours spectaculaire *cristallisé* par l'événement de la représentation : trois critères de la convention retiennent les recherches :
— la convention fonde la performance au point de se confondre avec elle. Les rituels de séparation par rapport au monde naturel (sonnerie, trois coups) et de réinsertion de celui-ci dans l'illusion (limites de l'entracte, pseudo-ratage des numéros de cirque) sont indissociablement liés ;
— la convention est liée à la dénégation de la performance : telle décision séparera le discours référentiel de la fiction pour aussitôt le réintroduire : la voix de Jouvet nous parle de l'individu et de son prestige mais l'efface au profit du jeu ;
— la convention fait émerger le caractère mandaté du discours spectaculaire. Convoquée pour faire fonctionner la machinerie, elle fixe les limites du contrat et circonscrit, pour reprendre Bourdieu, le « je-nous sanctionné par le groupe ». La valeur illocutoire de la convention (garante de l'illusion et organisatrice de la dénégation) entraîne la question du monde possible ouvert de la sorte. Le discours spectaculaire serait caractérisé par une double séquence :
1. assertion de la convention mensongère : cette énonciation suppose une modalisation véridictoire (assertion, référence à un savoir sur la vérité du monde naturel) cautionnant un régime (convention) dont l'effet est dénégateur (mensonge ou illusion) ;
2. pseudo-assertion inscrite dans le monde possible : l'énoncé de faire conventionnel contient une surmodalisation illusoire (pseudo) justifiée par un vouloir-croire (on adhère au mensonge *comme* à la réalité naturelle).

e) Sous l'impulsion des historiens, une certaine méfiance se fait jour quant à l'hypothèse déductive d'une langue spectaculaire dont tous les spectacles possibles seraient les avatars : le danger serait d'extrapoler une zone de discours par rapport à d'autres, de considérer comme définitoire tel critère (deixis, ostension, mimesis, performance) spécifique d'une pratique culturelle ponctuellement située.

6. Production et réception du spectacle

Dans leur état le plus récent, les sciences du spectacle semblent revenues à l'analyse spécifique des systèmes de production et de réception. On

trouvera dans les rubriques ultérieures de ce volume un aperçu détaillé de ces procédures ; le survol ici proposé se veut donc programmatique :
a) la production concerne :
— le travail du comédien : ses présupposés, ses contrats (je joue/je demande d'écouter-voir/je commente/j'observe),
— la pragmatique des actes de langage,
— le rapport fiction/performance,
— la mise en espace,
— la construction du texte,
— les phénomènes de dénégation ;
b) la réception concerne :
— le montage, les tableaux visuels, la perception linéaire-tabulaire,
— la relation lisible-visible,
— les émotions,
— l'actant d'observation,
— l'énonciation du spectateur (re/désémantisation),
— la verbalisation par le spectateur.

Le partage production/réception doit être considéré comme un distinguo pédagogique. Plusieurs recherches dépassent la séparation au profit du concept de collectif d'énonciation : l'*actant observateur* constitue un des pivots de cette dernière recherche. Thématisable sous l'aspect d'un rôle cognitif, l'observateur désigne une instance spécifique, une fonction qui est une des conditions de l'énoncé spectaculaire : c'est en effet la présence silencieuse d'un observateur, intégré syncrétiquement sur scène (le théâtre dans le théâtre) ou dans la salle (le spectateur dédoublé en montreur et en observateur), qui permet au comportement spectaculaire (le faire) d'avoir lieu ; regard indispensable au déroulement du spectacle mais incapable d'en modifier le cours par intervention active, l'actant observateur affine considérablement la réflexion sur l'identification entamée par Brecht.

7. Plaisir et connaissance

Lieu de pratiques intellectuelles diverses, le théâtre mobilise des efforts visant la problématique du plaisir spectaculaire et plus généralement l'expérience théâtrale.
a) Celle-ci, loin de se limiter à une approche sémio-cognitive, nourrit une double intelligibilité : primaire (plaisir, adhésion à la fiction, émotion, prémanifestations) et secondaire (logique, interprétation, évaluation, mémorisation) ; de plus en plus, on tente aujourd'hui d'articuler la théorie des

focalisations (stimulation de l'attention) à celle des émotions (élémentaires et complexes).
b) Les psychologues utilisent avec pertinence la théorie du montage : le spectateur organiserait son propre montage, parallèle à celui de la scène, à partir d'une chaîne perceptive ; face au continuum d'images, le prélèvement des perceptions permettrait de construire des « visions » dont le montage (le film) déclencherait la verbalisation narrative du spectateur.

L'expérience du spectacle se dirait, non en termes de communication, mais de rencontre active : focalisation de l'attention par des signaux et cadres de l'énonciation scénique/inductions à partir de la rhétorique offerte.

8. Théories des médias

L'analyse s'est orientée dans le sens d'une spécificité accrue :
— étude des pratiques spectaculaires (théâtre, cirque, opéra),
— meilleure définition des codes : la dimension narratologique n'est pas écartée mais située dans son réseau contextuel ; la théorie de la segmentation, héritée de l'analyse filmique et mieux associée à la discontinuité cinématographique ou à la médiation écranique, est progressivement abandonnée par les théâtrologues.

Dotée d'une meilleure assise, la théâtrologie peut désormais comparer son objet aux autres médias :
— les discours mixtes, et spécialement la bande dessinée qui pose en termes analogues l'investissement textuel-visuel ;
— l'image plane et les composantes visuelles dont certains traits sémiques ou optiques concernent le théâtre ;
— la télévision dont les structures d'énonciation (historicité continue, unification des ruptures énonciatives) et de signification (transmission et non-représentation, contemporanéité avec le référent plutôt qu'avec le signifiant) peuvent utilement être abordées.

9. Bibliographie générale

1. Pédagogie. Dictionnaires. Références générales

Daniel Couty et Alain Rey, **Le théâtre**, Paris, Bordas, 1980.

Oswald Ducrot et Tzvetan Todorov, **Dictionnaire encyclopédique des sciences du langage**, Paris, Seuil, 1972.

Patrice Pavis, **Dictionnaire du théâtre**, Paris, éd. Sociales, 1980 et 2e éd. 1987.

2. Théories de la mise en scène, dramaturgie

André Antoine, **Causerie sur la mise en scène**, in **Revue de Paris**, avril 1903.

Adolphe Appia, **L'œuvre d'art vivant**, Genève, Atar, 1921.

Denis Bablet (éd.), **Les voies de la création théâtrale**, Paris, CNRS, vol. 1-11, 1978-1983.

Berthold Brecht, **Ecrits sur le théâtre**, Paris, L'Arche, 1972 et 1979.

Gordon Craig, **De l'art du théâtre**, Paris, Lieutier, 1945.

Denis Diderot, **Œuvres esthétiques**, Paris, Garnier, 1959.

Jacob Engel, **Idées sur le geste et l'action théâtrale**, Paris-Genève, Ressources, 1979.

Gotthold-Ephraïm Lessing, **La dramaturgie de Hambourg**, Paris, Didier, 1869.

Constantin Stanislavski, **La formation de l'acteur**, Paris, Perrin, 1958.

3. Esthétique

Monique Borie, Martine de Rougemont, Jacques Scherer, **Esthétique théâtrale**, Paris, CDU-Sedes, 1982.

Henry Gouhier, **L'essence du théâtre**, Paris, Flammarion, 1968.

Roman Ingarden, Les fonctions du langage au théâtre, in **Poétique**, n° 8, Paris, 1971, pp. 531-538.

Tadeusz Kowzan, **Littérature et spectacle**, Paris-La Haye, Mouton, 1975.

Paul Valéry, **Eupalinos. L'âme et la danse. Dialogue de l'arbre**, Paris, Gallimard, 1960.

André Veinstein, **La mise en scène théâtrale et sa condition esthétique**, Paris, Flammarion, 1955.

4. Arts du spectacle, médias

Denis Bablet, **Filmer le théâtre**, in **Cahiers théâtre Louvain**, n° 46, 1981.

Jean Baudrillard, **Requiem pour les médias**, in **Pour une Critique de l'économie politique du signe**, Paris, Gallimard, 1972.

Walter Benjamin, **L'œuvre d'art à l'ère de sa reproductivité technique**, in **L'Homme, le langage et la culture**, Paris, Denoël-Gonthier, 1971.

Dany Bloch, **L'art vidéo**, Paris, Limage 2-Alin Avila, 1983.

Patrice Flichy, **Les industries de l'imaginaire**, P.U. Grenoble, I.N.A., 1980.

André Helbo, **Approches de l'opéra**, Paris, Didier Erudition, 1986.

Hugues Hotier, **Signes du cirque**, Bruxelles AISS-IASPA, 1984, (Tréteaux).

Kodikas/Code, VII, n° 1/2, **Le spectacle au pluriel**, Tübingen, 1984.

Marchall Mc Luhan, **Pour comprendre les média**, Paris, Mame/Seuil, 1968.

Edgar Morin, **Le cinéma ou l'homme imaginaire**, Paris, Minuit, 1958.

5. Histoire

Denis Bablet, **Les révolutions scéniques au XXe siècle**, Paris, Société Internationale d'Art XXe siècle, 1975.

Marvin Carlson, **Theories of the Theatre**, Cornell University Press, 1985.

David Cole, **The Theatrical Event**, Middleton, Conn., 1975.

Gilbert Debusscher et Alain Van Crugten (éd.) **Théâtre de toujours, d'Aristote à Kalisky**, Bruxelles, éd. U.L.B., 1983.

Paul Delsemme, **L'œuvre dramatique, sa structure et sa représentation**, Bruxelles, éd. U.L.B., 1983.

Maurice Descotes, **Le public de théâtre et son histoire**, Paris, PUF, 1964.

Guy Dumur (éd.), **Histoire des spectacles**, Paris, Gallimard, 1965 *(La Pleiade)*.

Erika Fischer-Lichte, **Semiotik des theater**, 3 vol., Tübingen, Gunter Narr, 1983.

Robert Pignarre, **Histoire du théâtre**, Paris, PUF, 1967.

Richard Southern, **The Seven Ages of Theatre**, New York, 1964.

Jiřy Veltruský, **La sémiologie du spectacle à la recherche de son passé** in A. Helbo, **Approches de l'opéra**, Paris, Didier Erudition, 1986.

6. Sociologie

Mikhaïl Bahktine, **La poétique de Dostoïevski,** Paris, Seuil, 1970.

Pierre Bourdieu, **La distinction,** Paris, Minuit, 1979.

Guy Debord, **La société du spectacle,** Paris, 1967.

Robert Demarcy, **Eléments d'une sociologie du spectacle,** Paris, UGE, 1973.

Marco De Marinis, **Theatrical Comprehension : a Socio-semiotic Approach,** in **Theater,** XV, n° 1.
L'esperienza dello spettatore, Univ. di Urbino, nov-déc. 1984.

Jean Duvignaud, **Sociologie du théâtre. Essai sur les ombres collectives,** Paris, Presses Universitaires de France, 1965.
L'acteur. Esquisse d'une sociologie du comédien, Paris, Gallimard, 1965.
Spectacle et société, Paris, Denoël-Gonthier, 1970.
Fêtes et civilisations, Paris, Weber, 1973.
Le don du rien, Paris, Stock, 1977.

Jean Duvignaud et Jean-Pierre Faye, **Débat sur la sociologie du théâtre,** in **Cahiers internationaux de sociologie,** 1966, pp. 103-112.

Erving Goffman, **The Presentation of Self in Everyday Life,** New York, Doubleday, 1959.
Frame analysis. An Essay on the Organisation of Experience, New York, Harper & Row, 1974.
Encounters, Indianapolis, Bobbs-Merril, 1961.
Behavior in Public Places, The Free Press of Glencoe, 1963.
Interaction Ritual, New York, Doubleday, 1967.
Relations in Public, New York, Basic Books, 1971.

Lucien Goldmann, **Le dieu caché,** Paris, Gallimard, 1955.

A.-M. Gourdon, **Théâtre, public, perception,** Paris, CNRS, 1982.

G. Gurvitch, **Sociologie du théâtre,** in **Lettres Nouvelles,** 35, 1956.

André Helbo, **Les mots et les gestes,** Presses de l'Université de Lille, 1983.
Theory of Performing Arts, Amsterdam - Philadelphia, Benjamins, 1987.

Ernest Hess-Lüttich, **Multimedial Communication** II, Tübingen, Gunter Narr Verlag.

Abraham Moles, **Peut-on construire une sémiologie des actes à propos d'une représentation théâtrale ?,** in A. Helbo, **Approches de l'opéra,** Paris, Didier Erudition, 1986.

Jean-Pierre Vernant et Pierre Vidal-Naquet, **Mythe et tragédie en Grèce ancienne,** Paris, Maspero, 1972.

M. Wolf, **Sociologie della vita quotidiana,** Milan, Strumenti Espresso, 1979.

7. Economie

C.D. Throsby et G.A. Whriters, **The Economics of the Performing Arts,** Victoria, Edward Arnold, 1979.

8. Anthropologie théâtrale

Eugenio Barba, **Anthropologie théâtrale,** in **Degrés** 29, Bruxelles, 1982.

Jerzy Grotowski, **Vers un théâtre pauvre,** Lausanne, La Cité, 1971.

Franco Ruffini, (dir.), **La scuola degli attori. Rapporti dalla prima sessione dell'I.S.T.A.,** Florence, Usher, 1981.

Nicola Savarese, **Anatomie de l'acteur. Un dictionnaire d'anthropologie théâtrale,** Rome-Carcassonne, Zeami-Bouffonneries, 1985.

Richard Schechner, **Between Theatre and Anthropology,** University of Pennsylvania Press,

Ferdinando Taviani, **Presenza energica ed espressione amorosa nella Commedia dell'Arte,** in **Teatro e Storia,** Dipartimento di Musica e Spettacolo dell' Università di Bologna, 2, 1986.

9. Sémiologie / Sémiotique

J.L. Austin, **Quand dire c'est faire,** Paris, Seuil, 1970.

Petr Bogatyrev, **Les signes du théâtre,** in **Poétique,** n° 8, 1971, pp. 517-30.

Diez Borque, Luciano Garcio Lorenzo (ed.), **Semiologia del teatro,** Barcelone, Planeta, 1975.

Michel Corvin, **Molière,** Presses universitaires de Lyon, 1985.
Degrés n° 13, **Théâtre et sémiologie,** Bruxelles, 1978. **Degrés** n° 18, **Sémiologie de la musique,** Bruxelles, 1979. **Degrés** n° 29-32, **Sémiologie du spectacle,** Actes du colloque AISS-IASPA, Bruxelles, 1982.

Marco De Marinis, **Semiotica del teatro,** Milan, Bompiani, 1982.

Oswald Ducrot, **Dire et ne pas dire,** Paris, Hermann 1972.

Régis Durand, **La relation théâtrale,** Lille, Presses Universitaires de Lille, 1980.

Umberto Eco, **Semiotics of Performance,** in **The Drama Review,** XXI, n° 1, 1977.
Pour une reformulation du signe iconique, in **Communications,** n° 29, Paris, Seuil, 1978.

Keir Elam, **The Semiotics of Theatre and Drama,** Londres, Methuen, 1980.
Shakespeare's Universe of Discourse. Language Games in the Comedies, Cambridge, Cambridge Univ. Press, 1984.

Etudes littéraires n° 13/3, **Théâtre et théâtralité, Montréal,** 1980.

Algirdas Julien Greimas, **Sémantique structurale,** Paris, Larousse, 1966.
Du sens, Paris, Seuil, 1970.

T.E. Hall, **La dimension cachée,** Paris, Seuil, 1971.
Au-delà de la culture, Paris, Seuil, 1979.

André Helbo, **Sémiologie de la représentation,** Bruxelles-Paris, Complexe-PUF, 1975.
Le champ sémiologique. Bruxelles, Complexe, 1979.
Sémiologie des messages sociaux, Paris, Edilig, 1983.
« Approches de la réception. Quelques problèmes », in **VS** 41, 1985, pp. 41-48

Jindrich Honzl, **La mobilité du signe théâtral,** in **Travail théâtral,** nº 4, juillet 1981, pp. 5-20.

Roman Jakobson, **Essais de linguistique générale,** Paris, Minuit, 1963.

J. Dines Johansen, **Sémiotique et pragmatique universelle,** in **Degrés** nº 21, Bruxelles, 1980.

Solomon Marcus, **Stratégie des personnages dramatiques,** in Helbo, **Sémiologie de la représentation,** Bruxelles-Paris Complexe-PUF, 1975.

Ladislaw Matejka et Irwin R. Titunik, **Semiotics of Art: Prague School Contributions,** Cambridge, Mass., MIT Press, 1976.

Georges Mounin, **Introduction à la sémiologie,** Paris, Minuit, 1970.

Jan Mukařovský, **L'art comme fait sémiologique,** Actes du huitième congrès de philosophie à Prague, 1934 ; reproduit dans **Poétique,** nº 3, 1970.
Structure, Sign and Function (ed. J. Burbank et P. Steiner), New Haven, Yale Univ. Press. 1978.

Patrice Pavis, **Problèmes de sémiologie théâtrale,** Montréal P.U.Q., 1976.
Voix et images de la scène, Presses Universitaires de Lille, 1982.

Michel Pecheux, **Les vérités de la Palice : linguistique, sémantique, philosophie,** Paris, Maspero, 1975.

Charles Sanders Peirce, **Collected Papers,** 8 vol. Cambridge, Mass. 1931-58.

Poetics Today, II, nº 3, **Drama, Theater, Performance,** Tel Aviv, 1981.

Franco Ruffini, **Semiotica del testo : l'esempio teatro,** Roma Bulzoni, 1978.

Herta Schmid et Aloysius Van Kesteren, **Semiotics of Drama and Theatre,** Amsterdam-Philadelphia, Benjamins, 1984.

John R. Searle, **Les actes de langage,** Paris, Hermann, 1972.

Alessandro Serpieri, **Ipotesa teorica di segmentazione del testo teatrale,** in **Strumenti critici,** nº 32-33, 1977.

Irena Slawinska, **La semiologia del teatro in statu nascendi,** in **Biblioteca teatrale,** nº 20, 1978.

Etienne Souriau, **Les deux cent mille situations dramatiques,** Paris, Flammarion, 1950.

Substance, nº 18-19, **Theatre in France,** Univ. of Wisconsin-Madison, 1977.

Anne Ubersfeld, **Salacrou,** Paris, Seghers, 1970.
Le Roi et le Bouffon, Paris, Corti, 1974.
Lire le théâtre, Paris, éd. Sociales, 1977.
L'objet théâtral, Paris, CNDP, 1979.
The Space of Phèdre, in **Poetics Today,** II, nº 3, Tel Aviv, 1981.
L'école du spectateur, Paris, éd. Sociales, 1982.

Jiřy Veltruský, **Drama as literature,** Lisse, Peter de Ridder, 1976.

Versus, nº 21, **Teatro e semiotica,** Milan, Bompiani, 1978. **Versus,** nº 41, **Ricezione teatrale,** Milan, Bompiani, 1985.

Otakar Zich, **Esthétique de l'art dramatique,** Prague, Melantrich, 1931, reproduit dans **JAL Reprint,** Würzburg, 1977.

10. Psychanalyse

Degrés n° 21, **Communication et sujet**, Bruxelles, 1980.

Sigmund Freud, **Psychopathische personen auf der Bühne in studienausgabe**, X, Francfort, 1969.

Octave Mannoni, **L'Illusion comique ou le théâtre du point de vue de l'imaginaire**, in **Clés pour l'imaginaire**, Paris, Seuil, 1969.

Christian Metz, **Le signifiant imaginaire**, Paris, UGE, 1977.

Maryvonne Saison, **Imaginaire imaginable**, Paris, Klineksieck, 1981.

Yves Thoret, **Etude sémiologique de la fonction scénique dans la relation thérapeutique**, in **L'évolution psychiatrique**, Toulouse, Privat, 1983.

11. Théâtre et sciences exactes

Henri Laborit, **Le geste et la parole. Le théâtre vu dans l'optique de la biologie des comportements**, in **Degrés**, n° 29, Bruxelles, 1982.

Jean Pradier, **Theatrum scientiae/Scientia theatri. Interrogations et propositions**, in **Degrés**, 29, Bruxelles, 1982.

II

Le théâtre et les médias : spécificité et interférences

1. Le théâtre dans une théorie des médias

A. « Médiatisation » du théâtre

Vouloir inscrire le théâtre dans une théorie des médias, c'est présupposer, peut-être un peu rapidement, qu'il est comparable à des pratiques artistiques et technologiques comme le cinéma, la télévision, la radio ou la vidéo. C'est le comparer à ce qui s'oppose d'ordinaire à lui : aux (mass) médias, aux arts mécanisés, aux techniques de l'industrie culturelle. En un sens, c'est lui rendre un bien mauvais service que de risquer de dissoudre ainsi sa spécificité en le mesurant à des médias qui reposent sur une infrastructure technologique dont s'est toujours passé le théâtre. Mais, d'un autre côté, la pratique théâtrale empiète allègrement sur les autres domaines, soit qu'elle utilise la vidéo, la télévision ou l'enregistrement du son à l'intérieur de la représentation théâtrale, soit qu'elle se voie constamment sollicitée par la télévision, le cinéma ou la vidéo pour être enregistrée, démultipliée, conservée et archivée. Les processus d'échanges entre le théâtre et les médias sont si fréquents et si diversifiés qu'on doit bien tenir compte du réseau d'influences et d'interférences qui finit par se tisser. Il n'y a guère de sens à vouloir définir le théâtre comme un « art pur », ni même à ébaucher une théorie du théâtre qui ne tienne pas compte des pratiques médiatiques qui bordent et souvent pénètrent la pratique scénique contemporaine. Mais peut-on aller jusqu'à l'intégrer dans une théorie des médias et à le comparer à des arts ou des pratiques mécanisés ? Et d'ailleurs, qu'est-ce qu'un média ? La notion est des plus mal cernées. Le média semble se définir par une somme de caractéristiques (possibilités et potentialités) techniques, par la manière technologique dont le produit artistique est à la fois produit, transmis et reçu, dont il est reproductible à l'infini. Le média n'est donc pas lié à un contenu ou à une thématique donnés, mais à un appareil et un état présent de la technologie. Et pourtant, cette technologie de la reproduction mécanique et de la production de l'œuvre d'art implique une certaine esthétique, elle n'est utile que concrétisée dans une œuvre particulière et singulière, qu'appréciée dans un jugement esthétique ou éthique. Sartre disait, à propos de la technique romanesque, que toute technique renvoie à une métaphysique. On pourrait dire la même chose de la technologie des médias : elle ne se comprend que rapportée à une réflexion esthétique, voire métaphysique, sur le passage de la quantité (reproductive) à la qualité (interprétative). Il ne suffit donc plus de décrire techniquement les propriétés d'un média comme la radio ou la télévision, il s'agit d'apprécier la dramaturgie *visible* dans une émission de radio ou de télévision et *prévisible* pour une future production de ces médias. C'est à ce jeu de l'esprit, qui nécessite ni outillage ni connaissance en informatique, qu'on voudrait brièvement convier le lecteur.

B. Les médias à partir du théâtre

On pourrait écrire une histoire chronologique des inventions des divers médias, en montrant leur filiation, leurs améliorations techniques. Il serait alors aisé de situer le théâtre par rapport à ces stades techniques, avant l'apparition des médias et après, comme réaction à l'avance technologique. Cette tâche est trop lourde et l'on se contentera de noter la tendance opposée du théâtre et des médias. Le théâtre tend à la simplification, à la minimalisation, à la réduction fondamentale d'un échange direct entre l'acteur et le spectateur. Le média tend au contraire à se compliquer et à se sophistiquer grâce à l'avance technologique, il est par nature multipliable et maximal. Inscrit dans des pratiques technologiques, mais aussi culturelles et idéologiques, dans un processus d'information ou de désinformation, le média multiplie sans peine le nombre de ses spectateurs, devenant accessible à un public potentiellement infini. Dans un théâtre, pour que la relation théâtrale s'établisse, la mise en scène ne saurait dépasser un nombre limité de spectateurs et même de représentations, car le théâtre, trop répété, se dégrade ou, au mieux, devient autre. De la sorte, le théâtre est en somme et « par essence » (à savoir du fait de son mode optimal de réception) un art à portée limitée.

C. Quantification et massification

La possibilité de répéter et de diversifier indéfiniment les productions mass-médiatiques influe sur les attentes et les goûts du public de manière beaucoup plus active que la fréquentation, souvent ponctuelle, de la salle de théâtre. On pourrait à cet égard distinguer les médias ou les arts qu'il faut rechercher et construire activement, comme le théâtre ou la vidéo (dans la mesure où il faut se rendre à la représentation et commander l'enregistrement de la vidéo) et les médias qui sont *immédiats,* servis tout prêts et d'office, sans presque qu'on le commande (on appuie sur le bouton de la télé ou de la radio avec le même automatisme qu'on allume la lumière). Ce critère d'activité/passivité reste malgré tout très ténu et il ne préjuge pas de l'activité spectatorielle de réception et d'interprétation, toujours nécessaire, qu'il s'agisse de déchiffrer une mise en scène d'un classique ou de suivre un western. Ce n'est pas le média en soi — à savoir ses possibilités technologiques — qui favorise l'activité ou la passivité, c'est la manière dont il structure ses informations, les utilise selon une dramaturgie et une stratégie qui stimulent plus ou moins l'activité du spectateur.

D. Le théâtre, les médias et le spectaculaire

Dans quel système des arts, dans quelle classification, dans quelle théorie des arts et des médias inscrire le théâtre ? Dire que toutes ces pratiques relèvent d'une théorie du spectaculaire n'avance pas à grand-chose, car si toute activité humaine est *spectacularisable,* susceptible d'être mise en spectacle pour un spectateur, tout n'en est pas pour autant *spectaculaire* au sens commun du terme.

• *Les arts du spectacle* est la désignation la plus générale et neutre qui soit ; elle autorise l'adjonction de toute nouvelle pratique où un objet est mis en spectacle pour un sujet (il faudrait y inclure alors le peep-show, le strip-tease, la conférence, la discussion, etc). D'autres ensembles existent, qui ne permettent pas toujours de discerner le théâtre et les médias :

• *Les arts de la représentation :* la formule souligne la fonction représentative du théâtre, du cinéma, mais aussi de la peinture, voire de la littérature, de toute activité qui organise une représentation du monde.

• *Les arts de la scène* sont liés à l'utilisation vivante et non médiatisée de la scène.

• Les arts de la *reproduction mécanique* — ou **arts mécanisés** — comprennent toutes les techniques d'enregistrement et de reproduction qui produisent à chaque fois le même message artistique, étant entendu qu'un produit

N (une symphonie ou un film) reproduit X fois perd, lorsqu'il est reçu d'innombrables fois, une partie de sa substance : l'événement de toute vision étant comme inversement proportionnel à sa multiplication et à la perception répétée.

E. Le double jeu des médias... et du théâtre

Ce qui, du moins à première vue, différencie les médias du théâtre c'est leur double statut fictionnel : l'émission télévisuelle ou radiophonique se donne tantôt pour réelle (informative, au sens journalistique du mot), tantôt pour fictive, racontant une histoire. Les ondes sont donc aussi utilisées pour des besognes que nous avons l'habitude de séparer nettement, et le spectateur doit sans cesse savoir quel statut accorder à ce qu'il perçoit sur l'écran ou à ce qu'il entend : information ou fiction ? Chaque média dispose de marques qui indiquent son statut fictionnel et le théâtre joue lui aussi sur les deux tableaux de l'information et de la fiction, puisque sa fable est sans cesse soutenue par des effets de réel et des remarques qui confèrent à ce discours un effet de vraisemblable. Inversement d'ailleurs, on s'apercevrait facilement que les nouvelles télévisées ont leur fable, leur narrativité, leurs zones d'invention et de fiction pure.

Pour esquisser une théorie des médias qui laisserait sa place à la pratique théâtrale, il faudra, dans ce qui suit, confronter quelques traits spécifiques de plusieurs médias, en les comparant à un théâtre minimal. De la possibilité de cette confrontation et comparaison dépend l'établissement d'une théorie générale des spectacles et des médias.

2. Dramaturgie et spécificité des médias

Les tableaux des pages 38-39 invitent à comparer les médias et le théâtre sur le plan de leur relation au spectateur, de leur condition de production et de reproduction, de leur dramaturgie, de leur spécificité et de leur statut fictionnel. Autant de critères qui visent à évaluer leurs potentialités technologiques et leur utilisation sémiotique.

Ne pouvant commenter dans le détail chaque case du schéma, on reviendra sur quelques points particulièrement névralgiques comme la dramaturgie (4.), la spécificité (4.1.) et la fictionnalité (5.1.).

A. Dramaturgie de la radio

Le personnage : il n'existe que par sa voix ; celle-ci doit être très typique et distinguable de celle des autres personnes. La voix radiophonique est celle qui est inhabituelle, non imitable. Les voix des divers personnages doivent être bien distinctes, choisies selon un système qui caractérise les locuteurs. Le « casting » est bien l'instance fondamentale de la mise en ondes.

L'espace et le temps : ils sont suggérés par les changements d'intensité vocale, les effets d'éloignement, d'écho, de réverbération. Un plan sonore est créé par un bruit ou une musique qui ouvre et ferme la séquence ; la scène est immédiatement située, puis « ôtée » en fin de séquence. C'est un procédé de plan et de cadrage. La place des micros, le contrôle du volume, la séquence de sons caractéristiques créent une orientation spatio-temporelle que l'auditeur identifie sans peine. La possibilité d'intensifier ou de réduire le son, de faire parler l'acteur plus ou moins loin du micro informe immédiatement d'un changement de cadre ou d'un déplacement à l'intérieur d'un même cadre.

Une série d'« embrayeurs » ou de leitmotive musicaux ou sonores entre les séquences ou les espaces permet d'identifier les locuteurs, de repérer les lieux ou les temporalités. Souvent, le montage suggère un effacement des temporalités, compose un monologue intérieur, produit par le jeu des rythmes, des répétitions, des variations quasi musicales un effet d'intériorité physique, instaure des échanges entre le visible et l'audible. Le plaisir de cette perception repose sur l'hallucination de l'auditeur qui entend tout et ne voit rien : en effet, l'énonciation du texte par les acteurs et la mise en ondes donnent à l'auditeur l'impression que la scène a été jouée ailleurs.

Plus que tout autre, cet art est celui de la métonymie, de la convention, de l'abstraction signifiante. Il incombe à l'auteur de fournir à l'auditeur les repères indispensables pour que le récit garde une certaine cohérence et que l'univers fictionnel s'organise sans que l'auditeur ne paraisse faire d'effort de mémoire.

B. Dramaturgie de la télévision

Laissons de côté le cas de la retransmission, en direct ou en différé, d'un spectacle théâtral préexistant, car un tel processus garde l'aspect d'un reportage, d'un prélèvement et d'une perte de sens (accompagné, dans le cas du direct, d'un reste d'authenticité). Pour le téléfilm (la « dramatique »), la dramaturgie repose sur quelques principes généraux :

L'image : elle doit être cadrée avec précision, composée avec soin pour être facilement lisible, étant donné les petites dimensions de l'écran. D'où une stylisation, une abstraction des éléments du décor et des costumes, un traitement systématique de l'espace. La miniaturisation de l'image entraîne une importance accrue de la bande-son.

	THEATRE	RADIO	CINEMA	TELEVISION	VIDEO
1. Relation entre production et réception	relation humaine et relativement stable	corps réduit à la voix et à l'oreille : appauvrissement, mais grossissement	corps photographié faisant l'effet du réel	possibilité du direct, mais sans retour des spectateurs sur l'acteur de T.V. en direct, relation phatique qui cherche à tenir le spectateur « volage », relation médiatisée à l'extrêmetechnologie avancée	médiatisation importante, mais possibilité de réinjecter la vidéo dans l'événement vivant
1.1. La voix	émise et perçue « naturellement »	corps réduit à la voix	effet de réel de la voix, mais délocalisation du son	effet limité de la voix	effet limité
1.2. Le public	présent de la production	en direct, mais loin	médiation maximale	médiation variable, possibilité du direct	médiation extrême
2.1 Signifiant	varié et direct	limité et médiatisé	signifiant de signifiant	confusion possible du signifiant et du référent	signifiant infiniment modelable
2.2. Figuration	stylisation malgré les apparences	figuration métonymique	grossissement figuratif	réduction figurative	grande réduction figurative et déperdition d'information
3. Condition de production	simplifiées, avec une tendance à l'utilisation d'une technologie lourde	mass-média : technologie stabilisée et institution en voie de décentralisation	technologie avancée et très liée à l'institution commerciale	mass-média par excellence, complexité de l'appareil de production et poids de l'institution	nécessite une technologie avancée, mais maniable par des individus isolés
3.1. Reproduction	directe et non mécanique	mécanique, mais en direct si l'on désire	mécanique, détachée des instances productives, très liée à l'institution	mécanique, très liée à l'institution, en direct ou en différé	très liée à la télévision comme support technologique privatisation de la sophistication technologique
3.2. Distribution et réception	directe. En un lieu et un temps non répétables nécessité d'une construction active du sens	partout, ubiquité des auditeurs réception inattentive possible (la radio comme décor sonore)	en des lieux éclatés et divers dans le temps et, relativement, dans l'espace	dans un intérieur, choix relatif dans la diversité de l'offre des programmes. Le poste T.V. fait peut-être trop partie de l'univers quotidien du spectateur qui le subit beaucoup	liée à la T.V. (enregistrement) ou aux clubs, ou encore, immédiate : un théâtre de l'événement mécanique
[illegible]	[illegible]	[illegible]	recherche d'un « lan-	peu de recherche de spé-	crise d'identité par rap-

	de l'histoire, mais remise en question à présent	gique, mais non-spécificité des thèmes et des usages	tique d'un « langage cinématographique » trop exclusivement axé sur l'image	presque abandonnées (ex: J.C. Averty) ; parfois adaptation de la dramaturgie théâtrale aux données de la production/réception pour l'écran	cherche avortée sur la spécificité télévisuelle filmage léger recherche dans l'abstraction, le montage et le rythme des images
4.2. Cadrage	fixé par le rapport scène/salle et, accessoirement, dans les procédés scéniques de sémiotisation et mise en cadre d'événements	plan sonore (Cf. 4)	fondamental dans la recherche des images avant et avec leur montage narratif	comme au cinéma, avec la contrainte supplémentaire du petit écran	comme pour la télévision, avec en plus un appauvrissement de l'image
4.3. Normes et Codes	normes historiquement connues et répertoriées	normes en nombre réduit, tant qu'il s'agit de pièce radiophonique (et non de musique transmise par la radio)	normes spécifiques et non spécifiques	normes encore mal connues (tout comme la spécificité)	normes mal connues (comme pour la spécificité) dans l'art vidéo (vidéo-clip), refus des normes, et peu de recul pour les repérer
4.4. Répertoire	réserve de textes dramatiques selon une époque ou un auteur répertoire de textes pouvant donner lieu à de nouvelles mises en scène d'un même texte et création d'un répertoire de quelques grandes mises en scène de référence	mal connu, souvent aucune trace du « script » de la pièce radiophonique. Le produit est fini, seulement rediffusable en entier	publication des scénarios, pâle reflet des films construction possible pour le cinéphile d'un répertoire de classiques ou d'un genre donné	archives de l'INA non accessibles à tous. Une mémoire d'éléphant, mais qui trompe énormément	répertoire difficilement répertoriable et trop fondé sur la diversité
5. Statut fictionnel	se donne comme fiction (malgré des effets de connaissance du réel)	coexistence de l'information « pure » et de la fiction « pure », mais contaminations nombreuses	distinction entre le documentaire (reportage) et le film de fiction	comme pour radio	information (ex: surveillance d'un magasin vidéo à circuit fermé) et fiction (ex: vidéo-clip à propos d'une chanson)
5.1. Indices de fictionnalité	non	oui	oui	oui	oui

Le son est ce qui, par sa qualité et sa proximité, assure le plus grand effet de réel. Le mot passe très bien à la télévision, mieux qu'au cinéma et souvent mieux qu'au théâtre, puisqu'il peut être modulé, transmis en voix off, accordé à la situation et à l'image : la « délocalisation » du son dans l'image est beaucoup moins sensible que sur le grand écran. Souvent la télévision n'est rien d'autre qu'une radio visuelle : on l'écoute de manière à la fois privée et distraite, comme une voix proche et convaincante, dont l'image n'est que la confirmation de l'authenticité vocale.

Les décors : on n'en perçoit le plus souvent que des fragments derrière les acteurs, sauf lorsque, pour insister sur un détail ou caractériser une atmosphère, la caméra fixe un gros plan ou organise un panoramique. Tant que les scènes ont surtout été tournées en studio (en France jusqu'à 1965 environ), les décors reconstitués en studio sont restés proches de la stylisation théâtrale ; ensuite, le tournage en extérieurs a fourni un cadre proche de celui du cinéma, et l'effet de réel a été au détriment de la clarté et de la stylisation.

Les éclairages sont rarement aussi variés et subtils qu'au théâtre et au cinéma ; ils doivent tenir compte du parc de postes en noir et en blanc, accentuer les contrastes et bien gérer les masses lumineuses.

Le montage joue sur des effets de forte ponctuation, de ruptures dramatisées, de points d'orgue. Le récit doit être lisible et organisé en ménageant le suspense, rapide et cohérent.

Le jeu de l'acteur : la caméra est centrée sur les acteurs-locuteurs, le plus souvent en plan américain, de façon à montrer leurs réactions psychologiques et physiologiques. Trop de gros plans en couleur risquent cependant de révéler leurs imperfections épidermiques. L'acteur, comme les autres éléments du film et de l'écran, n'est qu'un élément intégré et soumis au dispositif industriel et signifiant des metteurs en scène. D'où une certaine « décorporalisation » : l'acteur n'existe plus que dans sa fragmentation, sa métonymie, son intégration au discours filmique.

Fable et thématique : elles sont certes variables, mais elles se réfèrent la plupart du temps à la réalité sociale, au journalisme, à des sujets de la vie courante. Une telle matière narrative se prête au feuilleton à épisodes ou à la série. Héritière de la littérature triviale de colportage et du mélodrame, la dramatique affectionne des histoires aux recettes éprouvées, aux héros malheureux, aux destinées en dents de scie. A la télévision, le théâtre est consommé de la même manière que les informations, la météo ou la publicité.Les informations prennent ainsi la coloration d'un show à grand spectacle, avec du sang, des morts ou des mariages qui paraissent être ceux d'un mélo ou d'une opérette ; inversement, la fiction télévisuelle ne se départit jamais d'un fond de réalisme et de quotidienneté ; elle se prête le mieux à un répertoire naturaliste et à une esthétique des effets de réel.

La mise en scène pour la télévision résulte des éléments précédents ; elle est la vaste chaîne d'assemblage où la mise en cadre et en séquence doit finalement hiérarchiser et corréler les composantes du téléfilm. Plus la cohérence est sensible, la forme indistincte du fond, plus la dramaturgie télévisuelle prouve sa spécificité, passant ainsi avec succès du théâtron à l'électron.

C. Dramaturgie de la vidéo

On retrouve pour la vidéo le même double statut, informationnel et fictionnel, du média, comme pour la radio et la télévision. Elle est tantôt utilisée pour surveiller, noter, enregistrer des informations, tantôt pour fabriquer une fiction, à la manière du cinéma ou d'un téléfilm. Dans son utilisation pour la création des vidéoclips, la vidéo est en mesure d'instaurer une narrativité des séquences d'images qui situent le chanteur ou illustrent son texte par des plans qui sont dans un vague rapport thématique avec les paroles ou avec l'atmosphère de sa musique. La dramaturgie d'un tel vidéoclip se fonde sur un ancrage spatio-temporel de la chanson et sur une tentative pour rapprocher l'énonciateur (le chanteur) et ses énoncés (ce dont il chante), de manière à faire de l'image alternativement un commentaire visuel des paroles et une anticipation de ce qui va être dit dans les paroles à venir.

D. Spécificité de la radio

La parole : l'auditeur est rarement concentré sur la seule écoute de la pièce. Le transistor multiplie les lieux où le théâtre s'insinue. La radio retrouve une source intimiste, presque religieuse de la parole ; elle renvoie à un état édénique d'une littérature uniquement orale. Sans être tout à fait bloqué sur place comme pour le théâtre de la télévision, l'auditeur radiophonique se trouve dans une situation d'écoute proche du rêve éveillé ou du fantasme. A travers la radio, l'auditeur tient une sorte de monologue intérieur ; son corps est comme dématérialisé et il reçoit l'écho amplifié de ses rêveries et de ses pulsions.

La fiction : la pièce radiophonique est liée à une fiction, quoique ce caractère ne soit pas toujours clairement perçu par l'audience (Cf. O. Welles et ses émissions radiophoniques déclenchant la panique en 1938). A la différence du reportage, des informations, des discussions, la fiction radiophonique fait intervenir des voix jouant des personnages et créant un monde imaginaire. Elle se libère peu à peu du journalisme, de l'information linéaire, de la forme dialogique et du réalisme dans les situations et les voix.

La production en studio : à la différence de la scène, le studio est un lieu immatériel, qui sert de support à la fabrication des sons, au montage des voix, à la synchronisation de la voix, du bruit, de la musique. L'auditeur a l'illusion que la performance auditive est fabriquée et émise dans le moment de sa réception.

Types de pièces radiophoniques :

1) retransmission en direct depuis le théâtre : au début de la radio, les pièces étaient parfois retransmises en direct depuis les théâtres parisiens. Les décors ou les jeux de scène étaient alors décrits par un commentateur. Cette pratique existe encore aujourd'hui avec les retransmissions en direct de la Comédie-Française. Ni théâtre, ni radio : une telle émission est plus un documentaire qu'une œuvre originale.

2) lecture dramatisée depuis le studio.

3) pièce radiophonique dramatique avec des voix de personnages reconnaissables, des dialogues, des conflits, comme on en trouverait dans une dramaturgie naturaliste.

4) pièce radio épique : elle dramatise un personnage ou une voix.

5) monologue intérieur.

5) collage de voix, de bruits, de musique.

7) création électronique de la voix humaine par synthétiseur, travail musical sur la voix et les bruits.

E. Spécificité de la télévision

Définir la spécificité de la télévision est tout aussi hasardeux que de chercher l'essence du théâtre. Partons de la proposition de Patrick Besenval : « Si l'on cherche une véritable spécificité de la télévision, on arrivera vite à cette définition : ‘ La télévision n'est rien d'autre que le *retour régulier à domicile* de *messages audio-visuels* qui apparaissent sur l'écran au *moment même* où ils sont émis ’. C'est-à-dire quelque chose qui tiendrait à la fois du feuilleton, du cinéma, de la perception réelle aussi. Autrement dit encore, la télévision, c'est d'abord un *programme,* ensuite ‘ *le cinéma chez soi* ’, enfin la sensation d'une *mise en contact immédiate* avec ‘ le mode ’, qui culmine dans le direct ». (Besenval, 1978, p. 14). Mais une fois encore, l'ampleur du sujet est telle qu'on abordera plus précisément le cas de la télévision filmant du théâtre, pour observer le choc de leurs spécificités.

La situation de réception : le petit écran, au cœur de la maison, est le point d'attraction et le cordon ombilical avec un ailleurs que l'on situe mal.

Les interruptions, volontaires ou involontaires, de l'émission sont possibles, et le téléspectateur, sollicité par de nombreux autres programmes, est un être fondamentalement instable, d'où la difficulté de le river à son siège et de l'intéresser à un spectacle beaucoup plus nerveux que celui de sa version scénique qui dure trois heures et plus. La mise en scène du téléfilm ne devra (ne devrait) donc jamais ennuyer ou perdre sa force narrative.

Les médiations entre producteurs et récepteurs : elles sont innombrables : médiations technologiques, mais aussi interférences et transformations sémiotiques du sens dans les étapes du jeu des comédiens sur la scène de théâtre, puis dans le studio, puis dans le cadrage et le montage du film ou de la vidéo tournés sur eux, enfin dans l'adaptation et la miniaturisation pour le petit écran.

L'effacement de la théâtralité : le metteur en scène télévisuel d'un spectacle théâtral préexistant ou d'une dramatique peut choisir soit d'effacer les manifestations les plus voyantes et scéniques de la théâtralité en recherchant des « effets-cinéma », en naturalisant le jeu et les décors, soit d'afficher cette théâtralité, de la souligner par un décor abstrait, une diction très chantée, comme si la caméra effectuait un reportage sur les lieux du théâtre.

Principes de la transposition du théâtre à la télévision : alors qu'au théâtre, le spectateur fait lui-même son tri dans les signes de la représentation, à la télévision (comme au cinéma), un fléchage du sens a déjà été effectué pour lui dans le cadrage, le montage, les mouvements de caméra. Pour une émission à partir d'une mise en scène théâtrale, cela implique que la mise en scène filmique ait le « dernier mot » pour donner sens au spectacle. L'objet théâtral le plus compact et achevé se trouve toujours déconstruit et reconstruit dans le discours filmique, lors du tournage et du montage et dans le discours télévisuel (miniaturisation, réception privée différée, etc). Tout ceci plaide en faveur d'une dramaturgie télévisuelle spécifique.

F. Spécificité de la vidéo

Le média est trop récent et utilisé de manière trop diversifiée pour qu'il soit possible de le réduire à une série de traits spécifiques. Il faudrait d'ailleurs préciser quelle définition de l'image la vidéo utilise : 300 à 450 lignes pour la vidéo légère, 625 lignes pour la télédifusion. La vidéo peut d'ailleurs, paradoxalement, produire l'effet d'un événement théâtral : ainsi la vidéo en circuit fermé révèle un effet de présence et d'événement ; elle devient le théâtre d'un événement mécanique. On voit la dualité avec le théâtre : au théâtre, la représentation est éphémère, le texte permanent ; à la vidéo, la représentation est permanente, le discours, le sens et le texte éphémères.

G. Statut fictionnel des médias

Le théâtre se donne comme fictionnel, mais cette fiction n'est compréhensible que parce qu'interviennent des effets de connaissance du réel pour l'authentifier. A la radio et à la télévision, la programmation s'efforce de tenir séparées information et fiction. Elle dispose pour cela d'indicateurs de fiction : l'annonce par la speakerine de l'émission et de son contenu, le générique, la reconnaissance des journalistes, leurs allusions répétées à la situation déictique de la communication non fictionnelle, l'assurance qu'on a tenté de cerner la vérité, etc. C'est aussi dans l'utilisation de la voix, dans l'instance sur les procédés esthétiques signalant la fiction ou l'information que l'on reconnaît le statut fictionnel de l'émission : l'auditeur ou le spectateur s'y trompe rarement, lorsqu'il prend le programme en route, preuve que le travail de discrimination est bien fait.

3. Interférences des médias

On vient de voir qu'une théorie unifiée des pratiques spectaculaires incluant le théâtre et les médias est fort problématique. Il n'est guère plus aisé de connaître les mécanismes d'interférences et de contaminations entre les divers médias et entre les médias et le théâtre.

Nous laissons de côté, car hors de notre compétence, la question pourtant fondamentale des facteurs économiques qui déterminent l'évolution des médias. Nous renvoyons à des travaux pertinents (Busson, 1983-1985 — Mattelart, 1979 — Flichy, 1980). On s'efforcera ici d'évaluer l'interdépendance et l'interaction des médias. Pour ce faire, on distinguera deux types d'influence :

a) **Une influence technologique** (⇒) : comment le développement d'un média peut agir sur les autres, en lui fournissant de nouvelles possibilités techniques, et en le modifiant d'autant. Nous partons de l'hypothèse qu'il y a lutte à la fois technologique et esthétique entre les divers médias, que chacun évolue, est contaminé par l'autre. Nous convenons avec A. Busson que « le nouveau médium offre des possibilités de programmation et surtout de diffusion beaucoup plus larges que les médias qui lui préexistent. Le prix de revient de ses produits est bien plus faible si on le rapporte à l'audience potentielle et les modalités d'achat sont pour le consommateur plus simples et financièrement plus intéressantes » (Busson, 1985, p. 103).

Ce sont les conséquences esthétiques de ces remaniements qui nous intéressent ici : « le médium dominé est non seulement obligé de redéfinir son rôle social et économique par rapport au nouveau médium qui le domine, mais est également tenu à un repositionnement esthétique » (Busson, 1985, p. 103).

b) Une influence esthétique (→) : le progrès technologique a des conséquences esthétiques sur le média, soit qu'il modifie sa signification et ses potentialités, soit qu'il crée de nouvelles significations. Les nouvelles possibilités de diffusion ont une influence sur la qualité esthétique du produit. L'influence prend la forme tantôt d'une confrontation directe (par exemple en « filmant le théâtre »), tantôt d'une modification indirecte de ses lois et potentialités (ainsi le développement du cinéma ou de la radio) ou infléchit la manière d'écrire pour le théâtre. On se consacrera surtout ici à cette influence esthétique indirecte, à cette contamination des médias les uns par les autres. Il n'est pas aisé de saisir cette interaction qui n'est jamais tangible et réductible à une influence technologique (même si elle dépend bien au départ de cette influence technologique). Cette interaction esthétique des médias, nous chercherons à la retracer dans la manière spécifique dont les utilisateurs des médias continuent leur création. Ainsi, et paradoxalement, on observe à la fois une contamination des médias ou des médias sur le théâtre *et* un refus de certains arts de se laisser influencer, de rivaliser, une recherche redoublée de leur spécificité, ce qui pousse des créateurs comme Brook, Grotowski ou Patte à un théâtre pauvre, qui ne se laisse pas « impressionner » par les médias tout-puissants.

Pour ne pas trop obscurcir un paysage médiatique déjà très chargé, on a limité les médias à la radio, au cinéma, à la télévision et à la vidéo. Toutes les combinatoires théoriquement possibles entre ces médias, auxquelles s'ajoute le théâtre, n'ont certes pas la même pertinence, mais on les envisagera tout de même systématiquement les unes après les autres, tant au plan de la technologie qu'à celui de leur esthétique.

A. Théâtre ⇒ Radio

Le théâtre « fait son entrée » dans la radio à travers les retransmissions, en direct ou en différé, d'un spectacle théâtral réellement prévu et donné dans une salle et pour un public de théâtre. Les premières réalisations ont été effectuées de cette façon et l'expérience se poursuit encore avec les retransmissions en direct de la Comédie-Française, le dimanche après-midi, sur France-Culture. L'absence d'éléments visuels est péniblement compensée par une description de la scène en début d'acte. Le « commentateur » effectue un reportage assez discret sur les jeux de scène des comédiens, notamment lorsqu'ils sont particulièrement porteurs de sens. Parfois, le commentateur se contente de lire les indications scéniques du texte, lesquelles n'ont d'ailleurs pas été nécessairement reprises par la mise en scène. L'auditeur entend assez mal les réactions du public, ses rires, ses applaudissements, ses manifestations, mais il se fait une faible idée de la relation théâtrale du vrai public au spectacle ; les réactions perçues lui semblent alors plus gênantes que révélatrices.

Théâtre → Radio

Le théâtre a d'abord imposé aux pièces radiophoniques ses propres structures dramatiques, reproduisant notamment la notion de personnage, d'action, de fable, tentant de bâtir le « radiodrame » comme une pièce de théâtre à laquelle il ne manquerait « que » la mise en scène. L'histoire de la pièce radiophonique est une suite de tentatives d'émancipation, une recherche de sa spécificité minimale. Les meilleurs auteurs pour la radio savent se soumettre aux exigences de la situation de production et de réception, pour se démarquer radicalement du théâtre. Beckett, par exemple, refuse, dans une lettre à son éditeur américain du 27 août 1957, la mise en scène théâtrale de sa pièce radiophonique *All That Fall* : « *All That Fall* est spécifiquement une pièce radiophonique, ou plutôt un texte radiophonique, pour des voix, non pour des corps. J'ai déjà refusé qu'elle soit mise en scène et je ne peux l'imaginer en ces termes. Une simple lecture devant un public me semble à peine possible, et même ainsi j'ai mes doutes. Mais je suis absolument opposé à toute forme d'adaptation en vue de la convertir en théâtre. Elle n'est pas plus du théâtre que *Fin de partie* est de la radio et la jouer, c'est la tuer. Même la dimension visuelle réduite qu'elle recevra de la lecture la plus simple et statique des lectures détruira toute qualité qu'elle puisse avoir et qui dépend du fait que la chose entière puisse sortir de l'obscurité ». (cité in *Modern Drama,* 1985, vol. XXVII, 1, p. 38).

Radio ⇒ Théâtre

La radio influence les moyens de production du théâtre par le biais des textes, musiques, bruits préenregistrés sur la bande magnétique et « injectés » dans la représentation théâtrale. L'enregistrement est perçu à travers les haut-parleurs, tout comme l'auditeur entend la radio. L'utilisation de micros portatifs par les acteurs produit le même effet de délocalisation du son, de décorporalisation de la représentation théâtrale. Cette entrée en douceur ou en force de la voix mécanisée risque de *dénaturer* le théâtre, de lui faire perdre sa spontanéité, sa vulnérabilité, son imprévisibilité, mais aussi de lui ôter sa substance de corps naturel et conducteur de l'événement scénique.

Radio → Théâtre

La dramaturgie de la radio (décrite plus haut) exerce une influence mal connue, mais réelle, sur la production dramatique contemporaine. La tendance de l'écriture dramatique est à la simplification, à l'ellipse, à l'introduction d'éléments épiques, au montage rapide de séquences, au collage de divers matériaux. La radio contribue ainsi (au même titre d'ailleurs que le cinéma ou la télévision) à dématérialiser la scène, à réduire l'acteur à une pure présence vocale, à bannir les signes visuels au profit de l'écoute du texte. C'est le cas chez Beckett *(Les Beaux Jours)* ou Handke *(Par Les Villages) :* tout, dans ces pièces, est concentré sur l'émission de la parole privée du secours de la figuration visuelle.

B. Radio ⇒ Cinéma

Le transfert technologique s'est fait par la sonorisation des films, autrefois « muets ». Même si la technique de la radio et celle de la bande-son ne sont pas comparables, le résultat seul importe : la possibilité de reproduire mécaniquement un fragment de réel, et notamment l'environnement auditif, créateur des plus forts effets de réel. Les améliorations techniques de l'enregistrement du son (stéréo, dolby, etc.) poussent l'auditeur à rechercher dans le cinéma l'illusion d'une seconde réalité.

Radio → Cinéma

L'influence esthétique et/ou idéologique de la radio sur le cinéma est très difficilement cernable. On fera deux hypothèses, qui ne sont contradictoires qu'en apparence : 1° la faculté de documenter la réalité, d'informer l'auditeur radiophonique sur le monde extérieur est relayée, et même dépassée par le film documentaire et plus encore par le reportage télévisuel — car les salles ne programment plus guère de film documentaire ou d'actualité. Le cinéma devient le média par excellence de la reproduction documentaire. 2° Mais, inversement, le cinéma expérimental peut être tenté de mettre en question l'impérialisme de l'image, en réduisant volontairement les propriétés « habituelles » (plus que « naturelles ») du cinéma, à savoir le « pouvoir de l'image ». En « désencombrant » l'image de toute figuration, en évitant les changements de cadrage, de plan, en grossissant et multipliant les effets sonores, on produit un cinéma — celui de Marguerite Duras, par exemple — qui retourne la perspective « normale » et met surtout en valeur des propriétés constitutives du son et de la voix radiophonique dans son rapport au spectateur/auditeur.

Cinéma ⇒ Radio

Technologiquement, l'influence est négligeable, car l'appareil de transmission est fort différent dans chaque cas.

Cinéma → Radio

Le cinéma (et la télévision) ayant une grande faculté de saisir et de rendre le réel, la radio se trouve en position d'infériorité, sentant bien qu'elle doit se défendre contre son nouveau rival qui, en quarante ans d'existence, a conquis le marché de l'information familiale. La radio souffre d'un complexe par rapport à la T.V. au point de faire sa publicité sur son art d'être une « radio en couleurs » ; elle sait bien que le client préférera suivre les évolutions de l'équipe de France de foot-ball à la télévision et que les films détournent ses auditeurs. Elle n'ose pas élaborer une radiodramaturgie spécifique qui ne soit pas un pâle décalque du théâtre ou du cinéma ; elle préfère annoncer les films passant à la T.V. et discuter des sorties en salles des nouvelles œuvres. Elle n'ose pas « parler » du football ou du théâtre différemment et tente de compenser par un déluge de mots et d'émotions l'absence d'images. Autant de réflexes de défense et de mimétisme qui paralysent la recherche de solutions spécifiques.

C. Cinéma ⇒ Vidéo

Le cinéma se miniaturise et s'individualise en prenant le format de la cassette vidéo visionnable à la télévision. Ce transfert et cette réduction ne posent plus de problème technique ; ils entraînent une réduction de l'image et un appauvrissement de sa qualité.

Cinéma → Vidéo

Dans les débuts de la vidéo, notamment du tournage en vidéo lourde, le modèle des dramatiques télévisuelles et des techniques cinématographiques a eu tendance à s'imposer : même type de cadrage, de plans, de zooms, même attention portée à la cohérence du récit. La tendance s'est inversée, sous l'influence des vidéo-clips (cf plus bas J.).

Vidéo ⇒ Cinéma

Il est possible de tourner un film en vidéo légère, ce qui facilite grandement la tâche des réalisateurs, accélère le montage et donc réduit les coûts.

Après avoir longtemps singé le cinéma, la vidéo devient le média dominant qui impose ses lois aux autres, ce qui retentit bien sûr sur la dramaturgie cinématographique nouvelle. Les résultats ne sont pas d'ailleurs très brillants, notamment pour ce qui est de la qualité et de la définition de l'image. Rien ne remplace (encore ?) la bonne vieille pellicule 35 Eastman-color.

Vidéo → Cinéma

Bien que la vidéo soit un média récent et en pleine expansion, elle a déjà fait évoluer les structures narratives du cinéma. Celles-ci sont devenues moins linéaires, plus manipulables, déconstructibles, fantastiques, fascinées par la manière brillante et rapide de filmer un spot publicitaire. J.J. Beinex, en tournant *Diva* ou *La Lune dans le caniveau,* s'est inspiré des techniques de clips publicitaires. Aussi attribue-t-il aux clips une grande influence sur les formes et les contenus narratifs du cinéma contemporain : « Par définition, le clip, c'est tout ou rien. Le meilleur ou le pire. Mais une chose est certaine : plus on avance, plus on sort des sentiers du récit... On assiste aujourd'hui à un éclatement des normes et des formes, exactement comme dans la peinture il y a quelques années, lorsque les artistes se sont lancés dans l'abstrait ». (*L'événement du Jeudi,* 22-28 Novembre 1984). Ce type de figuration — dans les clips de musique rock par exemple — la visualisation de l'émotion, du trucage, de la surface, de l'impression, tout ceci amène une dissolution de la narrativité, un refus de la causalité, de l'arrière-plan philosophique, social ou psychologique. Comme si les fantasmes formaient une surface totalement détachée du réel. (Cf infra J.)

D. Vidéo ⇒ Télévision / Vidéo → Télévision

Le recours de plus en plus fréquent aux caméras vidéo par la télévision se justifie par une simplification du processus de manipulation, stockage, transformation de l'image.

La conséquence esthétique est un emploi trop rigide ou trop imprécis de la caméra vidéo, ce qui produit un téléfilm trop morcelé ou mal contrôlé, dont J.C. Averty parle en ces termes :

— R. Jacquinet : *« On prétend généralement que la continuité de la vidéo fixe permet aux acteurs de se lancer beaucoup mieux que dans le morcellement des plans cinéma. »*

— J.-C. Averty : *« Ça leur permet surtout de s'écouter parler et de jouer comme des tortues, ça oui ! On a droit à la lenteur de jeu des Buttes-Chaumont. On marche puis on parle, puis on remarche sans parler, puis on s'arrête, puis on parle, c'est effroyable. »* (Cité : Besenval, 1978, p. 126).

Télévision ⇒ Vidéo / Télévision → Vidéo

Les recherches constantes sur le matériel T.V. se répercutent sans délai sur le matériel vidéo et réciproquement. L'osmose est presque totale entre ces technologies. Mais la fonction esthétique de ces deux technologies est radicalement différente. Elles utilisent toutes deux la même image télévisuelle. La relation de la vidéo et de la télévision est à la fois naturelle (même support) et conflictuelle. Jean-Paul Fargier, lui-même créateur d'art vidéo, décrit ainsi leurs démêlés :

> *« Maintenant si je considère quelles sont les œuvres vidéo qui me paraissent les plus fortes, les plus spécifiquement fortes, les plus fortement spécifiques, je constate qu'il s'agit presque toujours de bandes et d'installations qui s'en prennent d'une façon ou d'une autre à la télévision. Qui prennent la télévision tour à tour pour cible, adversaire, rivale, alter ego, référent, matière première, modèle exemple, négatif, déchet, bref pour autre. Un autre dont il faut se séparer, se distinguer. Un autre auquel on ne peut pas ne pas s'opposer, tout simplement pour être ce que l'on doit être. Tout se passe comme si la vidéo ne pouvait donner le meilleur d'elle-même qu'en affrontant, directement ou indirectement, sciemment ou inconsciemment, violemment ou diplomatiquement, spontanément ou mathématiquement ce qui la lie à la télévision « Vidéo : un art de moins », Art-Press,* n° 47, Avril 1981. (Cité in Dany Bloch, *L'Art vidéo,* L'image 2/Alin Avila, 1983.)

De la télévision, la vidéo garde le sens de l'éphémère et de l'évanescent avec toutefois la possibilité de *rejouer* cette éphémérité et donc de la nier. Comme la télévision est regardée par un très vaste public, ses procédés esthétiques doivent être compréhensibles et quasiment transparents. La vidéo s'adresse encore — lorsqu'elle n'est pas utilisée comme simple support à reproduire un film ou une émission TV — à un public de connaisseurs, et l'expérimentation paraît la règle du jeu, d'où un foisonnement d'expériences sur l'image, le récit, le rythme et le rapport au son. L'art vidéo est pour l'instant dans la position d'un média dominé, réduit à une expérimentation dont la complexité et le coût le limitent à un groupe de passionnés. Là encore, ce sont les conditions socio-économiques de la production qui déterminent la spécialisation artistique et la recherche d'une spécificité esthétique : « le renoncement forcé à l'universalité conduit les médias dominés à *proposer des productions plus spécifiques,* mieux adaptées à leur cible désormais restreinte — les jeunes (cinéma) et les intellectuels (cinéma, théâtre)... » (Busson, 1985, p. 103).

E. Télévision ⇒ Théâtre

La technologie télévisuelle ne paraît pas avoir d'impact possible sur la production théâtrale, sinon par la négative : le grand public, pris au piège de l'intériorité domestique et des sirènes irrésistibles du poste de télévision, néglige le théâtre qui exige un effort minimal pour choisir la pièce, acheter le billet, se déplacer, etc. Le spectateur de télévision devient celui qui regarde et ne parle pas, l'inverse même du spectateur de théâtre qui « parle » à la scène par son regard et son écoute, la modifie par son attention, *parle* aussi à son voisin dans la salle, même s'il n'ouvre pas la bouche, car il sait qu'au théâtre il appartient à un groupe qui, *volens nolens*, est solidaire, embarqué dans le même bateau (ou la même galère) et qui ainsi ne peut pas ne pas se parler. Jean Baudrillard montre bien que les médias :

> « sont ce qui interdit à jamais la réponse, *ce qui rend impossible tout procès d'échange (sinon sous des formes de* simulation *de réponse, elles-mêmes intégrées au procès d'émission, ce qui ne change rien à l'unitéralité de la communication)* » *(...) « La TV, c'est, par sa présence même, le contrôle social chez soi. Pas besoin de l'imaginer comme périscope espion du régime dans la vie privée de chacun, puisqu'elle est mieux que cela : elle est la certitude que les gens ne se parlent plus, qu'ils sont définitivement isolés face à une parole sans réponse.* » (1972, pp. 208 et 211)

Télévision → Théâtre

La création dramatique ne souffre pas de la concurrence qualitative de la production télévisuelle ; elle se sent même supérieure au travail spécifiquement télévisuel et libérée du réalisme psychologique qu'affectionnent les « dramatiques » télévisuelles. En ce sens, la formation (ou plutôt la *déformation)* du goût du public par la télévision rejaillit nécessairement sur le futur public de théâtre, notamment dans ses exigences de réalisme, de vraisemblance, dans sa volonté d'être conforté par le spectacle, au lieu d'être dérangé par lui. Il ne faut pas oublier d'autre part qu'une partie énorme de la production théâtrale est perçue uniquement à travers la télévision, que ce soit à travers les retransmissions du type « Au théâtre ce soir » ou à travers les magazines culturels. La télévision et son « discours filmique » (c'est-à-dire sa manière de filmer le théâtre) deviennent la forme normale de présentation. La banalité répétitive du « discours filmique » (comme dans *« Au théâtre ce soir »* par exemple), ajoutée à la banalité effarante des comédies de boulevard racolant le public en racontant la nième version des cocus magnifiques, font que le public potentiel est très mal préparé pour découvrir le *Théâtre du Soleil* ou le *Théâtre National* de Chaillot, alors même qu'il a l'impression d'être familiarisé avec le théâtre.

Théâtre ⇒ Télévision

Malgré sa faiblesse technologique face à la télévision, le théâtre n'a pas craint d'influer à sa manière sur la télévision, en se donnant tel quel à l'œil inflexible et doublement frontal des caméras. Ce fut et c'est encore la glorieuse époque des retransmissions en direct ou en différé des spectacles par la télévision et celle de l'époque, elle révolue, des dramatiques lourdes et lentes des Buttes-Chaumont où l'on filmait en direct avec une vidéo lourde. Entrés tels quels à la télévision, le théâtre ou le cinéma ne pouvaient manquer de perdre à la fois leur force et forme originelle tout en contaminant et stérilisant la télévision, l'empêchant de trouver son propre langage. Les critiques à l'égard de cette entrée clandestine du théâtre à la télévision n'ont pas manqué, telle celle de J.C. Averty :

> *« L'erreur, c'est de faire de la vidéo fixe en faisant du théâtre filmé. C'est appelé à disparaître de plus en plus. Je pense à tout ce qu'on voit généralement et qu'on appelle l'art dramatique des Buttes-Chaumont, c'est-à-dire la pièce écrite ou non pour la Télévision, filmée dans des décors construits avec quatre caméras, le tout en direct, ou par de longues séquences d'une demi-heure enregistrées. A mon avis, c'est une erreur fondamentale. Ce n'est pas vraiment du théâtre ; ça en a tous les défauts, aucune des qualités. Ce n'est pas du cinéma non plus car c'est lourd. Ce n'est sûrement pas de la télévision, car on se sert de la télévision comme moyen de reproduction. Cela consiste à traquer des comédiens dans un décor, sous des micros. C'est la pensée du cinéma sans la finesse d'analyse de la caméra cinématographique qui permet, par la multiplicité des plans, de fouiller la psychologie des personnages. Alors que là, en direct, on est toujours condamné aux plans moyens, gros plans, plans d'ensemble. De plus, la technique est rudimentaire parce qu'on ne peut pas faire autrement : les caméras de télévision ne sont pas des choses souples, du moins employées de cette façon en direct. Les comédiens jouent mal parce qu'ils sont hypertendus. Ils jouent en direct, soit, mais enfin, ils jouent moins bien qu'au théâtre, sans l'aura du théâtre, et moins bien qu'en cinéma lorsqu'un directeur est près d'eux pour les guider, plan à plan, pour leur insuffler une espèce de verve. Enfin, ce n'est pas du tout de la télévision car la*

télévision c'est tout autre chose, c'est jouer avec l'électronique. Reproduire les choses, faire un travail d'huissier en studio condamne complètement toutes les dramatiques qui ont été faites depuis vingt-cinq ans. » (Cité in Besenval, 1978, p. 124)

Théâtre → Télévision

La conséquence la plus désastreuse de cette irruption du théâtre dans la télévision fut de ne pas adapter la dramaturgie du théâtre à celle du film télévisuel. Ce refus d'adaptation a d'ailleurs pris des formes antithétiques : ainsi, dans la dramaturgie des Buttes-Chaumont, on appliquait par force la règle de l'unité de lieu et de temps à des textes qui auraient voulu jouer sur la variété des temporalités et des lieux ; au contraire, avec la vidéo légère tournant en décors naturels, la télévision s'efforçait de ne pas « faire théâtre » en multipliant les lieux, les objets, les points de vue, les changements de rythmes perdant irrémédiablement l'unité de ton et d'action nécessaire au drame (et pas seulement au drame *classique*). Dans les deux cas, il manquait une réflexion sur les moyens d'effectuer une translation cohérente d'une pratique spectaculaire à l'autre.

F. Théâtre ⇒ Vidéo

Aucune influence technologique du théâtre sur la vidéo. Seule la *vidéo performance* s'amuse à manipuler théâtralement des machines, à confronter l'homme et la machine, à *réduire* la technologie électronique la plus sophistiquée à la merci de l'acteur vivant, dont le *physique* triomphe toujours de la machine, quelles que soient les apparences.

Théâtre → Vidéo

La vidéo s'inspire volontiers du cinéma, de la télévision (dont elle a peine à se distinguer), mais peu du théâtre, sinon dans le sens assez banal où elle filme encore souvent des personnages engagés dans une action.

Il semble d'autre part que le théâtre soit devenu une proie vivante facile pour l'enregistrement vidéo. Les gens de théâtre ne semblent plus pouvoir résister aux pressions des médias qui les invitent à filmer leur spectacle, en l'adaptant plus ou moins, et à en produire une version vidéo. Vitez a filmé ses quatre Molière ; Brook, l'homme de l'immédiat et de l'éphémère, a prolongé la carrière de *Carmen* en tournant trois versions différentes pour le cinéma et la télévision. « Ils ne mouraient pas tous, mais tous étaient frappés » aurait dit La Fontaine. Certes, cette volonté de tout contrôler électroniquement saisit aussi le théâtre, qui risque d'y perdre son identité, sous prétexte, au moins potentiellement, de toucher des millions de spectateurs et de conserver pour les générations futures et les chercheurs en théâtrologie, race d'ailleurs en voie d'extinction. Mais les hommes de théâtre ne sont pas dupes de ce marché de la vidéo : ils savent que le produit de cette mise en mémoire électronique déplace et reconstruit ce qui était au départ événement théâtral. Ainsi ce texte-poème de Vitez :

> « *Le plaisir du théâtre est lié au fait...*
> *— est lié indestructiblement —*
> *— indissolublement —*
> *... au fait qu'il ne dure pas.*
> *C'est drôle, quand on pense*
> *aux efforts de notations*
> *aux efforts d'archivages*
> *de vidéo, de mise en conserve des pièces de théâtre :*
> « *Il faut noter, il faut engranger, il faut garder.* »
> (Copferman/Vitez, 1981, p. 138)

Ils comprennent aussi, ces hommes de théâtre, que la vidéo ne saurait détruire le théâtre, mais tout au plus le conforter dans sa certitude que son unicité, son éphémérité ressortent grandies des avances de la vidéo.

Vidéo ⇒ Théâtre

L'influence technologique de la vidéo est peu sensible dans la pratique théâtrale actuelle, sauf pour les expériences d'injection d'émissions vidéo préenregistrées dans le spectacle théâtral. Pourtant, le caractère vivant, fragile et imprévisible du théâtre n'en sort que plus renforcé, ainsi que son incorruptibilité. Ainsi la vidéo-performance est d'abord une performance, un travail concret et situé de l'artiste pour un public, aussi réduit soit-il, avant d'être une manipulation d'appareils de vidéo.

Le théâtre recourt pourtant de plus en plus à l'enregistrement vidéo : pour répéter une scène, faire prendre conscience aux acteurs de leur jeu et de leur image dans l'espace ; pour noter une mise en scène, afin de garder en mémoire les déplacements, les intonations, le rythme. (Ceci est pratiqué couramment par la Comédie-Française ou le T.N.P. de Chaillot.) (Cf. plus bas G. les moyens de filmer le théâtre avec la vidéo.)

Vidéo → Théâtre

Si le transfert technologique entre les deux pratiques est, du fait de l'inégalité de leur développement technique, quasi impossible, leur contamination esthétique est extrême. En disposant sur scène ou dans les salles des écrans-moniteurs pour la vidéo, le metteur en scène injecte un matériau visuel, documentaire, extraits de films, montage effectué spécifiquement, image en circuit fermé de la salle ou de la scène. La fonction de cette injection varie considérablement : détourner l'attention, contredire la scène et l'acteur vivant, traiter plastiquement la scène avec ces murs d'écrans à la Nam-June Paik, déstabiliser la perception du spectateur en l'obligeant sans cesse à changer de régime de représentation et de fictionnalité. Parfois l'acteur vivant « dialogue » avec son image vidéo ou d'autres personnages seulement filmés en vidéo (ainsi Ligeon-Ligeonnet dans sa version de *Woyzeck*. Josef Svoboda a le premier introduit un circuit fermé de télévision dans ses spectacles : *Prometheus* de Carl Orff, 1968 et *Intolleranza* de Luigi Nono, 1965).

On peut certes, avec Evelyne Ertel, douter de la réussite de cette injection de matière électronique dans le tissu vivant de la représentation :

> *« Les conditions de réception « spectatorielles » du théâtre et de la télévision sont radicalement opposées. On veut transformer par moments le spectateur de théâtre en spectateur de télévision, afin de jouer sur cette différence même et que ce clivage produise une faille par où l'émotion et /ou la prise de conscience naîtront. Mais justement ce clivage ne se produit pas. Le spectateur de théâtre ne se divise pas : il reste tout entier spectateur de théâtre, parmi une communauté de spectateurs et d'acteurs ; il n'est pas tout seul, ou isolé avec sa famille, dans son petit appartement, à deux pas de cet objet familier, quasi membre de la famille, auquel il peut s'abandonner. On a beau multiplier les postes, les rapprocher du public, la difficulté est incontournable : les données spatio-temporelles du théâtre sont telles que le poste de télévision ne peut y fonctionner que comme un signe global au sein de la représentation et non comme un médium autonome émettant ses propres signes. »*
> (*Journal du Théâtre National de Chaillot,* n° 12, Juin 1983)

Dans ces exemples décrits par E. Ertel, l'image vidéo est clairement considérée comme l'intruse dans la représentation théâtrale, intruse au point d'être finalement rejetée par le spectateur de théâtre. Inversement, la *vidéo-performance* joue sur l'utilisation simultanée d'un corps de l'artiste et des images qu'il produit ou manipule. Ce qui est premier, c'est ici la performance de l'artiste et le corps à corps qu'il engage avec le média vidéo. La vidéo devient, chez Nam-June Paik et Charlotte Moorman, un partenaire de jeu, elle permet une méditation active sur l'interaction entre la machine enregistreuse et l'homme (Cf Bloch, 1983, pp. 24-30).

« Dans T.V. Bra, Nam-June Paik étudie les rapports qui s'instituent directement entre le corps de la jeune femme [Charlotte Moorman] et l'équipement technologique : deux petits moniteurs accrochés à son soutien-gorge. Pour T.V. Cello, *il a conçu un dispositif complexe qui consiste en plusieurs moniteurs empilés les uns sur les autres (...) Charlotte [dit Nam-June Paik] est elle-même son propre maître puisqu'en jouant de son violoncelle, elle génère elle-même des images qu'elle peut diriger... Charlotte n'est pas dans l'appareillage vidéo, c'est celui-ci qui est en elle. »* (Bloch, 1983, p. 116)

G. Théâtre ⇒ Cinéma

Pas d'influence, par nature, car le théâtre n'a pas une infrastructure technologique qui pourrait suffire au cinéma.

Théâtre → Cinéma

L'influence dramaturgique du théâtre sur le cinéma naissant, pendant les dernières années du siècle précédent, a été énorme : le faible développement de la technique cinématographique et l'habitude d'écrire pour la scène ont été deux facteurs déterminants pour le jeu très « théâtral », à savoir frontal, statique et redondant des premiers films de Méliès, ce « créateur du spectacle cinématographique », et à travers Méliès d'un cinéma encore sous l'influence de la représentation théâtrale (jeu, découpage de l'action, espace frontal et non désorienté par la caméra, recours à des écrivains et à des hommes de théâtre pour les scénarios).

En réaction contre cette filiation embarrassante, le cinéma a vite trouvé sa spécificité, en se donnant d'ailleurs une image très partiale et limitée du théâtre : il a tenu à multiplier les plans, les perspectives, les lieux, à livrer le spectateur au rythme du montage, à jouer contrapuntiquement sur le son et l'image, sur le mouvement des objets et de la caméra.

Ce n'est que récemment que l'on a abandonné ces grandes cosmogonies où théâtre et cinéma se trouvaient opposés avec des critères plus métaphysiques et « spécifiques » qu'historiques et matérialistes. On ne cherche plus à les définir une fois pour toutes ; on s'intéresse au contraire aux échanges de procédés qui caractérisent leurs rapports incestueux, à la relativité des notions de *théâtralité* ou de filmité (si l'on permet le néologisme). Eric Rohmer le remarque avec humour : « Jadis, le pire reproche qu'on pouvait faire à un film était : « ça fait théâtre ». Aujourd'hui, on dirait plutôt : « ça fait cinéma ». (*Cahiers Renaud-Barrault,* n° 96, 1977 p. 11).

Cinéma → Théâtre

L'intervention technologique du cinéma sur le théâtre est manifeste dès lors qu'on veut filmer le théâtre. Il y a certes d'innombrables manières d'intervenir sur le théâtre pour le saisir sur la pellicule ou la caméra vidéo, mais deux grandes hypothèses se présentent :

1. Filmer ce qui a existé comme représentation théâtrale, indépendamment du tournage.

2. Filmer ce qui n'a pas existé comme représentation théâtrale, qui est spécifiquement présenté à la caméra avec quelques propriétés d'un événement théâtral.

1. *Filmer une représentation*

On pourrait légitimement soutenir que, dès lors qu'on amène des caméras dans une salle de théâtre, et aussi discrètes soient-elles, le jeu des acteurs et la représentation s'en trouvent perturbés et dénaturés, et par conséquent qu'on ne saurait filmer le théâtre sans le détruire en tant que tel. L'argument est irrécusable, mais on admettra un degré minimal de dérangement du spectacle lors du filmage en public.

A. C'est le cas avec *1789,* spectacle du *Théâtre du Soleil,* tourné au cours de douze représentations et qui a le mérite de montrer le public, les coulisses, le spectacle en train de se faire et non pas une hypothétique représentation théâtrale typique et parfaite. Le film de Mnouchkine saisit la relation théâtrale, montre l'espace, multiplie les points de vue sur une scénographie déjà éclatée, restitue la simultanéité des récits. (Cf. La prise de la Bastille dans le spectacle *1789*).

B. Le cas est très différent avec le film *Le Bal,* tourné par Ettore Scola d'après le spectacle du *Campagnol,* « coordonné » par Jean-Claude Penchenat. Il ne s'agit pas du filmage du spectacle réel, mais d'une adaptation pour le cinéma, avec les mêmes comédiens (ou presque), réalisée en studio à Cinecitta. Le travail des comédiens, inspiré de la mise en scène d'origine, mais corrigé et adapté à l'espace nouveau, s'adresse à présent à la caméra et est décomposé pour être monté ensuite comme un film normal. En ce sens, cet exemple appartient à la seconde catégorie : ce qui est filmé n'a pas existé — du moins dans cette forme et ce lieu — comme théâtre créé pour un public.

C. Avec *Carmen* filmé par Peter Brook à partir de son opéra donné aux Bouffes du Nord précédemment, on est dans un cas de figure assez proche du *Bal.* La différence essentielle, c'est que Brook est à la fois l'ancien metteur en scène de l'opéra et le metteur en scène du film et qu'il tourne aux Bouffes du Nord, transformées d'ailleurs en studio et privées de leur public. Ce n'est pas là le seul changement. La scénographie théâtrale se composait d'une arène de sable entourée par la fosse d'orchestre, au fond, les murs du fond de la scène, des côtés latéraux et du public très proche des chanteurs. Les plans du film distinguent plusieurs sous-lieux et surtout ils sont centrés sur le ou les deux chanteurs au cœur du drame et sur des détails psychologiques de son comportement.

2. *Filmer des fragments de théâtre*

Le théâtre n'existe plus comme réalité première à saisir (comme dans *1789*) ou comme théâtre adapté aux exigences techniques du tournage. Le film a réaménagé le texte dramatique, fait un choix très partial de fragments (ainsi pour le *Falstaff* d'Orson Welles). Il ne reste de théâtral que le texte de Shakespeare, mais il a été tellement coupé, « monté », regroupé qu'on peut lui faire dire à peu près ce que l'on veut. La théâtralité est comme concentrée dans certaines scènes, par exemple : lorsque Falstaff et Hal parodient la conversation du roi et de son fils dans un jeu de rôle très psychodramatique. Pour le reste, le discours filmique ne doit absolument rien à une mise en scène théâtrale de Shakespeare. Le montage très rapide, fondé sur les contrastes des lieux et des visages, sur un découpage du texte, est fait pour donner au film une dynamique qui tient à l'art du montage.

Cinéma → Théâtre

Le cinéma, dès les années vingt, a fait son entrée sur la scène pour illustrer le propos ou documenter le spectateur (Piscator, Brecht). Il avait pour fonction de déranger la perception traditionnelle, de fournir une toile de fond ou un complément ironique à l'action scénique. Des metteurs en scène comme Richard Demarcy (dans *Disparitions* ou *Parcours*), Henri Gruvman (dans *Gru-gru*) jouent aujourd'hui à déranger la perception théâtrale, à faire réagir l'acteur à l'image animée.

L'influence dramaturgique du cinéma sur l'écriture théâtrale est beaucoup plus profonde et durable. L'introduction d'éléments épiques ou le montage de la fable chez Brecht, la manipulation du temps et de l'espace sont autant de techniques éprouvées de l'écriture dramatique. La mise en scène n'est pas en reste, qui peut cadrer un acteur ou un groupe, focaliser ou défocaliser un point de la scène, effectuer un gros plan ou un travelling sur un acteur. Eisenstein, homme de cinéma mais aussi créateur de théâtre, décrivait la mise en scène théâtrale comme un processus de montage :

> *« Une mise en scène dans laquelle les personnages passent du premier plan au fond du plan, puis reviennent au premier plan est un*

peu un équivalent du montage. On pourrait appeler cela un montage latent. » *(Mettre en scène,* p. 253)

Enfin, dit Vitez, « *il y a un autre domaine beaucoup plus subtil dans lequel le théâtre a été infecté par le cinéma (... A partir de la fin des années trente et sous l'influence des metteurs en scène d'Europe centrale, russes notamment, le théâtre s'est mis à vouloir être plein de signes comme un œuf. (...) Nous [Chéreau et moi] l'imitons [le cinéma] en mettant dans chaque œuvre la quantité de travail qu'on aurait pu mettre dans un film, dans une œuvre qui n'aurait pas été destinée à être éphémère. Ce qui fait la vraie différence entre le cinéma et le théâtre c'est que le théâtre est fait pour être abattu par la marée montante alors que le cinéma est fait pour être conservé et multiplié* » (Vitez, 1980, pp. 64-65)

H. Télévision ⇒ Radio

Pas d'influence technologique.

Télévision → Radio

La radio est nécessairement en position d'infériorité face à la télévision, puisque celle-ci peut remplir la plupart des tâches de la radio (reportage, information, retransmission d'un spectacle, etc.) avec en plus la présence de l'image qui, aux yeux du public, authentifie le message. Par contrecoup, la radio se croit obligée d'entrer en compétition avec la télévision, en multipliant ses sources d'information et d'émission, en collant à la réalité pour informer immédiatement son public, en répétant sans cesse les mêmes informations (France-Inter, le matin), en faisant intervenir les auditeurs par leurs questions, etc. La nature « réaliste » de l'image télévisuelle semble vouloir s'imposer dans le style de figuration dramaturgique de la radio : les pièces radiophoniques se raccrochent encore trop souvent à des notions véristes comme celles de personnage, d'histoire, de lieux réels, de chronologie.

Radio ⇒ Télévision

Les recherches radiophoniques n'ont pas encore été utilisées pour l'appareil de télévision qui reste une boîte à musique assez rudimentaire.

Radio → Télévision

Les programmes télévisuels reproduisent les mêmes grandes catégories que la radio : information, fiction, variétés, publicité, le tout coupé en fines tranches minutées et peu mobiles. Pour ce qui est du théâtre ou des dramatiques écrites pour la télévision, il semble que les réalisateurs ne puissent pas ou n'osent pas expérimenter et innover autant que certains auteurs de radio. Les raisons en sont multiples : la dramatique télévisuelle cherche en vain sa propre voie, elle reste sous l'emprise narrative du théâtre et du cinéma. La télévision s'adresse, ou croit devoir s'adresser — sondages obligent — à une plus vaste audience qu'elle craint de décourager par une recherche trop formelle.

I. Télévision ⇒ cinéma

Les caméras vidéo sont parfois utilisées pour tourner le film, pour des raisons d'économie et d'efficacité.

Télévision → cinéma

L'influence de la télévision est énorme et, dit-on dans les milieux du cinéma, dévastatrice. Alain Busson décrit le transfert du média comme un transfert de la clientèle la moins favorisée :

> « *L'examen des structures de clientèle montre aisément que, là aussi, ce sont les couches sociales les moins favorisées qui ont le plus fortement modifié leurs habitudes. La désaffection des salles obscures s'inscrit d'ailleurs dans un refus plus général des consommations collectives et un repli vers des activités individuelles et domestiques dont la télévision reste le symbole le plus accompli.* »
> (Busson, 1985, p. 103)

Quand on se souvient que 68,8 % des Français regardent chaque jour la télévision, que 49,6 % des Français vont au moins une fois au cinéma par an et seulement 10,3 % au théâtre au moins une fois par an (source : Busson, 1985 : p. 105), on comprend tout de suite que la télévision est devenue le média dominant, exerçant un ravage économique et esthétique sur le théâtre. Même le cinéma, média autrefois dominant, se trouve modifié par ce rapport de force. Comme le note le rapport Malécot, en janvier 1977, « C'est parce que les Français n'ont jamais vu autant de films que le cinéma se porte aussi mal ». (Cité in Busson, 1985, p. 104).

On en est arrivé à ce retournement que des films sont à présent tournés avec la participation financière de la télévision, en prévision de leur future exploitation sur le petit écran. Il en résulte, pour le tournage des films, une tendance à utiliser une thématique, un découpage, un montage, une technique de l'acteur spécifiques de la télévision. Cette distorsion est encore aggravée, lorsque le film ainsi tourné est exploité à la télévision : l'image acquiert une définition insuffisante, la miniaturisation rend la lecture de l'image pénible. Le cinéma et la télévision y sont également perdants.

Cinéma ⇒ Télévision

La télévision est devenue le canal principal pour montrer des films, certaines chaînes (*Canal +*) se spécialisent dans ce type de programmation.

Cinéma → Télévision

Malgré la tendance actuelle à produire des films qui seront ensuite exploités en vidéo-cassette et à la télévision, le téléfilm (la dramatique) continue à être construit et réalisé comme du cinéma en miniature : même découpage, même abus des extérieurs et des changements de lieux, même type de plan et de rythme narratif.

> *« Cette « nostalgie du cinéma »* [*dont parle J.C. Averty, à propos de ses collègues (1975, p. 128)*] *flatte le goût dominant du public, et limite ce qui pourrait sembler la spécificité technologique de la télévision : la vidéo en studio avec trucages, incrustation, remodelage de l'image, à un jeu expérimental sans lendemain. »*

J. Radio → Vidéo → Radio

Ce dernier cas de figure est le plus inattendu. Il bénéficie de l'attention particulière de l'industrie des mass médias. Le vidéo-clip sert deux maîtres : l'industrie du disque (la radio) et le marché de la vidéo. Le clip n'est en rien une illustration référentielle de la chanson ou de la musique, il n'interprète rien, n'imite rien.

Ainsi détaché de toute référence à un texte (comme « autrefois » le théâtre), de toute interprétation (comme la mise en scène), de tout récit cinématographique classique (comme la télévision), le clip utilise la musique (le rock notamment) pour trouver un rythme visuel qui s'adapte à celui de la musique. Le rock, qui adore « jouer au grand méchant loup », s'adapte parfaitement aux surprises des changements de plans et des scènes fantastiques. Etant entendu (si l'on peut dire) que le rock ne raconte pas une histoire, l'équivalent ou l'accompagnement visuel est libre. Le vidéo-clip ne doit pas ennuyer le spectateur-auditeur par un décor fixe, mais fournir une suite d'idées visuelles choquantes, d'événements merveilleux activés par des trucages sympathiques, de faire des chanteurs et musiciens des petits lutins qui sont à la fois les producteurs de la musique et ses premiers auditeurs-danseurs, engagés dans la fiction merveilleuse du clip. Produit immédiatement consommable et jetable, le clip peut au moins se vanter de remettre en question les rapports entre les médias et de renvoyer à une autre pratique spectaculaire.

Dans ce survol des interférences technologiques et esthétiques entre les médias et le théâtre, on n'a pu que constater, même si c'était de manière nécessairement mécanique, que le théâtre n'est à l'écart d'aucun média et que « l'œuvre d'art à l'ère de sa reproductivité technique » (Benjamin, 1936) n'échappe pas à l'emprise socio-économico-technologique, laquelle détermine sa dimension esthétique. La contamination technologique et esthétique est inévitable, que ce soit dans l'interaction effective des techniques médiatiques ou dans le désir effréné de maintenir sa spécificité ou sa pauvreté (Grotowski). L'heure n'est plus au protectionnisme entre les arts, mais à l'expérimentation de leurs possibilités et de leurs frontières. L'influence la plus marquante des médias aura été sans conteste de fonder sur la notion de progrès technologique et de diffusion de masse toute réflexion esthétique, cette réflexion se donnant ainsi les moyens d'être matérialiste et axée autant sur la production, la diffusion et la réception. Reste — et c'est ce qu'on a voulu ici tenter — qu'une réflexion sur ces pratiques spectaculaires ne doit pas se laisser impressionner par la complexité technique des médias ou par les phénomènes socio-économiques de l'industrie culturelle, mais qu'elle doit, dans notre perspective d'une esthétique des formes spectaculaires, examiner les processus de transformation sémiotique d'une forme à l'autre, l'émergence du sens dans ces contaminations et le dynamisme des pratiques médiatiques et spectaculaires de notre temps.

Bibliographie

Jean-François Barbier-Bouvet, 1977, **De la scène au petit écran,** Ministère de la Culture et de la Communication.

Jean Baudrillard, 1972, « Requiem pour les médias », in **Pour une Critique de l'économie politique du signe,** Paris, Gallimard.

Walter Benjamin, 1971 (1936), « L'Œuvre d'art à l'ère de sa reproductivité technique », in **L'Homme, le langage et la culture,** Paris, Denoël-Gonthier.

Patrick Besenval, 1978, **La Télévision,** Paris, Larousse.

Dany Bloch, 1983, **L'Art Vidéo,** Paris, Limage 2-Alin Avila.

Alain Busson, 1983, **La place du théâtre dans le champ culturel,** Université de Paris I.

Alain Busson, 1985, « Innovation et structuration du champ culturel » in **Théâtre/public,** n° 64-65.

Degrés, 1986, n° 48, **La captation,** Bruxelles.

Les dossiers du petit écran, C N D P (29, rue d'Ulm, 75005 Paris).

Anne-Marie Duguet, 1981, **Vidéo : la mémoire au poing,** Paris, Hachette.

H. Eisler, 1972, **Musique de cinéma,** Paris, L'Arche.

H.M. Enzensberger, 1970, « Baukasten zu einer Theorie der Medien », in **Kursbuch,** n° 20.

Martin Esslin, 1985, « Drama and the Media in Britain », in **Modern Drama,** vol. XXVIII, n° 1.

Patrice Flichy, 1980, **Les industries de l'imaginaire,** P.U. Grenoble, I.N.A.

M. Horkheimer, T.W. Adorno, 1974 (1947), « La production industrielle des biens culturels », in **La dialectique de la raison,** Paris, Gallimard.

F. Huser, 1975, « La vidéo et le temps », in **Revue d'Esthétique,** n° 4.

Marshall Mc Luhan, 1968, **Pour comprendre les média,** Paris, Mame/Seuil.

A. et M. Mattelart, 1979, **De l'usage des médias en temps de crise,** Paris, A. Moreau.

Modern Drama, 1985, Special Issue : **Modern Drama and the Media,** vol. XXVIII, n° 1.

Edgar Morin, 1958, **Le cinéma ou l'homme imaginaire,** Paris, Minuit. (Repris dans Gonthier, Médiations).

Jean-Marie Piemme, 1975, **La propagande inavouée,** Paris, UGE, 10/18.

Jean-Marie Piemme, 1984, « Le souffleur inquiet », Bruxelles, in **Alternatives Théâtrales,** n° 20-21, Ateliers des Arts.

Serge Serror, « Réflexions sur l'évolution de la dramaturgie télévisuelle » in **Etudes cinématographiques.**

Michel Souchon, **Petit écran, grand public,** I N A, Paris, La Documentation Française.

Antoine Vitez, 1980, « Antoine Vitez, le signifiant et l'histoire », in **Ça cinéma,** n° 17.

Raymond Williams, 1974, **Television : Technology and Cultural Form,** London, Fontana.

III

Quatre approches

I. Histoire des codes

A la base même du phénomène théâtral affirmé dans un grand nombre de cultures, il y a l'idée d'une configuration spatiale particulière suggérée par le mot « théâtre » — un lieu où l'on voit. De nombreux théoriciens et historiens ont mis l'accent sur le caractère central de cette configuration. Dans *The seven Ages of Theatre*, Richard Southern perce l'épaisseur des signes associés au théâtre et entreprend de découvrir son « essence ». Au cœur du théâtre, il trouve deux éléments différents, l'acteur et le public. « Si vous séparez ces deux éléments, vous n'avez plus rien » (Southern, 1961, p. 21). La « définition minimale » du théâtre par Eric Bentley aboutit à la même conclusion : « A joue le rôle de B tandis que C regarde » (Bentley, 1964, p. 150). D'autres approches, comme l'analyse anthropologique de David Cole, nous mènent à la même dialectique par une voie différente. Pour Cole, le théâtre a lieu dans un endroit mystique où deux mondes sont confrontés — le lieu étrange, dangereux et fascinant d'un « en ce temps là » qui relève de l'« archétype », lieu habité par le shaman ou l'acteur qui nous représente tandis que nous l'observons depuis le monde plus banal mais plus sûr de la réalité quotidienne. Ce ne sont pas ces espaces séparés de l'acteur et du public qui constituent le théâtre, mais leur confrontation : « C'est contre l'acteur que nous prenons le caractère collectif du public » (Cole, 1975, p. 71). Pour que cette confrontation se produise, il faut évidemment que l'acteur et le public soient physiquement présents.

Le théâtre en tant que structure culturelle est ainsi fondé sur une relation spatiale différente de celle d'autres systèmes.

Chaque culture a son propre système, pour organiser l'espace, à l'intérieur d'une habitation par exemple, mais l'habitation ne présente aucune relation d'espace universelle qui corresponde au code fondamental du théâtre ; il n'y a pas non plus une seule structure commerciale, malgré la dialectique existant entre l'acheteur et le vendeur. L'église ou le temple offre peut-être la relation architecturale fondamentale la plus proche du théâtre, dans la mesure où ils représentent un point de rencontre du célébrant séculaire et du sacré célébré ; même si le sacré peut être présent spirituellement ou symboliquement, et non spatialement, comme l'acteur. Certaines structures religieuses comme la traditionnelle maison de rencontres des quakers peuvent ainsi inclure un espace « sacré » à l'intérieur de leurs limites. Certaines performances expérimentales modernes cherchent à accorder la même liberté au théâtre. Au nombre des « axiomes » pour le « théâtre environnemental », Richard Schechner compte par exemple celui-ci : « l'acteur et les spectateurs emploient le même espace » (Schechner, 1968, p. 43). Mais ceci est plutôt vrai littéralement que psychiquement. Tous ceux qui ont partagé le même espace physique avec des acteurs en représentation auront ressenti la pertinence de cette observation de Cole : l'acteur demeure presque toujours un « autre », étrange et dérangeant, habitant un monde possédant ses propres règles, monde que le public, aussi proche soit-il, ne peut pénétrer. L'histoire de la signification spatiale du théâtre sera donc en grande partie une histoire qui étudie comment différentes cultures ont modifié la localisation, la taille, la forme et le rapport exact des espaces du jeu et du public selon une diachronie des idées sur la fonction du théâtre et selon le rapport aux autres systèmes culturels.

Le théâtre était un des objets architecturaux définissant la cité grecque ; c'était, selon Pausanias et bien d'autres, un élément essentiel dans le répertoire des objets architecturaux, même si la taille et la méthode de construction impliquaient qu'il fût normalement situé hors du centre le la ville. Le cœur de ce théâtre était l'*orkhêstra,* entouré sur trois côtés par un amphithéâtre de sorte que l'espace de jeu pénétrait dans l'espace du public. Il pourrait être utile de passer en revue les différentes variations de l'espace de l'acteur/public, depuis un espace entièrement séparé (comme pour le cinéma et la télévision) jusqu'à un espace complètement intégré, comme le théâtre environnemental de Schechner, où chaque acteur peut créer sa propre « niche » d'espace de jeu. La forme la plus intégrée avec un espace public-acteur nettement défini consiste dans ce qui est parfois appelé la forme de l'arène, lorsque l'espace de jeu est entièrement entouré par le public. C'est là un dispositif naturel dans une zone restant indifférenciée ; on le trouve souvent dans des manifestations théâtrales qui ont lieu à l'extérieur de structures bien définies. La scène en forme de rostre projette l'aire de jeu vers l'aire du public ; même si, dans un tel dispositif, le décor est derrière l'acteur, le spectateur perçoit les acteurs comme intégrés spatialement au monde du public, beaucoup plus qu'au monde représenté par le décor. Le modèle de la confrontation, que nous examinerons plus précisément dans son contexte historique, détache nettement l'acteur de l'espace du public pour le plonger dans l'espace du monde théâtralisé (illustration n° 1).

Illustration 1

Le théâtre grec, dont la forme initiale fut probablement une scène en forme d'arène avec le public autour de l'orkhêstra, conserva le dispositif du rostre intégré ; même si le développement du bâtiment de la *skénè,* utilisé comme aire pour se changer et pour jouer, a rendu impossible un dispositif entièrement en forme d'arène. Bien mieux, ce théâtre n'a pas seulement cherché à intégrer la représentation et le public, mais à intégrer le public lui-même. Le type de codes architecturaux utilisés à d'autres périodes pour marquer les différences sociales dans le public n'existait pas dans l'auditorium grec avec ses rangées courbes de bancs socialement équivalents.

Le développement du bâtiment de la *skénè* au début de la période classique constitue un autre élément dans le répertoire des espaces théâtraux qui se trouva codé de manières très différentes par la suite. La fonction essentielle de cet élément était de fournir un lieu à l'arrière-scène pour que les acteurs puissent se vêtir et changer de costumes et de masques, ce qui permettait d'entrer et de sortir rapidement de l'aire de jeu. Ces considérations pratiques se maintinrent pour une grande variété de loges d'acteurs et d'espaces d'arrière-scène, au cours de l'histoire, mais cet espace remplit, dès le début, d'autres fonctions. Lors de sa première apparition connue, l'*Orestie* d'Eschyle, la *skénè* représentait le palais de Thèbes et le temple de Diane. Sa porte principale devint un espace de présentation pour des tableaux scéniques, son toit figurait les murs de la ville, les toits des palais, et même la résidence des dieux. Ainsi se développa une caractéristique spatiale universelle de la scène en forme de rostre, caractéristique partagée, parfois, par la scène frontale à l'italienne. Derrière l'aire de jeu on trouve généralement une autre aire, celle des espaces de soutien pour les acteurs, tandis que le mur séparant ces deux zones désigne des éléments scéniques signifiant le monde fictif de l'action dramatique.

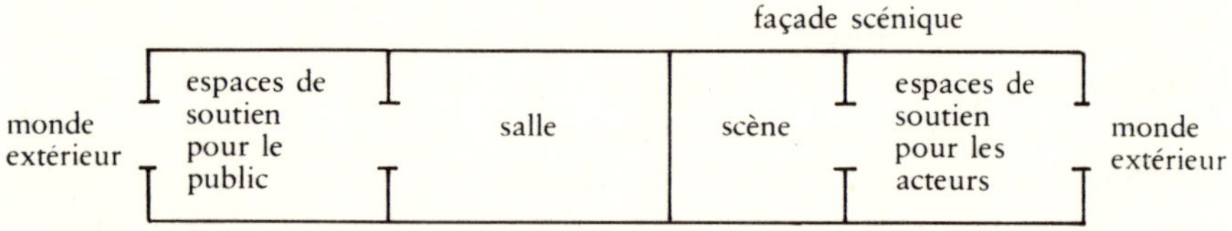

Illustration 2

Probablement dès le théâtre grec et en tout cas plus tard, les structures du théâtre fournissaient un « espace de repos » parallèle pour le public : les halls et les foyers. On trouve un parallélisme intéressant et significatif dans ces deux types de « zone de soutien » (illustration n° 2). Chaque zone sert d'espace transitionnel entre le monde extérieur, où les acteurs et le public se rencontrent dans des relations différentes, et le monde particulier de la scène et de la salle. Acteurs et spectateurs utilisent normalement ces espaces intermédiaires pour se préparer à leur différents « rôles » dans l'espace central. Les acteurs ajustent leurs costumes et leurs maquillages, ils se préparent physiquement et psychologiquement à leur contact avec le public. Les spectateurs effectuent des préparatifs plus modestes mais similaires dans leurs propres espaces de soutien. Dans un théâtre moderne, ils peuvent laisser leur manteau au vestiaire, bavarder avec d'autres spectateurs, se préparer à partager la même expérience, lire le programme ou des comptes rendus affichés dans le hall et donc s'abstraire, comme ces espaces les engagent à le faire, de leurs soucis extra-théâtraux. Durant les entractes, acteurs et spectateurs se retirent dans leurs propres espaces de soutien, là où ils peuvent se détendre brièvement avec leurs compagnons en oubliant les tensions et les obligations de la confrontation scène/salle.

Le bâtiment théâtral ne faisait pas partie du répertoire architectural de l'ancienne cité médiévale, même si une grande variété d'autres espaces, créés dans d'autres buts, étaient utilisés pour le théâtre, chacun jouant un rôle spécifique dans cette expérience. Les drames liturgiques, représentés dans les cathédrales et les monastères, exploitaient les codes spatiaux et décoratifs de ces bâtiments, utilisant les sanctuaires et les chapelles avec les tonalités symboliques appropriées, tout aussi bien que des éléments standardisés comme l'autel élevé, la crypte, les fonts baptismaux et l'orientation architecturale de la cathédrale selon l'axe oriental (Jérusalem et l'Eden) et l'axe occidental (la mort et la résurrection).

Dans les grands drames joués au cours d'une procession, la cité même devenait l'espace de la représentation, l'équivalent visuel et spatial du mélange des références bibliques et contemporaines dans les peintures de l'époque et dans les textes des drames médiévaux. Ainsi la Passion viennoise du quinzième siècle qui commençait sur la place du marché assumait sans conteste les connotations séculaires et sociales de cet espace, mais quand l'acteur jouant le rôle du Christ portait ensuite sa croix à travers les rues tortueuses de la cité jusqu'au cimetière éloigné où était représentée la crucifixion, la cité même prenait la connotation de la ville universelle : Jérusalem (Konigson, 1975, p. 95).

Un théâtre populaire a continué à prospérer sous forme séculaire pendant la Renaissance, réduit au plus simple des éléments spatiaux — une plate-forme surélevée sur une place publique ou sur un terrain de foire qui détachait et visualisait l'aire de jeu ; l'arrière de cette plate-forme était normalement fermé par des rideaux et constituait un simple lieu d'arrière-scène ; le devant servait de façade scénique très rudimentaire (comprenant parfois un simple rideau avec des ouvertures pour les entrées). Ce dispositif en forme de rostre permettait aux acteurs évoluant sur la plate-forme devant cette façade d'être intégrés au public.

Un type très différent d'espace théâtral apparut dans les théâtres privés des princes de la Renaissance, avec un ensemble totalement différent de codes spatiaux et décoratifs. La première chose à noter à propos de cette scène dite à l'italienne est sa localisation. Le théâtre classique (grec) était un édifice indépendant, situé sur un site accessible au peuple en général. Le théâtre médiéval, sans bâtiment permanent, se jouait dans des lieux publics comme les cathédrales ou les marchés. Les théâtres princiers de la Renaissance ne suivaient aucun de ces deux modèles. Ils ne formaient normalement pas un bâtiment indépendant, mais étaient construits à l'intérieur des résidences princières, et constituaient ainsi une partie architecturale des résidences, comme une cuisine, une chapelle ou une pièce pour les audiences. Ainsi ils n'étaient pas accessibles aux étrangers et on ne pouvait y pénétrer qu'à l'invitation du maître des lieux. Le reproche que Wagner fit aux princes de la Renaissance, à savoir de s'être appropriés les arts pour leur distraction personnelle, n'est nulle part plus évident qu'au théâtre, où l'espace physique de cet art devint littéralement une partie de la maison du prince.

Des changements tout aussi radicaux eurent lieu à l'intérieur de l'espace du théâtre. L'espace intégré acteur/public du théâtre classique grec et du théâtre médieval fut remplacé par un modèle clivé. L'ouverture de scène apparut comme un « cadre » (et une barrière) entre le monde du public et celui de l'acteur, le rideau servant à renforcer la séparation. Le trait spatial le plus important de ce théâtre fut peut-être l'énorme influence symbolique de la perspective. A la place des arrière-plans en forme de façade des premières scènes, la scène à l'italienne commença à utiliser une perspective unique qu'on ne pouvait apprécier parfaitement que depuis une position unique dans la salle, celle du prince-mécène. Les spectateurs placés sur les côtés devaient imaginer les effets théâtraux depuis le point de vue du prince, pour apprécier le spectacle à travers les yeux du prince. Sa position même dépassait celle de la scène comme point focal de l'attention (Murray, 1977, p. 28). Ceux qui ne sont pas conscients de cette double focalisation sont souvent surpris de découvrir que les salles des théâtres de la Renaissance et du Baroque étaient généralement mieux éclairées que les scènes elles-mêmes. La salle, en tant que lieu de la représentation, était décorée tout aussi richement, et peut-être même plus richement, que la scène. Les acteurs, ne bénéficiant plus de l'intimité d'une scène en forme de rostre, perdirent la dimension physique offerte par une telle mise en scène, perte compensée par le prince, qui était généralement assis sur un dais au centre de la salle, de façon à être observé sous tous les angles (illustration 3).

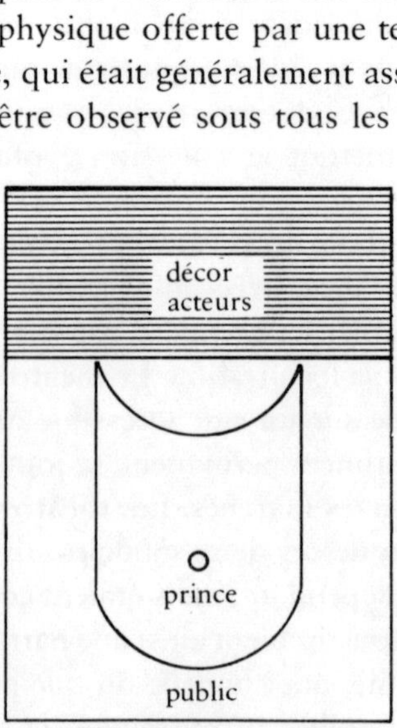

Illustration 3

Bien entendu, les théâtres publics de la Renaissance connurent des dispositifs spatiaux très différents. En tant qu'entreprises commerciales, ils attribuèrent aux différentes parties de la salle des prix différents, de sorte qu'aucun théâtre n'était démocratique dans sa manière d'asseoir le public. En revanche, une opération commerciale n'éprouvait pas le besoin de mettre en valeur une partie du public aux dépens d'une autre comme le faisaient des théâtres princiers. Ainsi le décor en perspective demeura pendant la Renaissance essentiellement un phénomène lié à la cour, tandis que les théâtres publics en Angleterre, en France, en Espagne et ailleurs, utilisaient des arrière-plans neutres ou multiples.

Les théâtres publics de la Renaissance, comme entités architecturales extérieures aux palais princiers, durent trouver leur implantation dans les nouveaux systèmes urbains, et celle-ci variait en fonction du statut assigné au théâtre en tant qu'activité culturelle. Les premiers théâtres publics *(Corrales)* d'Espagne furent fondés comme institution charitable et ils demeurèrent généralement des éléments respectés de la société, entretenant des liens étroits avec la religion d'Etat. Les *Corrales* de la Cofradia de la Pasion à Madrid étaient situés dans la Calle del Sol et la Calle del Principe, au cœur même de la ville. A Séville, le Coliseo était mitoyen avec la résidence du marquis d'Ayamonte, lequel fournissait l'eau à l'établissement depuis sa propre fontaine et obtint une entrée privée depuis sa résidence dans une loge du théâtre (Rennert, 1909, p. 53).

En Angleterre, au contraire, la marginalité sociale du théâtre se reflétait dans la marginalité physique des bâtiments situés dans les « libertés », lieux contigus à la cité sans en faire partie et séparés (en l'occurrence de la rive sud, le lieu le plus apprécié) par la formidable barrière de la Tamise. Ils avaient pour voisins d'autres établissements culturellement marginaux, comme des arènes pour le dressage des ours et des bordels. Lorsque certains théâtres anglais reçurent durant la Restauration une place officielle dans le système social, leur position dans le texte urbain refléta immédiatement ce changement et les compagnies détenant un privilège royal construisirent les théâtres au centre de Londres. Au cours du siècle suivant, le théâtre fut largement accepté en Europe comme un monument culturel, et, vers la fin du XVIIIe siècle, les urbanistes utilisaient fréquemment les bâtiments théâtraux comme nœuds de convergence pour les grands boulevards quadrillant les nouvelles villes. Ainsi le baron Haussmann fit construire à Paris d'immenses théâtres à l'Opéra et au Châtelet pour fournir à la ville de tels points de repère.

Les espaces intérieurs des théâtres européens subirent diverses modifications entre la Renaissance et le XIXe siècle, mais la salle demeura codifiée rigidement en termes de classes sociales (et parfois en d'autres termes, selon les sexes par exemple pour les théâtres espagnols). Le dais surélevé pour le prince au centre de la salle fut généralement remplacé par la loge royale ou ducale au fond et au centre de la salle, loge richement décorée. D'autres loges, de statut social évidemment inférieur, étaient placées à droite et à gauche de la loge centrale, tout autour et jusqu'à la scène, normalement sur trois ou quatre rangées. La possession d'une loge à l'Opéra devint un signe évident d'appartenance à une élite privilégiée. Un opéra comme le Metropolitan Opera de New York fut même construit, non pas pour satisfaire une passion artistique mais parce que la nouvelle richesse représentée par les Vanderbilt, les Astor et les Morgan ne pouvait acquérir de loges à la vieille Académie de Musique, où tout l'espace « aristocratique » était déjà occupé par les vieilles familles. Plutôt que d'accepter des espaces socialement inférieurs, la nouvelle société se sentit obligée de construire son propre théâtre (Eaton, 1968, pp. 1-2).

Tandis que l'aristocatie occupait les loges des théâtres européens des XVIIe et XVIIIe siècles avec des subdivisions selon les rangs, la zone entourée par les loges, le parterre ou la fosse d'orchestre, était traditionnellement l'espace réservé aux marchands, aux employés et aux professions libérales ; tandis que la galerie ou le paradis (le pigeonnier) au-dessus des loges était le lieu des soldats, des laquais et des couches inférieures de la société. Non seulement chaque classe avait son propre espace où elle se tenait, mais encore son propre espace de soutien, de sorte que les spectateurs de chacune des zones entraient par leurs propres portes, montaient par leur propre escalier et, pendant les entractes, se réunissaient dans leur propre foyer au salon, chaque groupe étant traité spatialement et décorativement selon sa classe.

La Révolution française, période pendant laquelle l'on était officiellement très sensible au pouvoir signifiant des objets et des espaces, restructura complètement le Théâtre de la Nation à Paris en 1794 pour remplacer toutes les loges et les balcons par un ensemble beaucoup plus démocratique de sièges. Cette réforme ne dura que deux ans, jusqu'à la réaction thermidorienne, lorsque les divisions spatiales furent rétablies, avec même, sous Napoléon, un rétablissement de la loge royale (ou plutôt impériale). L'Europe ne connut pas d'autre tentative de créer une salle démocratique avant la construction à Bayreuth du théâtre révolutionnaire de Wagner, tentative durable cette fois-ci et qui influença continuellement les plans des futurs théâtres. La réforme wagnérienne qui consista à diminuer l'éclairage dans la salle durant la représentation est habituellement interprétée comme une volonté de concentrer les regards sur la scène, mais ce changement véhicula aussi son message social. La salle ne pouvait plus être traitée, à l'instar de la Renaissance, comme un espace dévolu à l'exposition du pouvoir et de la pompe aristocratique.

La confrontation scène/salle, caractéristique des théâtres de cour de la Renaissance, resta le style prédominant dans la plupart des théâtres occidentaux jusqu'au début du vingtième siècle (et elle demeure encore le dispositif théâtral occidental traditionnel). Les mutations des formes et des pratiques théâtrales au cours des XVIIIe et XIXe siècles tendirent généralement à renforcer cette perspective. Dans les premières années du XVIIe siècle, quelques membres de l'aristocratie envahirent les côtés de la scène à l'italienne, retrouvant pour plus d'un siècle quelque chose de la relation spatiale acteur/public des théâtres à scène en forme de rostre, mais ils disparurent au milieu du XVIIIe siècle. L'avant-scène anglaise, autre exemple de ce type de relation, disparut elle aussi peu à peu. Vers la fin du XVIIIe siècle, l'idée baroque de l'acteur debout sur le devant de la scène et présentant au public des signes conventionnellement compris commença à disparaître pour être remplacée par une autre idée du jeu de l'acteur, ayant recours davantage aux signes de la vie quotidienne et renvoyant l'acteur aux autres acteurs (comme dans les tableaux chers à Diderot) plus qu'à l'œil dominant du prince dans la salle (Fischer-Lichte, 1983, 2, pp. 131-133).

Les Romantiques, attirés tel Hugo par le spectacle visuel, par l'approche historique, par l'environnement réaliste, prolongèrent encore cette réinterprétation de l'espace derrière l'ouverture de scène. De la période classique jusqu'au baroque, les acteurs étaient disposés en face du décor, que ce décor soit une façade neutre ou une perspective très élaborée. Au XIXe siècle, les acteurs étaient conçus comme des personnes vivant à l'intérieur de l'espace scénique, espace qui n'était plus présenté pour le public, mais, pour ainsi dire, observé comme par hasard par un public de voyeurs regardant à travers le « quatrième mur ». La salle plongée dans l'obscurité par Wagner fut une étape importante vers le renforcement de la séparation des univers (illustration 4).

Les expériences du XXe siècle, relatives aux formes théâtrales, furent très largement dirigées contre cet espace théâtral totalement divisé. Elles comprenaient le retour conscient à des dispositifs spatiaux plus anciens, la création consciente de nouveaux dispositifs, à la fois fixes et temporaires, le développement d'espaces variables et l'utilisation de l'espace non théâtral qui peut suggérer des relations acteur/public non encore explorées ou conférer à l'événement théâtral des connotations sociales et culturelles venues de l'extérieur.

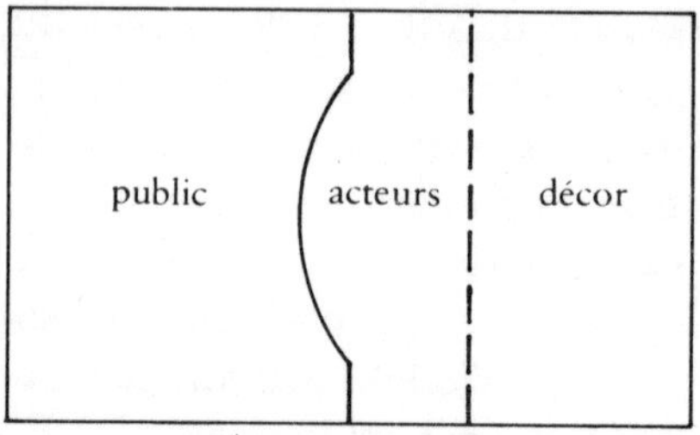

XVIIe - XVIIIe siècles

Le « quatrième mur »

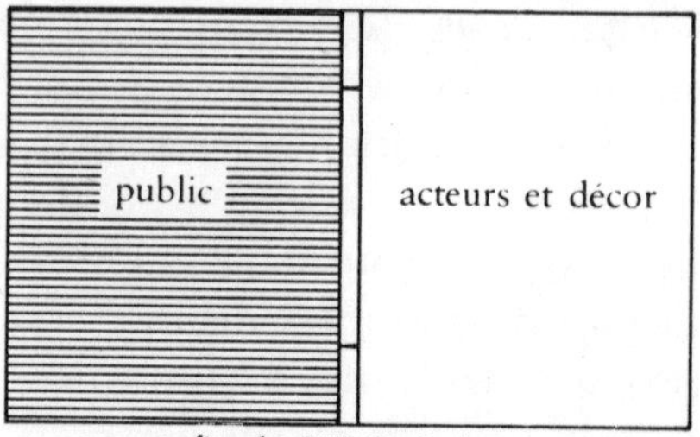

fin du XIXe siècle

Illustration 4

Au cours de la plupart des époques, brièvement évoquées ici, les codes spatiaux du théâtre furent en nombre relativement limités et connus de tous, mais aujourd'hui, au théâtre comme dans la culture moderne, une grande variété de codes sont exploités et la compétence théâtrale requiert maintenant la connaissance de plusieurs d'entre eux. Il reste pourtant certains principes généraux qui permettent de s'orienter. Les codes généraux de l'espace urbain sont toujours valides au théâtre dans la plupart des cités occidentales. On trouve trois types fondamentaux de théâtre, chacun dans son propre domaine et possédant ses propres caractéristiques dans un espace assez standardisé. Il y a d'abord les théâtres nationaux, qui sont généralement bien subventionnés, les palais de la culture du XXe siècle que l'on trouve dans des sites remplissant leur rôle de monument national, dans des parcs aménagés ou dans des complexes de bâtiments modernes. Ils contiennent parfois un ou deux petits théâtres pour le travail expérimental, même si leur destination initiale est de jouer des classiques traditionnels ou des premières de pièces importantes.

Le second type de théâtre est le théâtre commercial traditionnel, qui est si étroitement lié à un type d'espace urbain et à un type de pièce qu'on parle de théâtre de boulevard ou de pièce de boulevard, comme le théâtre ou les pièces du West End ou encore le théâtre, les pièces ou les musicals de Broadway. Ces théâtres ne sont pas des monuments autonomes comme les théâtres nationaux, mais des « théâtres de façade » ; ils font partie des ensembles commerciaux caractéristiques d'un quartier. Ils ont tendance à se regrouper dans une zone relativement étroite, à proximité d'hôtels ou de restaurants et leurs espaces intérieurs sont souvent largement utilisés pour asseoir le plus de monde possible afin de rentabiliser les profits dans un lieu très cher. Les foyers et les autres espaces de soutien sont donc très petits. Leurs scènes sont presque toujours à l'italienne, alors que les théâtres nationaux, construits beaucoup plus récemment, sont beaucoup plus variés.

Le troisième type de théâtre, le théâtre « off-Broadway » ou le théâtre marginal, se trouve éparpillé dans toute la ville, souvent isolé, mais parfois regroupé avec d'autres théâtres, surtout dans les quartiers artistiques où les expériences récentes de la performance ont encouragé le théâtre à collaborer avec d'autres arts. Ces théâtres sont souvent des lieux reconvertis ; ils sont petits, intimes et très souples pour ce qui est de la relation spatiale acteur/public.

Malgré son abondance et sa diversité, l'information relative aux codes spatiaux est aujourd'hui bien mieux connue du spectateur ; tout grand théâtre offre une structure stable inscrite dans une typologie ou un savoir dont l'identification préalable guide l'amateur de spectacle. Certains théâtres (le Théâtre de la Schaubühne am Lehninerplatz à Berlin) ou petits (le Performing Garage à New York) présentent une architecture intérieure neutre « en boîte noire », adaptable pour toute nouvelle mise en scène ; aux yeux du public habitué, pareille disponibilité spatiale a imposé des conditions de plaisir. L'ouverture s'est muée en horizon d'attente spécifique d'une catégorie de spectateurs.

La pluralité des codes fait aujourd'hui partie intégrante de l'événement théâtral. Choisissant naguère notre tenue vestimentaire (costume, habit et bijoux ou jeans et chaussures de sport) selon le lieu, nous optons également aujourd'hui pour un cadre global de prévisions ; aller au théâtre, voir vivre son désir revient aussi à anticiper des codes d'espace et de jeu selon les déterminants d'une culture donnée.

Bibliographie

Eric Bentley, 1964, **Life of the Drama,** New York.

David Cole, 1975, **The Theatrical Event,** Middleton, Conn.

Quaintance Eaton, 1968, **The Miracle of the Met,** New York.

Erika Fischer-Lichte, 1983, **Semiotik des Theaters,** vol. 2, « Von 'künstlichen' zum 'natürlichen' Zeichen : Theater des Barock und der Aufklärung. », Tübingen.

Elie Künigson, 1975, **L'Espace théâtral médiéval,** Paris.

Timothy Murray, 1977, « Richelieu's Theater : The Mirror of a Prince », in **Renaissance Drama,** n° 8,

Hugo Rennert, 1909, **The Spanish Stage in the Time of Lope de Vega,** New York.

Richard Schechner, 1968, « 6 Axioms for Environmental Theatre », in **Drama Review,** 12, n° 3.

Richard Southern, 1964, **The Seven Ages of Theatre,** New York.

II. Sociologie

1. Une discipline ?

La sociologie a constitué sans doute, jusqu'à présent, la perspective dominante développée par les sciences humaines à propos du théâtre et de ses nombreux aspects. Circonstance, d'ailleurs, nullement étonnante si l'on songe au caractère fondamentalement *social* du phénomène théâtral, à sa nature de manifestation profondément enracinée dans le tissu de l'existence collective. Toutefois, et en dépit de ce fait, on aurait du mal à soutenir qu'il existe aujourd'hui, ou qu'il a existé autrefois, une véritable discipline taxée de « sociologie du théâtre ». Et cela pour beaucoup de raisons. En premier lieu, les nombreux matériaux sociologiques relatifs au théâtre ne présentent, d'habitude, aucune homogénéité théorique et méthodologique. En outre, ce qui est pire, les résultats de ces différentes analyses sociologiques du champ théâtral ont déçu les attentes ; il s'agit en général, d'un côté, de superficielles enquêtes statistiques sur le public et, de l'autre, d'études assez abstraites et même métaphysiques, parfois, sur les rapports entre le théâtre et la société, conçus tous deux comme entités statiques et monolithiques.

Georges Gurvitch, le grand sociologue français, affirmait en 1956 (dans le premier écrit, à ma connaissance, explicitement consacré à cette nouvelle approche) que « la sociologie du théâtre n'[était] encore qu'à sa naissance » (Gurvitch, 1956, p. 202) en essayant par la suite d'« énumérer les différents secteurs ou branches qu'elle pourrait explorer » ; dix ans plus tard, en 1965, Jean Duvignaud ouvrait son gros volume, désormais classique, *Sociologie du théâtre* par des considérations bien plus critiques : « Si peu développée qu'elle soit jusqu'ici, la sociologie du théâtre a déjà mauvaise réputation car elle a laissé la porte ouverte à trop de confusions et de malentendus. [...] Ainsi, on se contente généralement de faire de la création dramatique un simple reflet des conditions sociales en général, d'établir un lien mécanique de cause à effet entre la surface de la vie collective et l'expérimentation dramatique. [...] Sans doute la sociologie du théâtre souffre-t-elle d'une extrême médiocrité, parce qu'elle s'est contentée d'établir des parallélismes entre une société figée et un théâtre mort, deux abstractions ». (Duvignaud, 1965, p. 37). Il s'agit d'une opinion dure, sans doute, mais fondée et valide, à notre avis, pour beaucoup de recherches postérieures tout autant que pour celles déjà parues à l'époque.

2. Le Grand Théâtre du Monde

Mais comment faire, alors, pour étudier les corrélations complexes « qui s'établissent entre les diverses formes de l'expérience collective à ses divers niveaux et les aspects variés du théâtre » ? (Duvignaud-Faye, 1966, p. 103). Comment éviter les impasses du sociologisme vulgaire et mécaniciste tout en essayant, aussi, d'échapper au risque opposé, et également grave, de l'esthétique pure, de l'idéalisme ou du formalisme revendiquant l'autonomie de l'œuvre d'art par rapport à la société et à l'histoire ? D'une part, la théorie sociale la plus avancée et la nouvelle histoire ont démontré, d'une façon très convaincante, qu'une société ne représente jamais une entité monolithique et immobile ; tout au contraire, elle est constituée par un ensemble dynamique de niveaux (structurels et supertructurels : économiques, sociaux, politiques, culturels, artistiques, etc.) dont le fonctionnement historique n'est pas nécessairement parallèle ou convergent et dont les temps de transformation (en un mot, la « durée ») ne sont pas toujours identiques (ce qui explique les phénomènes, d'ailleurs bien connus, des survivances, des contradictions entre niveaux, etc). Il s'agit ici d'une stratification, disons « transversale » qui, bien sûr, recoupe la stratification « verticale » en classes, sous-classes, regroupements particuliers, etc., dont justement des chercheurs tels que Gurvitch, Ralph Linton et d'autres ont précisé les composantes, les typologies et le fonctionnement historique.

D'autre part, la dilatation progressive de la catégorie de « théâtre » (dilatation — il faut le rappeler — sollicitée et presque imposée par les expérimentations de l'avant-garde théâtrale contemporaine) a permis de mettre mieux en lumière les éléments dramatiques dont est nourrie la vie même des sociétés et de s'apercevoir que les phénomènes du *jeu,* de la *fiction* et du *masque* (au sens plus large de ces mots) ne sont pas limités à l'espace théâtral proprement dit.

A. Cérémonie dramatique et cérémonie sociale

Celui qui a poursuivi avec le plus de décision et de finesse ce rapprochement et cette confrontation entre phénomènes sociaux et phénomènes théâtraux, à l'échelle macrosociologique, a été sans doute Jean Duvignaud. Pour déceler la dimension théâtrale de la vie sociale, il recourt, d'après une indication de Gurvitch, à la notion de « cérémonie », et propose d'étudier les ressemblances (autant que les différences) entre les *cérémonies dramatiques* (qui ont lieu au théâtre proprement dit) et les *cérémonies sociales,* c'est-à-dire ces dramatisations spontanées dont est parsemée l'histoire des groupes et des nations. Un des buts principaux de sa démarche demeure néanmoins de montrer combien il est difficile souvent de séparer nettement l'une de l'autre. Lorsqu'il parle de cérémonies sociales, Duvignaud ne se réfère pas seulement à ces grandes formes de théâtralisation spontanée qui sont représentées, soit dans les sociétés dites primitives soit dans celles dites civilisées ou historiques, par les *rites* et les *fêtes publiques :* « à des degrés différents — écrit-il — un *meeting* politique, une messe, une fête de famille ou de quartier sont, eux aussi, des actes dramatiques », autant qu'une séance de tribunal, un jury de concours, l'inauguration d'un monument... (Duvignaud, 1965, pp. 4-6).

On se demandera ce que signifie cette théâtralité généralisée, quelle est la fonction de ces cérémonies (grandes et petites) dans la vie sociale. « On dirait — répond Duvignaud — que la société recourt au théâtre chaque fois qu'elle veut affirmer son existence ou accomplir un acte décisif qui la met en cause » (Duvignaud, 1965, p. 4). Comme les individus, les sociétés ont toujours besoin — selon le sociologue français — de se représenter aux autres et de se donner en spectacle à elles-mêmes pour continuer (ou pour recommencer) à exister, mais surtout pour acquérir la possibilité de se mettre en question et se transformer. Ce qui, d'ailleurs, paraît assez bien démontré par la circonstance historique incontestable selon laquelle le « taux » de théâtralité collective d'une société donnée, ou d'une civilisation tout entière, augmente énormément dans les moments de crise et de passage (d'une époque à l'autre, d'une structure socio-économique à une autre, d'un système politique à un autre). L'effervescence sociale appelle, ou produit, la théâtralisation : elle requiert la fiction et le masque pour se manifester et produire ses effets. Il existe une contre-épreuve quelque peu paradoxale de ce lien étroit entre dynamisme et dramatisation sociaux : je pense (suivant toujours les indications de Duvignaud) aux périodes révolutionnaires, constituant sans aucun doute les moments historiques où l'effervescence collective et la capacité d'une société à se mettre en cause sont à leur comble. On peut constater à quel point la théâtralisation diffuse supplante à ces époques le théâtre institutionnel : l'existence sociale devient, en tant que telle, théâtre, représentation, fête continuelle. (Duvignaud, 1973).

B. La vie quotidienne comme représentation

Tandis que Duvignaud s'occupe — comme nous venons de le voir — des (plus ou moins) grandes cérémonies de la vie sociale et de leurs rapports avec le théâtre, Erving Goffman, le fameux sociologue américain récemment disparu, a étudié longtemps les éléments théâtraux implicites dans les petits rituels de la vie quotidienne, et en particulier dans les relations interpersonnelles. Les hypothèses qui sont à la base de ses nombreux travaux sur ce sujet peuvent être résumées de la façon suivante :

1) « Le rapport social commun est, en tant que tel, organisé comme une scène, avec l'échange d'actions théâtralement gonflées, contre-actions et répliques finales » (Goffman, 1959).

2) « Souvent, ce que le locuteur se prépare à faire est moins de transmettre des informations au destinataire que de présenter des drames à un public. Il semble que nous passons notre temps à donner des spectacles plutôt qu'à fournir des informations » (Goffman, 1974, p. 508).

Tout en n'étant pas toujours conscients de cela (et/ou disposés à l'admettre), notre « comportement en public », nos interactions personnelles, publiques ou privées, avec les autres, nos gestes plus banals, ont quelque chose de la fiction et de la mise en scène ; non pas que nous visions toujours délibérément à tromper ou à mentir mais plutôt que nous ayons toujours besoin, en face des gens, d'interpréter notre Moi, notre rôle, notre personne sociale ou, plus simplement, de présenter une « figure » qui reflète la manière dont nous souhaitons être perçus par l'autre. Dans un tel but nous mettons en œuvre (plus ou moins consciemment) un répertoire d'aptitudes semblables à celles des acteurs de théâtre : mimique appropriée, ton de la voix, gestualité, etc. Si l'on cherche une preuve irréfutable de ce jeu de masques et de cette éternelle comédie dont est tissée, selon Goffman et beaucoup d'autres, la trame de notre comportement quotidien, il suffit de songer à l'embarras, et même à la schizophrénie, parfois, qui nous saisit lorsque nous nous trouvons, dans le même temps, en présence d'individus envers lesquels nous sommes habitués à présenter des images diverses de notre Moi : parents, amis, donneur d'emploi, collègues, etc. C'est justement le conflit entre nos différents masques, ou mieux l'impossibilité de les exhiber tous ensemble, qui nous gêne dans ces cas.

Il existe un risque grave inhérent à la lecture superficielle de ces recherches de Goffman, celui de croire à une indistinction entre le théâtre et la vie quotidienne. Il s'agirait en tout cas d'une déformation profonde de la pensée du sociologue américain, qui n'a jamais dit (chose d'ailleurs peu vraisemblable) que le théâtre et l'existence sociale sont à peu près la même chose (ou bien, que nous sommes tous inévitablement des comédiens, des menteurs et des escrocs) ; par ses recherches et ses analyses il a voulu esquisser une démonstration bien différente : à savoir que « la représentation n'est pas confinée dans le royaume de la fiction mais qu'elle constitue un dispositif essentiel de la vie quotidienne » (Wolf, 1979, p. 90). Pour cette raison le théâtre met à la disposition de la microsociologie des modèles et des paradigmes, autrement dit des moyens « pour organiser les faits et les observations que le sociologue recueille [...] pour donner une dimension organique à l'analyse sociologique de telles menues réalités » (Wolf, 1979, p. 89).

3. Sociologie de la production théâtrale

Jusqu'ici nous avons évoqué une sociologie théâtrale selon laquelle le théâtre éclaire, de plusieurs façons, certains aspects de la société (bien qu'il soit tout à fait évident qu'une partie au moins de cette lumière va se réfléchir également sur le théâtre même). Il faut se demander aussi si la société peut, à son tour, illuminer le théâtre, en nous aidant à l'étudier et à le comprendre. Je diviserai en deux mon approche, abordant en premier lieu une sociologie de la production et ensuite une sociologie de la réception théâtrale.

Parmi les différentes branches de la sociologie du théâtre circonscrites par Gurvitch dans l'article déjà cité, il y en a trois qu'on pourrait réunir utilement sous l'étiquette de « sociologie de la production théâtrale » :
1) « L'étude du groupe des acteurs, en tant que troupe, et plus largement en tant que profession » ;
2) « L'étude du rapport fonctionnel du *contenu* des pièces, ainsi que de leur style, avec les cadres sociaux réels, en particulier les types de structures sociales globales et les classes sociales » ;
3) « L'étude des fonctions sociales du théâtre dans les différents types de structures sociales globales » (Gurvitch, 1956, pp. 203-204).

A. Sociologie des acteurs et des troupes

La liste, dressée par Gurvitch, des questions à étudier sur ce sujet est encore tellement complète et précise qu'on peut la reprendre trente ans après : « La mesure de la cohésion de différentes troupes, leur organisation, les rapports (professionnels et hors professionnels) de leurs membres, l'origine sociale de ceux-ci ; l'intégration des troupes dans la profession ; la structuration de la profession d'acteur en groupe ; les relations du groupe professionnel des acteurs avec d'autres groupements professionnels (écrivains, couturiers, directeurs de théâtre, machinistes, etc.), avec leurs différents syndicats, enfin avec les classes sociales et la hiérarchie des strates qui leur sont inhérentes » (Gurvitch, 1956, p. 203).

Toutefois, en dépit des travaux assez nombreux dont nous disposons dans ce vaste domaine de recherche, il faut admettre franchement que l'on a encore très peu de réponses à cette série de questions pour ce qui concerne, par exemple, la vie des troupes et des acteurs professionnels dans les siècles passés en Europe. Dans les études à notre disposition en la matière on passe du travail (trop) abstrait et peu fondé historiquement (et la brillante « sociologie du comédien » de Duvignaud ne fait point exception sous cet aspect) à des enquêtes empiriques (surtout pour l'époque actuelle) limitées, d'habitude, à la récolte d'un certain nombre de données quantitatives. Dans le premier cas, on regarde de trop haut et, dans le second, de trop bas pour saisir le phénomène de l'acteur et de la profession théâtrale dans sa concrète complexité historique, pour réussir vraiment à définir avec une suffisante rigueur la place occupée par le théâtre dans la topographie culturelle de l'Europe moderne. Sans considérer que, à cet égard, la difficulté majeure provient du fait qu'on est sans cesse tenté de lire les phénomènes théâtraux du passé (et donc aussi la condition de l'acteur professionnel autrefois) à la lumière des idées théâtrales de son propre temps, en projetant sur ces phénomènes l'image de ce qu'ils sont devenus par la suite. Par exemple, nous élucidons peu de choses si nous persistons à étudier le théâtre professionnel au XVIe et au XVIIe siècles, et son rapport avec le théâtre d'amateur, en considérant le professionnalisme pour ce qu'il est devenu seulement ensuite, après l'institutionnalisation du théâtre au XVIIIe siècle ; on oublie ainsi qu'avant cette époque l'acteur de profession, qui vivait des spectacles, était considéré — à quelques exceptions près — comme pratiquant un métier presque infâmant, beaucoup plus proche du monde des charlatans et des saltimbanques des foires que de celui de l'art et de la culture (auquel appartenait, au contraire, le théâtre non professionnel des aristocrates et des gens de cour).

Pour ces problèmes, on peut se référer aux propos éclairants de Ferdinando Taviani et en particulier à son livre fondamental sur la Commedia dell'Arte. Entre autres, nous paraît très intéressant son concept de *micro-société,* par lequel il essaie de définir le statut socio-culturel particulier et hybride des troupes italiennes qui parcoururent l'Europe entière entre 1500 et 1700, toujours étrangères aux milieux sociaux dans lesquels elles étaient périodiquement accueillies et toujours anxieuses de s'y intégrer, toujours porteuses d'une différence anthropologique irréductible et toujours désireuses d'occulter ou, au moins, de réduire cette différence par l'adhésion zélée aux valeurs dominantes.

B. Sociologie des contenus dramatiques

Il s'agit peut-être de la branche la plus vaste et la plus fréquentée de la sociologie du théâtre, celle que Gurvitch appelle « la sociologie de la connaissance appliquée à la production théâtrale » (Gurvitch, 1956, p. 203) ; elle consiste, fondamentalement, dans l'analyse des rapports existants « entre le type d'une société globale (par exemple celui qui est caractérisé par la féodalité, l'absolutisme éclairé, le libéralisme économique, le capitalisme organisé, le communisme, etc.) et le contenu de la production théâtrale » (Gurvitch, 1956, p. 203).

Pour se borner à des exemples très connus, selon pareille approche, on peut voir utilement, dans la tragédie grecque du Ve siècle av. J.-C., la transition incertaine et périlleuse d'une culture et d'un droit archaïques (ceux des mythes héroïques et des *ghene* nobles) à la culture et au droit de la *polis* démocratique (que l'on pense, en premier lieu, à l'*Orestie*) ; et considérer cette transition comme le contexte conflictuel (à la fois matériel et mental) du sommet de la dramaturgie occidentale, comme ses « conditions sociales et psychologiques » (Vernant et Vidal-Naquet, 1972) ; on peut déchiffrer dans beaucoup de pièces de Shakespeare des échos très vifs de l'écroulement du vieil ordre féodal, avec ses hiérarchies et ses valeurs (cf. par exemple, *Richard III, Macbeth, Hamlet, King Lear),* ce que l'historien Lawrence Stone a appelé la « crise de l'aristocratie » ; on peut jeter un regard neuf sur les chefs-d'œuvre de Corneille (*Cid, Cinna, Horace, Polyeucte*) et aussi de Racine *(Andromaque, Bérénice, Phèdre*) en lisant les conflits passion-devoir et je-société qu'ils dramatisent (bien différemment), entre autres, comme reflets de l'absolutisme monarchique en France au XVIIe siècle et des diverses réactions dans les couches sociales auxquelles étaient liés les deux poètes tragiques [1] ; on peut, enfin, mettre aisément en rapport la « nouvelle dramaturgie » de Diderot, de Lessing et de Goldoni avec l'ascension, pendant le XVIIIe siècle, d'une nouvelle classe sociale, bourgeoise, et avec la diffusion de sa « vision du monde ».

Bien sûr, il est possible aussi d'établir des connexions plus étroites et détaillées entre certaines œuvres et des institutions sociales déterminées ou des faits historiques bien précis. Par exemple — et pour nous arrêter au théâtre antique — Vernant et Vidal-Naquet ont mis en rapport l'*Œdipe roi* de Sophocle et la procédure rituelle du *pharmakos* (bouc émissaire), d'un côté et, de l'autre côté, de l'*ostracisme* (institution politique de l'Athènes du Ve siècle, qui naît à peu près avec la tragédie attique et disparaît avec elle) (Vernant et Vidal-Naquet, 1972) ; et il est bien connu que les drames des trois tragiques grecs, et surtout les comédies d'Aristophane ont été analysés maintes fois pour y déchiffrer les retentissements d'événements précis de leur époque (guerre du Péloponnèse, luttes entres oligarques et démocrates, querelle sur Socrate et la Sophistique, crise de l'âge d'or de Périclès, etc.) ; on arrive, parfois, à déceler avec la plus grande exactitude les menues circonstances qui font les dessous de certaines pièces [2].

Au-delà de son utilité indiscutable, et des résultats importants qu'il a permis souvent d'obtenir, ce type d'étude présente un double risque (risque dans lequel — on doit l'ajouter — sont tombées un grand nombre de recherches) : le premier est celui de se servir de l'œuvre théâtrale, texte ou spectacle, comme *document,* source d'informations sur son contexte social, politique, etc. ; le deuxième risque, qui est en effet le plus grave et le plus répandu, consiste dans une attitude réductrice (ce qu'on appelle généralement « sociologisme »), c'est-à-dire dans la tendance à faire de l'œuvre d'art un simple *reflet* d'une réalité sociale donnée ; à privilégier les conditions historiques particulières qui ont produit le spectacle, on oublie ainsi son autonomie esthétique et intellectuelle, autrement dit sa capacité (au moins s'il s'agit d'une véritable œuvre d'art) de réélaborer d'une façon totalement originale les données de départ.

A ce propos il faut rappeler que les valeurs sémantiques d'une œuvre d'art (pas seulement d'une pièce théâtrale, évidemment) dépassent aussi bien les circonstances historiques qui l'ont produite, que les « intentions » de l'auteur ; la signification toujours plurielle et sans cesse renouvelée de l'œuvre esthétique est liée principalement à ses rapports avec les récepteurs, plus exactement à la communication qu'elle est à même d'instaurer, d'une façon chaque fois différente, avec des publics divers d'une époque à l'autre. En plus de cela, dans le cas du texte théâtral, il faut tenir compte aussi de la possibilité d'une réinterprétation de l'œuvre, par exemple d'une pièce classique, de la part du dramaturge et/ou du metteur en scène (cf., à ce propos, les concepts brechtiens de *Bearbeitung* et de *Umfunktionierung*).

C. Les fonctions sociales du théâtre

Les considérations que nous venons de formuler sur la sociologie des contenus dramatiques sont valides aussi pour toute recherche sur les fonctions sociales du théâtre (et de l'acteur) : fonction d'appui et de propagande en faveur du pouvoir établi et de célébration de ses valeurs, fonction — tout à l'opposé — de subversion, transgression, protestation, fonction d'évasion et de divertissement, fonction d'animation sociale, etc. Il est impossible, naturellement, d'énumérer ces fonctions d'une façon exhaustive, surtout pour ce qui concerne l'époque actuelle, où la fragmentation culturelle et idéologique a produit une remarquable multiplication des fonctions de l'art et, en particulier, du théâtre (phénomène auquel on doit ajouter celui de la perte d'importance et de centralité subie par celui-ci à cause de l'avènement des nouveaux *médias* technologiques, le cinéma et la télévision). En tout cas, si l'on prend soin d'éviter les écueils du sociologisme, l'analyse fonctionnelle des faits théâtraux peut s'avérer intéressante, surtout si elle est complétée par des recherches rigoureuses sur les milieux historiques de production et de réception de ces faits.

Pour citer un seul exemple, il est peut-être correct d'affirmer que « les fameux mystères du moyen âge ont pour fonction de confirmer la foi et de soutenir la priorité de l'Eglise sur toutes les autres chaînes hiérarchiques en compétition dans la société féodale » (Gurvitch, 1956, p. 204), mais cela ne suffit certainement pas : on ne saisit encore presque rien de la spécificité sociale, culturelle et artistique de ce phénomène théâtral (diversifié en son sein, du reste) si l'on oublie de s'interroger sur ses dimensions et ses typologies spatiales et temporelles, sur sa localisation dans la ville, sur sa contiguïté avec le marché et la foire (outre l'église et le culte), sur ses rapports d'échange avec celle que Bakhtine appelait la « culture comique populaire », sur la composition à la fois urbaine et rurale de son public, sur la structure des confréries auxquelles était confiée l'organisation des Mystères, etc. Il n'est pas faux que « le théâtre sous le régime libéral du capitalisme concurrentiel » ait « pour fonction le délassement et le divertissement des classes possédantes » ; cependant, si l'on veut comprendre réellement quelque chose du théâtre du siècle passé, on est obligé de faire des distinctions décisives, à l'intérieur de cette catégorie du « délassement » (ou du « divertissement »), entre la fonction de la comédie du boulevard (vaudeville, etc.), celle du théâtre « tragique » du grand acteur (de Talma jusqu'à Sarah Bernhardt et à Eleonora Duse) et celle de l'opéra, avec leurs différents publics.

D. Sociologie des formes dramatiques et scéniques

Il est tout à fait évident que non seulement les *contenus* des œuvres théâtrales mais aussi leurs *formes* peuvent être soumis à des analyses sociologiques pareilles à celles dont nous avons brièvement parlé jusqu'ici. J'entends les « formes théâtrales » dramatico-littéraires ou scéniques, je vise tantôt les genres des pièces et des spectacles tantôt les différents types de signes utilisés par la mise en scène.

Bornons-nous, ici, seulement à un de ces systèmes de signes, sans doute un des plus importants : l'espace scénique, ou *lieu théâtral*. Il n'existe pas encore, à présent, d'étude globale, menée d'un point de vue sociologique, des différentes typologies scéniques qui se sont succédé dans le théâtre occidental, des « lieux » et « mansions » du spectacle médiéval à la « scène à l'italienne », à l'édifice théâtral moderne et aux révolutions scéniques du

XXe siècle. Il y a, toutefois, certains moments-clefs de cette histoire sur lesquels on a produit des analyses souvent intéressantes sous cet aspect. Je pense, par exemple, aux excellents travaux de Pierre Francastel sur l'« espace figuratif » à la Renaissance, et en particulier sur les conditions sociales et intellectuelles qui ont favorisé l'invention, pendant le Quattrocento en Italie, de ce nouveau système de représentation spatiale qui est la *perspective linéaire* (nouvel « ordre visuel » correspondant au nouvel ordre social et politique représenté par la grande bourgeoisie marchande et par les Seigneuries) et son passage — au commencement du XVIe siècle — de la peinture (et de l'architecture) à la scénographie théâtrale.

4. Sociologie de la réception : du public au spectateur

Une branche très développée de la sociologie théâtrale a été (et est encore) celle concernant les enquêtes empiriques sur le public. Il s'agit, pour la plupart, de recherches qui utilisent les instruments techniques de la sociographie (surtout les interviews et les questionnaires écrits) pour recueillir des données quantitatives sur la composition sociale/culturelle/sexuelle/familiale, etc., du public, et aussi pour proposer des statistiques sur ses goûts et ses préférences en matière de spectacles.

Comme nous le disions au début, l'opposition de la sociologie théorique à ce type d'approche a été toujours très nette. Gurvitch et Duvignaud, par exemple, lui reprochent de produire des analyses superficielles et mécaniques qui se bornent, d'habitude, à la constatation d'un certain nombre de chiffres et de faits, sans essayer vraiment de les expliquer ; elles auraient, surtout, tendance à considérer le public comme une catégorie homogène et statique, ne réussissant pas, par conséquent, à rendre compte des différences existant à l'intérieur des audiences théâtrales, de leurs divers degrés de cohésion et de leurs possibles formes d'organisation.

Au cours des années 70, la rencontre de plus en plus rapprochée entre le théâtre et les sciences humaines a produit des recherches beaucoup plus approfondies sur le public théâtral. Les méthodes sociologiques, enrichies par les instruments de la sémiologie et de la psychologie, ont commencé à combler les lacunes des enquêtes traditionnelles. Sont décisives deux étapes qui marquent cette « nouvelle vague » de la sociologie de la réception théâtrale :

1) le passage de la notion de public, en tant qu'entité sociale homogène et quelque peu abstraite, à celle de *spectateur,* entité anthropologique beaucoup plus complexe et concrète, déterminée non seulement par des facteurs

sociaux mais aussi, et surtout, par des facteurs psychologiques, culturels, etc. ;

2) la conception de la relation théâtrale, c'est-à-dire du rapport spectacle-spectateur, comme un rapport de *communication,* comme une interaction signifiante dans laquelle les signifiés, les valeurs cognitives et les valeurs affectives ne sont pas imposés d'une façon unilatérale par un pôle (le spectacle, l'acteur) à l'autre (le spectateur) mais sont produits, en quelque manière, *ensemble* par les deux [3] ; par conséquent le rôle du spectateur s'avère toujours décisif, celui-ci étant le seul véritable réalisateur des potentialités sémantiques et communicatives de la représentation.

L'impossibilité et l'inutilité d'une approche qui isole l'un des deux pôles de la relation théâtrale a contraint les recherches plus récentes à repenser la sociologie du spectateur dans les termes plus adéquats d'une analyse (qui serait mieux appelée, désormais, *socio-sémiotique*) du circuit de production/réception au théâtre et des nombreux processus qu'il implique. Pour commencer, il convient de distinguer entre les deux composantes principales de ce circuit (où le mot même de « circuit » indique la possibilité de transit dans les deux directions, du spectacle au spectateur et *vice versa*) :

1) les *stratégies productives* des émetteurs du spectacle (écrivain, metteur en scène, scénographe, acteurs, autres praticiens : ils composent ce que Helbo appelle le « collectif d'énonciation théâtrale ») (Helbo, 1983, p. 81) ; il s'agit en même temps de stratégies de *signification* et de stratégies de *manipulation,* visant non seulement à faire-savoir (c'est-à-dire à véhiculer des informations, des messages) mais aussi, et *surtout,* à faire-croire et à faire-faire, autrement dit à modifier l'univers intellectuel et affectif du spectateur et même, parfois, à le pousser à l'action (que l'on songe, pour ce dernier cas, au théâtre politique de notre siècle) ;

2) les *stratégies réceptives* du spectateur, à l'intérieur desquelles on peut distinguer, au moins :

a) un certain nombre de *processus* et de *sous-processus* qui composent l'acte de réception au théâtre : perception, interprétation, émotion, appréciation, mémoire ;

b) le *résultat* de l'acte de réception, c'est-à-dire la compréhension que le spectateur assume pour un spectacle donné ; cette compréhension sera envisagée dans ses aspects sémantiques, esthétiques et émotifs (aspects — il faut le préciser — qui doivent être conçus comme reliés entre eux, même s'ils s'avèrent, parfois, partiellement indépendants : un sujet peut éprouver une impression très positive et très intense à propos d'une mise en scène qu'il n'a pas trop bien comprise ou à laquelle il n'a pas réussi à assigner des significations précises) ;

c) un certain nombre de *présupposés* de l'acte de réception ; ceux-ci agissent comme déterminants sur les processus réceptifs (a) en influençant leur développement et leur issue (b).

Il est utile de structurer ces présupposés dans un *système théâtral de préconditions réceptives* [4] où selon les recherches plus récentes, les facteurs sociologiques traditionnels (classe sociale, degrés d'instruction, profession, âge, sexe, etc.) font place surtout à des paramètres psychologiques, cognitifs et non cognitifs, concernant entre autres :
— les connaissances générales et spécifiques (portant soit sur le théâtre soit sur un spectacle en particulier) possédées par le spectateur ;
— les buts, intérêts, motivations et attentes du spectateur par rapport au théâtre, en général, et au spectacle étudié, en particulier ;
— les conditions matérielles de réception (on est dans une salle « à l'italienne », avec une vision éloignée et frontale du spectacle, ou bien on se trouve tout autour d'une petite estrade dans un espace urbain ; l'assistance est solidaire ou bien divisée par rapport à ce que propose la mise en scène).

Ce type d'étude mène désormais bien au-delà de la corrélation mécanique chère à certaines enquêtes sociologiques entre collocation sociale et savoir-type de compréhension du spectateur.

Voici quelques-unes des acquisitions les plus importantes des recherches récentes sur le spectateur de théâtre : le repérage des différents types de présupposés (ou préconditions) psychologiques et culturels en jeu (on peut, par exemple, avoir lu tout Hegel, et même tout Racine, et ne comprendre absolument rien au théâtre contemporain) ; la reconnaissance du rôle souvent décisif joué par les facteurs motivationnels et affectifs (un sujet beaucoup moins cultivé et moins expert qu'un autre, en matière de théâtre, peut néanmoins développer une compréhension plus intelligente et plus originale, par rapport à un critique chevronné, s'il est plus motivé, plus « passionné » que lui) ; la conscience, enfin, du caractère non unitaire propre au théâtre, requérant des compétences et des attitudes diverses et parfois même contradictoires (par exemple, on a démontré (Holm, 1972 et Minervini, 1983) que la fréquentation assidue du théâtre officiel peut produire des préjugés et des habitudes mentales qui, bien loin de l'aider, désavantagent le sujet lorsqu'il lui arrive de se trouver en face de situations théâtrales tout à fait différentes, comme une représentation expérimentale d'avant-garde).

Pour revenir, en concluant, à la question (à laquelle nous faisions allusion au début) de la définition d'une sociologie du théâtre, les recherches nouvelles ont le mérite, entre autres, de confirmer que les études théâtrales ont besoin, aujourd'hui, *d'approches pluridisciplinaires ;* les méthodes et les points de vue de la sociologie s'associent aux méthodes et aux points de vue, complémentaires, de la sémiologie, de la psychologie et de l'anthropologie (outre, bien entendu, ceux de l'historiographie et de la philologie). Dans ce type de recherches, selon nous la sémiologie va jouer (mais en partie elle est déjà en train de jouer), en tant que science de la signification et de la communication, le rôle central d'une *métadiscipline*, ayant des fonctions épistémologiques de contrôle et de coordination par rapport aux autres disciplines.

NOTES

[1] Voir, au moins, pour Racine, la passionnante et désormais classique recherche de L. Goldmann, *Le dieu caché*, Paris, Gallimard, 1955, dans laquelle le grand sociologue réalise l'« insertion » du théâtre racinien, et aussi des *Pensées* de Pascal, « dans les courants de pensée et d'affectivité qui leur sont plus rapprochés, et cela signifie, en premier lieu, dans l'ensemble de ce que nous appellerons *la pensée et la spiritualité jansénistes*, et ensuite, dans l'ensemble de la vie économique et sociale du groupe, ou, si l'on veut être précis, de la classe sociale à laquelle se rattache cette conscience et cette spiritualité, ce qui correspond dans le cas précis de notre étude à la situation économique, sociale et politique de la *noblesse de robe* » (p. 110), laquelle s'était réfugiée dans le jansénisme, en quittant souvent le monde pour vivre en solitude, comme réaction de mécontentement et d'éloignement à l'égard de la monarchie absolue et de sa complète affirmation au cours du XVIIe siècle.

[2] Cf., par exemple, G. Thomson, *Aeschylus and Athens*, Londres, 1946 ; V. Ehrenberg, *The people of Aristophanes*, Oxford, 1951 ; R. Goossens, *Euripide et Athènes*, Bruxelles, 1962.

[3] Bien sûr, ce mot « ensemble » peut se référer tantôt à une coopération harmonieuse (dans le cas pas trop fréquent, mais néanmoins historiquement documenté, d'une grande cohésion entre scène et salle) tantôt, et plus souvent, à une négociation qui peut arriver, parfois, à être très conflictuelle.

[4] On pourrait parler aussi, à ce propos, de *compétence théâtrale*, en entendant par cette expression tout ce qui (aptitudes, connaissances, motivations) met le spectateur dans les conditions de comprendre un certain spectacle.

Bibliographie

Y.-M. Berce, 1976, **Fête et révolte,** Paris.

F. Coppieters, 1981, « Performance and Perception », in **Poetics Today,** II, n° 3, Tel Aviv.

R. Demarcy, 1973, **Eléments d'une sociologie du spectacle,** Paris, UGE.

Marco De Marinis, « Theatrical Comprehension : a Socio-Semiotic approach », in **Theater,** XV, n° 1.

Jean Duvignaud, 1965, **Sociologie du théâtre. Essai sur les ombres collectives,** Paris, P.U.F.

1965, **L'acteur. Esquisse d'une sociologie du comédien,** Paris, Gallimard.

1970, **Spectacle et société,** Paris, Denoël-Gonthier.

1973, **Fêtes et civilisations,** Paris, Weber.

1977, **Le don du rien,** Paris, Stock.

Jean Duvignaud et J-P. Faye, 1966, « Débat sur la sociologie du théâtre », in **Cahiers Internationaux de Sociologie.** Paris.

Pierre Francastel, 1951, **Peinture et société.** Lyon, Audin.

1965, **La réalité figurative,** Paris, Gonthier.

1967, **La figure et le lieu. L'ordre visuel du Quattrocento,** Paris, Gallimard.

Erving Goffman, 1959, **The Presentation of Self in Everyday Life,** New York, Doubleday.

1961, **Encounters,** Indianapolis, Bobbs-Merril.

1967, **Interaction Ritual,** New York, Doubleday.

1971, **Relations in Public,** New York, Basic Books.

1974, **Frame Analysis. An Essay on the Organization of Experience,** New York, Harper & Row.

A.-M. Gourdon, 1982, **Théâtre, public, perception,** Paris, CNRS.

G. Gurvitch, 1956, « Sociologie du théâtre », in **Lettres Nouvelles,** n° 35.

A. Helbo, 1983, **Les mots et les gestes. Essai sur le théâtre,** Lille, Presses Universitaires de Lille.

I. Holm, 1972, « Il pubblico di Ferai », in **Biblioteca Teatrale,** n° 5.

C. Minervini, 1983, **Semiotica della recezione teatrale,** Université de Bologne.

M. Ozouf, 1976, **La fête révolutionnaire** (**1789-1799**), Paris, Gallimard, 1976.

Henry Schoenmakers, 1982, « The Tacit Majority in the Theatre », in E.W.B. Hess-Lüttich (éd.) **Multimedial Communication,** vol. II, Theatre Semiotics.

L. Stone, 1965, **The Crisis of Aristocracy** (1558-1641), Oxford.

Ed. Tan, 1982, « Cognitive Processes in Reception », in E.W.B. Hess-Lüttich (éd.) **Multimedial Communication,** vol. II, **Theatre Semiotics.**

F. Taviani, 1982, **Il segreto della Commedia dell'Arte,** Firenze, La Casa Usher.

J.-P. Vernant et P. Vidal-Naquet, 1972, **Mythe et tragédie en Grèce ancienne,** Paris, Maspero.

M. Wolf, 1979, **Sociologie della vita quotidiana,** Milano, Strumenti Espresso.

III. Anthropologie

1. Introduction

Le terme d'anthropologie théâtrale recouvre des champs de recherche très variés. Dans le texte qui suit, nous nous occupons seulement de l'anthropologie théâtrale en tant que science. Cette introduction a donc une fonction négative, c'est-à-dire qu'elle énumère (avec les simplifications nécessaires) tout ce dont nous n'avons pas l'intention de parler.

Le domaine le plus connu de l'anthropologie théâtrale est celui qu'on peut appeler *phénoménologique*. On s'y efforce de distinguer les aspects anthropologiques présents dans le théâtre et les aspects théâtraux présents dans l'anthropologie. Dans ce domaine, il apparaît clairement que les deux termes « anthropologie » et « théâtre » restent bien séparés : on en observe précisément les contaminations réciproques. La notion fondamentale est celle de rituel, en tant que représentation codifiée, spectaculaire et enracinée dans le social. La notion de *fête,* qui a connu une large diffusion, parfois même un peu anarchique, dans le domaine du théâtre, dérive de la notion de rituel et s'en distingue essentiellement par l'origine différente des codes et par le caractère particulier du cadre social et de l'enracinement. On peut rattacher au domaine phénoménologique de l'anthropologie théâtrale l'intérêt porté aux théâtres orientaux, quand il s'adresse à la codification et à la composante rituelle plus qu'aux aspects techniques.

Il y a ensuite un domaine de recherche qu'on pourrait définir comme *ontologique*. On s'y efforce d'explorer la vocation ou même l'*essence* anthropologique du théâtre. Plus que d'un domaine spécifique, on devrait parler d'une connotation qui parcourt toute la réflexion théâtrale, surtout au XXe siècle, et qui surgit de façon autonome chaque fois que les déterminations de l'économie, de l'organisation et du marché deviennent plus pressantes. Il en résulte, par contraste, une sorte d'utopie en négatif où le théâtre, soustrait à ces déterminations, se réduit à son « cœur » anthropologique : la communauté des gens de théâtre indépendamment de (ou contre) leur professionnalisme, le fait qu'ils font du théâtre, indépendamment de (ou contre) l'obligation où ils sont de produire un spectacle, la communauté des spectateurs indépendamment de (ou contre) le fait qu'ils sont un public payant, la communauté acteurs-spectateurs indépendamment du fait qu'ils sont, les premiers, objets d'une offre et les seconds, sujets d'une demande à l'intérieur d'un marché. Il faut aussi ajouter l'opposition didactique/pédagogie comme pratiques de formation qui concernent respectivement le fait de produire un spectacle et celui de faire du théâtre. Il faut ramener encore au domaine ontologique de l'anthropologie théâtrale les instances (théoriques et / ou pratiques) qui tendent à supprimer la division acteurs / public, à imposer le concept d' « implication », à déstructurer le lieu théâtral traditionnel, à chercher un public « originel » et / ou des expressions théâtrales « originelles » : instances qui ont en commun la recherche d'une communion plus intense et plus authentique entre tous ceux qui participent au spectacle.

Il y a enfin un domaine que nous pourrions appeler *pratique*. Si on examine une aventure-type du domaine ontologique, par exemple celle de Copeau, on a l'image spéculaire de l'aventure-type du domaine pratique. Copeau part du théâtre, et d'une position éminente dans le théâtre, il en constate, tout en les refusant, les déterminations économiques et de marché dont on a parlé : l'aboutissement de son utopie est une espèce de négation du théâtre, avec les acteurs réunis « en communauté » qui expérimentent des formes élémentaires de spectacle hors des circuits commerciaux et au contact d'un public qui est la communauté paysanne prise dans ses moments d'agrégation. Tout cela, bien entendu, pour parler en gros et en écartant toute problématique. Dans le domaine que nous appelons pratique, de nombreuses aventures se sont développées d'une façon opposée : en partant de formes de rapports (entre les gens de théâtre et entre public et gens de théâtre) qui n'étaient pas institutionnellement théâtrales, en mettant au centre la « communauté » comme donnée théorique et comme point d'appui pratique, et en aboutissant peut-être, dans certains cas, au théâtre-théâtre. C'est la recherche, grossièrement esquissée, de nombreux groupes de ce qu'on appelle le tiers théâtre ; sans commune mesure ni avec l'institution ni avec l'avant-garde, cette démarche fut inaugurée officiellement par Eugenio Barba en 1976 à l'Atelier international de Belgrade. Nous ne pouvons ici en faire l'histoire ni exprimer un jugement équilibré en la matière. En tout cas, la notion de *groupe* et celle de *culture de groupe* sont des acquis sans lesquels il est difficile aujourd'hui d'envisager une réflexion sérieuse aussi bien sur le théâtre vivant que sur les théâtres ayant historiquement existé. Bien qu'au niveau de la diffusion et du point de vue de l'attention critique, le « tiers théâtre » n'ait plus l'importance qu'il avait dans les années 70 et au début des années 80, la profonde remise en cause des catégories esthétiques et éthiques qu'il a imposée a encore des résultats féconds.

Chacun de ces domaines de l'anthropologie théâtrale a sa bibliographie et ses figures de premier plan, sans compter sa grande importance dans le cadre conceptuel nécessaire à une juste compréhension du théâtre ; mais nulle part n'ont été posés, du moins en termes explicites et prioritaires, les problèmes relatifs au « *comment faire du théâtre* ». Les questions posées sont très importantes, mais différentes : pourquoi, pour qui, sous quelle forme, dans quelle conditions faire du théâtre. Ce sont des interrogations, en quelque sorte, sur le sens du théâtre et non sur une science (possible) du théâtre.

Ce dont nous nous occuperons est en revanche le *domaine scientifique* de l'anthropologie théâtrale. A l'intérieur de ce champ nous opérerons un choix drastique : nous exposerons sous une forme aussi organisée que possible (et où s'intégrera l'apport de divers auteurs) les argumentations proposées par Eugenio Barba dans divers écrits, à des époques et dans des lieux variés. Ce choix n'est ni fortuit ni arbitraire. Eugenio Barba, en effet, metteur en scène et directeur de l'Odin Theatret, a dirigé depuis longtemps sa recherche précisément sur la mise en évidence et sur la formulation d'une science du théâtre et surtout de l'acteur, et c'est lui qui a proposé pour cette science le terme d'« anthropologie théâtrale ». Il ne s'agit pas d'observations éparses mais d'un ensemble complexe, dont les sessions publiques de l'I.S.T.A. (International School of Theatre Anthropology, Bonn 1980, Volterra 1981, Paris et Blois 1985, Holstebro 1986) ont été non seulement un lieu de confrontations et de débats, mais aussi d'importants laboratoires expérimentaux.

La recherche d'Eugenio Barba, comme toutes les sciences, doit beaucoup à d'autres recherches qui, sans se donner le même objectif, ont exploré des domaines voisins. Nous citerons seulement Richard Schechner, et surtout Jerzy Grotowski, dont on peut dire qu'il a ouvert la voie à l'anthropologie théâtrale comme science. Pour n'en citer qu'une, la notion grotowskienne de « voie négative » (au-delà de son importance esthétique et opératoire) est le pivot méthodologique d'une recherche sur l'acteur qui veuille se dire scientifique.

2. Science « rigoureuse » et science pragmatique

L'anthropologie théâtrale en tant que science s'occupe de l'homme en situation de représentation. Avant d'entrer dans le vif du sujet, il est toutefois nécessaire de préciser l'acception donnée dans ce contexte au terme « science » : pour éviter, d'une part, l'accusation de scientisme de la part de ceux qui s'attachent (à juste titre) aux aspects non formalisables de l'acteur, et d'autre part les reproches d'approximation de la part de ceux qui ne considèrent comme objet d'une science de l'acteur que les seuls aspects mécaniques (la physiologie, la biochimie, etc.).

Dans une époque de science « rigoureuse », le terme de science s'oppose au pur exercice intellectuel de la philosophie aussi bien qu'à l'empirisme des modes de connaissance qui, tout en se fondant sur les faits, n'acceptent pas (et tout simplement n'utilisent pas) le concept de l'*explication scientifique.*

L'affirmation pertinente de la science « rigoureuse » n'est pas : « du fait a *on déduit* le fait b » (typique de la philosophie), ni non plus : « au fait a *s'associe* le fait b » (typique de l'empirisme pragmatique) ; la science « rigoureuse » veut pouvoir dire que : « au fait a *succède dans un rapport de cause à effet* le fait b ». C'est dans la détermination de la cause (ou des causes) et dans la compréhension de son fonctionnement que consiste précisément l'explication scientifique. En ce sens précis l'anthropologie théâtrale n'est pas une science. Elle l'est dans le sens de ce que nous avons appelé l'empirisme pragmatique. C'est à Jerzy Grotowski qu'il revient d'avoir attiré l'attention sur le caractère pragmatique des lois de l'anthropologie théâtrale.

Nous pouvons dire que si la *loi scientifique* (au sens « rigoureux » du terme) trouve sa validité en montrant *pourquoi* à un fait a succède un fait b, la *loi pragmatique* la trouve en montrant *que* et *comment* à un fait a succède un fait b. La loi pragmatique dit que faire et comment le faire pour obtenir un résultat déterminé : elle n'explique pas pourquoi cela se produit.

En rapport avec la notion de loi, on peut distinguer deux aspects de la science pragmatique qui en marquent la différence avec la science « rigoureuse » et qui, en raison même de cette différence, amènent parfois à ne pas en reconnaître les acquis et les processus comme scientifiques (même dans le sens spécifique qu'on donne au terme).

Le premier aspect concerne le rapport entre la loi et les faits. La science « rigoureuse » accumule des faits jusqu'à ce qu'ils permettent de formuler la loi et de la vérifier : dès lors les faits, en un sens, ne sont plus nécessaires. Ils sont expliqués, donc inclus, prévus par la loi. Tout autre est la situation de la science pragmatique. L'accumulation des faits n'est jamais rendue inutile par la loi et, en tout cas, la phase du collectage phénoménologique est beaucoup plus longue que pour la science « rigoureuse ».

Le second aspect concerne les notions de vérité et de généralité. La loi scientifique n'a pas de degrés de vérité. Tant qu'un fait ne vient pas la rendre fausse, elle est vraie. En un sens, l'« évolution » d'une loi scientifique est une séquence de formulations qui sont toutes vraies, mais dans des limites variables. La vérité de la loi consiste à expliquer pourquoi un fait a est nécessairement suivi par un fait b ; les différentes vérités dans l'évolution de la loi concernent les champs d'appartenance des faits a et b. Une loi pragmatique n'énonce pas la *cause* d'un rapport mais seulement son *existence* et ses *modalités :* quand les faits acquis augmentent et se différencient, elle peut généraliser sa formulation, sans pour autant rendre fausses les « approximations » précédentes.

Dans la loi scientifique les faits s'ordonnent selon une hiérarchie verticale, dans la loi pragmatique ils s'ajoutent horizontalement : un *niveau plus profond* des faits peut révéler *fausse* une formulation scientifique et en imposer une nouvelle qui soit *vraie ;* un domaine plus étendu des faits peut seulement conduire à une approximation *plus adéquate* de la loi pragmatique.

3. Niveau pré-expressif et présence de l'acteur

Après avoir clarifié le terme de « science », venons-en à ce qui peut être considéré comme la notion-clef de l'anthropologie théâtrale. C'est la notion de *niveau pré-expressif.*

Nous avons tendance à considérer que l'acteur, dans la situation non quotidienne de la représentation, est engagé dans la seule tâche d'*exprimer* (des sentiments, des passions, des idées, etc.). L'anthropologie théâtrale, en revanche, a déterminé un niveau qui n'appartient pas au quotidien, mais qui ne se situe pas non plus directement au niveau de l'expression. C'est le niveau pré-expressif, où l'acteur n'exprime rien : nous pouvons dire, si on me permet ce jeu de mots, qu'il *exprime seulement sa présence.* Ce niveau, donc, appartient déjà à la situation extra-quotidienne de la représentation mais précède (logiquement sinon chronologiquement) l'objectif (et le résultat) final de l'expression.

Nous laisserons pour l'instant au terme de « présence » toute son ambiguïté, mais aussi toute la prégnance que l'usage commun lui attribue. La présence de l'acteur nous frappe chaque fois que, comme spectateurs, nous nous trouvons confrontés à des formes théâtrales dont nous ignorons les conventions et dont il nous est difficile de comprendre la signification. Inversement, la présence de l'acteur nous échappe quand elle est *masquée* par des conventions que nous connaissons et des significations que nous réussissons à comprendre. La compréhension relègue « au second plan », jusqu'à la faire disparaître, la séduction de la présence. Mais le fait qu'elle nous échappe (et avec elle le niveau pré-expressif où elle se situe) ne signifie pas qu'elle n'existe pas et/ou qu'elle ne soit pas déterminante, même pour la compréhension qui pourtant nous la cache.

Il faut préciser tout de suite que la présence n'a rien à voir avec les éléments de charme que l'acteur peut avoir dans la sphère du quotidien et qu'il conserve évidemment (magnifiés) dans la situation extra-quotidienne ; ni avec la séduction que comporte envers le spectateur le fait matériel d'être objet du regard. La présence dont nous parlons est une donnée scientifique : quelque chose qui, pragmatiquement, se vérifie dans des conditions déterminées et qui suscite l'attraction du spectateur, indépendamment du sex-appeal personnel de l'acteur et du fait qu'il est dans une situation extrinsèque de scène. De ce point de vue nous pouvons dire que le niveau pré-expressif est celui où l'acteur construit sa propre « scène intrinsèque ».

4. Les lois pragmatiques de la présence

A travers une recherche de plus de vingt ans sur les théâtres orientaux, c'est-à-dire sur ces théâtres où la non-familiarité des conventions et l'incompréhension des significations « mettent à nu » le niveau pré-expressif, on a pu formuler *trois lois (ou lignes d'action) de la présence de l'acteur.* Rappelons qu'il s'agit de lois (et de lignes d'action) pragmatiques : *elles n'expliquent pas pourquoi,* elles *déclarent que et dans quelles conditions* la présence se vérifie.

Les trois lois sont 1) l'altération de l'équilibre, 2) la dynamique des oppositions, 3) le recours à une cohérence incohérente.

Dans la sphère du quotidien, l'équilibre est réglé par le principe du moindre effort : on cherche à élargir le plus possible la base de l'appui, de bien maintenir la ligne médiane du corps à l'intérieur de cette base, de « réduire » la hauteur du corps en laissant la colonne vertébrale s'incurver selon la pesanteur. Si telles sont les conditions de l'équilibre dans la sphère du quotidien, on peut observer que dans la sphère de l'extra-quotidien, la tendance au contraire est à un équilibre instable, précaire et qui, naturellement, contredit la loi du moindre effort.

Les acteurs des théâtres « non familiers » nous permettent d'observer certains moyens pour obtenir cet équilibre précaire, ou « de luxe », comme l'a appelé Eugenio Barba. Les acteurs du théâtre balinais soulèvent les pointes des pieds et inclinent la médiane du corps en relevant aussi les épaules : ils réduisent ainsi la base d'appui, ils amènent le centre de gravité aux limites de cette base et « augmentent » leur hauteur. Dans le kathakali on s'appuie sur le bord externe des pieds ; la position sur les pointes du ballet classique et le déséquilibre du mime obtiennent d'une façon différente le même résultat.

Le fait que ces moyens soient codifiés dans les diverses formes de théâtre n'implique pas qu'ils soient les seuls possibles : au contraire, leur variété, *bien qu'ils soient codifiés,* montre que la même loi (le même principe) peut se réaliser de façons très différentes et, à la limite, personnelles à chaque acteur.

Passons à la seconde loi, c'est-à-dire à la dynamique des oppositions. Dans la sphère du quotidien, cette dynamique agit (et se manifeste) seulement dans les situations qui exigent un effort exceptionnel d'énergie. Tirer le bras *en arrière* pour décocher un coup de poing *en avant,* par exemple, ou se plier *vers le bas* pour bondir *vers le haut,* etc. Dans la sphère de l'extra-quotidien, cette dynamique est appliquée même aux actions les plus infimes et qui n'exigent pas un gros investissement d'énergie. Partir du contraire est une règle des acteurs de l'Opéra de Pékin, et toutes les formes de danse du théâtre balinais sont construites en combinant une série d'oppositions entre *kras* (dur, fort) et *manis* (doux, tendre). Sur la base de la loi des oppositions, de même qu'une position statique résulte de la dynamique de forces opposées, de même le mouvement est réglé par des contrastes entre accélération et brusque décélération, par de soudains changements de direction, et ainsi de suite.

La loi de la cohérence incohérente, enfin, montre que tous les moyens « incohérents » (c'est-à-dire illogiques par rapport à la sphère du quotidien) qui créent l'altération de l'équilibre et la dynamique des oppositions doivent être utilisés de façon « cohérente » (c'est-à-dire logique par rapport à la sphère « illogique » de l'extra-quotidien). Mais nous aurons à revenir sur la loi de la cohérence incohérente qui, en un sens, établit la « norme » artificielle de l'extra-quotidien.

5. Artificialité et artifice

Nous pouvons maintenant nous demander en quoi consiste, et par conséquent comment on peut définir, la présence de l'acteur, au-delà de la signification générale que nous avons jusqu'à présent adoptée pour ce terme.

Un parallèle avec la physique peut être en cela utile. La loi de l'altération de l'équilibre peut être traduite (mais non pas expliquée) comme *une opposition à la force de gravité.* Dans la sphère du quotidien, l'équilibre est assuré en allant dans le sens de la pesanteur : à la sollicitation vers le bas qu'elle exerce on répond, nous l'avons déjà vu, en élargissant la base d'appui, en portant à la verticale la médiane du corps et en « diminuant » sa hauteur. Dans la sphère de l'extra-quotidien, l'équilibre s'obtient en s'opposant à la pesanteur, en lui opposant une résistance qui rend l'équilibre précaire et instable.

La loi de la dynamique des oppositions peut être traduite comme *une opposition à la force d'inertie*. Dans la sphère du quotidien, une position de repos provient (fondamentalement) de l'application d'une force nulle, et non de l'application de plusieurs forces non nulles à résultante nulle ; et la situation de mouvement tend à maintenir sa vitesse et sa trajectoire, en se mouvant par un élan imprimé dans la direction même du mouvement : dans l'ensemble on accompagne la force d'inertie. Dans la sphère de l'extra-quotidien, on tend au contraire à s'opposer à la force d'inertie : en dynamisant les positions de repos par des forces opposées, en exerçant des élans contraires à la direction du mouvement, en en changeant la trajectoire et la vitesse.

Venons-en à la loi de la cohérence incohérente. Elle peut se traduire comme loi de *conservation des forces*. Essayons de l'expliquer par un exemple. Si un caillou est soumis à des forces (la gravité, l'inertie, d'autres encore), la résultante globale lui imprimera une trajectoire déterminée. Une et déterminée. Il n'y a aucun sens, pour le caillou, à se demander si cette trajectoire est cohérente : elle est celle qu'elle doit être et donc, par principe, elle est cohérente. Et cela parce que le caillou ne peut pas, de sa propre initiative, altérer les forces auxquelles il est soumis : il est obligé de les conserver. Il en va de même pour un corps humain « passif », c'est-à-dire pour le corps du quotidien.

Mais, dans la sphère de l'extra-quotidien, le corps s'oppose aux forces auxquelles il est soumis. La loi de la cohérence incohérente dit que ces conditions dynamiques « artificielles » doivent être conservées, de manière que le « comportement » (l'équivalent de la trajectoire) soit cohérent malgré l'incohérence des sollicitations prises séparément. Barba parle d'une « nouvelle colonisation du corps », d'une « nouvelle culture » : ce qui importe, c'est que les forces « anomales » de la présence doivent devenir (et se constituer en) une nouvelle « norme », une « norme anomale ».

Que tirons-nous de cette traduction en termes de physique ? Premièrement : la présence est une condition d'artificialité. Deuxièmement : cette artificialité est liée à un surplus d'énergie. Troisièmement : ce surplus doit être contrôlé et ne pas dégénérer en un gaspillage aveugle.

Tout cela peut sembler banal et ne pas justifier le recours aux lois de la physique. Il est évident que l'altération de l'équilibre et la dynamique des oppositions déterminent l'artificialité du corps, mais les moyens par lesquels les deux lois pragmatiques se réalisent (surtout dans les théâtres orientaux) pourraient faire croire que cette artificialité n'est que l'observance d'une étrange convention. En réalité, sous les différentes formes dans lesquelles se réalisent les lois pragmatiques de la présence, il y a un principe commun qui définit (et qualifie) l'artificialité du corps qui s'ensuit.

Ce principe commun est le surplus d'énergie. L'artificialité de la présence, de quelque façon qu'elle se réalise, implique un surplus d'énergie par rapport à la sphère du quotidien : on pourrait dire que la présence, sa force de séduction, *est* précisément ce surplus d'énergie.

La présence de l'acteur est anti-économique, elle coûte davantage : c'est une condition « de luxe ». Le luxe toutefois ne doit pas dégénérer en ostentation : la dépense d'énergie ne doit pas devenir gaspillage. Il y a une économie dans le caractère anti-économique de l'extra-quotidien ; il y a une cohérence dans l'incohérence, un naturel dans l'artificialité de l'opposition au moindre effort.

Il faut que l'*artificialité* ne soit pas *artifice*.

Anti-économique économique, incohérence cohérente, artificialité naturelle : ce sont toutefois encore des métaphores, de petits paradoxes logiques, dont le caractère concret ne devient évident que si nous sommes confrontés à la présence efficace de l'acteur, quand la séduction qu'il exerce sur nous autres spectateurs ne se dégrade pas en amabilité sans nerf et ne s'exagère pas en provocation. Ce sont des paradoxes qui existent : à la lettre, ils sont une *doxa autre,* la norme de cette situation exceptionnelle qu'est la situation de représentation.

Mais au-delà de la preuve *de visu,* la notion de surplus d'énergie peut être délimitée en observant la différence entre *amplification* et *distorsion* des tensions organiques. Nous le ferons en nous tournant vers des acteurs du passé, appartenant à cette réalité familière mais « étrangère » en même temps qu'est la *commedia dell'arte.*

6. Amplification et distorsion

Dans une étude toute récente, Ferdinando Taviani a tenté de reconstruire le style de jeu des comédiens *dell'arte* de la seconde moitié du XVIe siècle, en analysant les illustrations recueillies par M. Fossard. Ces illustrations, connues sous le nom de Recueil Fossard, se rapportent à la période entre 1575 et 1589, elles sont de divers auteurs et présentent les personnages de la *commedia dell'arte :* les vieillards, les amoureux, Arlequin. Tous ces personnages sont représentés dans diverses « expressions ».

Suivons l'analyse que Taviani fait d'Arlequin. Bien que, comme nous l'avons dit, le personnage soit saisi dans diverses attitudes et que les auteurs des dessins soient différents, on peut noter dans toutes les illustrations une sorte de position de base, fondée sur un allongement du cou, sur l'abaissement des épaules et sur la tension de la colonne vertébrale en un arc qui va de la tête à la pointe des pieds quand le personnage est debout, et de la tête à la taille quand il est assis ou à genoux.

Cette position se retrouve dans (sous) toutes les « expressions » dans lesquelles Arlequin est engagé ; de même, une position de base entièrement différente se retrouve dans (sous) toutes les « expressions » où est engagé l'Arlequin Tristano Martinelli, dans les illustrations du petit volume *Compositions de Rhétorique* que l'acteur adressa aux souverains français en 1601. Il s'agit d'une position fondée, contrairement à l'Arlequin du Recueil Fossard, sur le rehaussement des épaules, sur l'abaissement du cou et sur l'allongement du buste qui en résultent, allongement marqué aussi par une ceinture placée très bas.

Que pouvons-nous tirer de ces illustrations ? D'abord l'existence de positions « artificielles » indépendantes de l'expression. Ensuite : la variété de ces positions « artificielles ». Enfin leur caractère « énergique », indépendamment de leur diversité, le surplus d'énergie qu'elles exigent par rapport à la position « au repos » de la sphère quotidienne.

Mais il y a un autre aspect, qui est le plus important dans cette phase de notre exposé. Si on compare l'Arlequin du Recueil Fossard (fondé assurément sur des acteurs qu'on a vus jouer dans la première floraison de la *commedia dell'arte*) avec l'Arlequin des *Balli di Sfessania* de Callot (œuvre bien plus connue, mais d'imagination), ce qui frappe *à première vue* est la même artificialité dans la position du corps. Mais un examen à peine plus approfondi permet de s'apercevoir que l'Arlequin « imaginaire » de Callot *distord* les tensions organiques, comme un contorsionniste dont le but est, précisément, de montrer l'« impossibilité » de ses positions, leur caractère presque inhumain : l'artificialité de l'Arlequin de Callot apparaît comme artifice. L'Arlequin du Recueil Fossard au contraire *amplifie* les tensions organiques, comme aussi, bien que d'une façon différente, l'Arlequin Tristano Martinelli : leur artificialité est « naturelle ».

Nous pouvons dire que l'homme de la sphère quotidienne *est debout,* l'Arlequin du Recueil Fossard *se redresse continuellement et énergiquement :* comme quand (et on nous passera cette comparaison irrévérencieuse) un don Juan vieillissant étale sa « présence » en rentrant le ventre, en avançant la poitrine et donc en tendant sa colonne vertébrale.

Certes, la position « artificielle » de l'Arlequin de Fossard coûte de l'énergie, comme celle de l'Arlequin de Callot : mais le surplus d'énergie du premier n'est pas employé à distordre les tensions qui agissent déjà dans la sphère du quotidien, mais à les dilater, les amplifier, en en maintenant la cohérence. C'est-à-dire le contraire du second.

Tandis que le corps du contorsionniste ou de l'acrobate nous étonne par le caractère contre nature de son artificialité, le corps de l'acteur « présent » nous séduit par le caractère naturel de son artificialité. La cohérence incohérente, la « nouvelle colonisation du corps » dont parle Barba, est le caractère organique du « corps dilaté » de l'acteur : un corps qui, tout en *s'opposant* aux lois du quotidien, *ne les contredit pas*.

La condition « de luxe » de la présence n'est pas une condition « contre nature », mais une condition « d'une autre nature », littéralement, une seconde nature.

7. Présence, expression, jeu

Nous pouvons encore suivre l'étude de Taviani pour saisir, au-delà des *caractéristiques* de la présence, des indications sur sa *fonction*. Taviani propose une curieuse expérience : supprimer la tête et les autres signes physiques « expressifs » des illustrations du Recueil Fossard, en particulier pour Arlequin et pour les vieillards. Le résultat est surprenant, surtout pour ces derniers. Si on élimine les cheveux blancs et la peau du visage fanée, tout signe de déchéance physique disparaît. Les corps courbés, courbés *d'une façon amplifiée,* qui avec la connotation de cheveux blancs nous semblaient la caricature de la vieillesse, apparaissent, maintenant qu'ils ne sont plus conditionnés par cette connotation, comme des corps vigoureux, athlétiques. La position courbée apparaît comme le contraire d'une chute due à un manque d'énergie : il s'agit au contraire d'une flexion liée à un surplus d'énergie. Les pas exagérément longs ne sont pas l'embardée sénile d'une perte d'équilibre, mais la puissante démesure d'une recherche de déséquilibre.

De même pour Arlequin. Si nous pouvions oublier, en plus du visage, le rapiéçage du costume, nous verrions des poses statuaires, énergiques, et pas du tout grotesques.

Que pouvons-nous tirer de cette expérience qui, évidemment, parachève une ample recherche documentaire et historiographique ? Que le style de jeu et, dans ce cas particulier, la *vis comica* des comédiens *dell'arte* n'était pas fondée sur la caricature ni sur un grotesque généralisé, mais *sur la dialectique entre une présence pré-expressive énergique* et une *gestuelle expressive ridicule.* La « force comique » des acteurs *dell'arte* (nous parlons essentiellement des vieillards et d'Arlequin) venait précisément de la greffe d'une « expressivité » ridicule sur une présence vigoureuse et entièrement indépendante du répertoire des gestes et des positions liés à l'expression.

On voit apparaître ici l'importance scientifique du niveau pré-expressif. La présence n'est pas seulement la « nature scénique » de l'acteur, quelque chose qui précède l'expression et est indépendant d'elle, c'est surtout le complément dialectique de l'expression, le pôle avec lequel l'expression interfère pour donner forme au jeu de l'acteur.

C'est là un résultat d'une importance capitale, dont les implications n'ont pas encore été dûment explorées. Le *jeu n'est pas tout simplement l'expression mais le résultat d'une dialectique entre expression et présence,* entre niveau expressif et niveau pré-expressif.

Parallèlement, sur le versant du spectateur, la réception n'est pas seulement la compréhension ni seulement la séduction, ni non plus une somme diversement dosée (selon les choix théoriques et / ou du goût) des deux composantes, mais encore une fois le résultat d'une dialectique entre la séduction (de la présence) et la compréhension (de l'expression). Il ne s'agit pas de privilégier le niveau expressif ou le niveau pré-expressif : brutalement, il n'y a pas de jeu sans expression pas plus que, *au même degré,* il n'y a pas de jeu sans présence. Du côté du spectateur : il n'y a pas réception sans compréhension, pas plus que, *au même degré,* il n'y a pas réception sans séduction. La séduction n'est pas une partie de la réception, elle en est une condition essentielle et constitutive, exactement comme la compréhension.

Le schéma de la page 103 est un tableau synoptique de l'argumentation qui précède.

8. Seconde nature et training

Revenons à la présence de l'acteur. Nous avons pu la définir comme une artificialité naturelle ou une nature artificielle. On a dit que la présence dans l'extra-quotidien s'oppose aux conditionnements de la nature mais ne les contredit pas. Elle est, selon la terminologie proposée par Taviani, l'équivalent scénique de la « première nature » qui, dans la sphère du quotidien, est le caractère psycho-physique personnel.

Démonstration de la pédagogue japonaise Azuma et de la pédagogue indienne Saniukta Panighrai (ISTA, Bonn, octobre 1980).

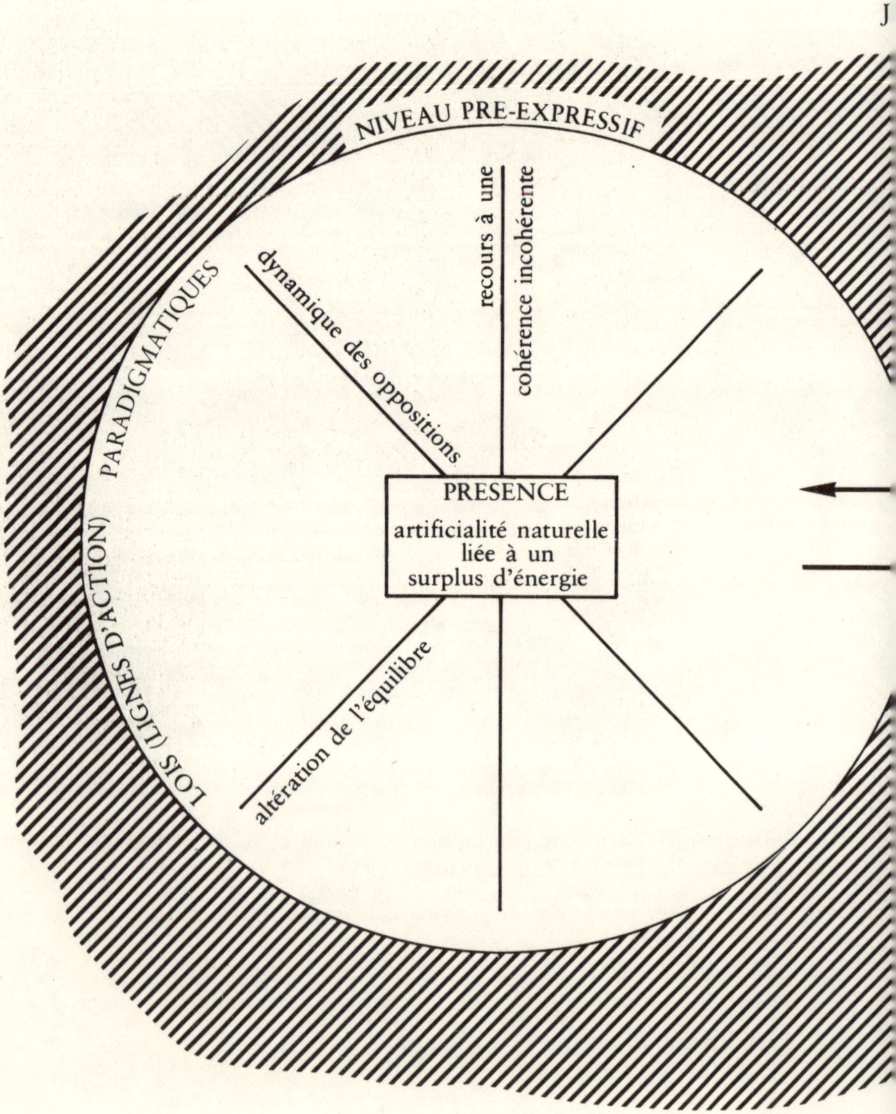
NIVEAU PRE-EXPRESSIF
LOIS (LIGNES D'ACTION) PARADIGMATIQUES
dynamique des oppositions
recours à une
cohérence incohérente
PRESENCE
artificialité naturelle
liée à un
surplus d'énergie
altération de l'équilibre
J

'EUR

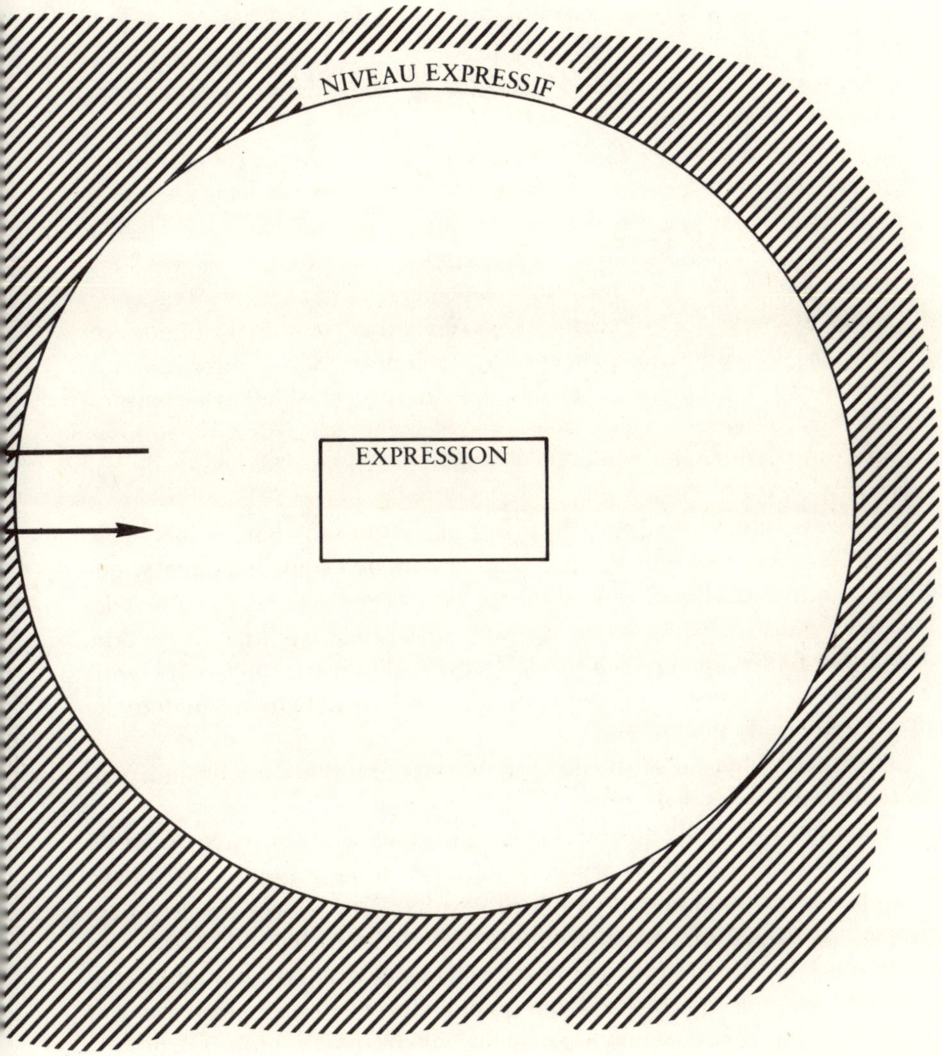

Donc une « seconde nature », et non pas une attitude improvisée. Revenant à l'exemple du don Juan qui étale sa présence, ce qui le rend si peu séduisant est précisément le fait qu'il ne montre pas une nature acquise mais une simple pose sur commande.

De même que dans la sphère du quotidien l'*action* jaillit de la dialectique entre les *actes* et le *caractère personnel,* de même dans la sphère de l'extra-quotidien l'*action scénique* (c'est-à-dire le jeu) jaillit de la dialectique entre l'*expression* et la *présence.* Mais la présence doit être, précisément, une seconde nature, de même que le caractère personnel doit avoir les traits permanents d'une première nature.

La présence comme seconde nature (où l'accent porte, c'est presque un paradoxe, sur « nature »), si elle condamne sans appel la sotte illusion de pouvoir improviser (peut-être en soulevant les pointes des pieds et en se déséquilibrant en oblique) sa présence scénique, montre que les lois pragmatiques qui la déterminent sont réellement, littéralement, des *lignes d'action.* L'acteur doit « recoloniser » son corps, et non l'éloigner sur commande. Au contraire, l'aliénation sur commande est justement une condition contre-nature et, même si les lois pragmatiques étaient scrupuleusement suivies, le résultat serait seulement une *distorsion non organique,* un gaspillage, même si en apparence il y a économie de son énergie.

Les lois pragmatiques, dans la diversité des moyens par lesquels elles peuvent être mises en œuvre, apparaissent comme l'équivalent analytique d'une pratique continue, indépendante de l'expression et *a fortiori* des spectacles dans lesquels l'acteur est ou peut être engagé. Lignes d'action, c'est-à-dire *lignes,* quelque chose de continu, d'ininterrompu, sans terme programmé ; et *action,* quelque chose de concret, qui engage matériellement l'activité de quelqu'un.

Cette (macro) ligne d'action de l'acteur, cette pratique continue indépendante des spectacles a un nom : c'est le *training.*

Il y a eu beaucoup d'équivoques sur le training, surtout parce qu'on l'a indûment identifié avec les aspects extérieurs de la pratique particulière d'autopédagogie et d'identité adoptée ces dernières années par le « tiers théâtre ». L'athlétisme de ce training, son caractère spectaculaire, son utilisation effective (parfois) comme spectacle, et peut-être davantage encore le manque de spectacles d'une qualité élevée : tous ces facteurs (qui mériteraient, tous et chacun en particulier, d'être plus profondément étudiés) ont créé chez les chercheurs une attitude diffuse que nous pouvons résumer ainsi. Premièrement : le training est une activité purement physique, liée à un « théâtre du corps » et à un « refus de la parole ». Deuxièmement : le training est inutile aux spectacles, puisqu'aussi bien les acteurs des théâtres « institutionnels » ne le pratiquent pas.

Même si ces affirmations se sont vérifiées (ou ont pu se vérifier) dans des cas spécifiques, il faut dire qu'en général elles sont fausses l'une et l'autre, et proviennent de ce qu'on ne distingue ni ne valorise suffisamment le niveau pré-expressif. Premièrement : le training est une activité *également* (non pas seulement) physique et en tout cas, dans sa composante physique, elle n'implique pas du tout l'athlétisme qui a caractérisé, en gros, le training du tiers théâtre. Comme corollaire, le training n'a rien à voir avec la poétique d'un « théâtre du corps » et de « refus de la parole », à moins qu'on ne veuille indiquer par cette poétique l'importance du corps dans l'ensemble du travail de l'acteur. Deuxièmement : le training est indépendant des spectacles mais non inutile ; au contraire, le jeu, tous les styles de jeu s'instaurent dans le rapport dialectique entre l'expression et une présence qui reste inaccessible, comme seconde nature, sans la pratique continue, indépendante des spectacles qu'est le training. Comme corollaire, on doit considérer que tous les acteurs, y compris ceux des théâtres institutionnels, le pratiquent ; éventuellement, le problème est d'en distinguer les moyens, en dehors de ceux qu'a adoptés le tiers théâtre sous le terme spécifique de training. Insistons sur ce point : *le training* fait partie de l'activité propre à tout comédien. Le travail de transformation *continue* du corps opéré par un acteur traditionnel même à partir de la psychologie du personnage en fait preuve ; on peut dans ce cas établir des transformations de base portant d'abord sur des *types* de personnages et ensuite sur d'autres aspects. En ce sens le tiers théâtre se contente d'expliciter une démarche relative à toute forme de spectacle et qui part d'une action systématique sur le corps.

Arrivés à ce point, il pourrait sembler que le training, avec les caractéristiques pertinentes que nous avons été amenés à lui reconnaître, court-circuite pour ainsi dire les lois pragmatiques de la présence et les rende de fait inefficaces. En d'autres termes, si l'élément pertinent des lois pragmatiques est de se proposer comme une activité (action) continue (lignes) tendant à l'acquisition d'une « seconde nature », ce qui semble disparaître, c'est la spécificité des lois elles-mêmes : l'altération de l'équilibre et la dynamique des oppositions. Et cela d'autant plus que l'activité qui les réalise peut ne pas être exclusivement physique.

Mais il faut noter cependant que le rapport entre lois pragmatiques et présence n'est pas nécessairement un rapport bi-univoque. Si l'application de certaines lois détermine la présence, il n'est pas dit que la présence ne puisse s'obtenir que *par ces lois-là*. Deuxièmement : il faut considérer que les lois pragmatiques expriment seulement la base *minimale* (donc *essentielle*) de la présence : une base qui fait apparaître comme conditions *minimales* de l'artificialité celles qui sont liées à la non-soumission aux principes de gravité et d'inertie. Enfin, troisièmement : il faut considérer que les lois pragmatiques sont des lignes (d'action) non seulement par leur *continuité temporelle* mais aussi (et peut-être surtout) par leur *cohésion intrinsèque :* une sorte de « colonne vertébrale », de ligne profonde, précisément, qui *donne le sens,* qui *dirige* des activités beaucoup plus diversifiées, y compris celles qui ne sont pas physiques, vers l'acquisition et l'emploi contrôlés du surplus d'énergie qui caractérise la présence.

9. Physique et non physique

Nous abordons un point très important. Il convient de récapituler les argumentations développées jusqu'ici, avant de l'affronter. Le niveau pré-expressif est celui auquel se situe la présence de l'acteur. Par « approximations successives » nous avons pu la définir comme une « seconde nature » : *seconde* en tant qu'elle se distingue de la nature du quotidien, mais *nature* en tant qu'elle n'en contredit pas l'unité organique. L'artificialité de la seconde nature consiste en un surplus d'énergie provenant de l'opposition au principe du moindre effort. Son caractère naturel consiste à ne pas laisser dégénérer en gaspillage ce surplus d'énergie, à dilater sans les distordre les tensions organiques. L'acquisition de la présence, étant donné son caratère de (seconde) nature, implique une activité continue indépendante des spectacles, le training, qui, bien qu'il soit *aussi* physique, n'est pas *seulement* physique et qui, bien qu'il puisse être athlétique, ne l'est pas nécessairement.

Voilà donc le point auquel nous sommes arrivés. Les approximations successives que nous avons effectuées apparaissent comme une sorte de « blow up » : une série de regards progressivement plus rapprochés. On voit apparaître à la fin un élément qui était sûrement présent même dans la vision d'ensemble du début, mais qui ne se montre avec évidence que maintenant. Cet élément est le *non-physique,* ou si l'on veut, *le mental.* Le training (ou plutôt le niveau de recherche qui focalise sur le training) nous révèle que la présence, qui est physique, a des racines qui ne sont pas seulement physiques et, en somme, qu'il doit exister un correspondant non-physique, mental, du niveau pré-expressif tel que nous l'avons jusqu'à présent analysé.

En ce sens, le versant physique est le *point découvert* du niveau pré-expressif. Au double sens de point plus évident que les autres, mais aussi de point faible. En tant que *découvert parce qu'évident,* il faut l'attaquer en premier ; mais en tant que *découvert parce que faible,* il peut nous donner l'illusion d'une victoire facile et nous détourner d'autres points plus « couverts » : moins évidents et plus difficiles à saisir. Après être entrés dans le niveau pré-expressif par le *point découvert du versant physique,* nous nous apercevons qu'il existe le *point couvert du versant non physique.*

C'est sur ce versant que se situe l'actuelle frontière de l'anthropologie théâtrale. Il s'agit de comprendre que le physique et le mental sont les deux *rives opposées* d'un *même pont,* et de comprendre comment les deux rives sont reliées, quels sont la structure et le fonctionnement du pont.

Les rives du physique et du mental, le pont qui les réunit, sont les termes dans lesquels Eugenio Barba affronte ce domaine encore inexploré dans un texte récent, *Le corps dilaté.* Nous devrons nous contenter, de notre côté, de donner des indications et de proposer des questions.

A première vue, le versant mental semble apparaître par simple transposition des notions relatives au versant physique. Il existe un moindre effort physique et nous pouvons considérer qu'il s'accomplit (essentiellement) en allant dans le sens des forces de gravité et d'inertie ; par transposition, il existe un « moindre effort mental » et nous pouvons considérer, au prix d'un simple glissement métaphorique, qu'il s'accomplit lui aussi en allant dans le sens de la « pesanteur et l'inertie mentales ». On peut s'opposer, sur le versant physique, au moindre effort ; de même on peut s'opposer au moindre effort sur le versant mental.

Mais une première question : comment cette opposition au moindre effort mental peut-elle se placer à un niveau pré-expressif ? Plus radicalement, est-ce que cela a un sens et si oui quel sens est-ce que cela peut avoir de parler de pré-expressif pour l'activité mentale ?

Continuons. Il existe des lignes d'action pragmatiques pour s'opposer au moindre effort physique ; et déjà la transposition sur le versant mental devient plus difficile. Quels seraient les correspondants mentaux des lois de l'altération de l'équilibre et de la dynamique des oppositions ? Il faut se garder des métaphores faciles qui arrangent tout verbalement mais qui n'ont pas d'incidence sur les faits : on doit se rappeler que l'anthropologie théâtrale est une science.

Une constatation, d'ailleurs, vient bloquer les métaphores faciles. Le corps, pouvons-nous dire, est naturellement en régime de contrainte ; l'esprit est naturellement en régime de liberté. Laissé à lui-même, le corps *est soumis* à toutes ses contraintes ; laissé à lui-même, l'esprit *est soumis* à toute sa liberté. Il est alors probable qu'il faut chercher le pont entre le physique et le mental non dans l'*opposition superficielle* entre liberté et contrainte, mais dans la *profonde unité* de l'« être soumis ».

Le corps et l'esprit peuvent être soumis, c'est la donnée pertinente du moindre effort : la norme du quotidien. Mais le moindre effort du corps se réalise par la *soumission aux limites* (la pesanteur et l'inertie ne sont que les plus élémentaires de ces limites) ; le moindre effort de l'esprit se réalise dans la *soumission à la liberté totale.* Si l'opposition au moindre effort du corps s'obtient en se *libérant des limites,* on peut penser que l'opposition au moindre effort de l'esprit s'obtient en *limitant la liberté.*

Est-ce seulement une métaphore ? Ou bien le chiasme logique « se libérer des limites » ↔ « limiter la liberté » indique-t-il qu'il faudra aussi chercher une symétrie analogue pour les lignes d'action pragmatiques ? Barba parle, à propos du pré-expressif mental, de « pré-condition créatrice ». Si dans le pré-expressif physique on pose le corps dilaté, dans la pré-condition créatrice on pose l'autre rive du pont, l'« esprit dilaté ». Dans la condition de création (équivalent mental de l'expression physique), l'*orientation* est essentielle, dans la pré-condition créatrice, c'est la *désorientation* ; dans la condition de création, l'essentiel est la *signification,* dans la pré-condition créatrice, c'est la précision.

Se dés-orienter, c'est-à-dire nier l'orientation de la condition créatrice sans tomber dans la « liberté sans limites » du quotidien, ni non plus la remplacer par une orientation qui soit seulement différente : « une négation qui n'a pas encore découvert le nouveau qu'elle affirme », selon les termes d'Eugenio Barba. Renoncer à la signification sans tomber dans la perte de sens de « l'esprit en liberté », mais non pour y substituer des significations qui soient seulement différentes : plutôt en faveur d'une condition de signifiance qui permette la signification sans la (pré) déterminer.

La dés-orientation et la précision : comment se rapportent-elles à la limitation de liberté dont nous avons fait l'hypothèse qu'elle était la condition pour s'opposer au moindre effort mental ? Ce sont des questions dont on ne peut pour l'instant qu'apprécier l'intérêt et le pouvoir stimulant, mais qui n'ont pas encore de réponse scientifique.

En tout cas il est déjà important d'avoir mis en évidence la corrélation profonde du physique et du mental dans le travail de l'acteur.

A la lumière de cet acquis on peut observer d'une façon plus consciente la traditionnelle dichotomie physique / mental (psychique), qui a divisé les options idéologiques (plus que le travail pratique) concernant l'acteur. Le physique et le mental ne sont pas deux *voies différentes,* mais seulement deux *points de départ différents* qui doivent nécessairement se rencontrer. Il n'importe guère, au fond, que l'acteur parte de la rive du physique ou de celle du mental, étant donné qu'il n'y a pas de corps dilaté sans esprit dilaté, et vice-versa.

La présence se révèle être plus profondément encore une seconde nature : car, comme le caractère personnel de la première nature, elle est intrinsèquement psycho-physique, mentale *et* physique.

10. Acteur et metteur en scène, acteur et spectateur

La détermination d'un corrélat mental du versant physique projette enfin une lumière complètement nouvelle sur le rapport acteur-metteur en scène et acteur-spectateur.

Les rives du physique et du mental ne se rejoignent plus ici sur le pont qu'est la personne de l'acteur, mais sur un pont qui relie la performance physique de l'acteur avec l'activité mentale du metteur en scène et avec celle du spectateur.

Du côté de la production du spectacle : comment se relient la prestation physique de l'acteur et la prestation mentale du metteur en scène ? C'est-à-dire comment se reflètent-elles l'une sur l'autre et comment s'influencent-elles l'une l'autre ? Du côté de la réception du spectacle : comment sont reliées la prestation physique de l'acteur et la prestation mentale du spectateur ?

On découvre ici, du moins comme direction de recherche, tout un domaine qui enjambe la dynamique émetteur-récepteur et encodage-décodage, ou même charme et fascination, et qui pose les bases *scientifiques* pour explorer *ce rapport de con-sonance (de sympathie)* dont tous les spectateurs ont fait au moins une fois l'expérience et que l'absence de recherche a relégué au niveau de l'ineffable, de l'unique, de l'improgrammable *expérience personnelle.*

Ce n'est peut-être pas un hasard si, presque comme un topo méta-historique et transculturel, la littérature représente souvent la rencontre avec le spectacle théâtral associée à un choc profond, presque mystique, au cours duquel on re-vit la signification de sa vie. Et cela, même quand le spectateur, comme Wilhelm Meister, n'est en rien étranger au théâtre.

La littérature est un art, et peut considérer comme ineffable quelque chose dont elle ne veut pas parler (ou ne juge pas intéressant de le faire), sinon en termes d'expérience intime, secrète. Mais la science du théâtre, non. Si la con-sonance spectacle-spectateur se produit (et peut-être le fait que ce soit la littérature « non scientifique » qui le dise en est une démonstration *a contrario*), il est nécessaire d'en chercher les lois pragmatiques. Chercher à savoir *que* faire et *comment* le faire pour qu'elle se produise : même si on continue à ignorer *pourquoi.*

Bibliographie

Eugenio Barba, 1981, **La corsa dei contrari. Antropologia teatrale,** Milan, Feltrinelli.

1982, « L'Archipel du théâtre », in **Bouffonneries,** Carcassonne.

1982, « Anthropologie théâtrale », in **Bouffonneries,** n° 4, Carcassonne.

1982, « Intercultural Performance », in **The Drama Review,** vol. 26, n° 2, New York.

1985, « The Dilated Body », in **New Theatre Quarterly,** 4,

1985, **The Dilated Body, followed by The Gospel according to Oxyrhincus,** Rome, Zeami, 1985.

Jerzy Grotowski, 1970, **Per un teatro povero,** Rome, Bulzoni.

1982, **Tecniche originarie dell'attore,** compte rendu non remanié d'une conférence à l'Istituto del Teatro e dello Spettacolo dell'Università di Roma.

Franco Ruffini (dir.), 1981, **La scuola degli attori. Rapporti dalla prima sessione dell'I.S.T.A.** Florence, Usher.

1984, « La trasmissione dell'esperienza in teatro », in **Quaderni di Teatro,** n° 23.

Nicola Savarese (dir.), 1983, **Anatomia del teatro. Un dizionario di antropologia teatrale,** Florence, Usher.

Richard Schechner, 1983, **Performative Circumstances from the Avant Garde to Ramlila,** Seagull Books, Calcutta.

1985 **Between Theatre and Anthropology,** University of Pennsylvania Press.

Sipario, 404, 1980, **Jerzy Grotowski e il Teatr Laboratorium,** numéro spécial.

Ferdinando Taviani, 1986, « Un vivo contrasto ». Seménario su attrici e attori della Commedia dell'arte, in **Teatro e Storia,** n° 1.

IV. Sémiotique

1. Introduction

La sémiotique du théâtre est une partie de la sémiotique générale et l'objectif de cet article est d'introduire à un ensemble de concepts fondamentaux de la sémiotique générale. Ces derniers doivent évidemment aussi être utilisés dans toute étude sémiotique portant sur le drame ou la représentation théâtrale : *le texte, le signe, le discours, la semiosis, la structure, la référence et le référent, le code,* etc.

Aucun de ces concepts ne peut se constituer comme entité globale tout à la fois suffisamment précise et utilisable dans quelque contexte que ce soit. Pour que ces concepts soient *théoriquement précis* et *analytiquement pertinents,* il faut que chacun d'eux soit rattaché à la science ou à l'épistémologie dont il relève ainsi qu'à son domaine d'application.

Il faut considérer la *sémiotique,* utilisée ici, comme un cadre général dans lequel sont établies les caractéristiques fondamentales des concepts : nous n'essayons pas d'attacher la définition et la présentation des concepts à une tradition sémiotique déterminée ; nous tentons au contraire d'établir une médiation entre deux tendances différentes mais tout aussi importantes : la tendance continentale structuraliste venant de Saussure et du formalisme russe et la conception de la sémiotique selon Peirce. Il nous semble nécessaire d'opérer une telle médiation du fait que chacune de ces traditions possède et ses points forts et ses points faibles : la force de la sémiotique de Peirce réside dans sa généralité et sa conception dynamique, celle du structuralisme continental tient à un degré supérieur dans son approche du texte, du moins en ce qui concerne le texte linguistique.

Sur ces bases, nous présenterons donc ces concepts afin qu'ils puissent être précisés par rapport à la *sémiotique du théâtre,* et que leur pertinence par rapport à leur *objet* — l'événement théâtral ou spectaculaire — puisse être dégagée.

2. Le texte et le signe

Le *concept de texte* sera le point de départ de cette présentation parce qu'à première vue, il semble être le plus concret et aussi parce que les autres concepts ne peuvent être compris que par rapport à lui. Cependant, la définition du concept de texte est difficile pour plusieurs raisons. Premièrement, une définition plus précise de ce concept dépend de la théorie sémiotique à laquelle on se réfère, et deuxièmement, l'usage rend l'élaboration d'une définition d'autant plus difficile que le mot *texte* est utilisé à propos d'une multitude de phénomènes : on appelle texte tout message linguistique, oral ou écrit, mais le mot texte est aussi utilisé à propos d'images, de poteaux indicateurs, de carnavals, de villes, de costumes, etc. ainsi que du théâtre tant comme texte linguistique donné que comme représentation théâtrale de ce texte (voir aussi, ci-dessous, la définition du signe selon Peirce).

Le rapport existant entre le concept de *texte* et le concept de *signe* constitue une autre difficulté. Selon la tradition sémiotique, qui a son origine et ses liens dans la linguistique, il est normal de distinguer les deux concepts. Chez Hjelmslev, par exemple, le concept de *texte* est l'équivalent du *procès linguistique,* la *syntagmatique,* en opposition au *système linguistique,* la *paradigmatique.* Un *texte,* selon Hjemlslev, c'est donc la *manifestation* d'un système sous-jacent, le texte peut exister concrètement et c'est ce qui nous intéresse ici ; mais toujours selon Hjelmslev, un système (linguistique) donné n'est pas nécessairement réalisé en un procès, un texte : le texte peut exister simplement comme possibilité et ainsi être considéré comme virtuel. Toutefois, ce qui est essentiel pour Hjelmslev, c'est que le texte n'existe qu'au moment où se manifeste le système (Hjelmslev, 1966, 16).

La différence entre le texte et le signe, selon une théorie structuraliste classique du signe comme celle de Hjelmslev, *n'est pas* que le texte relève de la syntagmatique et le signe de la paradigmatique car, à vrai dire, *le signe lui-même est une unité du procès ou de la manifestation* qui se constitue grâce à la solidarité existant entre les éléments des deux plus importants paradigmes avec lesquels opère l'analyse linguistique : le plan de l'expression et le plan du contenu. Ainsi, ce n'est réellement que sous la limite du signe, parmi les éléments qui forment les « moellons » du signe dans ces deux plans (par ex. les *phonèmes* pour le signifiant et les *sèmes* pour le signifié) que nous arrivons aux éléments qui — en principe — sont exclusivement paradigmatiques, en l'occurrence à des éléments *différenciateurs* de sens, mais pas en eux-mêmes *porteurs* de sens. *Le signe* par contre est défini fonctionnellement comme la plus petite unité significative provenant d'une combinaison d'éléments du signifiant et d'éléments du signifié. Ce qui, concrètement, signifie que le signe lui-même ne comprend pas seulement des éléments lexicaux, des mots, mais aussi des désinences, des préfixes, des suffixes, etc. Les mots eux-mêmes peuvent parfaitement être constitués de plusieurs signes et le signe n'a pas besoin de pouvoir se manifester de façon autonome. L'un des exemples, donné par Hjelmslev, d'un signe est la désinence verbale -ibus en latin, désinence qui ne peut être décomposée en d'autres signes, mais qui, par contre, peut être divisée en unités plus petites, et analysée, pour chacun de ces deux plans : au plan du signifiant, par ex. en ses quatre phonèmes i-b-u-s, et au plan du signifié dans les sèmes « datif/ablatif » et « pluriel ».

La définition fonctionnelle du signe comme plus petite unité significative issue de la combinaison, de la solidarité d'éléments du signifiant et d'éléments du signifié, signifie que le *signe* et le *texte* peuvent parfaitement coïncider dans certains cas concrets. Par exemple, si l'on voit l'expression linguistique /poison/ sur une bouteille, il s'agit ici et d'un *signe* et d'un *texte*. Il n'y a là rien d'étrange puisque un même élément exprimé peut être analysé à plusieurs niveaux ; par ex., une seule et même expression /i/ en latin est analysable comme phonème, syllabe, signe et phrase (dans ce dernier cas, « i » est l'impératif, 2e personne du singulier du verbe « ire »). Toutefois, on considérera en général un texte comme résultant d'une combinaison de signes et donc comme un phénomène analysable en tant qu'*inventaire d'éléments, de signes, et de leurs règles de combinaison* (par ex. les règles syntactico-sémantiques).

La pertinence de ce point de vue est aussi soulignée par le fait que même si le nombre de signes d'une langue donnée est très grand, et même s'il apparaît constamment de nouveaux signes, le nombre de signes est cependant fini ; et, plus important encore, il ne faut qu'un nombre relativement restreint de signes pour produire et comprendre un texte moderne : ainsi, 1 000 mots couvrent environ 80,5 % (voir par ex. Kondratov, 1966, pp. 106-119). Cela signifie que même au niveau du signe où l'inventaire est très grand (comparer par ex. aux 20 phonèmes environ qui existent dans de nombreuses langues), il est logique de distinguer entre, d'un côté, les unités lexicales et morphologiques, les signes, et, de l'autre, leurs combinaisons en des procès plus ou moins longs, les textes ; d'autant plus que, même s'il était mathématiquement possible de calculer le nombre de textes possibles dans une langue et à un moment donné, ce nombre serait de l'ordre du nombre de particules se trouvant dans la voie lactée. Roman Jakobson explique ainsi la raison de cette différence entre le signe et le texte :

> *« Ainsi existe-t-il dans la combinaison des unités linguistiques une échelle ascendante de liberté. Dans la combinaison des traits distinctifs en phonèmes, la liberté du locuteur individuel est nulle ; le code*

a déjà établi toutes les possibilités qui peuvent être utilisées dans la langue en question. La liberté de combiner les phonèmes en mots est circonscrite, elle est limitée à la situation marginale de la création de mots. Dans la formation des phrases à partir des mots, la contrainte que subit le locuteur est moindre. Enfin, dans la combinaison des phrases en énoncés, l'action des règles contraignantes de la syntaxe s'arrête et la liberté de tout locuteur particulier s'accroît substantiellement, encore qu'il ne faille pas sous-estimer le nombre des énoncés stéréotypés. » (Jakobson, 1963, pp. 47-48).

Le fait que Roman Jakobson souligne le degré ascendant de liberté dans la combinaison des unités, des éléments du signe aux textes, n'implique évidemment pas que les textes ne soient pas soumis à des codages de différentes natures. Tout d'abord, les codages dont dépendent les signes ne disparaissent pas quand ils sont combinés pour constituer des procès linguistiques plus longs, les textes, et d'autre part, les textes sont alors soumis à d'autres codages, par ex. les types de discours et les conventions des genres.

Dans l'autre grande tradition sémiotique, la sémiotique pragmatique peircienne, la distinction entre *signe* et *texte* n'est pas opérée. Il est par exemple caractéristique que Peirce emploie indifféremment le terme *signe* (sign) à propos de phénomènes qui, incontestablement, sont le plus souvent désignés comme des textes. Ce fait devrait être mis en évidence par la définition suivante qui concerne le concept de *signe :*

« ... *Les signes en général, classe qui inclut les tableaux, les symptômes, les mots, les phrases, les livres, les bibliothèques, les signaux, les ordres, les macroscopes, les représentants de la loi, les concerts musicaux, leurs manifestations...* » (MS 634, 1909, ISP 18) [1].

Mais cette définition très ouverte du signe ne signifie toutefois pas que Peirce ne fasse pas la distinction entre des signes de complexités différentes ; simplement cette distinction n'est pas celle opérée par le linguiste entre les éléments du signe, les signes et les textes, mais celle du logicien entre le terme, la fonction propositionnelle (appelée *rhème* chez Peirce), l'énoncé, l'argument et le discours :

« *Le discours consiste en des arguments composés de propositions, elles-mêmes composées de termes généraux, relatifs et non relatifs, de noms singuliers et de quelque chose que l'on peut appeler des copules ou des pronoms relatifs, etc. selon la famille des discours à laquelle on compare le discours.* » (MS 939, 1905, ISP 27).

Ainsi, ce qui est commun aux deux traditions, c'est que le procès textuel, le texte ou le discours, est considéré comme construit par des classes d'éléments élucidés au moyen d'une constante division/segmentation du procès. La différence entre les deux processus d'analyse et les deux systèmes de classification est fonction de l'objectif de l'analyse. Ce dernier point est essentiel aussi pour l'établissement des unités minimales à élucider. Pour le logicien, les éléments pouvant entrer dans l'énoncé, c'est-à-dire les termes et les fonctions propositionnelles, seront l'unité minimale d'analyse et s'il faut les comparer à des éléments de l'analyse linguistique, leur équivalent le plus proche sera le signe, la plus petite unité significative. Le linguiste, par contre, prolonge son analyse et met en lumière les inventaires des plus petites unités qui différencient le sens sans être elles-mêmes significatives.

Pour ce qui est de la limite extrême de la distinction entre le signe et le texte, ces deux traditions ne sont pas très précises parce que le même élément du signifiant peut être compris de deux façons (cf. le mot /poison/ ou bien le signe iconique qui représente une tête de mort, et le /i/ latin). Ce qui précède souligne le fait que la distinction entre le *signe* et le *texte* n'est pas, en premier lieu, une différence entre les éléments du signifiant ; ceux-ci renvoient à la manifestation des deux catégories (même si un texte consiste la plupart du temps en plusieurs signes). Plutôt que d'étudier la différence entre le *signe* et le *texte* dans les éléments qui les constituent, nous proposons une différenciation à partir de leurs différentes fonctions : le *Signe* est alors le plus petit élément porteur de sens de la manifestation dans une sémiotique donnée (une langue, un système iconique, etc.) pouvant entrer dans un nombre pratiquement illimité de syntagmes constitués selon les règles des combinaisons de cette sémiotique. Le signe est donc considéré comme une *grandeur virtuelle* investie il est vrai d'un *potentiel de sens* (sinon il serait impossible de souligner un emploi inhabituel ou faux du signe), mais qui, en principe, ne peut être épuisé en fonction des contextes dans lesquels il est intervenu à un moment donné. Ceci ne signifie évidemment pas que le sens du signe soit instable car, si c'était le cas, toute communication du sens serait impossible. Cela signifie, par contre, que cette stabilité est relative en ce sens qu'il peut survenir, et cela arrive souvent, un glissement ou un déplacement du signifié d'un signe. Cette idée est fondamentale dans la sémantique de Viggo Brøndal où le mot est posé comme le signe linguistique.

Le *Texte,* contrairement au signe, peut être considéré comme la manifestation concrète — Brøndal parlerait d'un usage occasionnel — d'un syntagme dans un contexte de communication, comme un *énoncé.* La contextualisation, en tant que caractéristique du concept *texte,* peut être illustrée par la bouteille portant le signe /poison/ puisque le signe linguistique *associé à la bouteille* doit bien plutôt être considéré comme un *texte* dont *l'énoncé* serait : cette bouteille contient du poison.

Certaines des caractéristiques que nous attribuons au concept de *texte,* dans notre conception ordinaire, *selon le bon sens,* de ce mot, devraient déjà être illustrées. En effet, nous considérons en général un texte comme quelque chose de localisable dans le temps et l'espace et comme produit à un moment et en un lieu donnés. De même, nous considérons le texte comme un phénomène reçu et perçu à des moments et en des lieux localisables dans un système spatio-temporel. Il s'ensuit donc que, lorsqu'un texte est perçu, il a, ou a eu, une nature matérielle, et aussi que du fait qu'il est localisé, il peut être décrit ; on peut lui attribuer des qualités qui, ajoutées à sa situation spatio-temporelle, permettent de le distinguer d'autres phénomènes (on trouve probablement des milliers de bouteilles portant le signe /poison/ , c'est-à-dire des milliers de textes identiques, mais ils entrent dans des situations de communication différentes).

3. Le texte, l'objet, le contexte

Ce qui, jusqu'à présent, a été dit du concept de *texte* le différencie du concept de *signe* puisque nous avons souligné sa caractéristique matérielle occasionnelle. Mais ces déterminations ne sont en aucun cas suffisantes pour différencier un *texte* d'un *objet* matériel. Il faut souligner ici qu'*un texte a toujours, dans un sens ou dans un autre, un substrat matériel, et par là, le caractère d'un objet.* En outre, la différence entre l'objet et le texte dépend du point de vue et de la description auxquels est soumis un phénomène donné. Cependant le texte, à la différence de l'objet, est caractérisé par sa référence à l'extérieur ; *aliquid stat pro aliquo* est la définition fondamentale du signe qui caractérise aussi les textes. Lorsqu'un objet donné, par exemple un paysage alpin, est appelé texte, cet emploi est tout à fait légitime si l'on présuppose que ce paysage a une quelconque fonction de référence. Inversement, la discussion de deux typographes et leur jugement concernant les caractéristiques matérielles et formelles des caractères d'imprimerie utilisés dans un éditorial suspendra sa fonction référentielle, le faisant ainsi considérer comme un objet caractérisé par un ensemble de qualités matérielles. Ces exemples devraient montrer que la différence entre l'objet et le texte dépend plutôt du contexte dans lequel se trouve un phénomène donné que de l'ensemble des qualités attribuées par avance. Cette duplicité potentielle, comme texte et comme objet, qui caractérise tous les phénomènes est d'une importance fondamentale pour la représentation théâtrale du fait précisément que celle-ci provoque chez le spectateur un perpétuel changement de point de vue (cf. ci-dessous).

Bien que ce qui vient d'être dit montre clairement que tout phénomène peut potentiellement être considéré comme un texte même s'il n'est pas produit dans le but de communiquer et sur la base d'un système sémiotique conventionnel (un système de signes), concentrons-nous pour commencer sur ce type de texte qui possède les deux dernières caractéristiques mentionnées : *être produit à partir d'un système sémiotique conventionnel et avec la communication comme objectif*. Un livre, une pièce de théâtre par exemple, remplit toutes les conditions mentionnées ci-dessus. Mais avant de pouvoir entreprendre une description plus détaillée de notre conception ordinaire, selon le sens commun, d'un tel texte, il nous faut souligner une difficulté, à savoir la *limite extrême de chaque texte ;* la question est de savoir comment un texte donné peut être délimité en tant qu'unité indépendante par rapport à d'autres textes environnants.

La réponse qui vient immédiatement à l'esprit, à savoir le texte comme unité délimitée matériellement, est insuffisante même si elle se révèle indispensable comme fil d'Ariane. Ainsi, une anthologie est un ensemble de textes écrits par différents auteurs à des moments différents et édités le plus souvent auparavant dans des publications différentes. Et bien qu'ils soient publiés ponctuellement sous une même reliure, il est tout à fait possible de douter qu'ils constituent à eux tous un texte. Ce problème ne peut être résolu par un simple renvoi de ces textes à leurs auteurs respectifs car, dans l'œuvre d'un auteur, on peut être très précisément confronté à ces mêmes problèmes. Si nous nous en tenons à Shakespeare par ex., nous avons là le problème de la production collective. Par exemple, on suppose que *Périclès* est l'œuvre de deux auteurs bien que les spécialistes de Shakespeare ne soient pas d'accord sur l'identité du second auteur ; cependant, cette production collective, duelle, fait-elle de *Périclès* deux textes différents ? De plus, *Henry VI* consiste en trois parties prévues pour être jouées indépendamment les unes des autres ; doit-on alors parler de trois textes autonomes ou bien d'un seul et unique texte ? Il est ici encore plus intéressant d'évoquer la question des tragédies royales de Shakespeare, et plus particulièrement des deux tétralogies HVI — RIII et RII — HV pour se demander si elles constituent huit, ou deux, ou bien un seul texte ? Ou encore, que dire des pièces de Shakespeare attribuées à sa main dans *Sir Thomas More ?* Des textes inachevés ou transmis fragmentairement, ou d'autres textes demandant un remaniement ou une restructuration en vue de représentations concrètes posent aussi des problèmes de délimitation. Quelle est la version du *Woyzeck* de Büchner qui est la plus authentique et la plus efficace sur scène ? Et aussi, laquelle de ces considérations doit-on choisir lorsque l'on doit tenir compte d'un modèle dramatique donné ?

Il est sans doute possible de donner des réponses valides à toutes ces questions mais le simple fait que de telles questions soient pertinentes souligne combien il faut justifier toute détermination d'un procès linguistique comme texte délimité et autonome. Il est donc intéressant de constater que dans chacune des deux grandes traditions sémiotiques (par exemple chez des chercheurs comme Hjelmslev et Peirce, qui sont par ailleurs très différents), il existe un concept de *texte* très différent de la conception ordinaire. Selon cette dernière, le concept de texte est généralisé, ce qui fait que, au lieu d'être utilisé en premier lieu à propos d'unités délimitées déterminées, il est utilisé pour tous les procès textuels produits selon un système sémiotique donné.

Le linguiste Hjelmslev définit le texte comme un procès (sémiotique) et, en ce qui concerne la langue naturelle, ce procès est toujours considéré comme un texte en expansion. Cette définition du texte, bien qu'elle aille à l'encontre de notre conception ordinaire, est conforme à l'objectif de la linguistique puisque, pour pouvoir établir des règles et des inventaires généraux dans une langue donnée, elle doit nécessairement dépasser chaque texte ; le corpus limité de textes doit au contraire tendre à couvrir tous les énoncés afin de parvenir aux principes générateurs qui permettent une production illimitée du sens linguistique.

Le logicien et philosophe Peirce arrive à la même conclusion au moyen d'une corrélation du concept de texte et de la représentation d'un argument toujours en expansion :

> « *Il y a la science de la sémiotique dont les résultats n'offrent pas plus d'espace aux différences d'opinion que ne le font ceux de la mathématique, et l'un de ses théorèmes confirme la justesse de cette comparaison. Il dit que si des signes sont reliés entre eux, quelle que soit la façon dont ils le sont, le système qui en résulte constitue un signe ; ce qui fait que, résultant d'un grand nombre de connexions provenant d'appariements successifs, un signe fréquemment en interprète un autre, à condition toutefois qu'il soit « marié » à un troisième signe. Ainsi, la conclusion d'un syllogisme, c'est l'interprétation de l'une des prémisses en tant que « mariée » à l'autre, et tous les principaux processus de traduction de la pensée sont de cette sorte. A la lumière du théorème ci-dessus, nous voyons que* la

totalité de la vie de la pensée d'un individu est un signe ; *et une partie considérable de ses interprétations résultera de mariages avec la pensée d'autrui. Ainsi,* la pensée d'un groupe social est un signe ; et le corps entier de toute pensée est un signe *si on suppose que toute pensée est plus ou moins reliée à d'autres.* » (MS 1476, env. 1904, ISP 38).

Bien que la conception du texte selon Hjelmslev et Peirce, comme syntagme en expansion, soit anti-intuitive, elle possède d'évidents avantages par rapport à la conception du bon sens commun (même s'il nous est impossible de négliger cette dernière dans notre travail concret d'analyse), parce que leur conception du texte fait apparaître de façon manifeste que nous posons des limites dans une production toujours antérieure du sens lorsque nous établissons un corpus de textes particulier comme objet de recherche. Le concept inclusif de texte de Hjelmslev et de Peirce montre en outre bien clairement que les limites qui apparaissent du fait du choix d'un texte donné ou d'un corpus de texte donné sont, si l'on peut dire, semi-perméables parce que la production, la représentation ou l'interprétation d'un passage (par ex. un texte singulier au sens courant) dans la formation du sens, entendu comme procès historique, ont toujours lieu sur la base d'un plus grand corpus de textes qui n'est pas nécessairement mentionné dans le texte singulier, ou dans sa représentation ou dans son interprétation. La production tout comme la représentation du texte singulier se passent dans un contexte dialogique : un mouvement dialectique entre les questions et réponses (selon l'herméneute allemand Hans-Georg Gadamer) ou une simultanéité du « lire » et de « l'écrire ».

Si *l'intertextualité,* concept dont on a beauoup abusé, doit être utilisée en rapport avec le concept généralisé et dynamique de texte, il faut qu'elle comprenne au moins trois phases : 1) Si l'on tient compte des conceptions de Hjelmslev et de Peirce sur le texte généralisé, la double appartenance du texte singulier au contexte étendu est soulignée. D'une part, il règne une appartenance *formelle* aux autres textes au moyen du code linguistique commun et des règles logiques ordinaires qui sont utilisées. 2) D'autre part, le discours de Peirce sur la pensée comme procès argumentatif souligne aussi la *caractéristique référentielle* du texte — la substance selon Hjelmslev — parce que le processus de pensée, ou le texte, renvoie à un univers. Ce qui peut être entendu de façon socio-matérielle, fictive, physique, idéale, etc. sans que certaines de ces dimensions aient un statut privilégié a priori. Une telle juxtaposition des « formes de représentation ou intuition » est, elle aussi, une composante essentielle de la sémantique de Brøndal. 3) Il s'ensuit qu'il est conjointement important de souligner que l'inter-dépendance du texte avec les autres textes n'est pas uniquement une question de communauté de code, mais aussi de communauté totale ou partielle avec l'univers et que donc il s'y rattache une certaine *intersubjectivité,* étudiée surtout par l'herméneutique et la psychanalyse, articulée souvent par le concept de discours en linguistique et en sémiotique.

En tant qu'amateurs de théâtre, metteurs en scène et acteurs, critiques ou chercheurs, nous sommes naturellement le plus souvent intéressés uniquement par le texte fini, le texte dramatique en tant que procès linguistiquement fini ou la représentation en tant qu'événement théâtral délimité. Ce n'est toutefois que dans le jeu conjugué entre la notion de texte, selon le bon sens commun, et le concept généralisé de texte (comme par ex. dans la description de Hjelmslev et de Peirce) que l'analyse sémiotique du texte peut être effectuée de façon féconde puisque le texte isolé ne peut être compris comme unité significative que sur la base de la production générale du sens.

Le problème de la limite de chaque texte particulier et celui de son interprétation sont évidemment étroitement reliés ; ils se présupposent puisque l'interprétation est un nouveau texte dans lequel sont inscrits des éléments du texte interprété, et donc chaque interprétation est une *con*-textualisation du texte objet. Cela signifie que c'est par l'interprétation, mise à jour du potentiel de significations du texte, que les limites du texte sont dessinées. Selon la conception ordinaire commune, le texte constitue une grandeur matérielle délimitée mais ce n'est que lorsque l'on prend en considération sa caractéristique de signe, sa référence à autre chose, qu'il se différencie des objets en général ; et donc ses limites ne sont déterminées qu'au travers d'une élucidation de son sens. Ainsi, il sera impossible de déterminer si un texte est un fragment ou une unité relativement finie sans tenir compte et de sa structure et de son contenu.

4. Les dimensions du texte

Si nous nous en tenons ici aux textes linguistiques ou aux textes dans lesquels entrent des structures linguistiques, si, de plus, nous négligeons les erreurs éventuelles du dactylographe et l'éventuelle déficience du traitement de texte, et si enfin, nous présupposons un objectif de communication, il devient alors possible de représenter les dimensions du texte dans le diagramme suivant établi à partir de la sémiotique de Peirce :

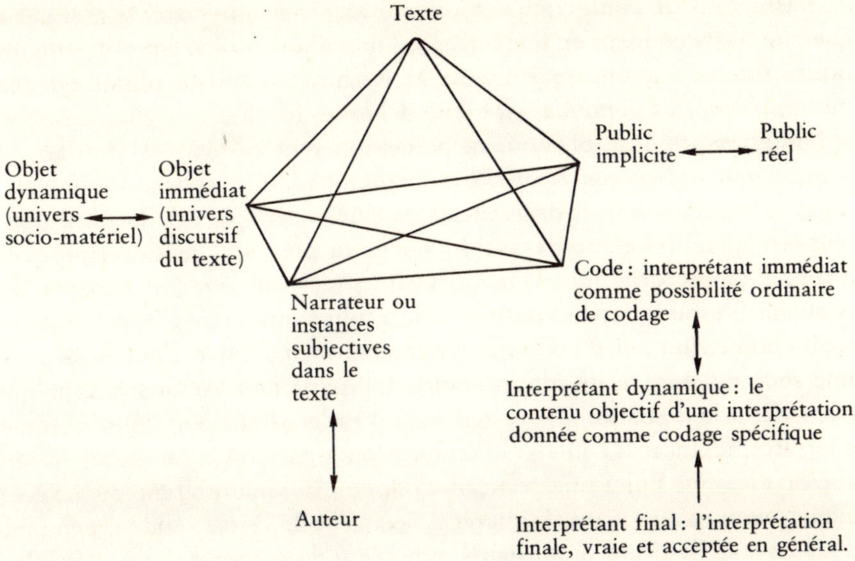

Selon ce modèle, le texte, le texte matériellement présent, possède quatre références différentes. Il renvoie à, ou il manifeste : 1) un interprétant immédiat, ou une pluralité d'interprétants, c.-à-d. un code ou un ensemble de codes qui le rendent compréhensible, 2) un univers discursif, c-à-d. le « monde » (vrai, possible ou fictif) auquel le texte est censé renvoyer (cf. la définition du signe *aliquid stat pro aliquo),* 3) celui qui énonce le texte, son destinateur ou son auteur, 4) celui qui reçoit le texte, son lecteur ou son public. De plus, on voit que chacune des cinq instances qui sont rattachées dans la production du sens, la semiosis, est divisée en aspects internes et externes.

La représentation théâtrale pose à ce sujet tout un ensemble de problèmes complexes pour ce qui est du texte dramatique en tant que procès linguistique. Il s'agit en effet de savoir combien d'éléments et d'événements du procès spatio-temporel de la représentation peuvent être interprétés comme une expression codée et quels sont ceux qui sont contingents, c.-à-d. accidentels par rapport à la représentation lorsqu'elle est considérée comme un procès textuel. En d'autres termes, qu'est-ce qui, dans ce qui est *visible,* c.-à-d. ce qui peut être perçu, est aussi *lisible,* c.-à-d. interprétable comme significatif. Si ce fait semble un problème plus important dans l'analyse de la représentation que dans l'analyse littéraire, cela tient évidemment au fait que le texte linguistique est, dans la représentation, enchâssé dans un *contexte situationnel concret* et que donc, le travail ne consiste pas seulement en une interprétation d'une série d'énoncés linguistiques fondée sur une maîtrise de la langue, il consiste plutôt en une interprétation d'un *monde extérieur* délimité, focalisé et stylisé.

L'interprétation du phénomène actuel inhérent au texte réside dans sa saisie comme objet significatif. Ce qui signifie, entre autres, que ses éléments d'expression sont différenciés de leur arrière-plan de façon à pouvoir être identifiés et, au cas où il y en aurait plusieurs, reliés réciproquement ; l'expression codée qui apparaît ainsi, peut être rattachée à un contenu. C'est ce que nous définissons ici tout simplement comme étant sa traduction en un autre texte qui renvoie au même univers que le sien (la référence du texte à un *interprétant*). L'interprétant est un concept qui nous vient de la sémiotique peircienne ; il est généralement défini comme une interprétation ou une traduction d'un signe (ou d'un texte) en un autre ; par ex., le lexème français *homme* est l'interprétant du lexème anglais *man* et vice versa. L'intérêt du concept de Peirce réside cependant dans sa subdivision en plusieurs types d'interprétants ; l'une des plus importantes est la différence qu'il établit entre l'*interprétant immédiat, l'interprétant dynamique et l'interprétant final.*

L'interprétant immédiat est défini différemment dans divers endroits chez Peirce mais la définition que nous maintiendrons ici est la suivante :

> « *Mon interprétant immédiat est impliqué en ce sens que chaque Signe doit avoir sa propre interprétabilité avant d'avoir un quelconque interprétant.* » (Peirce 1977, p. 111).

L'interprétabilité du signe, ou du texte, existe donc, selon cette définition, en tant que *possibilité* réalisée dans *l'interprétant dynamique,* c.-à-d. le *contenu* objectif *de l'interprétation réalisée concrètement :* « *L'interprétant final* est l'interprétant qui serait le résultat d'une étude exhaustive et illimitée du signe, il serait à la fois accepté par un nombre illimité de communautés de chercheurs et reconnu comme un énoncé vrai du sens du signe (du texte). » (MS 339 (d) ISP 346).

L'interprétant immédiat peut donc être interprété comme le champ des possibilités pouvant exister pour l'interprétation d'un texte donné. En ce qui concerne les textes linguistiques, ce champ est délimité par les potentiels de sens du signe dans le texte, leur combinaison dans le procès textuel concret, le genre de discours dont il est question ainsi que par les présuppositions concernant les qualités explicites de l'univers discursif auxquelles le texte se réfère. Ces déterminations peuvent toutes être considérées comme des *codages* du texte donné.

5. Le discours : procès et subjectivité

La conception du discours que l'on trouve chez le linguiste et philosophe du langage, Viggo Brøndal, peut contribuer à une présentation du concept de discours approprié à la sémiotique du théâtre. Il situe le discours à un niveau autonome entre le procès linguistique concret et en situation que nous avons appelé texte, et le répertoire virtuel de signes et d'unités linguistiques élémentaires que, à la suite de Saussure, il relie à la langue. A propos du discours dans cette position, il dit :

> « *Le discours, en ce sens, est une totalité rythmique, un ordre dans le temps (donc irréversible) où chaque élément (phonique ou sémantique) prend sa place et joue le rôle qui dépend de cette place. Par cette valeur de position, les mots quittent les limbes du dictionnaire pour se vivifier, acquérir un sens précis et, en même temps, un caractère réel et personnel.* » (Brøndal, 1943, p. 55).

Par son concept de discours, Brøndal soutient qu'une condition à la réalisation des éléments virtuels dans un texte significatif est que l'on admette *un niveau autonome pour la logique irréversible qui dirige le procès textuel.* Cette réflexion n'a pas été particulièrement reconnue par la linguistique structurale classique. Cela est dû au fait que, d'une façon générale, on a repris un concept de phrase adapté d'après la logique aristotélicienne ; de cette façon, la limite du texte se trouvait, par avance, déterminée comme limite de la phrase, la structure idéale du procès textuel était, par avance, donnée comme formes processuelles réductibles aux règles logiques. Une autre raison pour laquelle on écartait l'autonomie du concept de discours, c'est que la reconnaissance d'un niveau autonome, justifié à la fois au niveau des formes virtuelles et dans la manifestation textuelle concrète, ne pouvait trouver sa place dans la logique binaire du structuralisme classique.

La nécessité de travailler avec un niveau discursif autonome n'apparaît clairement que lorsque l'on ne peut plus admettre la limite de la phrase ou la forme primitive idéale de la phrase comme immédiatement données, et lorsque l'on ne peut non plus accepter comme donnée l'identité des unités élémentaires dans les différents supports de manifestation. Il n'est pas évident que ce soit le même type de relation du signe qui existe dans les médias verbaux, visuels ou pluridimensionnels. Selon que l'on travaille avec le cinéma, le théâtre ou la littérature, la limite d'une unité pertinente dépendra du médium de même que ses formes concrètes de manifestation et l'établissement des unités élémentaires ou des unités fondamentales.

Du fait du caractère particulier de l'événement théâtral, une réflexion spécifique concernant la logique du procès et son irréversibilité sera particulièrement importante pour ce qui est de la segmentation du procès textuel. Dans les genres *narratifs,* il y a toujours un narrateur pour créer une distance entre le lecteur et les événements narrés, même dans un journal intime fictif. Le lecteur n'existe jamais simultanément avec les événements et cela qu'il soit ou non totalement absorbé par la lecture. *Le théâtre,* par contre, est totalement un phénomène du « ici et maintenant ». Les événements qui se passent sur scène et l'expérience du spectateur sont simultanés, la présence physique des acteurs et des spectateurs en un même présent simultané constitue le pivot de l'événement théâtral. Cela signifie que le spectateur n'a pas, comme le lecteur, la possibilité de diriger le cours des événements ; quand on s'approprie un roman, une image, un enregistrement vidéo, etc. il est possible d'arrêter, de briser le cours des choses, de sauter des passages ou bien de commencer par la fin. L'expérience théâtrale est irréversible pendant qu'elle se déroule. Elle ne peut, non plus, être répétée sous une forme totalement identique comme c'est le cas du film ou de l'enregistrement vidéo ; elle ne peut non plus être remplacée par un acteur qui raconterait ce qui va arriver (ou arriverait) sur scène. L'expérience théâtrale est, du début à la fin, une action présente, concrète et en situation. Et cela signifie que la logique du procès qui contrôle le déroulement concret de cet événement se trouve précisément dans la position médiane que Brøndal lui donne, entre la manifestation concrète et les éléments de sens virtuels introduits dans le procès.

Toute segmentation de ce procès dépendra alors de la situation et les critères servant à cette segmentation ou aux segmentations choisies seront explicités par rapport à cette situation de présence. La réception littéraire dans la lecture est elle aussi évidemment dépendante du contexte. Mais il est possible de s'en abstraire et d'extraire cependant des éléments d'analyse significatifs. Une telle abstraction est impossible lors de l'analyse de l'événement théâtral. Ce serait faire de l'acteur des mots sans corps et c'est pourquoi la segmentation et ses critères sont d'une importance fondamentale pour l'analyse.

Des deux caractéristiques générales du discours selon Brøndal, la logique positionnelle et irréversible du procès est le premier élément important que nous mentionnerons. Brøndal explique l'autre ainsi :

« Ce qui caractérise avant tout cet ensemble asymétrique que nous

appelons discours, c'est le but vers lequel il tend toujours, son sens ou orientation, sa volonté constante d'expression : d'un mot, son intention. » (Brøndal, 1943, p. 55).

Brøndal utilise le mot « intention » avec une référence explicite à la phénoménologie. Il entend par là que la conscience est toujours conscience de quelque chose, qu'elle est toujours dirigée vers un monde extérieur qui, ainsi et simultanément, ne devient pas seulement un monde objet mais aussi un univers de sens possible. Cette relation est exprimée dans la logique irréversible du discours indiquant que la langue est dirigée vers quelque chose. Mais, d'un autre côté, l'introduction d'une intentionnalité en tant que trait général du discours implique que le procès textuel manifesté ne peut être analysé comme procès sans que *les instances qui marquent la subjectivité et la référentialité du langage appartiennent elles-mêmes à la logique du procès.*

Pendant les premières années de la linguistique structurale, cet aspect de la discursivité du langage est plutôt méconnu sauf par Karl Bühler, Viggo Brøndal, Eric Buyssens et Emile Benveniste entre autres. Mais l'analyse des actes de parole et l'analyse de l'énonciation ont donné plus tard à l'analyse du discours des dimensions qui mettent en valeur les instances de l'énonciation (par ex. les pronoms) et les modalités du langage (douter, croire, exiger, etc.) qui ne peuvent être absorbés totalement par la forme assertorique dominante (A est b/A n'est pas b). L'accentuation du procès discursif souligne son lien avec le procès textuel concret et sa dépendance situationnelle. Simultanément, la mise en évidence des instances et des modalités de l'énonciation enracine le discours dans l'inventaire des signes et des éléments virtuels du langage. Le discours, c'est la mise en texte codifiée selon une intention. Ainsi, l'analyse du discours acquiert une dimension qui permet, avec raison, d'entreprendre sa spécification même hors de la langue naturelle considérée comme système sémiotique, par exemple dans la sémiotique du théâtre.

Nous avons précédemment souligné la caractéristique d'actualité présente de l'événement théâtral et, par là-même, la coprésence nécessaire des acteurs et des spectateurs ainsi que la simultanéité existant entre la réception et la représentation. C'est pourquoi nous argumentons en faveur d'un statut particulier pour la logique du procès propre à l'événement théâtral. Ce n'est toutefois qu'avec la mise en évidence des instances entrant dans l'acte de parole que cette caractéristique concrète et physique de la simultanéité prend sa vraie perspective. En effet, il est important de souligner que les acteurs sur scène et les gens dans la salle interviennent dans l'événement théâtral non seulement du fait de la simultanéité de leur présence physique mais aussi parce que cette présence signifie que, en tant que dramatis personae et spectateurs, ils deviennent *les instances des dimensions discursives qui font de l'événement théâtral un texte* et ainsi le spectateur en tant que représentant d'une compétence dramatique, d'un certain savoir préétabli, d'idéologies, d'imagination, de désirs, etc. est une partie active de la logique du procès de la représentation.

Alors que l'analyse linguistique (éventuellement socio- ou psycholinguistique) du discours, en insistant sur les instances subjectives, peut analyser une seule dimension discursive, à savoir un discours dans lequel les instances de l'énonciation sont à un même niveau logique, le discours théâtral possède cette particularité qu'il existe *toujours au moins deux dimensions discursives*. Si une analyse linguistique de l'acte de parole isole une situation de conversation, on aura délimité une dimension discursive ; s'il s'agit d'ironie, de quiproquos, de lapsus inconscients, ils pourront être analysés et organisés selon un ordre temporaire ou une hiérarchie logique de présupposés et de conséquences ,permettant d'établir l'homogénéisation des niveaux discursifs impliqués de façon qu'ils soient ordonnés dans un discours dont les instances de l'énonciation sont au même niveau.

Lorsqu'une réplique est dite sur scène, elle est cependant toujours et *simultanément* adressée à une autre personne sur la scène et au spectateur. Dans le cas d'un monologue ou d'un aparté adressé au-delà de la rampe, le dialogue explicite sur scène est bien sûr éliminé sans que, pour cette raison, les deux types de monologues disparaissent de la dimension discursive que constituent les dialogues. De l'autre côté, l'orientation du discours scénique en direction du spectateur ne pourra jamais être éliminée : le murmure aussi a un sens, éventuellement comme un appel à procéder à des hypothèses sur ce qui aurait pu être dit de façon audible. Ces deux orientations dans la situation de communication théâtrale sont fondamentalement différentes des situations de communication quotidiennes, car leurs deux dimensions discursives ne peuvent être isolées par un ordre temporaire ou logique. Elles sont simultanées et réciproquement dépendantes.

Cependant, la situation de communication théâtrale ne se différencie pas fondamentalement d'autres formes de fiction : elle apparaît au théâtre sous une forme *radicalisée*. Dans la fiction écrite, toute conversation est filtrée au travers d'une sorte d'instance narrative *avant* d'atteindre le lecteur. Pour les films, la caméra et le montage sélectionneront les événements pour nous avant que nous les voyions et les entendions. Et ce seront des facteurs actifs et distanciateurs dans le texte manifesté pendant sa réception. Au théâtre, par contre, nous aurons certainement une interprétation, un script, toute une série de répétitions, etc. avant même la représentation vue par le spectateur, une dimension pré-scénique du texte scénique. Mais dans la réception même, il existe une totale simultanéité entre la dimension discursive sur scène et la dimension discursive qui embrasse la scène et la salle. Le metteur en scène, le régisseur, etc. ne sont instances actives dans le texte que pour autant que leur travail soit transformé en éléments scéniques fonctionnant dans cette simultanéité et à ses conditions.

Si, dans l'analyse sémiotique du théâtre, il faut utiliser certains des concepts établis par l'analyse du discours en tant qu'analyse de l'énonciation ou de l'acte de parole, ceux-ci devront respecter ces traits spécifiques de l'événement théâtral. On ne peut se contenter, comme le fait Deirdre Burton par ex. (Burton, 1980), d'analyser le dialogue scénique isolé à l'aide des concepts de l'analyse des actes de parole sans prendre en considération les conditions dictées par la nature même de l'événement théâtral.

André Green, dans un tout autre contexte, souligne le fait que, bien que le théâtre soit au plus haut degré un phénomène de la présence, il est aussi un phénomène de signification, c'est-à-dire qu'il souligne autre chose qui est représenté dans l'univers du signe de l'événement théâtral. Il souligne le fait que le langage du théâtre est double et articule ainsi une absence qui donne au théâtre la caractéristique de signe en général ; celle-ci, plus particulièrement dans l'optique de Green, souligne une relation à l'inconscient dans son sens psychanalytique :

> *« Cette absence, le théâtre soutient le pari de l'évoquer de la façon la plus scandaleuse, puisque nulle part le langage n'y tient avec plus d'éclat le discours de la présence. A cet égard, le théâtre de l'unique représentation est bien la tentation d'annuler cette présence, mais aussi le constat de l'impossibilité d'une telle tentative. Il faut plutôt chercher dans le redoublement de la parole reparlée le repaire de l'absence dans le théâtre. Le théâtre est une réplication différentielle des échanges du langage parlé. La production des énoncés qui se déroulent devant nous est passée par l'écriture, et une théorie de l'écriture du théâtre est à ce titre inévitable. Mais celle-ci rencontre sa limite si elle oublie que cette écriture a un destin : celui d'être reparlée. C'est donc une double théorie de l'écriture qui est nécessaire, celle de l'écriture de la parole et celle de l'écriture reparlée. L'effet spécifique de théâtre est peut-être la confusion de ces deux temps. Le spectateur est entièrement pris au travail de décodage de ce que veut dire — en langage parlé — l'acteur. Il croit alors avoir enregistré la traduction de ce langage parlé, alors qu'il a encodé son*

> *décalage. Et c'est par cette différence portant sur des énoncés réduits et faisant partie intégrante d'une chaîne ininterrompue que le signifié absent s'est glissé en lui.* » (Green, 1969, p. 287).

Cette dualité « parole parlée » et « parole reparlée » est un élément fondamental de l'analyse du discours théâtral. Green souligne le fait que le dialogue scénique en tant que « parole parlée » fonctionne en une « confusion » synchrone avec la « parole reparlée » qui est le dialogue entre la scène et la salle. Mais le décalage entre les deux aspects de la parole théâtrale mentionnés par Green ne peut être déchiffré par le spectateur en faisant de la « parole reparlée », comme la voix du narrateur, une grandeur supérieure à la « parole parlée ». Elle fonctionne en une « confusion » synchrone.

Les dialogues quotidiens, la fiction écrite, les textes qui existent *avant* une représentation scénique ou bien les textes qui l'analysent *après*, tous ces types de textes possèdent, chacun à leur manière, la possibilité de créer une *hiérarchie linéaire*. Dans cette hiérarchie, un contenu significatif — probablement complexe et contradictoire — ordonnera les moyens d'action de l'expression même, les déviations et les quiproquos de l'acte de parole, etc. Mais il ne règne pas d'ordre de ce type *pendant* que l'événement théâtral a lieu. Les concepts de l'analyse du discours pour analyser les actes de parole idéaux mentionnés ne peuvent donc pas directement analyser la double parole de l'événement théâtral. Mais ils permettent de préciser le lieu où faire entrer l'analyse de l'énonciation théâtrale.

L'attention se concentre ici sur la partie implicite de l'énoncé, les parties *présupposées* et *sous-entendues* (cf. Ducrot, 1969, 1972 et 1978). Si, dans un mélodrame, une jeune femme blonde en crinoline blanche, s'écrie : « Je suis une pécheresse », les autres personnages, les dramatis personae, *présupposeront* entre autres : « elle possède une certaine conscience morale » et on pourra le lire dans leurs réactions verbales et non verbales. Cette présupposition est valable de façon permanente, même dans le cas où l'héroïne nierait sa caractérisation (« Je ne suis pas une pécheresse ») ou bien la formulerait sous forme de question (« Suis-je une pécheresse ? ») ou bien encore la soumettrait à une condition (« Si je peux faire comme je veux, je serai une pécheresse »). A ces règles sémantiques *générales* présupposées se rattachent aussi des codes non linguistiques tels que les règles du genre, la distinction entre les actes de paroles fictifs et non fictifs, les actes de paroles déterminés par l'institution ou le cérémonial, etc. Ces codes peuvent eux aussi fonctionner comme des *présupposés*.

Mais l'énoncé de la jeune femme blonde peut aussi provoquer chez les personnages le *sous-entendu :* « elle est honnête », « c'est une nigaude », « elle ment », etc. ce qui se verra dans une série différenciée de réactions en situation. Ce qui est *sous-entendu* dépendra de la formulation, soit positive comme ici, soit déniée, de l'énoncé et sera rattaché toujours à une situation *concrète.* A ceci s'ajoute le fait que l'utilisation même d'un code *présupposé* (par ex. un code moral) pourrait fonctionner comme une partie du *sous-entendu.* Dans des textes ironiques, ou compris comme ironiques, la constatation « on utilise un codage sémantique double » sera une partie du sous-entendu même si chacun des codes utilisés appartient au présupposé.

C'est cette possibilité d'un changement entre les dimensions verbale et non verbale ainsi que la possibilité pour le présupposé et le sous-entendu de changer de rôle dans le procès discursif qui font que la théorie sur les actes de paroles est pertinente en sémiotique du théâtre. Ce que l'on peut exprimer ainsi : dans le *dialogue scénique,* on peut analyser les aspects implicites comme étant respectivement « le présupposé » et « le sous-entendu », mais à la seule condition que l'on établisse simultanément les changements de position de ces dimensions à l'intérieur du *dialogue entre la scène et la salle* tout en tenant compte des éléments scéniques non verbaux.

Si maintenant, abandonnant les personnages, nous nous tournons vers le spectateur, celui-ci aura comme *présupposé* à l'énoncé de la jeune femme blonde une convention du genre théâtral : « c'est l'héroïne », c'est-à-dire qu'il aura comme présupposé certains des éléments qui, sur scène, forment le sous-entendu. Et le spectateur *sous-entend* « sa conscience morale est présentée avec ironie » du fait du contraste entre le code des couleurs et le code verbal. Et enfin, l'utilisation même de certains codes présupposés pourra apparaître comme le sous-entendu ; ainsi, le spectateur, lors de certaines représentations, pourra sous-entendre : « elle est l'exemple même d'une convention du genre » et lors d'autres représentations : « elle signifie l'honnêteté ». Il suffit ici de penser aux différentes représentations de *La Dame aux Camélias.*

Donc, tout le répertoire d'éléments sémantiques implicites peut intervenir dans des positions discursives changeantes et indiquer ainsi des possibilités d'interprétations tant pour les acteurs ou les metteurs en scène que pour les spectateurs. La dualité spécifique de la parole scénique est donc le point de départ nécessaire d'une analyse de l'énonciation théâtrale.

6. Le code : position et transformation

Ce changement entre les positions discursives et le contenu de sens investi étant contrôlé par des règles, il convient, pour les analyser, d'opérer avec un *concept de code*. Ce dernier doit être constitué de façon à être pertinent pour la sémiotique du théâtre. C'est pourquoi, peut-être, il nous faut indiquer d'autres traits que ceux qui sont primaires dans une théorie générale du code ou encore dans une théorie purement linguistique du code (cf. par exemple Eco 1976, Eco 1977).

Délaissant la théorie générale du code, nous ne nous préoccupons que des codes significatifs. Effectivement, pour ce qui est du théâtre, nous devons accepter qu'il n'y a pas, sur scène, des éléments non significatifs appartenant à des systèmes « purs » indépendants de toute relation du signe (par ex. des codes physiologiques purs). Et nous acceptons le fait que nous sommes dans un univers discursif particulier où les éléments ont été choisis dans le but de fonctionner pendant l'événement théâtral pour y être observés et interprétés par le spectateur, c.-à-d. qu'ils entrent dans deux dimensions discursives fondamentales (la dimension scénique et la dimension constituée par la relation entre la scène et la salle).

La relation fondamentale du signe est déjà établie avant le lever de rideau car les éléments qui constituent la représentation (les mots, les accessoires, les décors, la chorégraphie, etc.) ont déjà été choisis dans un but déterminé : les mots sont reparlés comme l'affirmait André Green précédemment.

Contrairement à la théorie linguistique du code, la distinction entre une première articulation (une relation biunivoque entre le contenu et l'expression, comme par ex. dans les feux de signalisation) et une deuxième articulation (une relation arbitraire entre le contenu et l'expression comme dans le signe linguistique), cette distinction n'est pas essentielle, pas plus que le problème même de la constitution de la relation du signe. Nous présupposons que les éléments sur scène sont déjà significatifs et que nous sommes face à des relations déjà établies du signe. Nous ne pouvons pas non plus, contrairement à la théorie linguistique du code, accepter un seul codage — le verbal par ex. — comme codage fondamental mais nous avons plutôt affaire à une multitude de codes, de changements de codes et de niveaux de codes.

Pour la sémiotique du théâtre, la définition générale du code est donc celle-ci : le code est une *règle pour le choix et la combinaison d'éléments déjà significatifs*. Pour pouvoir spécifier les codes, il nous faut opérer avec différents *types de codes* et différentes *fonctions de codes*. L'objectif en est ici de relier le concept de code à l'événement théâtral comme procès dynamique et discursif.

Le code peut être constitué par les règles qui relient réciproquement entre eux une série d'éléments. Il définira alors globalement un objet de façon immanente en vertu des règles particulières par lesquelles les éléments sont rattachés les uns aux autres. Il est évidemment possible, et bien souvent utile d'un point de vue purement descriptif, d'isoler différents aspects de l'événement théâtral et d'en faire des objets sémiotiques en leur attribuant un tel codage relationnel. Les couleurs des vêtements et des décors, par ex. peuvent ainsi être cernées en tant qu'aspect textuel autonome par le code qui les relie. En ce sens, le code est statique et proche du concept de structure du structuralisme classique. On peut alors, comme Umberto Eco, parler d'un *code-système* ou *code-S*.

Mais étant donné que ce qui est important dans l'analyse du théâtre, ce n'est pas l'établissement d'une série de *codes-S* mais bien plutôt leurs relations réciproques et les changements qu'ils subissent du fait de ces relations, ce type de code sera insuffisant. Les *codes proprement dits* ou tout simplement *codes* sont alors, toujours selon Umberto Eco, les règles de transformation qui existent entre au moins deux objets définis via un code-S. Ceux-ci sont reliés, et peut-être modifiés, au moyen des règles de transformation. Mais dans tous les cas, les systèmes statiques — par ex. les couleurs en tant que système, les gestes comme un autre système — sont mis en mouvement créant ainsi du sens.

La définition générale du code s'exprime donc par deux types de codes : les codes-S statiques qui circonscrivent ce qui, dans un contexte donné, appartient au sens déjà donné, et les règles de transformation dynamiques, ou codes tout simplement, qui relient les aspects du texte pouvant être délimités par un code-S. Ces deux types de codes seront alors tout aussi pertinents puisque le théâtre opère avec des éléments du sens déjà investis entrant dans un procès discursif.

Il est donc important de souligner que ces deux types de codes indiquent, non des qualités dans des objets déterminés, mais des *fonctions discursives différentes*. Toute partie de l'événement théâtral peut être délimitée à travers un code-S et donc jouer le rôle de point de départ ou de point final d'un procès discursif de transformation. Toute partie peut aussi prendre le rôle de porteur des codes de transformation. Dans *La Dame aux Camélias*, le blanc et le rouge sont mis en relation dans un code-S avec d'autres couleurs exprimant des valeurs différentes. Mais, en même temps, le changement de la fleur blanche avec la fleur rouge, et inversement, crée des relations entre les systèmes tout en les transformant (par ex. entre les valeurs morales et le comportement corporel et sexuel). Les couleurs peuvent donc elles aussi jouer le rôle du code [2].

Dans l'analyse du théâtre, nous ne nous situons pas par rapport à des règles générales — ou à des types et à des fonctions générales des codes. Nous nous plaçons par rapport à des significations codées *historiquement* déterminées qui sont le résultat de processus de codages ayant déjà eu lieu. Pour autant que, comme les conventions de genre, les structures symboliques, etc., elles existent en un répertoire significatif, elles auront le statut de code-S. Mais si elles entrent dans les règles de transformations par lesquelles une représentation spécifique d'un texte spécifique intervient dans un tel répertoire, alors elle auront le statut de code. L'essentiel ici est que, maintenant, la ré-articulation particulière des codes qui se produit au théâtre soit intégrée dans le discours théâtral. L'importance de cette solidarité du code et du discours ressortira de la critique du concept de structure qui, par bien des côtés, est apparenté au concept de code.

7. La structure : code et interprétant

Depuis le succès de la percée du structuralisme en France dans les années 60, le concept de structure a été très discuté — défendu, rejeté, utilisé, défini. Quand on utilisait ce concept, on parlait de problèmes relevant, tantôt de la théorie de la *connaissance,* tantôt de la *théorie de l'interprétation.* Les concepts que nous introduisons ici nous permettront de mieux traiter ces deux problèmes.

La structure d'un objet est le plus souvent définie comme le réseau interne de relations permettant de définir l'objet, indépendamment des éléments qui s'y trouvent dans une relation de réciprocité. (Cf. Le code-S).

A la suite de la définition mentionnée de la structure, on a discuté du statut ontologique du concept : la structure en tant qu'ensemble immanent de relations est-elle en dernière instance identique à la structure immanente de l'objet ou non ? Si l'on répond non, on met tout simplement de côté le problème du référent. Si l'on répond oui, on accepte que le problème du référent concerne seulement l'objet et que cela puisse s'exprimer dans des jugements appelés assertoriques qui sont univoquement vrais ou faux (A est b/A n'est pas b). Dans les deux cas, le concept de structure sera inintéressant pour le domaine du théâtre, là où l'on ne peut négliger le problème du référent mais où il faut conjointement le comprendre comme un ensemble de relations existant entre plusieurs types de référents (voir p. 140).

Nous sommes ainsi amenés à l'autre problème articulé par le concept de structure, celui de la théorie de l'interprétation. La structure peut y être entendue comme étant la présupposition non spécifiée d'un objet donné : par ex. une représentation théâtrale à voir ou à produire est un tout cohérent pouvant être délimité comme texte.

Cette conception du concept de structure n'a pas de contenu descriptif mais elle tient au fait que nous acceptons par avance de placer un objet dans un contexte de communication et ainsi, elle pourra être comprise dans le concept de l'interprétant immédiat ou l'hypothèse de l'interprétabilité de l'objet. Mais contrairement au concept de structure, le concept d'interprétant implique que cette hypothèse a priori exige nécessairement une spécification de l'objet dans une interdépendance discursive des processus de codages.

La structure comprise comme construction de l'objet correspond aux interprétants dynamique et final du texte. Mais ce que soulignent ces concepts, contrairement au concept de structure, c'est premièrement que la construction fait partie d'un processus d'interprétation *permanent* et que l'objet, c.-à-d. l'événement théâtral, doit lui-même être compris comme étant l'alternance dynamique entre *les dimensions discursives et les fonctions de code.* Deuxièmement, il ressort du concept de texte contextualisé, à l'opposé du concept de structure orienté vers l'immanence, que la délimitation même de l'objet et des unités minimales sur lesquels se constitue la structure du texte, dépendent du *choix effectué par rapport au contexte donné.* C'est pourquoi nous éviterons ici le concept de structure au bénéfice des concepts de texte, discours, code. Mais quelle importance cela a-t-il pour la sémiotique du théâtre ?

8. Le code, le texte et le discours

Pour le code, considéré comme un aspect du *texte,* cela signifie que tout ce qui se passe sur la scène et fait partie de l'événement théâtral *peut* en principe fonctionner comme code ou code-S. Mais, simultanément, que dans toute situation d'interprétation, il en sera toujours ainsi que tout *n'est pas* codé. Nous ne devons donc pas seulement supposer que la représentation en tant que texte est une totalité comme dans le cas du concept de structure, mais aussi opérer une distinction : d'un côté, le texte comprend des éléments *codés,* c.-à-d. entrant dans des processus de transformation régulés reliés réciproquement. De l'autre, le texte comprend une longue série d'éléments qui, pour plusieurs raisons (par ex. des erreurs techniques, un trou de mémoire chez les acteurs, des idées possibles dans la représentation qui sont ignorées du metteur en scène ou du spectateur), n'interviennent pas dans les codages appropriés analysés à partir de la délimitation du texte. Enfin, il existe un grand nombre d'éléments qui, *en principe, ne peuvent être codés* du fait du choix de la délimitation du texte (par ex., le corps de l'acteur ne peut pas être totalement codé en fonction de la représentation, le matériel scénique et le théâtre lui-même ne peuvent être transformés radicalement en fonction des exigences de chaque représentation). De tels phénomènes non codés peuvent ainsi influencer le texte codé, y pénétrer, sans que celui-ci, pour cette raison, cesse d'être un texte codé et un texte délimité d'une manière pertinente. La caractéristique « non codée » de certains éléments ne signifie pas qu'on puisse les négliger mais exprime bien plutôt une façon de leur donner un statut par rapport au texte codé, en fonction duquel d'ailleurs ils sont opérants [3].

Un élément intéressant de cette dynamique, c'est le mouvement produit entre des positions de code *pendant une même représentation* — de la position du non-code à celle du code ou du code-S. C'est au moyen d'un procès de ce type que les significations déjà codées, qui sont le fondement historique d'une représentation, sont mises en mouvement afin qu'on les *voie*. Dans la version du *Woyzeck* de Büchner où, dans la scène d'introduction, Woyzeck et Andres coupent de la paille, le couteau est un élément neutre, un outil dont l'aspect et la présentation dans le geste ne demandent pas d'être soumis à un codage particulier. Mais cela survient au cours du drame (cf. Larsen, 1985). Il est aussi possible, par la comparaison entre des mises en scène *différentes,* de voir comment des éléments peuvent être adoptés ou rejetés, soumis à des codages spécifiques ou traités de façon neutre. C'est le cas de l'utilisation du moulin à café dans le 1er acte de *La Ruelle de l'accouchée* de Ludvig Holberg.

Si donc, le concept de code doit relier une analyse descriptive (le code-S) à une analyse fonctionnelle (le code), cette analyse devra spécifier cette ré-articulation que le répertoire existant de significations déjà établies subit dans la logique discursive théâtrale. Le couteau de *Woyzeck* en est à nouveau un exemple. Il y a toute une série de caractéristiques provenant aussi bien du rôle du couteau en tant qu'outil fonctionnel reconnu que de sa place dans une structure symbolique déjà établie, mais pas toujours reconnue. Ces caractéristiques peuvent entrer dans une description du code-S du couteau et justifier son intervention dans d'autres codes-S parallèles de l'univers de significations du drame donné. Entreront dans un tel code-S, des éléments provenant d'un répertoire général des significations historiques (par ex. à partir du *Dictionary of Symbols and Imagery* de Ad de Vries), par exemple ses caractéristiques d'instrument de vengeance, de manifestation de puissance, de symbole sexuel, d'outil tout à la fois agressif et défensif avec des tonalités magiques. Mais simultanément interviendront des éléments provenant du texte spécifique. Dans *Woyzeck* plus particulièrement, se marque le lien du couteau à la danse et ainsi à une conjonction d'agression et de plaisir dans le langage du corps. Tous ces éléments existent en tant que possibilités dramaturgiques ouvertes pour une représentation donnée. Ils constituent une partie de la structure de signes du texte écrit pouvant entrer avec plus ou moins de force dans les transformations des codes proprement dits qui produisent une signification spécifique. Dans la représentation qui a eu lieu à Bochum en 1980/81, il a été attribué au couteau un rôle si important que dans la scène d'ouverture sur la place du marché, on a montré un lanceur de couteau dont Marie est la victime visée.

Ce qu'il faut souligner ici, c'est seulement la dépendance du *discours* par rapport au processus de codage. Dans une scène, le capitaine et le docteur rencontrent Woyzeck dans la rue, avant que Woyzeck ait appris l'infidélité de Marie et donc avant son projet d'assassinat (Büchner, 1973, p. 47) [4] :

> « Le Capitaine : *Hé, Woyzeck, qu'est-ce qui le fait courir comme ça ? Qu'il reste un peu avec nous. On dirait qu'il court à travers le monde comme un rasoir ouvert, il risque de nous couper, il court comme s'il avait à raser jusqu'au dernier poil un régiment de castrats sous peine d'être pendu. A propos, qu'est-ce que je voulais dire sur les grandes barbes ? (...). Au fait, Woyzeck, est-ce qu'il n'a jamais trouvé un poil de barbe dans son assiette ? Il voit ce que je veux dire. Le poil d'un homme, d'un sapeur, d'un sous-officier, d'un... tambour-major. Non, Woyzeck ? C'est vrai qu'il a une femme sérieuse. Il est bien tombé, lui.*
> Woyzeck : *Oui ! Qu'est-ce que vous voulez dire, mon Capitaine ?* »

Dans le *dialogue sur scène* l'énoncé du capitaine est ambigu — il parle à la fois de l'extrême agitation de Woyzeck et de la fidélité de sa femme, les poils et la barbe servant de lien. En écoutant les mots, Woyzeck ne comprend rien. Ce n'est pas une révélation quelconque ou une taquinerie ordinaire que présente ici le capitaine. Woyzeck comprend normalement très bien le discours du capitaine et s'y est accoutumé. Mais ici Woyzeck rencontre une révélation fatale qui change sa vie. Et sa compréhension n'arrive que plus tard. Il répond « oui » et dit cependant d'une même haleine qu'il ne comprend rien. Autrement dit, Woyzeck ne peut établir ici ni le code-S auquel se réfère le capitaine, ni les règles de transformation auxquelles il est astreint pour que les éléments mentionnés puissent être reliés.

Il nous faut donc considérer le sous-entendu et le présupposé. Dans le présupposé, on a en tout cas « Woyzeck est marié avec Marie » (ce qui dans le drame signifie seulement une relation identique à celle du mariage) et aussi « Woyzeck est un subordonné du capitaine ». Ce dernier aspect tient de la situation et se manifeste linguistiquement par le « oui » spontané, l'appellation « mon capitaine » et l'acceptation par Woyzeck de ce que le capitaine décide des limites de la signification. Le sous-entendu, dans la réplique du capitaine, c'est entre autres « Woyzeck est dangereux », « Woyzeck est idiot » (il n'a pas découvert l'infidélité de Marie), « l'agitation de Woyzeck est vaine » (raser des castrats), « Marie a une liaison avec le tambour-major ». En outre, le caractère indirect de l'énoncé fera que la constatation « on utilise un codage sémantique double » sera comprise dans le sous-entendu. Cet aspect, et lui seul, est compris par Woyzeck : c'est ce que prouve sa réponse ; seulement il n'arrive pas à rattacher cette dualité à un contenu concret, le codage double étant construit sur l'union des deux aspects du présupposé. La révélation de cette ignorance de Woyzeck est une partie de l'objectif du capitaine et confirme son pouvoir.

C'est justement la défaillance de la communication dans le dialogue scénique qui fait du *dialogue entre la scène et la salle* un facteur autonome. Car c'est dans cette dimension discursive que se trouve la cohésion que Woyzeck n'arrive pas à saisir et ce, en vertu de certains *choix* dramaturgiques concernant les cadres généraux de l'univers sémantique de la représentation (par rapport au potentiel de significations du texte). Dans le bref exemple reproduit ici, les éléments fonctionnant comme le présupposé sur la scène seront des parties du sous-entendu dans le dialogue scène-salle. Si maintenant nous choisissons, dans cette représentation, un élément du présupposé de ce dialogue, par ex. « l'amour et le pouvoir social sont liés réciproquement », celui-ci se situe hors du savoir possédé par Woyzeck, au moins à cet endroit du texte, en tant qu'interlocuteur dans le dialogue et c'est pourquoi il ne comprend rien. Un élément n'appartenant pas au présupposé dans le dialogue entre la scène et la salle, mais à son sous-entendu pourrait être « les rapports de pouvoirs sociaux peuvent être modifiés ». Mais la présence de tel élément dans ce seul dialogue dépendra entre autres de l'utilisation faite des codes-S qui comprennent le couteau, de façon telle que celui-ci soit constitué comme facteur *producteur de cohésion* dans le dialogue scène-salle et qu'il y soit là inséré dans un *code-S* spécifique : le couteau articule la relation entre le pouvoir et le non-pouvoir puisque la manifestation du pouvoir (le meurtre de Marie), tout à la fois, est destructive et provoque l'impuissance (les possibilités d'épanouissement personnelles et sociales de Woyzeck sont détruites) — d'où la référence simultanée à la barbe et aux castrats dans la citation. Dans la position de code, c.-à-d. de facteurs de transformation dans ce processus, il entre, tout particulièrement dans ce drame, des codes concernant le pouvoir social, les relations amoureuses et le langage du corps (celui des yeux et la danse) et ce, dans une relation *simultanée* (cf. Larsen, 1985). Dans le dialogue sur scène, le couteau n'entre pas nécessairement dans cette fonction : il peut entrer dans la dimension verbale et gestuelle, dans la dimension pratique et dans la dimension symbolique sans qu'il soit besoin, dans le sous-entendu scénique, de lui attribuer un rôle quelconque de synthèse.

Il est important de souligner qu'il existe une certaine *solidarité* nécessaire entre les présupposés et les sous-entendus dans les deux dimensions discursives du théâtre, celle-ci reposant tout autant sur les éléments verbaux que sur les éléments non verbaux de la représentation. Sans cette solidarité, nul dialogue entre la scène et la salle (voir plus tard les univers de la représentation). Mais à côté de cette solidarité, il y a la possibilité d'une présence de présupposés et de sous-entendus dans une dimension, et non dans l'autre (et vice versa). C'est cette *différence* qui contribue à conférer au discours théâtral sa caractéristique duelle et à l'événement théâtral son efficacité communicative.

Il est en même temps important de souligner que la détermination des aspects *distinctifs* des présupposés dans le dialogue entre la scène et la salle repose sur *certains choix dramaturgiques contextuellement déterminés*.

Ainsi, si l'on prend *Woyzeck* et que l'on fait du couteau le facteur créateur de cohésion dans le sous-entendu scénique, il faut en ce cas se prononcer sur au moins deux choses. Premièrement, s'interroger sur la relation au texte et à sa caractéristique des personnages : l'espace scénique peut-il réellement représenter un espace raconté dans lequel certains personnages posséderaient une conscience aussi aiguë, ou bien ce fait serait-il en contradiction avec la sémantique du drame ? (voir plus loin à propos de l'espace scénique et de l'espace raconté). Deuxièmement, s'interroger sur l'efficacité de la communication entre la scène et la salle. Ainsi, dans le court exemple de Woyzeck et de ses tourmenteurs, nous avons insisté sur le fait que la difficulté pour Woyzeck à établir ici un sous-entendu sur la scène souligne l'autonomie de ce niveau implicite dans l'autre relation discursive.

9. L'objet et le référent

Nous avons, dans ce qui précède, évoqué le référent à deux occasions : tout d'abord, il a été mentionné comme l'« objet » du texte dans le modèle de semiosis établi à partir de la théorie peircienne du signe (cf. p. 118) ; ensuite, le référent a été présupposé dans la mise en relief de l'intentionnalité du discours en direction d'un « monde extérieur » (voir p. 127). Les problèmes sont nombreux et complexes qui surgissent quand on pense au référent du texte, à sa fonction référentielle ou à son indexation ; et, dans la sémiotique continentale (Saussure, Hjelmslev, etc.), une attitude de refus a régné face à cette problématique. La phrase de Saussure : « Le signe linguistique unit non une chose et un nom, mais un concept et une image acoustique » peut être considérée comme le point de départ de la recherche immanente qui a caractérisé la linguistique structurale jusqu'à très récemment.

Chez Peirce, la conception triadique du signe est la pierre angulaire de sa sémiotique. Dans cette conception du signe, l'objet devient un élément indispensable de la semiosis, c.-à-d. de la production du sens, puisque la condition nécessaire pour qu'un signe fonctionne comme un interprétant d'un autre signe est qu'ils soient considérés comme référant à un même objet. (C.P. 1. 553).

Toutefois, il est important de souligner que la désignation d'*objet,* en tout cas dans un premier temps, occupe une *position* dans la semiosis, constitue une condition de la production du sens (il n'y a pas d'ensembles spécifiques d'objets déterminés ontologiquement, comme par ex. des objets matériels ou des objets fictifs). L'objet est ainsi rattaché largement à un univers (commun) d'expériences et d'actions, ce qu'on appelle le *common ground,* le fonds matériel culturel commun, des partenaires de la communication qui est nécessaire pour l'apparition et la communication du sens.

La raison de ces évocations (et il ne s'agit de rien d'autre) de la conception de Peirce à propos de l'objet du signe ou du texte est double : premièrement, il nous semble important d'indiquer une alternative à la conception dyadique du signe. Ensuite, la détermination de l'objet joue un rôle décisif dans la conception même de *l'univers du texte.*

10. L'univers du texte

Ce à quoi renvoie le texte est souvent appelé *l'univers discursif* du texte. Selon Peirce (C.P. 2. 536), l'univers discursif est avant tout entendu comme un réseau de présuppositions qui rendent compréhensible le texte ; compréhension qui est la condition même du transfert du sens entre les interlocuteurs dans le procès de communication.

La définition de l'univers comme quelque chose que l'on peut désigner mais difficilement décrire implique deux choses. Premièrement que le fondement de l'univers est constitué de présuppositions si fondamentales que ce n'est que de façon exceptionnelle qu'elles deviennent des objets de recherche (par ex. les réflexions sur l'espace et le temps, le rapport entre cause et effet, etc.). Deuxièmement, de cette définition il découle que l'univers discursif est quelque chose qui n'est pas seulement mis en relation avec le texte considéré comme une grandeur autonome et libre de tout contexte, pas plus qu'avec les codes manifestés par le texte. C'est dans ce contexte qu'il faut interpréter la mise en évidence par Peirce de l'indexicalité ; car non seulement il existe dans le texte des éléments indiciels (les pronoms, les indications de temps et de lieux, etc.) marquant le champ spatio-temporel à l'intérieur duquel quelque chose est supposé se passer ; mais cette délimitation elle-même implique nécessairement un lieu et un moment par rapport auxquels l'univers peut être perçu. Le temps et le mode et les autres *shifters (embrayeurs)* marquent les fonctions référentielle et communicative du langage au sein de la morphologie et de la syntaxe.

Il semble justifié de supposer que les différents types d'univers discursifs pouvant être produits par la parole humaine proviennent d'expériences vécues à l'intérieur d'un monde matériel et social et que, donc, ces univers différents, en dernière instance, deviennent intelligibles au moyen d'une relation au jeu conjugué de l'interaction et de la communication linguistique dans les actes sociaux de l'homme, dans l'interaction entre lui et la nature extérieure ainsi que dans les actes et les interprétations fondées de par sa nature intérieure. Autrement dit, c'est au travers de la connexion de *l'univers du discours* et de *l'univers de l'action* que la signification naît et devient intelligible.

Cette conception des conditions de l'apparition du sens repose sur un postulat fondamental à toute notre représentation, et elle implique plusieurs choses : elle exige, tout d'abord, une interférence entre deux ou plusieurs systèmes d'expression (les codes-S selon les termes de Eco) et ensuite une interférence entre l'interconnexion de systèmes sémiotiques et le monde quotidien par lequel ils deviennent significatifs du fait de leur fonction des schèmes d'interprétation et de règles de conduite. Ce point de vue signifie, de façon négative, un rejet de toutes les tentatives d'explication du sens au moyen d'une réduction à une seule fonction ou une seule source, qu'il s'agisse d'une connexion de la forme du contenu et de la forme de l'expression ou d'une réduction du signe symbolique au signe iconique. De façon positive, ce point de vue signifie que le sens est supposé être une fonction dans le jeu conjugué entre les cinq pôles du modèle de la semiosis et leurs aspects internes et externes. Il s'ensuit en outre que le sens est un phénomène social et de communication, quelque chose sur quoi deux instances au moins, un destinateur et un destinataire, peuvent — en principe — tomber d'accord.

La différence entre un texte qui renvoie à un univers fictif et un texte qui renvoie à un univers matériel et social, se trouve dans les indices contenus dans le texte ou dans le contexte situationnel. En effet, il n'est pas possible de décider si un texte descriptif ordinaire, sans ancrage indiciel particulier, dans un espace donné, si ce texte présente un univers fictif ou un univers historique. Cela signifie qu'il faut un minimum d'informations particulières pour pouvoir déterminer le référent d'un texte. Si, par exemple, nous lisons les graffiti « Roméo aime Juliette » sur un mur, sans aucune autre information, il ne nous est pas possible, en principe, de déterminer s'il s'agit d'un énoncé (vrai) concernant les personnages fictifs du *Roméo et Juliette* de Shakespeare (ou d'une autre fiction ayant le même sujet) ou bien d'un énoncé concernant deux jeunes du quartier, énoncé qui peut être soit vrai, soit faux.

11. Les univers de la représentation

La représentation théâtrale est constituée, de façon caractéristique, par une pluralité d'univers. Pour cerner cette pluralité, il peut être utile de préciser la différence entre *le spectaculaire* et *le théâtral.* Désignons par le spectaculaire, *les événements qui séparent la réalité socio-matérielle en deux univers partiels, l'un étant constitué par les acteurs l'autre par les spectateurs.* Une telle dualité de notre monde quotidien est très ordinaire et se produit fréquemment tout à fait spontanément ; comme par ex. le cercle formé dans la cour de récréation par un attroupement d'enfants formant une arène autour d'un combat enfantin. Une version un peu plus formalisée de ce spectacle, c'est l'événement sportif (par ex. le combat de boxe ou le catch) où la démarcation entre les spectateurs et les acteurs est maintenue par une autorité formelle et, au besoin, par l'emploi de la force publique. Le combat dans la cour de récréation et le combat sportif ont tous deux une caractéristique événementielle : l'attention des acteurs et celle des spectateurs sont concentrées sur ce qui se passe *juste maintenant.*

D'autres événements spectaculaires, tels qu'un procès ou un débat parlementaire, sont eux aussi caractérisés par cette séparation des spectateurs et des acteurs. Mais là, l'univers partiel de l'acteur est lui-même dédoublé en un espace présent où l'on agit, et un espace absent dont on parle ou que l'on imagine.

Bien que le déroulement d'un procès ou d'un débat parlementaire (tout comme l'événement sportif institutionnalisé) présuppose une nette distinction entre les acteurs et les spectateurs, distinction marquée par l'espace physique, les spectateurs sont essentiels pour le déroulement du spectacle parce qu'il s'agit, dans les deux cas, de la pratique cérémoniale d'une fonction de l'institution sociale qui est, par définition, publique ; et cette pratique changerait totalement d'aspect si elle perdait cette caractéristique (cf. la cour martiale ou la politique des arcanes). Même si, peut-être, l'on n'associe pas quelque chose de spectaculaire à ces événements, ils comportent cependant la caractéristique absolue du spectaculaire : ce sont *des processus événementiels limités et réglés, présentés par un groupe d'acteurs devant un groupe de spectateurs et où les deux partenaires (en grande partie) connaissent et acceptent leurs rôles ; de plus, les acteurs délimitent et occupent un lieu physique spécifique transformé en arène, plateau ou podium, etc. pendant tout le temps de la représentation.*

Si nous considérons d'autres événements, qui seraient le plus souvent caractérisés de spectaculaires comme le cirque ou la corrida, il n'existe pas, sur la base des critères établis, de réelle différence. Mais, évidemment, si l'on adopte d'autres points de vue, il existe de très grandes différences ; par exemple, ces deux derniers spectacles sont caractérisés par le fait qu'ils reproduisent en surface des traces d'éléments archaïques : ils sont considérés comme des délassements (tout comme un événement sportif) contrairement aux deux précédents qui font partie de l'appareil législatif et judiciaire, etc. Ce qui est essentiel à ce propos, c'est cependant que, dans tous les cas que nous avons cités, les acteurs agissent à l'intérieur de, et se réfèrent à, l'univers même auquel eux-mêmes et les spectateurs appartiennent, à savoir un univers socio-matériel historique. Ces réflexions nous permettent d'ajouter un autre critère à la définition du spectaculaire : *le spectaculaire est (contrairement au théâtral) caractérisé par sa NON-constitution d'un univers catégoriellement différent de celui des spectateurs.*

Dans le contexte sus-mentionné, le carnaval se révèle intéressant car on pourrait y présumer une transition entre le spectaculaire et le théâtral pouvant éventuellement devenir un cérémonial comme le jeu masqué des courtisans. Alors que le fait d'être sportif, juge, premier ministre, etc. est une partie de l'identité sociale de l'acteur, le fait de porter un loup ou de se déguiser en Arlequin, en Chinois, etc. (ou bien en joueur de football, en juge ou en toréador si on ne l'est pas) au moyen d'un costume, d'un maquillage, d'un masque, ce fait même marque un rôle qui n'est pas une partie de notre identité sociale ordinaire. Une expérience de la différence entre le carnaval et les spectacles mentionnés précédemment, c'est que si l'on rencontre une personne agissant dans un de ces spectacles dans un tout autre contexte, elle se présentera comme « sportif professionnel, juge, premier ministre, etc » alors que la personne déguisée en Chinois(e) la veille au soir ne se présentera sans doute pas comme « Maurice Dupont, Chinois ». La personne que l'on vient de voir jouer Hamlet à *The Barbican* ne se présente pas comme Hamlet, mais comme « NN, acteur ».

Nous avons, dans ce qui précède, donné des exemples d'événements spectaculaires, qui n'étaient pas théâtraux, ainsi qu'un événement, le carnaval, qui réunissait le spectaculaire et le théâtral. De ces exemples, il ressortait que le spectaculaire est un concept beaucoup plus vaste que le théâtral puisque le spectaculaire n'exigeait qu'une seule chose, soit une division de l'espace physique en deux univers partiels, celui des acteurs et celui des spectateurs, soit une pseudo-fictivité de l'interaction sociale délimitée spatio-temporellement (le carnaval). *Pour qu'un événement soit appelé théâtral, il faut lui adjoindre un autre élément, à savoir une séparation entre l'univers social et l'univers fictif.* Pour déterminer plus particulièrement le spécifique du théâtral, et surtout de la représentation théâtrale, il sera utile de proposer certains diagrammes sur la relation entre l'interaction et le dialogue par rapport au temps et à l'espace. La situation la plus élémentaire sera celle où les deux interlocuteurs du dialogue sont simultanément proches dans un espace physique bien délimité et où leur dialogue et leur interaction se réduisent à un simple commentaire de ce qui est simultanément présent (eux-mêmes tels qu'ils sont dans l'instant, les objets et le milieu ambiant) :

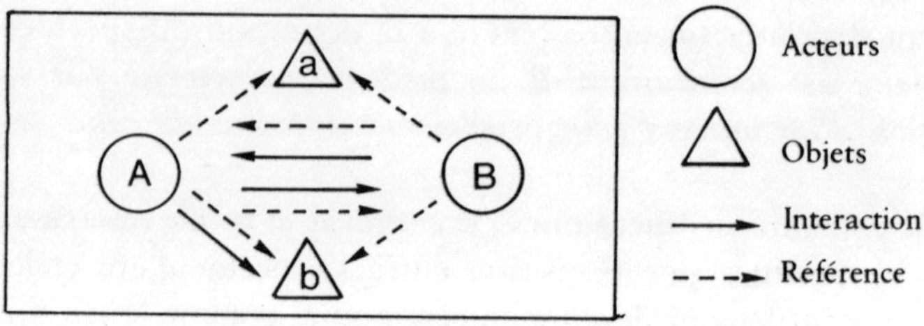

Figure 1

Dans ce cas, qui est extrêmement schématique et qui ne se produit que rarement, le dialogue et l'interaction des acteurs ne traitent que d'eux-mêmes et de deux éléments situés à l'intérieur de leur univers délimité commun. Cependant, A ne se contente pas de renvoyer à l'élément B, il agit sur lui (par ex. il renvoie linguistiquement et gestuellement à un verre d'eau et le boit). Il est essentiel de savoir que, à moins d'être A ou B, nous ne pourrons jamais vivre cette situation dans un univers historique, nous pourrons seulement en être informés plus tard sous forme de récit fait par l'un des acteurs. Nous pouvons naturellement imaginer la situation pendant qu'elle se produit (par ex. le mari jaloux qui souffre tous les martyres en s'imaginant tous les moments de plaisir passés par sa femme avec son amant) mais nous sommes en principe exclus de toute perception de cette situation.

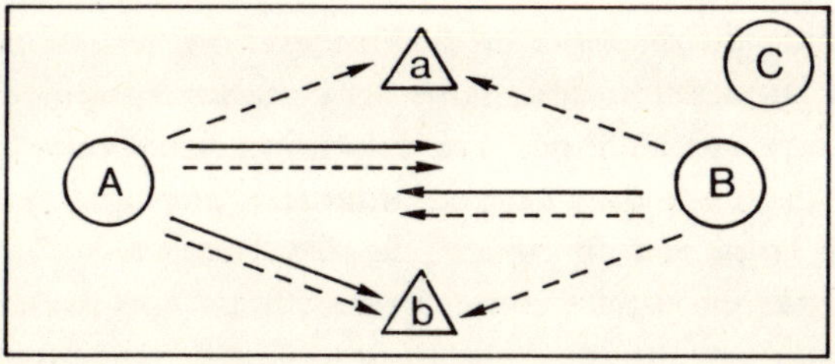

Figure 2

Dans ce schéma, un acteur supplémentaire, C, est introduit ; il n'est marqué ni dans l'interaction ni dans le commentaire mais sa présence à elle seule est essentielle car, de toute façon, il est un observateur et un commentateur potentiel et si nous supposons qu'il n'est présent ni pour A ni pour B, pas plus dans leur champ de perception que dans leur conscience, nous avons alors là la situation d'un observateur extérieur, peut-être même d'un espion. S'il est présent aux yeux des acteurs, leur interaction sera influencée par sa présence, leur communication réciproque deviendra simultanément une communication indirecte avec le troisième personnage qui, lui, est « muet ». Comme il n'est pas question d'une division en univers partiels, C sera un inter-acteur potentiel et si nous imaginons plusieurs C, le diagramme peut alors représenter le combat dans la cour de récréation, combat qui peut dégénérer en bagarre générale.

Si nous divisons formellement l'univers en deux : un espace pour l'interaction et un espace pour les spectateurs, nous avons alors un événement sportif, une corrida, etc. :

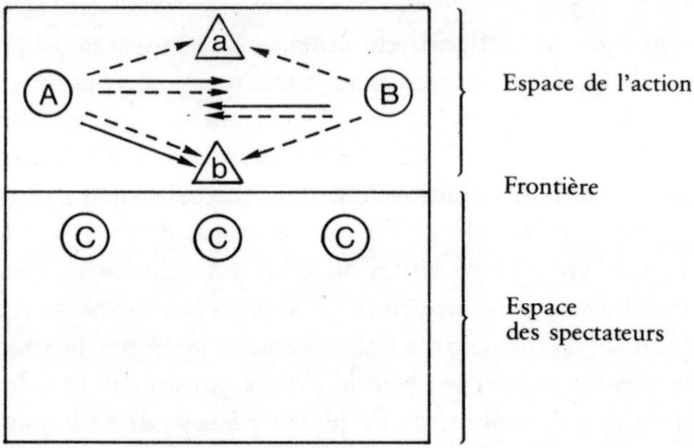

Figure 3

L'espace même du dialogue et de l'interaction, le lieu physique de la présence pour les acteurs, doit, dans les communications et interactions quotidiennes, être complété par une dimension temporelle qui déborde le moment de la présence dans l'espace interactif physique ; et ce temps, lui aussi, doit être rattaché à un espace ; de plus, l'espace de l'interaction doit être complété par un espace contemporain mais non présent :

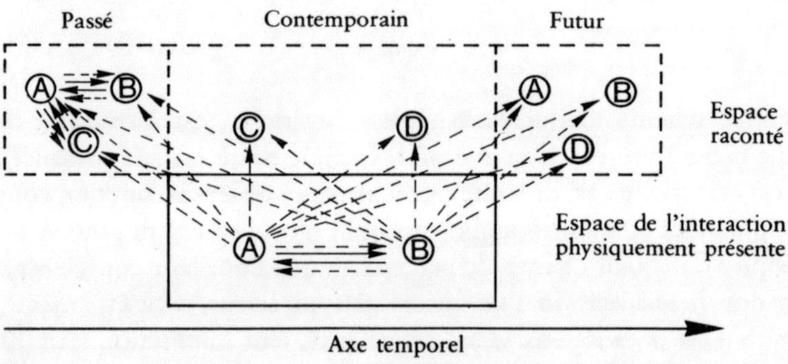

Figure 4

Ce schéma devrait représenter la division d'un univers discursif dialogique selon deux paramètres : présence physique vs absence physique et contemporain vs non-contemporain (subdivisé en passé vs futur). Cette représentation est toutefois incomplète sur un point essentiel car elle tient compte du temps, c'est vrai, mais pas du mode; elle représente donc un univers discursif réduit à la facticité (ou à une facticité supposée) et à un futur possible. Des énoncés du type: « Si on s'était mariés à ce moment-là, on aurait eu nos noces d'argent dans deux ans » peuvent être situés sur l'axe temporel, mais ils représentent un événement imaginé qui ne peut être situé dans l'univers factuel; il nous faut donc diviser l'espace raconté en deux *univers:* un univers factuel et un univers non factuel:

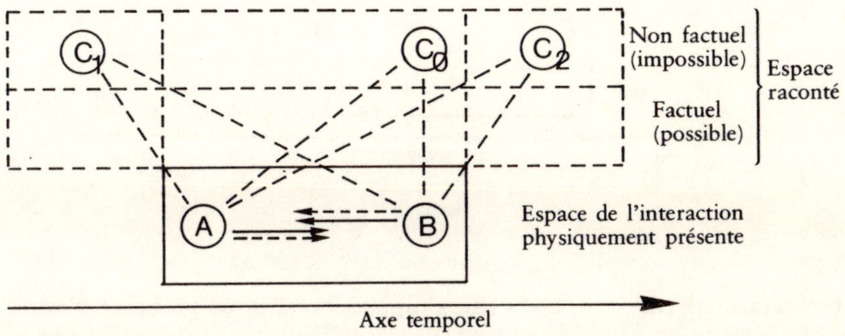

Figure 5

Si l'on se demande comment il est possible de diviser le futur en un espace non factuel et un espace possible, on peut répondre par la dernière partie de l'énoncé: « ... on aurait eu nos noces d'argent dans deux ans ». On se réfère ici à un événement futur qui ne pourra, par définition, avoir lieu et, donc, on peut maintenir cette division pour le futur.

La figure 5 devrait représenter, dans ses grandes lignes, la séparation des références du dialogue; les sept lieux ne doivent cependant pas être confondus avec les univers discursifs au sens ordinaire car plusieurs de ces lieux appartiennent au même univers (en termes peirciens). Si l'on combine les figures 3 et 5, on obtient un modèle qui pourra, par ex. , représenter les relations discursives et interactionnelles dans un procès ou un débat parlementaire; et dans ces concrets, la nécessité de la division de l'espace raconté en un univers factuel et un univers non factuel, semble évidente puisque, dans les deux cas, on argumente dans le non-factuel. Voici le schéma de ce type de communication:

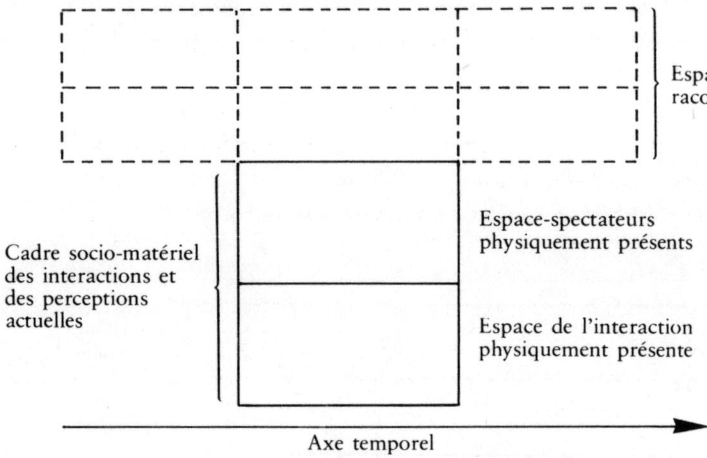

Figure 6

Grâce à cette division, nous nous rapprochons de la pluralité d'espaces et d'univers qui caractérise l'exécution d'une représentation théâtrale ; mais le fait même que, par ex., un procès puisse être représenté, et le soit d'ailleurs très souvent, sur une scène de théâtre (où tant ceux qui agissent que ceux qui regardent sont figurés par des acteurs), indique qu'il faut ajouter une autre dimension à ce schéma pour arriver à saisir le spécifique de la représentation théâtrale. Il est évident qu'il n'est pas suffisant de distinguer entre les « spectateurs » dans l'espace de l'interaction et les spectateurs dans la salle (cela pourrait être illustré par une combinaison des figures 2 et 3) car si une personne entrouve la porte de la salle d'audience pendant un procès, nous avons alors réellement la situation d'un spectateur qui regarde les spectateurs et les acteurs ; et même si, grâce à un nombre illimité de portes, cette situation était *mise en abyme,* cela n'en produirait pas pour autant du théâtre.

Bien que la présence des spectateurs soit, pour d'autres raisons, essentielle pour la représentation théâtrale (voir plus loin), la *differentia specifica* de la représentation théâtrale doit se trouver dans la relation existant entre la scène (l'espace de l'interaction) et l'espace raconté. La division de l'espace raconté figurée dans le schéma 6 doit bien aussi convenir par rapport à l'interaction qui se produit sur scène. Lorsque, à la fin d'*Hamlet,* Fortinbras dit de Hamlet : « Bear Hamlet like a soldier to the stage, /For he was likely, had he been put on, /To have prov'd most royal... » (V,II, pp. 401-403), il fait référence à un espace futur non factuel par rapport à l'interaction scénique totalement identique à notre postulat dans cet énoncé hypothétique : « Si Mozart avait vécu plus de 36 années, il aurait composé encore plus d'œuvres ».

La spécificité de la représentation théâtrale qui la différencie, d'un côté de l'interaction sociale en général, de l'autre de la construction par le lecteur d'un univers fictif, soit épique soit dramatique, réside dans le fait que la représentation théâtrale réunit des éléments provenant de ces deux univers catégoriellement différents. Le point de départ d'une étude plus approfondie de cette interconnexion des catégories se trouve dans la dualité du statut des acteurs sur la scène, dualité de la présence physique réelle, exactement de la même façon que la présence des spectateurs dans la salle et que la concrétisation ou l'incarnation d'un personnage dans une fiction dramatique. Il s'agit ici de la relation de l'acteur à la définition fondamentale du signe *aliquid stat pro aliquo*. Ce qui a déjà été marqué conceptuellement puisque nous n'avons pas écrit que l'acteur renvoie ou réfère à un personnage de la fiction dramatique mais qu'il le *concrétise* ou l'*incarne*. Les acteurs qui jouent Hamlet ou Richard III ne renvoient pas, ne réfèrent pas à une personne fictive ou historique, *ils les concrétisent par leur présence*.

Il peut sembler superflu de faire un détour par l'espace raconté pour préciser ce qu'il y a de particulier dans ce qui se passe sur la scène ; mais ce détour est nécessaire pour pouvoir faire la distinction entre un événement pseudo-théâtral comme le carnaval et la représentation théâtrale. Ce passage de *Hamlet* devrait le montrer : Hamlet : « ... My Lord, you played once i'th' university, you say ? » Polonius : « That did I, my lord, and was accounted a good actor. » La carrière, autrefois, d'acteur amateur de Polonius est bien évidemment fictive et par cette référence, le personnage physiquement présent, la concrétisation de l'élément textuel, Polonius, s'inscrit lui-même dans un univers fictif non matérialisé. Nous sommes ainsi, en tant que spectateurs, placés dans la même situation que celle où nous nous trouvons en lisant *Hamlet :* si cette référence doit être réalisée, cela ne se fera que dans la représentation personnelle du lecteur /du spectateur. Bien que la présence physique de l'acteur sur la scène doive, avec raison, être considérée comme fondamentale pour le théâtre, la représentation iconique de Polonius sur un morceau de carton dans la représentation de Hamlet d'un spectacle de marionnettes, l'inscrit elle aussi et dans un espace d'interaction et dans un espace raconté.

Cette même distinction entre un univers factuel et un univers non factuel est valable dans l'univers de la fiction puisque l'on peut évidemment aussi y faire référence à quelque chose d'imaginé (voir la réplique de Fortinbras.

Cela signifie que la figure 6, qui représente les lieux de l'espace du spectaculaire (prolongé par un espace raconté), convient également à la représentation théâtrale, avec toutefois cette différence fondamentale que *l'espace raconté et l'espace-spectateurs correspondent respectivement à un univers fictif et à un univers socio-matériel alors que la scène appartient aux deux univers. Et donc, c'est aussi le cas de l'action et des répliques sur la scène : elles se rattachent toujours à deux contextes, comme la communication et l'action dans l'univers fictif et comme la représentation adressée à un public* (voir précédemment à propos du discours). Si nous marquons cette dualité sur la figure 6, nous obtenons la figure suivante :

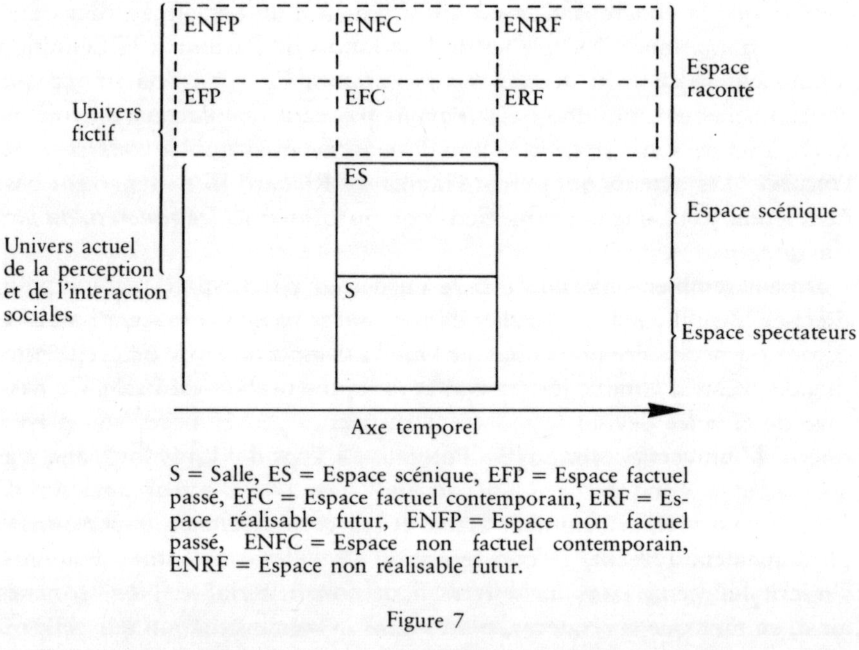

S = Salle, ES = Espace scénique, EFP = Espace factuel passé, EFC = Espace factuel contemporain, ERF = Espace réalisable futur, ENFP = Espace non factuel passé, ENFC = Espace non factuel contemporain, ENRF = Espace non réalisable futur.

Figure 7

Nous avons maintenant les cinq univers suivants : 1) l'univers d'expériences objectives terminées (EFP), 2) l'univers d'expériences actuelles (S et ES), 3) l'univers d'événements contemporains qui ne sont pas directement objets de l'expérience directe (la perception) (EFC), 4) l'univers de possibilités futures (ERF) et 5) l'univers du non factuel (ENFP, ENFC, ENRF et ERF). Le fait que ERF figure dans l'univers 5 et soit aussi indiqué en 4) comme univers autonome repose sur le fait que le possible ne se réalise évidemment pas nécessairement et que cet élément doit, jusqu'à ce qu'on le sache réellement, appartenir à un univers non factuel. Ce qui est spécifique de la représentation théâtrale, *la pluralité d'univers,* c'est donc que *quatre des cinq univers ici mentionnés sont fictifs et que l'univers 2, l'univers d'expériences actuelles, est divisé en deux de telle façon que même si ce qui se passe sur scène a lieu effectivement dans l'univers 2, cela ne devient significatif que si on le considère comme étant une partie des quatre autres univers fictifs.* Cela signifie évidemment aussi que ce qui est représenté et raconté sur la scène n'a en aucune façon besoin de respecter ce que l'on considère comme valable dans un univers historique et conséquemment, ce qui, par ex., ne pourrait appartenir qu'à un univers non factuel par rapport à un univers historique, pourrait très bien être une composante de l'espace factuel passé ou même de l'espace scénique.

12. Le signe et l'objet dans l'espace scénique

Produire une représentation théâtrale, c'est produire un univers fictif. Si nous nous en tenons à la mise en scène d'un drame, on peut la comparer à la construction qui se produit pendant la lecture. Là, dans la réalisation imaginaire, se produit une connexion entre les signes non symboliques — icônes et indices selon les termes de Peirce — et les signes symboliques. Les icônes ne sont pas des signes très naturels ou purement visuels ; elles contiennent des éléments conventionnels ce qui fait que le signe iconique, via son signifiant entre autres, renvoie à un objet, ce que ne fait pas le signe symbolique du fait de son signifiant arbitraire. La ressemblance entre le signe iconique et l'objet que l'on attribue en général à cette relation est donc en sémiotique plus complexe que dans la conception ordinaire. Il s'agit d'une ressemblance concernant certains aspects choisis — qu'ils soient structurels ou qualitatifs —, cette sélection étant dictée par une fonctionnalité rationnelle dans la relation entre le signe et l'objet.

Pendant la lecture, il est possible de rattacher un nombre théoriquement illimité de représentations iconiques différentes à un texte linguistique fictif. Mais la représentation scénique doit nécessairement être l'une des concrétisations du potentiel de significations du texte linguistique. Cette sélection rigoureuse sera d'un côté due aux cadres matériels de la représentation, ou aux représentations précédentes ou aux conventions, etc., de l'autre, déterminée par la nécessité d'une représentation de ce qui n'est pas connu à partir du seul texte linguistique, c.-à-d. d'une prise de position sur ce qui est codé, de ce qui ne doit ou ne peut pas être codé (cf. précédemment à propos des codes) avec la possibilité d'une production de structures significatives qui ne soient pas en harmonie avec la sémantique du texte linguistique.

De cette façon, l'espace de la scène, ses personnages et ses objets, sont considérés comme des signes car le sens ne naît que lorsque l'objet devient signe, c.-à-d. renvoie à quelque chose d'autre (cf. l'introduction de ce chapitre). Cette dualité de l'objet et du signe caractérise notre vécu, naturellement — le sol forestier qui révèle au chasseur le passage d'une espèce particulière d'animal — ou socialement — le bureau imposant du bureaucrate qui renvoie à son statut social.

On prétend parfois que, sur une scène, les objets perdent leur caractéristique d'objets et fonctionnent seulement comme des signes. C'est un postulat erroné qui empêche toute connaissance réelle de ce jeu complexe du signe et de l'objet dans la représentation théâtrale. La dualité doit être maintenue, non seulement parce que tout accessoire peut très bien être un objet original et non un trompe-l'œil, possédant éventuellement une fonction de signe à l'extérieur du théâtre (le bureau imposant). Mais surtout parce que l'espace de la scène et plus particulièrement ses limites, ses « murs » et ses entrées et ses sorties, la maintiendront toujours : l'espace de la scène physiquement réel est contigu à un espace raconté, un espace fictif, et simultanément à un espace physique — des couloirs, des escaliers, des vestiaires et l'espace des spectateurs. D'un point de vue sémiotique, cela existe quel que soit le type de scène dont il s'agit (décors simultanés, décors naturalistes, etc.).

La dis-contiguïté entre l'espace discursif et l'univers social de l'action a été précédemment soulignée comme étant la caractéristique essentielle de la représentation théâtrale contrairement au spectacle. Une autre différence, qui tient elle aussi à l'aspect *indiciel* du signe, concerne le jeu de l'acteur, c.-à-d. l'essentiel de la représentation théâtrale.

Quand la colonne de mercure du thermomètre d'un malade fiévreux monte au-dessus de la normale, nous avons un signe indiciel parce que le mercure est directement influencé par la température du malade ; le signe a un aspect iconique parce que la colonne de mercure agit dans un rapport d'identité, relationnellement et proportionnellement, avec la température du corps ; et enfin, le signe comporte un aspect symbolique parce que ces deux phénomènes sont reliés en une interprétation qui repose sur un savoir présupposé et sur une échelle de température comportant une limite de danger.

Un autre exemple donné par Peirce du signe indiciel, c'est la démarche chaloupée d'un individu, qui peut être interprétée comme un indice de ce que cet individu est un marin, démarche provoquée par les mouvements du bateau. De la même façon, la démarche titubante et l'élocution hésitante sont des indices de l'ivresse. Si, dans une représentation théâtrale, nous voyons agir une personne à la démarche chaloupée ou possédant les signes mentionnés de l'ivresse, nous l'identifierons immédiatement comme un marin ou un ivrogne, ou bien quoi ? Du fait de notre connaissance de la fictivité du drame et du théâtre en tant que réalisations physiques du fictif, nous interpréterons plutôt le comportement de ces personnes comme étant celui d'acteurs jouant un rôle de marin ou d'ivrogne. En termes de théorie du signe, il s'agit, tout comme le font l'acteur dans sa représentation et le spectateur dans sa réception, de distinguer l'aspect iconique de l'aspect indiciel du signe. La démarche chaloupée du marin et l'attitude d'ivresse sont iconiques du fait même qu'elles sont des qualités caractéristiques qui ressemblent (dans le sens de qui possèdent un grand nombre d'éléments en commun) aux qualités des membres du groupe « marins » ou du groupe « ivrognes » ; et c'est pourquoi la présence de ces qualités chez un individu permet une classification hypothétique de celui-ci comme appartenant à tel ou tel groupe. L'aspect indiciel du signe, la relation réelle entre l'objet et le signe, c.-à-d. respectivement la marine et l'alcool et la démarche chaloupée et l'état d'ivresse, est par contre absent de la représentation effectuée par le marin ou l'ivrogne fictif.

Nous avons ainsi souligné des différences entre les signes indiciels, tels qu'ils sont produits, utilisés et interprétés dans un univers historique et à partir de la scène théâtrale, à deux points de vue qui correspondent aux divisions peirciennes du signe indiciel en deux signes : *les désignations* (designations) et les *réactifs* (reagents, cf. C.P. 8.368). Les *désignations* correspondent à ce que l'on appelle *shifters* (embrayeurs) en linguistique (c.-à-d. les pronoms personnels, démonstratifs, les noms propres, etc.) ; les *réactifs* sont des phénomènes qui reçoivent le statut de signes du fait qu'ils sont directement influencés par l'objet (par ex. le thermomètre influencé par la température du malade). La réalité du personnage à la démarche chaloupée ou de la personne en état d'ivresse, est, ou bien interprétée, comme des réactifs, mais l'acteur qui joue un rôle ne l'est pas. Ce qui survient plus particulièrement dans la représentation de l'acteur, ce n'est pas la disparition de l'aspect indiciel car le comportement du personnage sur la scène doit, de préférence, toujours être compris comme la concrétisation d'un état de conscience motivé par l'histoire (fictive) du personnage ; par contre, ce qui se produit, c'est le *remplacement des réactifs par les désignations*. La différence entre le réactif et la désignation, c'est que dans le premier cas, l'objet détermine le signe au moyen d'une influence existentielle (le chagrin et l'oignon provoquent les larmes) et dans le deuxième cas, on emploie un signe pour attirer l'attention sur un objet (« Regarde, voilà Jean »), non de façon que le signe influence existentiellement l'objet mais pour qu'il inscrive cet objet dans l'univers discursif. A première vue, nous rattachons le plus souvent les désignations aux signes symboliques (par ex. les embrayeurs et les déictiques du langage) mais dans la représentation de l'acteur, les désignations linguistiques du dialogue sont complétées par des *désignations iconiques* et c'est ce qui fait son art. Du fait même que les larmes peuvent fonctionner comme réactifs, provoquées par le chagrin, les larmes de l'acteur peuvent fonctionner comme une désignation iconique qui renvoie, ou plutôt est interprété comme renvoyant au chagrin. L'acteur a été, plusieurs fois ici précédemment, considéré comme étant, sémiotiquement parlant, une *exemplification iconique* et l'utilisation des deux types d'indices dans l'analyse a étayé cette détermination. Il reste toutefois un problème à résoudre : une exemplification iconique de quoi ?

Nous avons déjà rejeté cette idée que l'acteur serait un signe iconique au sens où il serait une reproduction ou une copie d'un original tout comme un moulage en plâtre est une copie de la *Vénus de Milo* ou bien les dessins des élèves de l'Académie des Beaux-Arts des exercices de reproduction d'œuvres classiques. Bien sûr, l'acteur qui joue Napoléon peut, grâce à son maquillage et à son costume, rechercher une ressemblance avec Napoléon, analogue à celle des dessins des Beaux-Arts avec leur original, mais du fait même que c'est un cas particulier, qu'il existe des représentations iconiques des personnages dramatiques avant la représentation théâtrale, cette forme de représentation iconique ne peut être centrale. Au lieu de cela, il faut affirmer que *l'acteur est une représentation iconique du personnage fictif représenté symboliquement dans le drame.* Dans le texte dramatique, le personnage est constitué et par ses répliques, et par la régie. Du fait même que l'acteur prête sa voix et son corps pour réaliser un procès de signes symboliques, il concrétise l'un des lieux de l'énonciation dans le texte ; mais pour pouvoir y arriver, il doit évidemment l'avoir lu, appris et interprété, c.-à-d. qu'il devient *l'interprétant* de ce texte partiel. Ce qui signifie que le jeu de l'acteur peut être défini comme *l'exemplification iconique d'une interprétation ou peut-être plutôt comme une interprétation ayant la forme d'une exemplification iconique.* La justesse de cette définition devrait aussi ressortir entre autres du fait que, alors qu'il serait absurde de dire que Laurence Olivier et Derek Jacobi, par exemple, ont reproduit le personnage de « Hamlet » de deux façons différentes, il semble plus justifié de dire que leurs jeux sont deux interprétations différentes du drame *Hamlet,* interprétations qui prennent la forme d'exemplifications iconiques.

Dans ce qui précède, nous avons souligné deux éléments : d'un côté que l'introduction d'un objet dans le double univers de la scène, de fiction et de réalité spatio-temporelle physique, ne signifiait pas qu'il perdait son caractère d'objet et de l'autre que ce qui est caractéristique du jeu sur la scène, c'est que les réactifs y sont transformés au moins théoriquement en désignations. Ces deux faits peuvent maintenant être précisés par rapport à l'acteur. Parler de l'acteur (et de la représentation comme totalité) comme d'une exemplification iconique d'un personnage (d'un drame), c'est souligner le caractère fictionnel de ce qui se passe sur scène ; mais simultanément, l'acteur est aussi présent, physiquement, concrètement, et cette présence physique dans le même univers et en même temps que le spectateur constitue la *differentia specifica* de la représentation théâtrale si on la compare à la réalisation des formes dramatiques dans d'autres médias (film, télévision, théâtre radiophonique, etc). Cela signifie que l'acteur est présent pour son public de trois façons : comme personne fictive, comme professionnel qui pratique sa profession et comme individualité physiquement présente. Dans cette dernière qualité, il existe, pour ainsi dire, de plein droit, avec sa propre exigence d'une réalité corporelle non réductible à celle du porteur de fiction. C'est précisément cette réduction qui se produit quand on prétend que les objets, sur scène, perdent leur caractéristique d'objets pour devenir des signes. La présence physique de l'acteur possède donc une triple fonction : en tant qu'incarnation du procès textuel (son interprétant dynamique), il permet (de même que la représentation dans son ensemble) une communauté sociale de visions imaginaires ; en tant que personne exerçant sa profession à un moment historique donné, il transpose le procès symbolique en signes para-linguistiques, en gestes, en attitudes, etc. sur la base d'un code théâtral qui permet leur compréhension ; et en tant que présence physique constante, il fonctionne comme point d'ancrage de l'engagement libidinal du spectateur dans la fiction (voir le chapitre sur l'identification). C'est justement parce que l'acteur partage son monde avec le spectateur que sa présence physique sur scène semble promettre, ou plutôt faire miroiter, la possibilité d'un dépassement des frontières de l'existence sociale par une entrée dans l'univers de la fiction. Mais le contraire est tout aussi valable car l'acteur entreprend aussi un dépassement de la fiction, l'interaction sociale à l'intérieur de ce monde qui leur est commun, à lui et au spectateur ; et c'est pourquoi il est considéré comme celui qui apporte avec lui l'aura du spectacle.

13. L'identification du spectateur ou le je(u) clivé

Dans une nouvelle de Jorge Luis Borges, un personnage se demande avec ingénuité quelle est la raison d'être du théâtre, puisque « un bon narrateur peut seul relater n'importe quoi, aussi complexe que ce soit ». Selon le point de vue de ce personnage, il n'y aurait aucune différence entre l'expérience du lecteur/auditeur et celle du spectateur, le théâtre lui paraissant une sorte de « traduction » superflue du récit. On reconnaît dans ces mots d'un personnage qui, tout en s'efforçant de saisir l'essentiel du genre théâtral, ne réussit pas à faire abstraction de sa propre formation littéraire, *l'esthétique* non seulement restrictive, mais franchement *anti-théâtrale* d'un *Platon,* qui, lui, savait très bien ce qu'était le théâtre. Pour Platon, ce qui constituait le danger du théâtre, c'était sa capacité de susciter l'identification du spectateur, qu'il fallait contrôler et manipuler avec une espèce de tolérance répressive.

Dans la critique théâtrale, la notion d'*identification* est une constante qui apparaît sous des noms différents à différentes époques. C'est surtout dans les moments de rupture entre une esthétique théâtrale et une autre qu'on se demande : que deviendra l'identité du spectateur après ce spectacle ? Sera-t-il socialiste/terroriste/homosexuel, etc. ? Sera-t-il un autre ? La question peut se formuler de mille manières — selon les préoccupations et les circonstances du moment historique —, mais il est bien clair que le genre théâtral est à toute époque considéré et valorisé — parmi d'autres critères — comme un potentiel pour changer les hommes et leur réalité, qualité qu'il partage évidemment avec toutes les autres branches de l'activité artistique humaine, mais qui, au théâtre, se présente sous une forme particulièrement directe et urgente.

Comme le genre techniquement pauvre qu'il est en comparaison par exemple avec le cinéma, le théâtre vit en vertu de ses personnages, conducteurs de l'action et, en même temps, modèles de tous les hommes, femmes et enfants que nous pouvons/pourrions/aurions pu être. Nous ne voulons pas dire par là que l'identification avec le personnage soit un trait spécifique du théâtre, ni que le personnage soit le seul objet d'identification, mais seulement que, dans l'expérience polysémique et bouleversante du spectateur théâtral, le personnage constitue le signe central. La rencontre avec l'autre monde du spectacle se concrétise pour le spectateur dans le personnage qui l'oblige à se définir, à s'identifier.

Le terme d'*identification* est, il faut le reconnaître, un terme un peu vague, banalisé par la langue quotidienne et la critique théâtrale, auquel nous ne renoncerons tout de même pas, car il est peut-être, justement de par son caractère opaque, le plus indiqué pour rendre l'étrange et l'équivoque de la réception théâtrale. Nous utiliserons le terme dans les deux sens exposés par J. Laplanche et J.B. Pontalis dans le *Vocabulaire de la psychanalyse :*

1) comme notion générale, non spécifiquement psychanalytique de « reconnaître pour identique/déterminer l'identité de quelqu'un »
2) comme notion spécifiquement psychanalytique de « devenir identique à un autre ».

Laplanche et Pontalis distinguent entre ces deux sens en leur appliquant les termes linguistiques « transitif » pour le premier cas et « réfléchi » pour le second. Cette terminologie nous paraît susceptible de créer des confusions, puisque dans la linguistique les deux termes ne s'excluent pas, l'acte réfléchi étant une sous-catégorie de l'acte transitif. De même qu'on peut déterminer l'identité d'un autre, on peut déterminer sa propre identité/s'identifier par un acte transitif *et* réfléchi (sujet=objet), sans que cela implique un « devenir identique » à un autre. On peut s'identifier *positivement avec* un autre en « devenant identique » à lui ou *négativement envers* cet autre en se reconnaissant comme différent de lui.

Dorénavant nous utiliserons donc les dénominations « identification positive » et « identification négative ». La réception théâtrale, nous le verrons, se caractérise précisément par le jeu de ces deux types d'identification.

A. Le spectateur et le personnage

Pendant le spectacle, le spectateur est sans cesse bombardé par des images qui lui offrent la possibilité d'une identification positive ou négative, consciente ou inconsciente. S'il peut bien s'identifier négativement envers un personnage en se disant : « Je ne suis pas comme lui — égoïste, lâche, faible, etc. », il s'identifie peut-être, intérieurement, inconsciemment, à ces qualités non acceptées ni par lui-même ni par la société à laquelle il appartient. Si, d'une part, il sympathise avec les justes vengeurs d'un Don Juan, de l'autre, il peut envier secrètement au personnage son impétuosité et son dédain de toute norme sociale.

Le spectateur, dans cette situation, n'est pas un simple témoin du conflit entre devoir et plaisir, qui s'étale sur la scène. Le conflit se prolonge en lui, le déchire en deux et lui laisse à lui seul le travail de *se choisir* — est-il Don Juan ou Elvire ? — devant une série d'événements qui mènent inexorablement à la mort de l'un et au triomphe de l'autre.

Dans son célèbre article sur *L'illusion comique,* Octave Mannoni définit *le théâtre comme le lieu du retour du refoulé, retour qui se rend possible grâce à la dénégation, c'est-à-dire à la conscience du spectateur d'assister à un spectacle théâtral et non pas à une scène de la vie réelle (Mannoni, 1969).* Le spectateur s'identifie avec le personnage, non pas, naturellement, au sens de « se croire dans la peau du personnage », ce qui serait précisément la négation de la dénégation, mais au sens de « recevoir » pour ainsi dire à travers l'image de l'autre son identité refoulée.

A cette thèse de Mannoni qui, depuis sa parution en 1969, constitue une importante source d'inspiration pour la critique théâtrale, nous voudrions quand même ajouter quelques réflexions.

Dans la poursuite de son idée fondamentale de la force libératrice du théâtre grâce à la dénégation, Mannoni passe très rapidement sur la *complexité,* à notre avis essentielle, *de la réception théâtrale.* Car si le refoulé du spectateur est libéré par les images de la scène, ce n'est qu'en luttant férocement avec le conscient, dont il ne réussit jamais à se débarrasser totalement. Malgré tous les artifices théâtraux qui y visent, la dénégation n'implique pas l'absence de conscient. Bien au contraire — la dénégation est issue du conscient, comme un mécanisme de défense, qui permet au spectateur de rejoindre son refoulé sous sa forme niée.

Pour important qu'il soit de souligner la force libératrice du théâtre, on ne doit pas négliger de prendre en considération *l'ambivalence du spectateur,* tendu entre les forces du conscient et de l'inconscient, qui, pour ainsi dire, divisent le personnage en « bon » et « mauvais » — comme la célèbre poupée, représentant le petit Chaperon Rouge, dont la jolie jupe se transforme, avec un simple geste de la main, en la peau du loup.

Par *identification consciente,* nous entendons l'identification qui confirme l'individu dans sa propre conception de son identité dans la conflictualité des circonstances socio-politico-culturelles du moment historique. Cette identité n'est pas nécessairement équivalente à la personne sociale qu'il est, dans son travail, sa vie de famille, sa participation syndicale, politique, etc. Elle est plutôt son autodéfinition, le parti pris qu'il a de sa propre personne, qu'elle corresponde ou non, plus ou moins à son identité extérieure. Par cette identité, peut-être non réalisée, peut-être même reconnue par l'individu comme contre-identité, il s'affirme à soi-même comme quelqu'un, comme une entité dans le flux des événements. *L'identification consciente est tautologique : je suis comme lui, parce que je me suis dit que je suis comme lui.*

L'identification inconsciente comporte la rencontre avec tout ce qui a été refoulé par l'individu pour se construire une identité efficace, tout au moins pour son autocompréhension. Elle est le point d'interrogation de celle-ci, la suggestion un peu malicieuse du théâtre au spectateur, non pas nécessairement d'abandonner son identité consciente, mais au moins de réfléchir sur son caractère arbitraire.

Le schéma suivant montre les identifications possibles (A, B, C, D) du spectateur devant le personnage (P).

identification consciente

A (positive) B (négative)

P

. . . .

C (positive) D (négative)

identification inconsciente

L'investissement des quatre pôles offre la possibilité des combinaisons dichotomiques A — D ou B — C ; l'identification positive au niveau conscient correspond à l'identification négative au niveau inconscient et vice versa.

Prenons, comme exemple, le personnage de la mère douce et résignée. La spectatrice peut s'identifier en se disant consciemment : « je suis comme elle » ou « je ne suis pas comme elle », mais son identification peut aussi être d'un caractère complexe et totalement illogique, tendu *entre le conscient et l'inconscient :* « Je suis comme elle mais je ne suis pas comme elle »/« je ne suis pas comme elle MAIS je suis comme elle ». Les deux réactions (positive ou négative) entre l'objet d'identification peuvent se trouver tant au niveau conscient qu'au niveau inconscient, dépendant de toute une série de facteurs appartenant à la socialisation de la spectatrice, qui se débat et se défend tout en se contredisant :

1) Je suis comme elle, car elle correspond à mes idées de la bonne mère qui vit pour et par ses enfants. J'en ai marre de la « femme moderne », je n'ai pas envie d'aller au travail et de participer à la vie sociale, je veux rester chez moi et jouer avec mes enfants (A ou C) MAIS
2) Je ne suis pas comme elle, car j'en ai marre de la « bonne mère », je n'ai pas envie de rester chez moi et de jouer avec mes enfants, je veux aller au travail et participer à la vie sociale (B ou D).

Qu'on investisse alternativement l'instance du personnage, par exemple du révolutionnaire qui se lève « de bonne heure et de bonne humeur » pour participer à la reconstruction de son pays, du mari compréhensif qui laisse en paix sa femme avec ses amants, de la vieille femme qui accepte doucement la mort de sa beauté, etc. Tous ces personnages ouvrent, de la même manière que l'exemple de la mère, comme en un mécanisme diabolique, la possibilité de leur propre négation et donc d'une double identification — souvent, mais pas nécessairement concrétisée dans un antagoniste : le sybarite, le jaloux, l'éternelle vaniteuse, comme le ferait la présence de ces mêmes personnages. D'une certaine manière, on peut dire que la dialectique mise en système et rendue visible par l'effet de distanciation de Brecht est déjà là d'avance comme un trait inhérent au théâtre.

Il est vrai que le théâtre n'est pas une simple représentation de stéréotypes, d'images figées, mais d'une action — peut-être précisément d'une action par laquelle est problématisée l'identité du personnage, et que le travail du spectateur consiste à suivre cette action. Mais au théâtre, « suivre l'action », c'est aussi se poursuivre, se chercher devant et dans le postulat du personnage. C'est se demander à chaque instant : est-ce que je suis comme lui ou non ? Est-ce que je ferais comme lui dans ce conflit ? Et ce conflit, est-il vrai ou faux pour moi ? Est-ce que j'ai voulu quelquefois être révolutionnaire ? Ou sybarite ?

Le spectateur représente par ses identifications conscientes et inconscientes une résistance, une certaine inertie, envers la logique établie par le déroulement des événements de la scène. Cette résistance à s'abandonner aux prémisses de la fiction n'est pas particulière au théâtre, mais c'est au théâtre qu'elle se manifeste le plus fort, puisque le spectateur est à tout moment confronté avec un modèle virtuel de son propre je.

L'obscurité de la salle, dans laquelle nous distinguons quand même nos propres mains, les têtes et les épaules des autres spectateurs, n'institue pas — comme par un coup de baguette magique — le royaume de l'inconscient, mais *l'interrègne entre conscient et inconscient.* En effet, nous croyons que la libération que peut offrir le théâtre ne consiste pas à faire vivre sous nos yeux notre refoulé comme dans un rêve généreusement admis par la dénégation, mais plutôt en la confrontation entre ce refoulé et l'identité consciente, laquelle ne reste pas endormie dans une poche du pardessus au vestiaire. La personne qui s'installe dans son fauteuil pour assumer le rôle de spectateur, réalise un acte courageux, audacieux, en se prêtant au jeu de ping-pong des identifications, jeu dont elle ne peut pas prédire l'issue.

Le théâtre n'est pas — comme le croyait Platon, et comme Mannoni semble le croire aussi, bien que d'une façon plus sophistiquée et plus fascinante pour l'homme du vingtième siècle — le lieu de l'identification, mais plutôt *le lieu des identifications en lutte,* lesquelles établissent, comme par un effet de neutralisation, un espace libre, de non-identité, où toutes les définitions sont encore à faire.

Dans ce « pays de nulle part » créé par les personnages, le spectateur se voit enfin absous de ses propres contradictions.

B. Le spectateur et le comédien

Jusqu'à maintenant, nous avons abordé l'identification théâtrale exclusivement en relation avec le personnage, signe dominant du genre. En faisant cela, nous avons isolé le personnage de son support, le comédien, et il faudrait peut-être, avant d'aborder cette « autre moitié » de l'élément humain de la scène, faire quelques remarques, pour éviter les confusions, sur cette rupture apparemment si brutale.

Quand nous parlons du personnage, nous renvoyons à l'ensemble des signes émis par le comédien, qui constituent pour le spectateur une entité humaine de l'univers fictif. Le comédien n'est pas le simple « canal » ou « matériau » par lequel est transmis le personnage du texte dramatique, mais l'incarnation — en tant que processus et produit — du personnage, avec sa multiplicité de signes (entre autres les paroles) (Ubersfeld, 1981).

La présence physique du comédien est donc, du point de vue de la constitution du personnage, inséparable de celui-ci, ou plutôt, dirions-nous, une partie de lui est absorbée, pour ainsi dire rendue invisible par le personnage, tandis que l'autre, l'énonciateur du personnage, reste là devant le spectateur, lequel n'oublie pas qu'il est au théâtre. Reste à savoir si la même présence physique du comédien comporte un *renforcement de l'identification avec le personnage* en comparaison avec les autres genres, comme on l'affirme en effet quelquefois. Nous n'oserions pas réfuter cette hypothèse à première vue si séduisante, mais au lieu de nous aventurer sur ce terrain douteux, nous examinerons la *relation entre le spectateur et le comédien.*

La coprésence dans un même espace physique d'un comédien et d'un spectateur est une condition indispensable, pour pouvoir parler du théâtre — mais non pas la seule. Il faut aussi que le spectateur soit conscient de la *fictionnalité de la situation,* qu'il se reconnaisse comme spectateur. Pour cette raison, un phénomène comme le happening ne peut pas à notre avis être englobé dans le genre théâtral, car il est une mise en scène, qui justement se nie comme telle en travaillant sans « *cadre* » (au sens d'Erving Goffman) et en visant à une participation du spectateur qui, en ce cas, cesserait d'être spectateur. Une mise en scène de cette espèce est une activité difficilement distinguable de tant d'autres mises en scène de la vie réelle, qu'on hésiterait probablement à l'appeler « théâtre » tout court (Schwaniz, 1977).

C'est précisément la conscience du spectateur d'*assister à une fiction,* — une tranche de vie frelatée — qui, associée à la présence *réelle* du comédien, constitue le trait distinctif de la réception théâtrale. La présence physique d'un corps vivant dans l'objet esthétique suscite peut-être une identification renforcée avec le personnage, mais, à notre avis, elle a surtout pour effet de changer l'objet esthétique en se constituant elle-même en objet esthétique, objet d'identification. Le spectacle de la scène est clivé en deux, *réalité jouée* et *jeu réel,* ce qui a pour conséquence un clivage dans le je du spectateur, tendu entre ses deux objets d'identification, clivage encore renforcé par le conflit entre conscient et inconscient.

La situation de réception théâtrale implique de la part du spectateur une *renonciation à toute activité extérieure,* exception faite pour la gamme réduite de manifestations codifiées (rires, sifflets, applaudissements, etc), qui témoignent précisément de sa situation de spectateur. A part ces manifestations, le spectateur n'existe pas, n'a pas le droit d'exister physiquement. Il réprime, jusqu'à ne plus pouvoir résister, son envie de tousser, et s'il abandonne son fauteuil, c'est avec la sensation honteuse d'avoir violé la loi. L'obscurité de la salle et les lumières de la scène divisent l'espace en deux zones, dont l'une est caractérisée par la possibilité d'actions hypothétiquement infinies et imprévisibles, et l'autre justement par le contraire. Le spectateur paisiblement assis, observant les règles du comportement théâtral, a choisi délibérément cette situation, où il faut ne pas parler, ne pas bouger, ne pas exister au dehors, pendant quelques heures, seulement comme le témoin d'une série d'événements, dont il est par avance exclu.

A cet égard, la situation du spectateur théâtral est équivalente à celle du spectateur d'un film, mais elle se distingue de celle-ci par le fait qu'il y a dans le même espace un corps aussi vivant et réel que celui du spectateur et, *en même temps*, inscrit dans un autre univers, participant tant de l'un que de l'autre. Le corps du comédien se prête comme signe à la fiction en assumant le corps du personnage, en même temps qu'il s'exhibe comme corps appartenant au monde réel devant un autre corps du monde réel.

Outre son travail d'identification avec le personnage, le spectateur entre dans une relation d'identification avec le comédien, déterminée par leur appartenance commune au monde réel et par l'opposition entre dire et ne pas dire, faire et ne pas faire. Le spectateur sait bien que ce qui se passe sur la scène est une fiction, mais il sait aussi que *cette fiction fait partie de la vie réelle* — car il y voit se mouvoir un corps réel comme le sien — et que la libération de son potentiel d'identification est déclenchée par un *joueur*.

Ce fait lui est à chaque instant rappelé par les paroles de la scène, paroles qui, justement par le caractère mimétique de la fiction théâtrale, sont, comme dans la vie réelle, fortement marquées par les *déictiques :* je, tu, ici, maintenant, hier, demain, celui-ci, celui-là, etc., qui acquièrent leur sens uniquement en renvoyant à l'émetteur, à la source physique de l'énonciation. Sans la bouche qui prononce ces mots, ils ne sont qu'une série de sons dépourvus de sens. Le « je » au théâtre n'est pas seulement *dit,* mais en même temps *montré,* et tous les « tu », les « ici » et « maintenant » s'organisent autour de ce « je » montré.

Le clivage de l'identification du spectateur entre personnage et comédien est renforcé par le torrent de déictiques qui se précipitent vers lui soulignant la double dimension de « l'ici et maintenant », *celle de l'énoncé insérée dans celle de l'énonciation.* Le « tu » prononcé par le personnage n'est jamais adressé à lui, et il n'a pas le droit d'envahir la scène pour se faire objet de ce « tu ».

Même dans les cas où les paroles de la scène sont dirigées vers le public, le spectateur sait bien que ceci n'est pas une interpellation de son je réel, mais d'un *personnage de spectateur déjà pensé et calculé par le spectacle,* et que celui qui semble lui parler, ne le fait pas non plus en tant que je réel, mais en tant que personnage, inscrit dans une autre modalité de la vie, celle du jeu. Ce n'est pas le comédien, qui lui parle, l'être en chair et en os, qui respire le même air que lui, mais un personnage réalisé par un comédien. C'est peut-être dans ces cas de « franchissement de la rampe » que le spectateur est le plus violemment confronté avec la théâtralité du théâtre, rebuté par la fiction et renvoyé à sa réalité de spectateur.

Car si le théâtre, par l'effet de dénégation, lui offre la possibilité d'une libération de son potentiel d'identification, il lui rappelle aussi à chaque instant — dans la confrontation avec le comédien — son lieu dans le monde, son identité, qu'elle lui soit imposée par les autres ou qu'elle soit prise par lui-même comme protestation, défense, point d'autoréférence. Il lui rappelle le concept même d'identité avec tout ce que celui-ci implique pour l'individu d'exigences de fermeté, d'immuabilité et de continuité — d'être quelqu'un, d'être UN tout le temps.

En même temps que le théâtre lui offre *libération et soulagement,* il lui signale *la prison de son identité,* en lui montrant des êtres qui dépassent la limite de l'identité.

Nous ne voulons pas dire par là que le comédien dans la situation concrète de l'événement théâtral a plus de liberté que le spectateur. Tous deux sont obligés de respecter le *contrat théâtral,* et le comédien encore plus que le spectateur, puisqu'il ne peut pas comme celui-ci abandonner l'événement théâtral. Mais tandis que la situation du spectateur réfléchit physiquement le concept d'identité, l'autorisation de regarder « l'autre monde » mais en même temps l'interdiction de le créer, le comédien est l'image vivante du franchissement de cette condition. La libération du spectacle est contredite par la réalité de l'événement théâtral, où le comédien et le spectateur acquièrent l'état de signes comme protagoniste et antagoniste du spectacle « Jouer ou ne pas jouer ».

L'identification du spectateur avec le comédien est une expérience complexe et troublante. Si, au niveau inconscient, il se reconnaît peut-être dans le comédien en se disant « au fond je suis comme lui, multiple, joueur, expérimentateur de mon Richard III, de ma Dame aux Camélias, de mon vagabond attendant Godot », il est immédiatement renvoyé à son identité déjà fixée, figée et à la mémoire nostalgique d'un temps lointain où il était encore permis de jouer à « être un autre ». Dans le corps du comédien, qui assume le personnage, il voit le triomphe sur la tyrannie de l'identité, tout en reconnaissant sa propre réalité, son moi, la petite branche à laquelle il s'accroche, comme l'homme qui se noie. La vieille métaphore du « Grand théâtre du monde » est renversée ironiquement, et le spectateur se voit remis à sa place dans un monde qui ne veut pas être théâtre, sinon pour cacher sous le masque de l'identité sa propre complexité bouleversante.

Peut-être le spectateur va-t-il au théâtre précisément pour « noyer son moi », pour se libérer, pour se chercher une identité alternative, parce que, comme le dit Mannoni (*op. cit.*) en citant Freud, « il ne lui arrive jamais rien », et peut-être retrouve-t-il au niveau de la fable, dans l'identification avec le personnage, une identité refoulée.

Mais le comédien lui lance aux yeux un tout autre projet : celui du jeu, de la discontinuité et de l'anarchie des identités, tout en lui rappelant l'inertie de sa vie, son identité — réalité répressive, médiocre et ennuyeuse, mais non pas la seule, ni peut-être la dernière.

NOTES

[1] Les manuscrits de Peirce sont indiqués avec la numérotation donnée dans : *Annoted Catalogue of the Papers of Charles S. Peirce* par Richard S. Robin, University of Massachusetts Press, Orcester, Mass., 1967. La pagination respecte celle qui est mentionnée sur les manuscrits par l'*Institute for Studies in Pragmaticism,* Texas Tech, University, Lubbock, Texas c'est-à-dire que MS 634, 1909. ISP 18 signifie Robin-MS nº 634, écrit par Peirce 1909, p. 18. Les manuscrits existent sur micro-films, cf. la bibliographie.

[2] Eco évoque lui-même une distinction entre différentes fonctions ou différents niveaux de code lorsque, dans le chapitre concernant la sémiotique visuelle dans la 1re édition de *La struttura assente,* il fait la distinction entre les codes analytiques et les codes synthétiques indiquant ainsi diverses positions discursives pouvant être investies dans le même code (Eco, 1979 : 35ss.)

[3] On peut peut-être s'autoriser à voir, dans la distinction opérée par Eco entre les codes forts et les codes faibles, une distinction entre des codes dans un texte délimité et des codes qui ne peuvent être précisés par rapport à la limite du texte donné possédant ainsi un statut de phénomènes non codés qui sont toutefois opérants dans le texte codé (faibles) (Cf. Eco, 1981 : 652ss.)

[4] Dans l'autre traduction française de ce passage (Büchner, 1953 : p. 154), la réplique du capitaine est modifiée puisqu'on y ajoute avant la comparaison avec le rasoir : « Hé, Woyzeck ! Pourquoi files-tu comme une flèche ? ». On affaiblit ainsi la représentation du rasoir — on ajoute une direction à la course de Woyzeck et le couteau n'est alors plus le seul objet à concentrer les représentations sur le danger que représente Woyzeck. La flèche n'apparaît pas chez Büchner.

Bibliographie

Jorge Luis Borges, 1974, **La busca de Averroes,** in **El Aleph,** Buenos Aires.

Viggo Brøndal, 1943, « Langage et logique », in **Essais de linguistique générale,** Copenhague, Munksgaard, pp. 49-71.

Viggo Brøndal, 1950, **Théorie des prépositions,** Copenhague, Munksgaard.

Deirdre Burton, 1980, **Dialogue and Discourse,** London, Routledge and Kegan Paul.

Georg Büchner, 1953, **Théâtre complet,** Paris, L'Arche.

Georg Büchner, 1973, **Woyzeck,** Paris, Stock.

Oswald Ducrot, 1969, « Présupposés et sous-entendus », in **Langue Française,** 1 (4), pp. 30-43.

Oswald Ducrot, 1972, **Dire et ne pas dire,** Paris, Hermann.

Oswald Ducrot, 1978, « Structuralisme, énonciation et sémantique », in **Poétique** n° 33, pp. 107-128.

Umberto Eco, 1970, « Sémiologie des messages visuels », in **Communications** n° 15, pp. 11-51.

Umberto Eco, 1976, **A Theory of Semiotics,** Bloomington, Indiana U. Press.

Umberto Eco, 1977, « The Code : Metaphor or Interdisciplinary Category », in **Yale Italian Studies** 1 (1), pp. 24-52.

Umberto Eco 1981, « Segno », in **Encyclopedia Einaudi** 12, Torino, Einaudi, pp. 628-668.

Erving Goffman, 1974, **Frame Analysis,** New York, Harper and Row.

André Green, 1969, **Un œil en trop,** Paris, Minuit.

Louis Hjelmslev, 1966, **Prolégomènes à une théorie du langage,** Paris, Minuit.

Roman Jakobson, 1963, « Deux aspects du langage et deux types d'aphasie », in **Essais de linguistique générale,** Paris, Minuit, pp. 43-67.

A. Kondratov, 1966, **Sounds and Signs,** (traduit du russe par G. Yankovsky). Moscou : MIR Publishers.

J. Laplanche et J.B. Pontalis, 1967, **Vocabulaire de la psychanalyse,** Paris.

Svend Erik Larsen, 1985, « The Symbol of the Knife in Büchner's Woyzeck », in **Orbis litterarum** n° 40, 258-281.

Octave Mannoni, 1969, **Clefs pour l'imaginaire ou l'autre scène,** Paris, Seuil.

Charles Sanders Peirce, 1931-1958, **The Collected Papers of Charles Peirce** I-VIII, Chr. Hartshorne, P. Weiss, and A. Burks, eds., Cambridge, Harvard University Press.

Charles Sanders Peirce, 1966, **The Charles S. Peirce Papers,** Microfilm Edition, Thirty Reels, with Two Supplementary Reels Recently Added. (Cambridge, Harvard University Library Photographic Service).

Charles Sanders Peirce, 1977, **Semiotics and Significs. The Correspondence between Charles S. Peirce and Victoria Lady Welby,** (ed. Charles S. Hardwick), Bloomington, Indiana University Press.

Platon, **La République,** Livres 3 et 10.

Dieter Schwanitz, 1977, **Die Wirklichkeit der Inszenierung und die Inszenierung der Wirklichkeit,** Meisenheim am Glan.

Anne Ubersfeld, 1981, **L'école du spectateur,** Paris, éd. Sociales.

Ad de Vries, 1976, **Dictionary of Symbols and Imagery,** Amsterdam, North-Holland (1 ed. 1974).

IV

Pédagogie du fait théâtral

Lectures

Il est clair que toute lecture spontanée du texte et de la représentation théâtrale s'opère selon le code de lecture qui a été appris au spectateur lecteur ; l'amateur d'opéra des siècles passés était essentiellement attentif à la technique et aux prouesses vocales des chanteurs ; si l'on demande à un lycéen ou à un jeune étudiant ce qu'il a observé et qui l'a intéressé dans une représentation théâtrale, il répondra : c'est la psychologie des personnages. Peut-être n'en pensera-t-il pas un mot, mais c'est ce qu'il est convenu de remarquer selon le code qu'on lui a appris.

Aussi est-il utile d'enseigner une autre méthode de lecture, qui permette de rendre compte du texte de théâtre comme objet artistique, fruit d'une pratique scripturale, et de la représentation comme *texte* issu de la complexe pratique scénique. Le présupposé sémiotique a l'avantage de nous présenter le texte de théâtre comme un ensemble de signes (linguistiques) et la représentation comme un autre ensemble de signes (linguistiques et non linguistiques), ensembles de signes qui non seulement ont une intersection commune, mais peuvent être appliqués l'un sur l'autre selon des lois d'ailleurs trop complexes pour qu'il soit possible d'en tenir compte ici.

Nous ne nous dissimulons pas le fait que la plupart des procédures de lecture que nous allons envisager sont des procédures *structurales* et souffrent de ce fait des défauts inhérents à toute méthode structurale : mettre tous les éléments sur le même plan, ne pas tenir compte de la hiérarchie des signes, ne pas prendre en compte l'univers propre de l'émetteur et du récepteur. Il faudra donc considérer ces procédures comme une sorte de *préalable* à l'analyse, indispensable mais devant être à la fois corrigé et interprété : interprété à la faveur des rapports à établir entre réseaux textuels (au sens large du mot texte), corrigé en fonction des instances de l'émission et de la réception, de l'univers de référence du scripteur et du lecteur-spectateur.

Le point de départ

On sait que la première question qui se pose, c'est : par où commencer ? Une difficulté se présente à nous : l'analyse du texte et celle de la représentation sur ce point ne sont pas superposables : la lecture du texte est une lecture linéaire des détails, et permettant le retour en arrière ; la lecture de la représentation est une lecture polyphonique globalisante et privilégiant nécessairement la diachronie de la fable ; paradoxalement, ce qui échappe à la lecture du texte écrit, c'est ce qui n'échappe par du tout au spectateur, c'est-à-dire la fable et les grands conflits ; en revanche le lecteur est sensible au détail du discours sans percevoir l'ensemble des grandes structures.

Le lecteur devra donc commencer par analyser les grandes structures qui seules lui permettent la lisibilité du discours. On sait que le texte dramatique a normalement le statut de l'illisibilité, les *conditions d'énonciation* du discours, parfaitement visibles sans effort pour le spectateur, dans la mise en scène, devant au contraire être reconstruites (ou construites) par le lecteur ; de là la nécessité d'étudier d'abord la fable et le modèle actantiel

Inversement, le spectateur qui connaît la fable et voit les conflits, sera invité à passer d'une lecture diachronique des événements à une lecture synchronique des signes scéniques ; et ce qui sera premier pour sa lecture, ce sont les composantes de l'espace scénique, l'investissement de l'espace par le comédien, le travail de la lumière, autrement dit tous les signes synchrones de la pratique scénique.

Dans le premier cas, l'analyste se saisit du discours comme mise en signe d'une fable et d'un conflit (travail de *dramaturge*), dans le second cas, il étudie un réseau de signes visuels auditifs comme donnant sens à un récit (travail de *critique*).

1. Analyse du texte

A. Lecture du texte

Le lecteur, pour tirer au clair le détail des didascalies et du dialogue, devra commencer par construire la fable et le modèle (*les* modèles) actantiel(s).

a) **La fable**

On peut appeler *fable,* après Brecht, la succession diachronique des événements présentés par le texte dramatique, quel que soit l'ordre de présentation textuelle desdits événements.

1. La première procédure peut être de déterminer l'état des choses au moment où s'ouvre l'action et l'état des choses final ; démarche particulièrement intéressante, dans la mesure où elle permet de déterminer le *changement* apporté par l'action dramatique : ainsi par exemple le dénouement de *Phèdre* indique par différence l'élimination du sujet et de l'objet de l'amour adultère, en même temps que des deux *étrangers* (Phèdre et Hippolyte), tandis que se trouve scellée la réconciliation des deux légitimités, celle de Thésée et celle d'Aricie. Beaucoup de pièces de Shakespeare par différence entre un point de départ et un point d'arrivée marquent le passage de l'anarchie féodale à une monarchie équitable et centralisatrice (*Henri VI, Le Roi Lear.)*

2. Une autre démarche conjointe, tout à fait productive pédagogiquement, est celle du *résumé* de l'action en une phrase : *une seule* phrase, à un mode personnel (il ne s'agira donc pas du tout d'un autre *titre,* plus intelligent ou plus développé) ; cette procédure oblige donc à recentrer autour d'un sujet principal et d'une action principale ; le caractère relativement arbitraire de cette démarche permet a) de comprendre qu'une procédure est toujours une *construction,* et jamais la seule découverte d'un donné préalable ; b) de comprendre qu'une lecture et en particulier la lecture d'un metteur en scène en vue d'une représentation est toujours un choix préférentiel : ainsi, il n'est pas impossible de construire à propos du *Misanthrope* une phrase dont le *sujet* serait non pas Alceste mais Célimène, et qui montrerait le triomphe et la défaite d'une sorte de Don Juan femelle.

La possibilité de construire *plusieurs* phrases rendant compte de l'action et de sa progression n'est nullement exclue ; au contraire elle peut rendre compte des conflits implicites ou explicites.

3. Quant à la construction de la *fable* proprement dite, au sens brechtien du terme, elle suppose la fabrication d'une histoire, d'une sorte de petit roman à l'aide des épisodes de l'action, racontée dans l'ordre diachronique, procédure qui a l'avantage de mettre en lumière la *logique* événementielle et de refaire du discours dramatique un récit cohérent ; autre avantage : permettre de tenir compte de tout le passé de la fiction ; enfin

donner aux personnages leur assise socio-historique (c'était l'intérêt de l'opération pour Brecht). Dans certains cas (rupture dans le drame de la succession temporelle : anticipations ou simultanéités), la *fable* permet de prendre conscience du travail temporel. En revanche, dans certains cas (tragédies antiques d'espèce statique, *Les Perses* ou *Prométhée Enchaîné,* ou œuvres modernes d'essence « musicale »), la construction de la fable est une démarche pauvre.

Une difficulté pratique : déterminer le *point-origine* de la fable (point qui n'est pas nécessairement celui du début de la « représentation »), qui peut être antérieur ou postérieur : dans la plupart des tragédies de Racine, par exemple, l'événement qui provoque le « déséquilibre » fondateur de l'action est antérieur au lever du rideau, et il n'est pas inintéressant de la déterminer, de montrer ce qui rompt l'équilibre et engendre la tragédie. Dans beaucoup d'œuvres de Shakespeare, au contraire (*Le Roi Lear, Macbeth),* le point-origine est postérieur au début de la pièce.

b) Structures actantielles

Il n'est pas question de résumer ici, même grossièrement ce qu'est le modèle actantiel de Greimas [1] ; qu'il nous suffise de se rappeler qu'il s'agit en l'occurrence d'un modèle syntaxique très profondément ancré à la fois dans la grammaire et dans l'anthropologie. C'est supposer qu'il y a un *sujet* de l'action, dont le *désir* le porte activement à conquérir un *objet* (structure syntaxique : sujet, verbe, prédicat). L'action peut être aidée par un *adjuvant,* contrecarrée par un *opposant* (lequel peut avoir une importance suffisante pour être le *sujet* d'un autre modèle actantiel, un *anti-sujet*). On voit que presque par nature, tout théâtre, et en particulier tout théâtre conflictuel, peut être lu non à l'aide d'un seul modèle actantiel, mais au moins de *deux*.

Le quadrilatère sujet-objet-adjuvant-opposant n'est pas suffisant : le sujet n'est pas seul au monde, il est pris dans un réseau social : s'il va à la conquête de son objet c'est que quelqu'un ou quelque chose l'y pousse ; derrière lui, il y a un *Destinateur* (son groupe social, son univers politique et familial ou bien Eros, mais sous la forme d'un désir déjà socialisé). Quant à l'action elle peut être faite à son propre profit, à lui, sujet ; mais elle peut être aussi faite au profit d'un groupe, d'un univers, d'une collectivité... : le *Destinataire* avec tous les mélanges que l'on veut entre l'individuel (voire l'anti-social) et les déterminations plurielles, sociales.

On voit que le modèle actantiel, avec sa belle simplicité, son irrésistible attrait de clarté, est loin d'être facile à construire pour de multiples raisons :

a) complexité des motivations (du *sujet* et du *destinateur* et du rapport de ces deux actants) ; nécessité d'une analyse socio-politique ; faute de quoi on tombe dans un formalisme stérile ;

b) difficulté d'analyse au départ : de là la nécessité de corriger le modèle par une nouvelle analyse, *après* toutes les autres : il faut donc travailler en deux temps : au départ et à l'arrivée.

c) pluralité des modèles et articulation nécessaire entre ces modèles en opposition ;

d) modification du rôle des actants au cours de l'action (l'adjuvant qui devient opposant ou l'inverse : changement de sujet) : de là la nécessité d'une analyse minutieuse, séquence par séquence.

Suite possible des procédures :

a) déterminer le (les) sujet(s) actantiels du (des) modèle(s) actantiel(s), avec la flèche du désir qui les pousse vers leur objet ;

b) analyser le jeu des forces antagonistes (adjuvant-opposant) qui jouent en direction soit du sujet, soit de l'objet ;

c) déterminer les forces complexes (personnalisées ou non) qui figurent à la place actantielle *destinateur* et de ce fait relient l'action à tout le *préconstruit* socio-culturel du texte. Corollaire : déterminer qui est le destinataire de l'action ;

d) *montrer l'évolution des places actantielles au cours de l'action :* changement de sujet principal, substitution d'un « anti-sujet » au sujet, changement de rôle actantiel de l'adjuvant ou de l'opposant, changement (plus rare) de l'objet ou du destinataire ; changement de destinateur (p. ex. substitution de l'ordre royal à l'ordre féodal dans *Le Cid*).

L'intérêt de l'opération : montrer dans l'action dramatique un jeu de forces complexe et mobile, essentiellement conflictuel ; réduire le champ de la psychologie à la seule flèche du désir ; montrer le lien de l'action avec l'univers de référence de l'auteur comme avec l'univers fictionnel ; enfin construire un modèle intelligible limité mais utilisable et en général clair.

B. Conditions d'énonciation

Il s'agit bien évidemment d'une énonciation qui est celle du *texte,* non de la représentation, et les conditions d'énonciations sont *fictionnelles :* autrement dit l'espace et le temps du discours dramatique sont ceux de la *fiction,* non de la scène.

a) Didascalies

1. L'espace tel qu'il est prévu par le texte du théâtre est d'abord indiqué par les *didascalies.* Rappelons que les didascalies sont la seule couche textuelle qui ait pour énonciateur expressément le scripteur : c'est l'auteur X qui s'adresse au praticien (ou au lecteur, praticien virtuel) pour lui enjoindre de construire tel ou tel ensemble de conditions d'énonciation spatiale : « une salle de château, un salon, une cuisine, une rue... ». Les didascalies construisent donc un *lieu* imaginaire conditionnant l'action. Mais ce n'est pas leur seul rôle spatial : souvent elles précisent le mode d'investissement de l'espace par les personnages : occupation du lieu, mouvement, gestuelle : c'est tout un espace fictif qui se dessine.

2. Il s'agit là des didascalies *explicites,* encadrant le dialogue ; il en existe une autre espèce que l'on a coutume d'appeler didascalies *internes,* et que l'on peut extraire du texte même du dialogue. Ainsi la plupart des didascalies qui figurent dans les éditions de Shakespeare sont simplement extraites du texte dialogué. L'intérêt des *didascalies internes* ne réside pas dans le fait seul qu'elles enrichissent beaucoup (quand elles ne le constituent pas tout à fait) l'ensemble du texte didascalique, mais qu'elle prennent en compte non seulement les indications spatiales prévues pour la scène concrète, mais tout *l'univers spatial de la fiction*, y compris ce qui n'a pas vocation à être représenté : ainsi pour *Phèdre,* non la seule Trézène, lieu de l'action, mais Athènes, la Crète et le Labyrinthe, l'empire des Morts, et le rivage où paraît le Monstre.

3. *L'espace comme icône*. L'ensemble paradigmatique que l'on peut construire à l'aide de nos listes permet de fabriquer une image d'un lieu concret, mais il peut aussi être l'image d'une structure psychique, l'*autre scène* freudienne, et ses clivages peuvent reproduire si l'on peut dire la structure spatiale des instances du moi. Un bon exemple en est *Intérieur* de Maeterlinck.

Plus couramment l'espace ainsi construit reproduit les clivages sociaux, les oppositions de classes (ainsi l'espace des domestiques opposé à l'espace des maîtres dans *le Mariage de Figaro* de Beaumarchais) ; dans le *Lorenzaccio* de Musset, l'espace est comme la figure d'une *cité,* c'est-à-dire d'une société entière, et le relevé des déterminations spatiales en persuade facilement. Plus subtilement, les déterminations de l'espace peuvent imposer une image qui est comme la figure de l'ensemble du texte lui-même (Ubersfeld, 1977, pp. 153-164)

Enfin dans beaucoup de cas l'espace tel qu'il ressort des déterminations textuelles renvoie à un référent qui n'est pas ou n'est guère un lieu du monde, mais la scène elle-même : dans ce cas *l'espace se fait théâtre,* et il ne s'agit pas seulement de théâtre dans le théâtre comme *l'Illusion* de Corneille, mais de tous les cas où le figurable ne peut pas être autre chose que théâtre. On pourrait peut-être citer tout Racine et, chez les modernes, *Les*

Paravents ou *Les Nègres* de Genet. En ce cas, on le verra, ce qui devrait être scéniquement construit, c'est un espace-tréteau.

4. Poétique de l'espace. On s'aperçoit que certains de ces relevés aboutissent à la création d'espaces proprement *imaginaires,* ainsi la récurrence du mot *bord* dans la *Phèdre* de Racine (Ubersfeld, 1981), fonctionnant comme fixation d'images, comme centre imaginaire. Le *lexique* de l'espace (ensemble paradigmatique) entre en rapport avec l'ensemble des structures syntaxiques.

Les didascalies internes contiennent une couche textuelle particulière, qui est celle des spatialisations verbales : prédicats de lieu et verbes de mouvement, qui peuvent aider le lecteur à construire l'espace du texte dramatique.

b) Procédures

1. De ce qui précède on peut déduire les procédures préalables de construction d'un tel espace :

a) faire le relevé complet exhaustif, *dans l'ordre du texte,* de toutes les indications spatiales qui figurent dans les didascalies ;

b) faire le même relevé, exhaustif et dans l'ordre du texte, figurant *dans le dialogue* et sans faire aucune distinction entre ce qui est figurable scéniquement et ce qui n'y a pas vocation : il est impossible de prévoir ce qui justement sera figuré dans tel ou tel mode de représentation et c'est faire une présupposition de très mauvaise méthode que de tenter de faire cette distinction au départ, donc relever *absolument toutes* les indications spatiales ;

c) faire (si long soit-il) le relevé exhaustif de tous les prédications de lieu et de tous les verbes de mouvements, même si cette procédure n'apparaît pas immédiatement utile.

On se trouvera donc à la tête de trois relevés qui risquent d'être particulièrement longs et confus (faciles et clairs pour un certain nombre de textes, Racine, Beckett, ils risquent d'être difficiles pour Hugo, Claudel, Genet). De toute manière, ils ne fourniront aucun résultat utilisable, si l'on ne les soumet pas à un certain nombre de traitements.

2. L'espace comme texte. Ce que fournissent ces listes, c'est un *lexique* de l'espace qui permet de construire un certain nombre de réseaux ou d'oppositions signifiantes.

Autrement dit, ce que l'on peut ainsi déterminer, c'est un espace textuel qui fonctionne à la fois comme signe (icône) d'un lieu dans le monde et comme texte complexe renvoyant à l'espace psychique, aux structures sociales, à l'ensemble de l'espace textuel — mais comme texte dont les structures sont autonomes.

Le texte de théâtre permet au lecteur de construire toute une série d'oppositions signifiantes : scénique/hors scène, proche/lointain, ouvert/fermé, etc ; il permet aussi de construire des espaces réservés à tel ou tel personnage. Mais la recherche la plus importante est peut-être celle d'espaces en opposition/conjonction, qui figurent à la fois deux zones en conflit virtuel et un rapport toujours fluctuant de signifiances : ainsi l'opposition *espace de l'intégration - espace de la non-intégration* qui parcourt toute la littérature dramatique du XIXe siècle : poétique et signification se croisent ici ; l'inventaire des éléments de l'espace est une procédure décisive.

Inutile de dire qu'à partir des mêmes inventaires, des lectures plurielles peuvent et doivent être tentées : c'est ce qui découle de ce qui précède ; lectures séparées ou confrontées qui assurent la variété des constructions scéniques de l'espace et laissent sa place à l'imagination créatrice des praticiens, scénographes et metteurs en scène [2].

C. L'objet

L'espace ne saurait être pensé comme forme vide ; aux différents inventaires précédents s'ajoute nécessairement l'inventaire des *objets,* signes discrets, occupant l'espace en concurrence avec les comédiens. Qu'est-ce qu'un objet théâtral si ce n'est une chose éventuellement manipulable et figurant comme lexème dans le texte et qui peut ou pourrait trouver sa place dans l'espace scénique ? Plus qu'un signe, un objet dans le texte dramatique est déjà un ensemble sémiotique et comme dit Umberto Eco, un « texte ». Par nature toute « chose » dans un texte de théâtre a vocation à devenir un objet (signifiant).

a) Procédures

1. La première des procédures à laquelle soumettre le texte à propos des objets, c'est d'en faire, dans l'ordre même du texte, la liste exhaustive (incluant ceux des « objets » qui ne sont guère manipulables ou détachables, comme les parties du corps humain ou les éléments *isolables* de décor). Relevé qui ne doit rien omettre et qui peut être ou tout à fait pauvre (Racine) ou d'une incroyable richesse (Shakespeare). Aucune distinction ne doit être faite entre ce qui a vocation à être figuré sur la scène et ce qui ne peut l'être ; la mise en scène n'étant pas une *traduction,* il est important de relever des paradigmes sémio-lexicaux importants et riches que la parole suffit à faire entendre, mais que peut-être la mise en scène pourra ou devra prendre en compte par d'autres moyens : ainsi par exemple l'incroyable pluie d'évocation de petits animaux répugnants qui ponctue le texte du *Roi Lear* (souris, rats, cafards, insectes sales ou piquants).

2. Après quoi la seconde tâche du lecteur est de construire des ensembles sémio-lexicaux, en observant comment ils évoluent au cours du texte ; de là la nécessité que le relevé *suive l'ordre* textuel. Il est impossible de définir à l'avance quels vont être les champs sémio-lexicaux pertinents. Ce travail n'est pas plus mécanique que celui qui concerne l'analyse de l'espace textuel ; d'autant que s'il s'agit d'un texte ancien les connotations se sont nécessairement modifiées au cours de l'histoire. On peut remarquer par exemple l'importance du champ lexical des parties du corps chez Racine, du vêtement et de la parure chez Marivaux, de la nourriture chez les écrivains contemporains (Beckett, Vinaver), avec parfois l'opposition pertinente cru/cuit (-nature/culture).

3. Reste la détermination d'un ou de plusieurs objets caractéristiques d'un texte ou d'un auteur : le *miroir* chez Marivaux ou, chez Hugo, la constellation signifiante *argent monnayé, armoiries, flambeau, lune*.

b) Fonction des objets

La tâche de l'analyste est de déterminer la fonction de ces objets :
a) Ils peuvent être essentiellement fonctionnels (une épée s'il est question de duel, un verre si l'on boit) ;
b) l'objet peut indiquer un lieu concret ou un état du monde : fourneaux et casserole diront une cuisine, des meubles tels et tels donneront des précisions spatio-temporelles ; l'objet textuel peut correspondre à la fois à un effet de réel et à une fonction de référentialisation.
c) l'objet peut figurer symboliquement des réalités ou des personnes ; ainsi la lune, image funèbre, la couronne, figure symbolique traditionnelle de l'autorité royale (comme le sceptre ou le trône) : ainsi dans un texte de théâtre, on peut considérer que les mots *trône* ou *couronne* même employés dans leur sens « dérivé » ou « métaphorique » [3] indiquent bien *un objet* (qui pourra ou non apparaître scéniquement).
d) d'une façon plus générale et infiniment plus intéressante on peut dire que tout objet du texte théâtral est pris dans un réseau poétique : il est métonymie de telle ou telle réalité (un bouquet de fleur des champs pour la campagne, une bouteille pour l'ivrognerie d'un protagoniste), ou métaphore (la noirceur du vêtement pour la noirceur de l'âme, la lune métaphore de la mort). Au-delà de ces exemples clairs, mais peu subtils, c'est toute une rhétorique, et toute une poétique qui se dessinent à l'aide des objets du texte, bien au-delà de ce qui est matériellement figurable : ainsi dans la *Phèdre* de Racine, l'étonnante récurrence des parties du corps, préfigurant le corps dispersé d'Hippolyte au dénouement. Si les poètes dramatiques sont poètes, ils le sont aussi à l'aide du réseau d'objets, dont il faut mettre à plat les composantes et le jeu souvent complexe.

L'intérêt de cette analyse de la poétique de l'objet est aussi d'éclairer la poétique propre à l'auteur dramatique, à la fois lexique poétique, et fonctionnement de l'écriture.

D. La temporalité

a) La durée

On sait bien que tandis que l'espace est toujours ou presque désigné précisément, la temporalité est presque toujours floue ; sauf dans le cas de la tragédie classique (où la durée doit être précisée : ce sont les vingt-quatre heures de l'unité de temps), la durée de l'action reste imprécise d'autant que sur scène on ne *verra* pas le temps (le signifiant du temps sur scène est toujours l'espace), et que, sauf très rares exceptions, le temps de la fiction excède largement le temps de la représentation.

Cependant, il est important que le lecteur repère avec précision le temps du déroulement de la fiction et surtout peut-être la durée de l'inter-action, c'est-à-dire des pauses ; c'est cette durée (plus ou moins chargée d'événements) qui organise le rythme temporel du texte ; la longueur totale de l'action dépend de ces pauses temporelles, et le lecteur devra procéder au *relevé exhaustif* de toutes les indications temporelles permettant de construire cette durée de la fiction.

b) Temps de l'histoire, temps du mythe

Toute action théâtrale peut se dérouler soit selon le temps progressif, irréversible de l'*histoire,* soit selon le temps circulaire, récurrent, du *mythe;* le lecteur s'efforcera de repérer les signes qui, par exemple, lui permettent de voir dans le récit :

a) une fable close, un temps mythique ;

b) une fable où l'avenir est déjà inscrit dans le présent sous la forme d'annonces, prophéties, songes (par exemple la « précession du fatal » chez Racine, ou dans le *Macbeth* de Shakespeare) ;

c) les signes éventuels d'une circularité du temps (temps carnavalesque) ou d'une cérémonie sacrée.

Inversement la progression logique, continue, irréversible désigne le temps *historique,* tel qu'on peut le repérer dans les chroniques de Shakespeare, ou dans *Le Cid* de Corneille.

Un élément important, toujours à prendre en compte pour l'analyse de la durée, c'est *la fin* de la fiction : reste-t-elle ouverte pour un avenir historique, se ferme-t-elle sur la circularité du mythe comme événement achevé, ou — cas relativement fréquent — renvoie-t-elle à un temps du théâtre, de la représentation proprement dite ? Au reste il est parfois vain de distinguer d'une façon radicale les trois possibilités qui se combinent parfois : ainsi le dénouement du *Mariage de Figaro* de Beaumarchais est-il à la fois ouvert et théâtralisé. Ainsi la fin, historique, de *Hamlet* n'est-elle pas étrangère à une circularité proprement mythique.

c) **Le rythme interne**

Une analyse extrêmement importante est celle du rythme interne :
a) succession des séquences, grandes séquences (actes ou tableaux) à multiples divisions avec succession interne de séquences courtes, ou au contraire grandes séquences peu ponctuées et contenant des développements continus et donnant le sentiment non d'une succession rapide d'événements mais d'une durée statique. L'une des nouveautés du théâtre contemporain est la succession de séquences courtes isolées entre elles par un noir, et donnant le sentiment d'un temps morcelé, discontinu, d'une vie hachée, mais aussi du passage du temps, de la fuite des jours ;
b) à l'intérieur de chaque séquence moyenne (ou scène), il est important de voir quel est le rythme des répliques, grandes tirades, discours ou au contraire échange rapide, voire stichomythies.

On obtient ainsi une idée précise, non pas seulement du rythme général que tel auteur donne à ses textes, mais du ou des rythmes particulier(s) de telle pièce, ou même de tel épisode.

d) **Le moment**

Il n'est pas inintéressant de relever, s'il y a lieu (et c'est très souvent le cas), le moment précis de ou des actions, en particulier le moment de la journée : ainsi le matin de victoire, l'aurore triomphale des derniers actes du *Cid* après l'errance nocturne du III. Ainsi, dans le théâtre de Hugo, la succession des *nuits* dans Angelo, ou la sorte de journée que forment les actes successifs de *Ruy Blas* (du matin à minuit) alors que la durée « objective » est autre ; ou la succession de jours et de nuits dans *Hamlet* ou *Le Roi Lear*. Recherche importante pour préparer le climat visuel et psychique de la représentation.

e) **Le moment historique et le référent**

Le scripteur à l'aide de son texte construit un *univers possible* Wf ; cet univers comporte deux systèmes de références, l'univers de référence du temps de l'action et celui du scripteur même ; il peut arriver que ces deux systèmes n'en fassent qu'un seul quand le scripteur propose son propre univers de référence ; mais le plus souvent, il y a deux *moments* différents à l'intérieur du même texte, celui de la fiction et celui de l'écriture, même si ces deux moments sont peu distants.

Notons que les univers de référence comportent une composante temporelle : c'est tout un ensemble spatio-temporel qui fonctionne dans le texte théâtral, et que le lecteur se devra d'analyser.

Il lui faudra donc repérer les éléments textuels qui font référence à tel moment de l'histoire, ainsi que ceux qui appartiennent à l'univers de référence « actuel » du scripteur, ce qui n'est pas toujours facile, l'auteur prenant souvent soin d'effacer les marques de sa propre temporalité. Mais il ne peut pas faire que ces marques ne subsistent pas quelque part, sous forme d'anachronismes (ou d'achronismes) volontaires ou involontaires, dont le relevé est d'autant plus important qu'ils donnent au texte son relief et son sens. Ainsi quand Shakespeare écrit *Antoine et Cléopâtre,* il a beau suivre assez fidèlement Plutarque, il n'en laisse pas moins percevoir les reflets précis des luttes féodales ; et dans *Othello*, l'amour tel que le rêve et le vit Desdémone n'a rien de méditerranéen, c'est l'amour courtois des cours du Nord.

E. Le personnage

On a pu soutenir sans trop de paradoxe que la véritable unité sémiotique du théâtre était le personnage. C'est peut-être lui faire beaucoup d'honneur, dans la mesure où l'une des caractéristiques du personnage de théâtre est d'être quelque part *indéterminé,* sans quoi il ne pourrait être pris en compte par une quantité potentiellement indéfinie de comédiens. Comment définir en effet le personnage de théâtre et comment le caractériser ? Par un nom, mais c'est à peine vrai, un personnage auquel est attribué un discours pouvant être anonyme. La meilleure définition pourrait en être : il est l'*énonciateur d'un discours* (ou d'une action dans le cas d'un personnage muet auquel seule la didascalie prête cette action). Il se caractérise d'abord par une certaine étendue de paroles dont il est dit qu'il est le sujet de l'énonciation ; à quoi s'ajoute ou peut s'ajouter un certain nombre de traits distinctifs précisés par les didascalies (ou internes au dialogue). C'est tout ce qu'on peut dire abstraitement du personnage de théâtre.

L'équivoque de son statut est qu'une habitude de lecture inculquée par l'école principalement fait du personnage de théâtre l'hypostase d'une personne (de là les métaphores fâcheuses qui font du personnage un « être vivant »). Ainsi l'habitude est-elle prise de rechercher dans les didascalies et le discours tous les détails qui permettent de construire une figure et d'en faire si l'on peut dire le roman. Comme si la grande tâche de la littérature théâtrale était de fabriquer ou de refabriquer des « personnes » imaginaires.

a) **Lire/construire le personnage de théâtre**

En fait la procédure d'analyse du personnage devrait être exactement inverse : non pas rechercher le stock d'informations (en particulier dans le discours) qui permettra de décrypter la *psychè* du personnage, mais au contraire, étant donné la parole/acte du personnage, avec toute son indétermination, chercher tout ce qui peut permettre d'éclairer le discours du personnage, autrement dit les conditions d'exercice de sa parole. Les procédures de lecture du « personnage » n'aboutiront donc pas à la construction d'une personne autonome, complète, pas même à un sujet plein de l'énonciation, mais à un certain nombre de déterminations, qui n'ont de sens que par rapport à l'action dramatique et au discours dont le personnage est l'énonciateur.

b) **Place actantielle et traits distinctifs**

La première recherche est celle de la place actantielle dans le système de forces inscrit dans le texte dramatique : quelle est la place et le rôle actantiels de ce X ? Et corrélat, quels sont les traits distinctifs qui le caractérisent ? On comprend comment les uns et les autres sont liés : le caractère de sujet ou d'objet actantiel étant tout comme son sexe ou son âge un *prédicat* du X qui est aussi énonciateur d'un discours. Autrement dit un personnage X peut être étudié :

a) selon sa *place actantielle* et son rôle actoriel ;
b) selon les *traits distinctifs* qui le caractérisent ;
c) selon le *discours* dont il est l'énonciateur ; ces trois modes d'analyse étant évidemment liés et concourants.

Analyser un personnage, c'est d'abord rechercher sa place dans la syntaxe générale du texte et voir si cette place reste fixe ou comment elle évolue : voir par exemple comment, dans *Le Cid,* Chimène vole à Rodrigue sa place de sujet actantiel, tandis que, dans *Cinna,* ce serait plutôt l'inverse, le sujet masculin volant la vedette au sujet féminin, au cours de l'action, comment Macbeth reprend au cours de la pièce la place de sujet actantiel dont sa femme l'avait un moment dépossédé.

e) **Le « procès » actoriel**

Le personnage outre sa place actantielle a un « rôle » actoriel : le valet a pour *rôle* de *servir* (*je-valet sers*), de même que le *procès* fondamental de l'amoureux est d'*aimer*. L'analyse montrera le rapport entre la place actantielle et le *procès* principal du personnage, avec possibilité de *conflit* entre les procès : pour Rodrigue dans *Le Cid,* conflit entre le rôle actoriel de l'Amoureux et celui du Vengeur : de même pour Macbeth, opposition entre le rôle de Roi (procès : régner) et celui d'assassin sans discernement.

Rôles successifs, conflits entre les rôles, à l'intérieur du même personnage ou de personnage à personnage, autant d'analyses qui permettent de construire la configuration syntaxique du texte.

D'autre part il y a un rapport direct entre le procès principal du personnage et le caractère codé de son rôle : plus le personnage se définit facilement par son procès, plus il apparaît comme *codé :* un personnage-type, *Arlequin* dans la comédie italienne traditionnelle, est défini par un certain nombre de procès (et de traits distinctifs immuables) ; de même le Matamore ou dans la vieille comédie latine l'Esclave ou le *leno* (l'entremetteur, caractérisé par le fait qu'il « fait l'entremetteur »).

d) Traits distinctifs et analyse componentielle

Un personnage de théâtre n'est en général pas seul, et le fût-il, qu'il s'opposerait encore imaginairement à tout le reste de l'espèce humaine. Il est un mode d'analyse particulièrement fertile, c'est celui qui permet de définir le « stock » des personnages d'un texte dramatique par un certain nombre de traits distinctifs en conjonction-opposition, des plus élémentaires, le sexe ou la situation de famille, aux plus particuliers, comme l'appartenance à tel groupe social très déterminé. Encore faut-il choisir les *traits pertinents* ; ce mode d'analyse, pas plus qu'aucun autre dans le domaine du théâtre, ne dispense de la réflexion et du choix. Ainsi par exemple, il n'est pas difficile de voir que tous les personnages du *Misanthrope* ont les mêmes traits distinctifs : jeunes, célibataires, apparemment sans liens familiaux — ils ne sont ni parents ni enfants —, riches et (probablement) nobles (en tout cas susceptibles de fréquenter la cour) : on voit qu'il n'y a pas d'opposition entre Alceste et les autres, c'est le même clan de « jeunesse dorée » ; un seul clivage à l'intérieur du groupe : ceux qui vont à la cour et ceux qui n'y vont pas.

Une analyse componentielle du *Roi Lear* montrerait dans les deux personnages de Lear et de Gloster, deux doublets avec pratiquement les mêmes traits distinctifs, à l'exception de la royauté.

Quant au choix des composantes, on peut faire remarquer que, tandis que dans les tragédies de Corneille l'élément *royauté* est essentiel, chez Racine, le clivage est celui du *pouvoir,* et la disjonction se présente sous la forme *puissant*/non puissant, en relation avec la double opposition *aimant/non aimant, aimé/non aimé.* L'important pour l'analyste est le choix des oppositions pertinentes.

On peut donc construire une matrice componentielle en portant horizontalement les traits distinctifs et verticalement les noms des personnages. Prenons un exemple particulièrement simple, celui de *Bérénice.*

	aimant	aimé	puissant
Bérénice	+	+	−
Titus	+	+	+
Antiochus	+	−	−

Nous pouvons remarquer que ce tableau extrêmement sommaire nous débarrasse de certains faux problèmes, nous dispense en particulier de nous demander si Titus n'aurait pas par hasard envie de se débarrasser d'une vieille maîtresse : il saute aux yeux que le vrai problème est celui de l'incompatibilité de la passion et du pouvoir.

e) **La parole du personnage**

1. Une enquête nécessaire ; celle qui porte sur la quantité absolue de parole du personnage ; et on obtient des résultats parfois surprenants (dans le théâtre de Racine à l'exception de la seule *Phèdre,* tous les rôles-titres sont ceux dont la quantité de parole est la plus faible) ou éclairants : dans Le *Misanthrope* de Molière, Alceste parle autant que tous les autres personnages réunis, il est à proprement parler le *maître de la parole.* Il est donc important de faire le *compte* de la quantité respective de parole des personnages.

2. D'autre part, il est intéressant de montrer la répartition de la parole du personnage au cours de l'action, et le mode d'exercice de cette parole : ainsi Don Juan apparaît fallacieusement parler peu, parce que sa parole est groupée à des moments précis de l'action et qu'il ne daigne guère répondre aux autres : mais il s'exprime par masses compactes de discours, en général adressés à Sganarelle.

C'est donc l'ensemble de la distribution de la parole entre personnages qu'il est important d'examiner, pour comprendre non seulement le fonctionnement du personnage, mais son rôle différentiel dans le texte.

f) **Tableau de la pièce**

Il n'est pas sans intérêt de construire une figure visuelle de l'ensemble du texte, en faisant une sorte de tableau : on porte horizontalement la quantité de parole des personnages sous la forme de rectangles de couleur différente, dont la longueur est proportionnelle à cette quantité, et verticalement les séquences telles que les indique le découpage du texte [4], séquences regroupées en *actes* ou en *tableaux :* 1, 2, 3, 4 étant les 4 premières séquences de la grande séquence I et A, B, C, D étant les personnages.

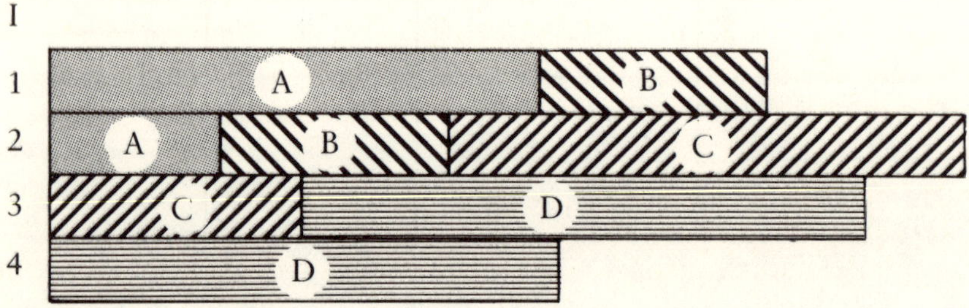

On obtient une vue générale non seulement des relations entre les personnages, de leurs présences et de leurs co-présences, mais du travail de leur parole, les renseignements obtenus devant être pondérés et corrigés par tout ce que d'autres procédures nous auront appris.

F. Le discours du théâtre

a) La double énonciation

Nous ne redonnerons pas ici les définitions classiques du discours ; nous nous contenterons de rappeler le fait premier au théâtre qui est celui de la *double énonciation :* un texte de théâtre dans son ensemble a pour énonciateur le scripteur ; c'est lui qui est le sujet parlant de tous les énoncés (didascalies + dialogue) ; mais il délègue sa parole à d'autres énonciateurs, médiats, qui sont les personnages : quand le personnage X parle, à la fois c'est lui qui parle, à la fois c'est le scripteur.

Il y a donc deux modes d'analyse possible du discours de théâtre, l'un qui considère l'ensemble du texte ayant pour énonciateur le scripteur ; ce mode d'analyse n'est pas spécifique du théâtre : les analyses portant sur le « style » de Racine ou sur le contenu philosophique de son œuvre ne sont pas fondamentalement différentes de celles que l'on pourrait faire de La Fontaine : une analyse stylistique ou une analyse sémantique *de contenu* doivent en ce cas porter sur le texte sans considération de la division entre dialogue et didascalies ou de la séparation du dialogue entre locuteurs différents.

b) Le personnage et son énonciation

Il n'en va pas de même de l'énonciation du personnage, qui, elle, suppose une analyse *spécifique.* En effet un énoncé mis dans la bouche d'un personnage de théâtre est rigoureusement privé de sens hors de ses conditions d'énonciation, exactement comme une parole humaine dans la vie : s'il est une fonction mimétique au théâtre, ce n'est pas celle des conditions de l'existence, mais celle des conditions de la parole.

Le travail de l'analyste sera ici de faire le repérage des conditions d'énonciation du discours des personnages. Or ces conditions d'énonciation sont imaginaires, ce sont celles de la *fiction*.

Conditions d'énonciation :

a) le lieu et le temps (cf. supra).

b) la *situation* du personnage, par rapport à son univers comme par rapport aux autres locuteurs personnages : par ex. Cinna dans le *Cinna* de Corneille à la fois familier et conseiller d'Auguste et chef de la conspiration qui doit le faire tuer, amant d'Emilie, âme de la conjuration, — situation sociologique, psychologique, par rapport aux autres personnages. Il est évident que l'analyse componentielle est immédiatement utile à l'analyste.

c) le moment précis et en particulier la situation nécessairement nouvelle créée par la réplique immédiatement précédente (v. infra).

c) Analyse du discours du personnage

Deux méthodes s'offrent non exclusives, mais complémentaires :
a) analyse du *signifiant* du discours : rythme du discours, vocabulaire, syntaxe, rhétorique propre du personnage : ainsi Alceste dans le *Misanthrope,* procédant par injures, jurons, hyperboles, maximes philosophiques généralisantes ;
b) analyse du *contenu :* récurrence des thèmes, fréquence de mots-clefs ou de formules caractéristiques de tel groupe ou de telle ou telle formation discursive (Pécheux, 1975) ; ainsi le vocabulaire, les formules, les thèmes et les images du petit peintre Tebaldeo dans *Lorenzaccio* sont caractéristiques des idéologues *ultra* du début du XIXe siècle (Bonald, Joseph de Maistre). Ces deux types d'analyse ne sont pas propres au théâtre, mais ils sont éclairants dans la mesure où ils concernent une couche textuelle précise, celle qui a pour énonciateur un personnage et qui de ce fait va entrer en rapport de ressemblance, de différence, de concordance ou de conflit avec celle d'un autre personnage.

d) Le non-dit

Un troisième mode d'analyse du discours du personnage est peut-être plus important et plus spécifique : celui des couches du *non-dit* du discours (étant bien entendu que la caractéristique du non-dit est d'être tout à fait dit) :

a) repérage des *sous-entendus* du discours, c'est-à-dire de tout ce que les personnages entendent de leur mutuel discours sans que rien n'ait été exprimé directement et qui produit à l'oreille du spectateur un effet d'énigme ;

b) repérage des *présupposés :* le présupposé est cet énoncé non formulé, mais sous-jacent au discours et qui subsiste comme vrai, même si l'énoncé posé est nié ou soumis à interrogation ; par exemple l'énoncé « mon frère est malade » suppose que j'ai réellement un frère et si mon interlocuteur me répond : « Mais non, il n'a rien », l'existence de mon frère n'en sera pas pour autant mise en question. Or, tout le dialogue de théâtre, toute la communication entre personnages sont conditionnés par toute une batterie de présupposés, les uns factuels et portant sur des faits (historiques ou fictionnels, la guerre de Troie ou la haine entre Capulets et Montaigus), les autres dépendant de l'univers de référence ou de l'univers idéologique des protagonistes (ainsi le droit des aristocrates de *La Cerisaie* de Tchekhov à vivre sans travailler, ou l'imprescriptible majesté royale pour les personnages de Shakespeare). La recherche des *présupposés* qui composent l'univers des personnages de Marivaux est particulièrement stimulante ;

c) analyse à l'aide à la fois du posé du discours et de toute la panoplie des présupposés de la *position discursive* du locuteur-personnage (position de force ou de faiblesse, d'attaque ou de défense, de sollicitation ou d'assertion démonstrative, etc.)

e) Les actes de langage et le dialogue

1. Le discours d'un personnage de théâtre est donc désambiguïsé

a) par sa situation d'énonciation ;

b) par sa batterie de présupposés et de sous-entendus.

Ce n'est pas tout : ce n'est pas seulement la somme des énoncés d'un personnage qu'il nous faut éclairer, mais le fonctionnement du dialogue : or, celui-ci dépend du jeu des forces tel qu'il s'établit entre les parlants, et dont le langage donne les clefs. On sait à présent que les règles régissant la langue ne sont pas les seules, et que la parole aussi est soumise à des règles de fonctionnement.

L'hypothèse de base (qui est celle des linguistes de l'école d'Oxford : (Austin, Searle, Ducrot), c'est que la parole est *un dire,* qu'elle est bien faite pour apporter à l'interlocuteur un certain nombre d'informations, mais qu'elle est en même temps *un faire :*

a) elle *agit* sur autrui, et c'est son but ;

b) elle institue à chaque instant un contrat avec l'interlocuteur, contrat qui construit, modifie ou perpétue un certain *rapport* entre parlants.

Action, contrats, rapports qui sont la base même du dialogue de théâtre et permettent d'en rendre compte.

2. L'illocutoire. Si l'on se souvient que tout énoncé peut être analysé selon trois composantes : *le locutoire* (l'ensemble des signes de l'énoncé lui-même), *l'illocutoire* (c'est-à-dire la *force* de l'énoncé lui-même) et le *perlocutoire* (c'est-à-dire l'*effet* produit sur l'interlocuteur), on comprend que l'essentiel, c'est la *force illocutoire.*

On sait qu'il y a des verbes (les performatifs) qui, par nature, font l'acte qu'ils désignent : on ne peut dire : *je promets* sans promettre, *je maudis* sans maudire, et même : *je nie* sans nier. Mais la *performativité*, c'est-à-dire le pouvoir de faire l'action par la parole n'est pas réservée aux verbes performatifs ; on peut dire qu'il y a dans tout énoncé une composante performative : chose évidente pour tout énoncé à fonction *conative* (selon la terminologie de Jakobson) (*ordonner, conseiller, solliciter*, etc.) mais qui ne l'est guère moins pour des énoncés assertifs. Prenons l'exemple d'une interrogation : elle suppose que le locuteur s'est installé dans une position où il a *droit d'interroger ;* l'interlocuteur pouvant ou non répondre, c'est-à-dire accepter ou refuser le *contrat* langagier qui vient de lui être proposé. On comprend alors comment toute réplique de théâtre institue, modifie, perpétue ou détruit un contrat entre les personnages.

Ce mode d'analyse est extrêmement utile et éclairant. Un exemple : dans le *Britannicus* de Racine, Agrippine, dépossédée de son pouvoir par son fils Néron, le fait venir et dès la première réplique tente de construire un contrat langagier qui lui assure à elle la supériorité :

« Asseyez-vous, Néron, et prenez votre place ». L'allocutaire est mis en demeure de se soumettre, — ou de manifester un refus éclatant.

3. Procédures

a) La lecture du dialogue devra donc prendre en compte, à l'aide de la succession des répliques, la succession des actes de langage et le mouvement des contrats, ce qui permet de comprendre le mouvement même des scènes et de l'action, et *d'articuler des micro-séquences* à l'intérieur des scènes en fonction du changement des actes de langage.

b) Il faudra montrer le rapport entre le contenu propositionnel des énoncés et le fonctionnement des actes de langage (entre le sémantique et le pragmatique).

c) Ne pas négliger le *perlocutoire;* c'est-à-dire l'effet émotionnel sur l'allocutaire et par ricochet l'effet prévu sur le spectateur (émotion, rires, larmes).

d) Ces analyses laissent de côté *le poétique,* qui devra faire l'objet d'une autre analyse (que nous n'avons pas les moyens de définir ici).

2. Analyse de la représentation

A. De quelques préalables

a) Ne pas oublier que le *texte du dialogue* figure *à l'intérieur* de la représentation, sous forme phonique, qu'il est *entendu* et qu'on ne peut faire l'économie de son analyse, mais que de ce fait la représentation n'est jamais la traduction d'un texte qu'elle contient.

b) Tandis que le texte est entièrement constitué de signes « digitaux » (linguistiques), la représentation, elle, est à la fois constituée de signes digitaux et de signes « analogiques » (non verbaux).

c) Par conséquent les modes d'analyse en seront différents, les signes analogiques ne comportant pas de double articulation et étant de ce fait bien moins aisés à analyser.

d) Un fait important : le spectateur est sensible (au moins dans les formes les plus usuelles du théâtre) à la fable, au récit qu'il perçoit aisément : la dimension diachronique, horizontale, est donc pour lui une sorte d'évidence, qui englobe du même coup les *personnes du récit :* la tendance naturelle du spectateur sera donc de s'intéresser à l'histoire racontée et aux sentiments des personnages. Le travail de l'analyste sera donc de lui faire prendre conscience du caractère « vertical », tabulaire, de la représentation. Tandis que, pour le texte, nous commençons par la fable, diluée à la lecture dans les détails du discours, nous devrons commencer, pour la représentation, par *toute la matérialité du signifiant visuel-auditif* (espace, objets, musique).

B. L'espace

La première analyse de la représentation est sans doute celle qui porte sur l'espace et le travail du scénographe.

a) Lieu scénique et mode de l'espace

La question initiale est celle qui porte sur le rapport entre l'espace des spectateurs et l'espace de la performance théâtrale. Nous laisserons de côté le problème du rapport entre l'espace théâtral et l'espace de la cité. Mais la forme de l'espace scénique est un élément important : elle oscille entre la forme frontale du théâtre à l'italienne et la forme-tréteau, quelle que soit au demeurant la configuration du tréteau (circulaire ou rectangulaire, central ou décentré). On sait (Ubersfeld 1982, pp. 56-58) que l'espace à l'italienne suppose une coupure avec le public et se prête à des performances théâtrales orientées vers la *mimésis* (représentation d'un lieu de la fiction) s'étendant imaginairement au-delà des limites de la scène et supposant de ce fait un espace scénique homogène au monde. En revanche les formes-tréteau impliquent une importance moins grande donnée à la fiction et plus grande accordée à la performance, au ludique, à la matérialité scénique. Il est intéressant d'interroger toutes les *formes mixtes,* ou composées, intermédiaires ou plurielles par rapport aux deux grandes formes, formes mixtes qui sont justement celles de la représentation contemporaine.

b) Coordonnées de l'espace

L'espace scénique concret possède des déterminations qu'il est important d'étudier : espace clos / espace ouvert, espace plat / espace profond, présence ou non de la dimension verticale, espace meublé / espace vide, espace plein / espace troué, discontinu, espace homogène / espace à multiples zones, espace mimétique / espace banalisé, espace quotidien / espace théâtralisé. Autant de déterminations qui portent des connotations précises, dont le rapport de concordance ou de discordance avec les déterminations textuelles porte sens : étrangeté possible, par exemple, d'une pièce naturaliste jouée dans un espace vide.

c) La référence

La contemplation de l'espace scénique par le spectateur n'est pas innocente : il n'est pas vierge de toute culture et le travail du scénographe est fait pour référer à la culture du spectateur. Ainsi l'espace peut référer au monde contemporain comme l'*Athalie* naguère montée par Planchon, où se trouvait évoquée la guerre du Sinaï ; il n'est presque pas de spectacle possible sans référence à l'univers actuel du spectateur et de cette référence, c'est l'espace qui est le garant et qu'il faut interroger.

Culture : la tâche de l'observateur est de repérer les références culturelles : ainsi la figuration (décor, profondeur, costumes) empruntée à Paolo Ucello par Yannis Kokkos pour le *Hamlet* monté par Vitez. Le rapport à la figuration plastique de notre temps ou des artistes du passé est toujours remarquable.

Enfin troisième type de référence : celle aux formes théâtrales et en particulier aux formes d'aires de jeu des représentations d'antan ou d'ailleurs : à l'espace élizabéthain ou à l'espace du kabuki.

Dans tous les cas l'observateur a à rendre compte non seulement du fait même de la référence, mais tout autant de la *transformation scénique* qu'elle subit, pour telle représentation précise, et du sens que revêtent à la fois la référence et sa transformation.

d) Fonctionnement poétique de l'espace

Tout d'abord l'espace est le lieu de l'*invention* et en particulier de l'invention d'un *dispositif scénique* dont il faut non seulement faire la description, mais montrer le rapport à l'action (c'est-à-dire à l'ensemble des déterminations textuelles), et de ce fait indiquer le sens, univoque ou polysémique.

L'espace scénique peut avoir un fonctionnement essentiellement *métonymique ;* et il faut en montrer non seulement le rapport mimétique avec tel ou tel lieu du monde, mais comment apparaît la métonymie : par prélèvement d'échantillons, par accumulation de détails permettant de cerner un lieu limité, par allusion diffuse : un seul verre peut représenter un café (synecdoque), mais on peut aussi montrer un comptoir avec tout son stock de bouteilles : lui aussi sera image métonymique, différente.

Métaphores : l'espace peut aussi fonctionner d'une façon infiniment plus complexe, comme métaphore de réalités du monde ou du psychisme. Qui dit métaphore dit confrontation et conjonction d'éléments divers pour former une réalité nouvelle, ici scénique. L'analyste devra s'efforcer de montrer à la fois le fonctionnement conjoint d'éléments divers et ce que la conjonction métaphorique apporte de neuf à la représentation. Ainsi dans tel spectacle de Kantor la *porte* du fond ouvre sur ce qui est à la fois le vestibule de la mémoire et le wagon qui emmène les déportés : création d'un lieu *nouveau,* fonctionnement typiquement poétique.

D'autant que la métaphorisation se fait parfois par la conjonction scénique visible de plusieurs espaces, simultanément présents sur scène.

e) Espaces multiples et théâtre dans le théâtre

Une question se pose en effet : l'espace est-il unique ou fragmenté ? Et s'il est divisé, compartimenté, l'est-il provisoirement et fonctionnellement ou par « nature » si l'on peut dire et du début à la fin de la représentation ; dans tous les cas quelle est la fonction particulière de chaque sous-espace ? Ou au contraire l'espace est-il polyvalent (comme l'était, par exemple, l'espace des *Molière*-Vitez) ?

Un cas particulier est celui du théâtre dans le théâtre : en effet dans certains cas (prévus ou non par le texte de théâtre), l'une des zones est réservée à des spectateurs *internes à la représentation,* et qui renvoyant aux spectateurs de la salle leur propre statut, assurent paradoxalement une valeur de vérité à ce qui se passe sur la « petite scène » interne. Fonctionnement plus ou moins visible et que l'analyste devra repérer.

f) Espace ludique

Une recherche importante et liée à celle qui porte sur le comédien est celle de l'investissement de l'espace par le jeu, et du rapport de l'espace au corps du comédien. Il est utile d'interroger l'espace non seulement comme somme de signes à contempler et à comprendre, mais comme *lieu d'un certain nombre d'activités* qui sont le fait du comédien. A la fois, par exemple, l'espace suppose telle ou telle activité et paraît fait pour elle, à la fois, il est construit et transformé par elle. Ainsi le salon classique du théâtre bourgeois, fait pour la conversation, ou le lit du vaudeville fait pour les changements de partenaire, ou l'aire vide faite pour les combats. Mais aussi la présence d'une foule de figurants peut transformer l'intimité en arène.

g) Transformations de l'espace

Une procédure essentielle : le relevé des transformations spatiales au cours de la représentation, dans leur liaison avec les étapes de l'action et du dialogue ; nature et nombre des transformations dues :
a) aux modifications de la *forme* de l'espace : changements d'aires de jeu, extension ou réduction de la surface, changements de la place principale du jeu, ou même changements de la place des spectateurs (promenades des spectateurs en cours de représentation : ex. *L'Age d'or* — Mnouchkine ou *Dell' Inferno* — Engel) ;
b) aux modifications dues à l'*éclairage* et qui changent non seulement l'« atmosphère » de la scène, mais la forme même du lieu. Un remarquable exemple en était donné par le dispositif simple fabriqué par Yannis Kokkos pour le *Hamlet*-Vitez, modifié non seulement par un jeu de rideaux et une cloison intérieure, mais par les multiples jeux d'éclairage qui disent non seulement l'heure du jour, mais la différence des lieux [5] ;
c) au bruitage et à la *musique* contribuant à changer l'espace, en évoquant par exemple des espaces extra-scéniques ou une transformation de dedans en dehors (évocation, par exemple, de la lande du *Roi Lear,* par un bruitage d'orage).

Le relevé des transformations permet de construire des *séquences spatiales* en relation (concordance ou différence) avec le découpage textuel.

C. L'objet scénique

S'il est un élément de la représentation susceptible d'une analyse sémiotique, c'est bien l'objet scénique, avec ses caractéristiques de clôture, de richesse sémique, son caractère discret, la relative facilité de son repérage.

a) Procédures

Il est assez simple de faire :
a) un inventaire des objets co-présents sur la scène ;

b) un relevé des apparitions successives des objets au cours de la représentation ;
c) éventuellement une comparaison avec les listes correspondantes faites d'après le texte.

Il s'agit là encore de procédures élémentaires permettant la recherche et l'analyse, mais qui ne sauraient en aucun cas se suffire à elles-mêmes.

b) Origine et nature des objets

L'enquête suivante portera sur :
a) une typologie des objets selon le même type de classement sémantique que celui des objets textuels (nature/culture, etc.) ;
b) un repérage de l'*origine* des objets (y compris l'origine concrète) : neufs/usés, achat/prêt/fabrication ;
c) un classement selon la *matière* (matières naturelles, pierre, bois, cuir, laine, soie ou synthétiques et artificielles, plexiglas, tissus artificiels) ;
d) un classement sociologique, pouvant ou non recouper les classements précédents.

Le résultat de ces enquêtes est une sorte de tableau du monde concret, tel qu'il ressort de la représentation et construisant un *monde possible* que le spectateur ne peut manquer de confronter au monde de son expérience.

c) Fonctions des objets

La première des fonctions de l'objet est utilitaire : les objets sont nécessaires à l'action et en ce sens purement dénotatifs ; ils ne devraient dire que leur usage dans l'action, un verre pour boire, un poignard pour tuer. On sait que ce n'est pas le cas, et l'enquête précédente nous indique clairement que l'objet le plus platement utilitaire s'inscrit dans un ensemble sémiotique qui porte sens.

L'objet est donc toujours aussi métonymie et métaphore. Métonymie de tel ou tel espace physique ou sociologique. Métaphore par conjonction de sèmes, de traits distinctifs appartenant à des ensembles différents.

Sur ces divers points l'analyse de l'objet scénique n'est pas fondamentalement différente de celle de l'objet textuel.

d) Pour une analyse sémiotique de l'objet scénique

1. Au départ l'objet n'est pas un signe, il le devient sur scène, de par sa fonction à l'intérieur de l'ensemble des signes de la représentation. Du fait même qu'il ne sert pas dans le monde réel, il devient un *signe* du monde réel.

2. De ce fait, il a un double statut sémiotique : en tant que signe d'un objet du monde réel (de *valant pour* un objet du monde), il est une *icône* de cet objet, et il a avec l'objet dont il est le représentant un rapport plus ou moins mimétique (autrement dit, il lui ressemble plus ou moins) ; mais en tant qu'élément de la représentation, il a une existence autonome : une valeur *esthétique* à l'intérieur de la représentation, une valeur *sémantique* dans la construction de sens de la représentation.

3. On peut par une sorte d'extrapolation considérer l'objet scénique comme l'équivalent visuel concret de ce qu'est un *lexème* dans le texte de théâtre. En fait, il possède une structure beaucoup plus complexe que celle d'un lexème.

4. D'un point de vue plus strictement sémiotique, on peut tenir un objet scénique pour un sémème, c'est-à-dire un ensemble organisé de sèmes (à chaque trait distinctif correspondent un ou plusieurs sèmes). Par exemple une chaise a non seulement les traits distinctifs de toute chaise (siège à dossier sans bras), mais elle a le trait *matière* (bois, métal, plastique, etc.) un trait *style,* un trait *état* (neuve, usagée), etc. (la liste n'est pas limitative).

e) **Lectures**

1. On peut interroger le degré d'*iconicité* de l'objet, c'est-à-dire le mode de ressemblance avec l'objet dont il est le *valant pour* (double, réplique, ou simple stimulation programmée, comme un dessin de cheval, par rapport à l'animal) ; le degré d'iconicité nous renseigne sur le mode de représentation (Eco, 1978).

2. On peut interroger le statut de *lexème* de l'objet, c'est-à-dire son rapport à d'autres objets-lexèmes, pour former une sorte de texte (de réseau serré) ; on peut alors envisager les objets-lexèmes comme des sortes de *mots* dans le grand « texte » de la représentation : on peut interroger leur organisation syntaxique (fonction de prédicat-objet ou instrument), leur effet rhétorique et poétique (v. supra C,c).

3. En tant que sémèmes composés de sèmes, les objets peuvent faire partie de divers *ensembles,* qu'ils servent à constituer, à organiser : par exemple un pot de caviar sur une table fait partie de l'*ensemble-nourriture* et de l'*ensemble-objets de luxe* supposons qu'il soit offert par un jeune homme riche à une jeune courtisane, il fera partie de l'ensemble des *objets de la corruption* ; il pourra éventuellement faire partie de l'ensemble *Russie* ou *Iran*.

4. Il convient de se demander *qui* (quel personnage *et* quel comédien) est l'énonciateur de l'objet, le prend, le manipule, s'en sert ; ainsi nous construirons un paradigme des objets liés à tel ou tel personnage.

5. Enfin, il convient d'étudier les *transformations* de l'objet scénique tout au long de la représentation : multiplication, réduction, apparitiondisparition-réapparition, changement de couleur, de forme, d'usage ; usure et dégradation, remplacement par un autre plus neuf ou de meilleure qualité [6].

f) Le ludique et la théâtralité de l'objet

L'un des aspects les plus intéressants à étudier, c'est la polysémie de l'objet et — corollaire — l'image multiple du même objet : un exemple célèbre, l'usage général du bâton et de la valise dans les *Molière*-Vitez, avec toute sorte d'emplois imprévus.

Une part non négligeable du travail du comédien que nous pouvons observer, c'est la manipulation de l'objet (v. infra) pour l'utiliser, le transformer ou être transformé par lui.

Enfin, il est important d'observer ceux des objets qui comportent le sème *spectacle* ou *théâtre* (miroir, maquillage, masque, etc.) ou qui ont été utilisés dans telle ou telle forme théâtrale et font donc partie du *code* de cette forme.

Si l'on fait du système des objets dans telle ou telle représentation une synthèse, on s'aperçoit qu'elle nous donnera une vue assez complète du mode de représentation : représentation « réaliste » ou symbolique, concrète ou abstraite, théâtralisée ou non. Il n'est pas inutile de montrer pour finir et seulement en complément quel est l'usage de l'objet dans la représentation en regard de l'usage textuellement prévu, non pas du tout dans la perspective (absurde) de mesurer le degré de fidélité de la mise en scène, mais pour montrer quelles solutions ont été trouvées ici et maintenant par rapport aux solutions suggérées ou programmées à un moment antérieur.

D. Le comédien

Le champ d'analyse le plus important et le plus difficile est celui du comédien. Le plus important : sur lui reposent à la fois fable et dialogue, fiction et performance dont il est la médiation. Le plus difficile : le caractère à la fois arbitraire et aléatoire de la notation, la mobilité des signes, leur instabilité d'une représentation à l'autre, la pluralité des codes simultanés (voix : diction, prosodie, intonation, et geste : kinésique, proxémique, mimique). Les divers systèmes de notations du geste ou de la mimique sont tous imparfaits. Au reste, il demeure dans le travail du comédien une part énorme de subjectivité, d'invention, difficile à verbaliser.

Une difficulté fondamentale : l'obsession du Personnage. Comme si tous les signes émis par le comédien avaient pour *signifié* unique ou principal un « être humain » complexe, le Personnage. Tout se passe, illusoirement pour le spectateur, comme si ce qui lui était donné à voir sur scène était une réalité, celle de ce Personnage, dans toutes ses richesses psychologiques et autres.

a) Les fonctions du comédien sont à la fois d'*énonciation* et de *monstration*. En effet l'analyse devra renverser la vapeur et montrer dans le comédien d'abord un producteur de discours et d'actes scéniques, un énonciateur et un « acteur ». Enonciateur et « monstrateur » de réalités complexes : *soi,* mais aussi le personnage, le théâtre, les idées, mais aussi les sentiments, la fiction, mais aussi la performance, au carrefour desquels il se tient.

L'analyse devra démêler d'abord les divers codes, verbaux et non verbaux et en montrer l'articulation. A propos du comédien, plus peut-être encore qu'à propos d'autres éléments de la représentation, l'analyste se gardera de sauter au sens et de passer sans délai du sémiotique au sémantique, d'autant que la représentation est non seulement lue selon une combinaison de codes mais selon une combinaison d'« acteurs ».

Deux méthodes qu'il faudrait employer successivement :

a) d'abord un inventaire des « moyens » du comédien c'est-à-dire des signes qu'il produit ;

b) ensuite une étude diachronique de son travail dans la représentation.

L'analyste aura donc à noter *comment* le comédien

a) raconte une fable ;

b) en montre les conditions d'énonciation imaginaire ;

c) tient un discours fictionnel ;

d) montre une performance scénique.

Ce qu'il faut donc tenter de faire, c'est une revue des moyens, selon les codes, en n'oubliant jamais que le comédien ne montre jamais une seule chose, mais toujours au moins *deux,* et qu'il produit au départ un certain nombre de signes « permanents ».

b) Signes permanents

1. Parmi ces signes les uns tiennent à la personne physique du comédien, forme du corps, traits du visage, timbre de la voix. A quoi il faut ajouter le fait qu'il a pu être auparavant un instaurateur de code de jeu, grâce à ses performances antérieures au théâtre ou au cinéma et que le spectateur le reconnaît dans son être physique.

2. Les autres signes sont construits pour telle performance précise : démarche, attitude physique, costume, construisant une sorte d'ensemble de signes qui pourront porter le personnage, mais qu'il faut repérer en tant que tels, dans leur *signifiant.* Il n'est pas toujours facile d'ailleurs de distinguer entre les signes du premier et du second groupe.

c) **Gestuelle**

On sait que les modes d'analyse de la gestuelle du comédien ressortissent à un certain nombre de méthodes : la *kinésique* (Jousse) qui est l'analyse de la suite des mouvements, la *mimique* qui est celle des expressions du visage, analyse qu'on a tenté depuis longtemps de codifier sans beaucoup de succès ; enfin la *proxémique*, constituée par T. E. Hall, et qui consiste dans l'analyse des postures que prennent les êtres humains les uns par rapport aux autres. On sait que de façon générale la gestuelle :
a) est très difficile à noter ;
b) est dépendante de tout l'univers socio-culturel. On peut dire que la totalité des gestes est virtuellement codée, sans cela, les gestes ne seraient pas perçus, mais très souvent leur caractère codé passe inaperçu : le geste apparaît « naturel », universel ;
c) dans certaines formes de théâtre extrême-oriental (le théâtre indien ou l'Opéra de Pékin), le caractère codé du geste est parfaitement sensible au spectateur qui interprète les *mudras* (gestes des mains du théâtre indien) comme des *énoncés*. Même dans le théâtre occidental le geste est codé quelque part, et il faut prendre en compte le code gestuel qui intervient.

d) **Discours et paralinguistique**

Le comédien étant l'énonciateur du *discours,* il est nécessaire à l'analyste de noter, non pas seulement les éléments permanents du *paralinguistique* (c'est-à-dire de tout ce qui donne à l'énoncé, non pas sa seule signification, mais son *sens)* [7] mais tous les éléments mobiles : la prononciation, le rythme, l'intonation, l'intensité vocale (à quoi on peut ajouter les changements des éléments permanents comme le timbre ou l'accent).

Le travail du comédien sur le paralinguistique permet donc :
a) de spécifier le *sens de l'énoncé* (un énoncé « vague », comme « je vous aime » peut « dire » l'adoration ou l'exaspération) ;
b) d'assurer l'*effet perlocutoire* du discours (l'émotionnel ou le comique) ;
c) d'exhiber la *force illocutoire* des énoncés, de montrer la *parole-acte :* ordre, promesses, malédictions...

(Notons que c'est le paralinguistique qui permet de comprendre une performance théâtrale en langue étrangère, quoique le paralinguistique soit lui aussi codé).

e) **Procédure : les actes scéniques**

On comprend que la procédure essentielle pour noter et analyser le travail du comédien est celle qui prend en compte les *actes scéniques :* pour chaque séquence, il y a pour chaque comédien un certain nombre d'actes scéniques composés des actes de langage qu'il effectue et des actions physiques qui sont les siennes au cours de la séquence, en relation avec les actes scéniques des autres comédiens.

L'acte scénique :

a) est un *texte* complexe qui doit être lu selon les divers codes que nous venons de citer ;

b) il nécessite en principe, pour être mieux saisi, le retour au texte écrit (didascalies et discours) ; même si ce retour n'est pas indispensable, puisqu'il suffit d'analyser le dialogue dans la représentation, il est en l'occurrence utile.

Acte complexe donc, pour lequel, en l'absence actuelle de procédures vraiment scientifiques, on devra se contenter de descriptions aussi précises que possibles, prenant en compte :

a) *le rapport paralinguistique-gestuelle* pour chaque acte scénique, rapport lui-même complexe, redondance ou opposition ;

b) le rapport de l'acte scénique de tel comédien avec les autres actes scéniques du même comédien et des autres comédiens dans la même séquence.

La question fondamentale est celle de la détermination des séquences, mais précisément, l'acte scénique, loin d'être déterminé par la séquence, contribue à la déterminer. Exemples d'actes scéniques : le roi Lear s'efforce de ramener à la vie sa fille Cordélia ; Hamlet tue Polonius ; l'empereur Auguste tient un discours à ses conseillers ; Hermione injurie Oreste qui l'a vengée ; dans le Don-Juan Vitez, Don Juan caresse une colombe tandis que les frères d'Elvire tentent de s'étriper. Dans la plupart des cas simples, l'acte scénique peut être défini par un énoncé ; il sera décrit selon les divers codes, paralinguistiques et gestuels, en relation avec les énoncés du discours ; la description ne pouvant manquer de faire intervenir le contenu sémantique des énoncés se trouve ici au carrefour du sémantique et du sémiotique.

f) Actes scéniques et construction du personnage

Si l'on envisage les actes scéniques dans leur totalité et leur succession, on voit qu'on peut construire des ensembles de signes gestuels ou vocaux qui définissent non seulement le travail du comédien tel et tel, mais *le personnage* tel et tel. La recherche du personnage est donc à situer à ce moment de l'enquête, à ce point du travail du comédien où il construit non seulement à l'aide des signes permanents, mais de la suite des actes scéniques : on voit que le personnage, si le travail scénique est bien fait, est saisi non au départ, mais à l'arrivée.

Quelques remarques :

1. Le travail de l'acteur comme la construction du personnage constituent des *ensembles* qui se forment par la récurrence (Corvin, 1985) des mêmes signes (gestuels-vocaux) ou de signes similaires [8], et par la différence progressive, la transformation des signes : le personnage évolue, le travail du comédien se transforme.

2. Nous ne distinguons pas à ce moment entre ce qui est du personnage et ce qui est du comédien, parce que nous n'avons pas le moyen théorique à ce moment de l'enquête de faire le départ entre l'un et l'autre, sauf dans des cas manifestes (tremblement d'un personnage en proie à la terreur par exemple) ; la distinction se crée par le rapport au texte et par le fait que les signes propres à l'acteur forment un ensemble que l'on retrouve dans d'autres performances du même acteur.

3. La présence d'actes scéniques non prévus par le texte permet de mesurer *l'invention* propre à telle interprétation ou à telle mise en scène : ainsi le comédien qui jouait Don Juan chez Vitez donnait par intervalles les signes d'une maladie chronique : toux, syncopes ; ce Don Juan-là était un mort en sursis.

4. La description ne suffit pas : il est indispensable de donner sens non pas à tel signe isolé, mais aux ensembles sémiotiques .

g) Diachronie des actes scéniques

La suite des actes scéniques ne détermine pas seulement une série d'ensembles paradigmatiques, mais une succession signifiante : une syntagmatique : elle raconte une histoire qui peut n'être pas absolument identique à celle de la fable construite par rapport au texte, et de ce fait elle montre une *différence* entre la fiction textuelle et la fiction performantielle. Elle peut donc faire un récit parallèle qui forme couple avec le contenu fictionnel textuellement prévu.

E. Mise en scène

C'est au bout de l'enquête que le chercheur peut avoir une idée du travail de la mise en scène. C'est donc *après* les analyses précédentes qu'il peut se poser les questions sur ce travail. Au rebours de l'attitude proprement « journalistique » qui consiste à comparer des *signifiés* : celui déduit de la représentation perçue globalement et celui que le lecteur s'est construit à partir du texte.

a) Combinaison des codes

Lire une mise en scène, c'est voir comment se sont constitués les divers codes, c'est voir comment le metteur en scène a construit ce système *tabulaire* de la représentation. C'est la comparaison du traitement des codes qui permet de comprendre comment le metteur en scène travaille sur la continuité ou la rupture des codes, continuité et ruptures qui ne sont pas totales évidemment : l'analyste interroge les *points de rupture* qu'il a pu relever dans ses analyses précédentes.

b) Travail interne de la représentation

Travail double de la part du metteur en scène :
a) il indique les lignes directrices de la production des signes par les différents praticiens, et *juge* les signes effectivement produits ;
b) il combine les signes pour produire un *effet esthétique* sur le spectateur ; il est intéressant de montrer comment le metteur en scène rapproche tous les ensembles de signes en *tableaux et mouvements.*

On peut, faute de pouvoir prendre en compte tous les moments de la représentation, choisir quelques séquences pour analyser la convergence ou la distorsion (le travail de montage) des différents réseaux de signes fournis par le scénographe, le costumier, l'éclairagiste, le résultat esthétique étant le fruit du choix (du *jugement)* du metteur en scène.

c) La référence au monde

La construction des signes a été au départ orientée par le metteur en scène en fonction du rapport au référent qu'il choisit (ou aux référents). Choix du référent, et en particulier du moment historique et/ ou de la référence au temps présent. Pratiquement quel que soit le choix, la référence est toujours au moins double : si archéologique qu'elle soit, la représentation ne peut pas ne pas renvoyer au monde contemporain, ne serait-ce que par la présence inéluctable, même transposée, de la mode vestimentaire : code prégnant.

Procédure : rechercher dans la représentation les signes qui renvoient au *passé* (à quel passé, celui du scripteur ou celui de la référence de la fiction ?), et ceux qui renvoient au *présent de la performance*, avec le repérage du jeu subtil (plus ou moins subtil) qui ne peut manquer de s'instaurer entre les références au passé et les références au présent.

d) La construction du sens

On voit qu'en dernière analyse, ce qui se trouve proposé à la sagacité de l'analyste, c'est une réflexion à la fois sur le *sens* de la performance et sur le mode de représentation. L'analyste devra construire à son tour, avec tous les éléments dont il dispose à présent, un méta-discours à la fois sur le sens de l'œuvre (en général) et sur le travail propre du metteur en scène.

C'est une sorte de conclusion de la recherche : et c'est à ce moment que le sens peut apparaître : on ne peut le chercher au niveau de signes isolés (il n'y a pas de « clef des songes » des signes) mais dans le travail de totalisation. Etant bien entendu au demeurant que le sens, *les sens*, dans leur ouverture et leur pluralité :

a) ne peuvent être comparés à un hypothétique sens du texte dramatique (comparaison rigoureusement privée de signification ;

b) ne sont jamais que des *propositions de sens*, dont la richesse et si l'on peut dire la « probabilité » dépendent à la fois de la richesse de la performance et de la persévérance, de la pertinence du travail de l'analyste.

NOTES

[1] A.-J. Greimas, *Sémantique Structurale, Du Sens,* « Actants, acteurs rôles » in *Sémiotique narrative et textuelle;* pour le théâtre A. Ubersfeld, *Lire le théâtre,* chap. II.

[2] Sans oublier le fait que le ou les espace(s) textuel(s) ainsi définis ne pourront pas ne pas renvoyer à des références à un univers, différentes du référent original : au théâtre l'histoire modifie le sens et le fonctionnement de l'espace (v. infra)

[3] En fait, il s'agit en général de métonymies.

[4] Découpage textuellement indiqué ou construit par l'analyste.

[5] Ainsi le changement d'éclairage produit chez le spectateur une reviviscence des signes de l'espace du décor, à nouveau perçus autrement.

[6] Voir l'exemple célèbre de la charrette de Mère Courage (Brecht) de plus en plus grande à mesure que se dégradait l'existence de sa propriétaire.

[7] V. supra le rapport de la signification au sens.

[8] Peuvent être dits similaires les signes qui comportent une majorité de sèmes communs.

Bibliographie

J.L. Austin, 1970, **Quand dire c'est faire,** Paris, Seuil.

Michel Corvin, 1985, **Molière,** Lyon, Presses universitaires de Lyon.

Oswald Ducrot, 1972, **Dire et ne pas dire,** Paris, Hermann.

Umberto Eco, 1978, « Pour une reformulation du signe iconique », in **Communications,** n° 29, Paris, Seuil.

T.E. Hall, 1971, **La dimension cachée,** Paris, Seuil.
1973, **Le langage silencieux,** Paris, Mame.
1979, **Au-delà de la culture,** Paris, Seuil.

Marcel Jousse, 1974, **L'anthropologie du geste,** Paris. (Tome I).
1975, **La manducation de la parole,** Paris. (Tome II).

Michel Pecheux, 1975, **Les vérités de la Palice : linguistique, sémantique, philosophie,** Paris, Maspero.

John R. Searle, 1972, **Les actes de langage,** Paris, Hermann.

Anne Ubersfeld, 1977, **Lire le théâtre,** Paris, éd. Sociales.
1981, « The space of Phèdre », in **Poetics Today,** II, n° 3, Tel Aviv.
1982, **L'école du spectateur,** Paris, éd. Sociales.

V

La notation
Questionnaires
de lecture

1. Questionnaire n° 1

1. Les supports matériels

a) Comment le spectacle (ne) se fait-il (pas) connaître ? Marques d'identification, abonnements, accueil par la presse, programmes et affiches.
b) Comment le spectacle se situe dans l'espace (urbain). Quartier, public visé, désir assumé, architecture, rapport au quotidien.
c) Comment le spectacle se situe-t-il par rapport à l'historicité ?
Exploitation/refus/dévoilement d'une tradition, d'un dispositif, d'un ordre.

2. L'entrée

a) Comment avez-vous choisi la pièce ?
b) Où/comment avez-vous trouvé les billets ? Ont-ils fait un trou dans votre budget ?

3. La communication

a) Fonction sociale du spectacle : construction de la convention, de l'illusion (rôle du foyer, de l'entracte, de l'après-spectacle, des répétitions).
b) Rôle du contrat spectaculaire.
Ya-t-il privilège d'une dimension du spectacle : partage d'un savoir, présence/corps de l'acteur/de la troupe, émotion/stimulation, non-communication, non-cognitif.

4. La réception

a) Comment avez-vous perçu/compris/interprété le projet spectaculaire ?
b) Le public a-t-il été interpellé globalement ?

2. Questionnaire n° 2

1. L'espace scénique

Sa forme et la forme du théâtre ?
Sa nature (mimétique-ludique) ?
Coordonnées de l'espace (ouvert-fermé, hauteur-profondeur, vaste-réduit, vide-occupé) ?
Rapports du scénique et de l'extra-scène ?
Quelle « esthétique » (couleurs, formes, « style », références culturelles) ?

2. Les objets

Origine ? matière ?
Nombre ? Polyvalence ?
Utilité ?
Fonctionnement rhétorique-symbolique ?

3. Les comédiens

Nombre des comédiens.
Rapport personnage-acteur. Type-individuation.
Apparence, âge, sexe, gestuelle, voix-diction, costume ?
Socialité du comédien : histoire, rôles déjà joués, appartenance à une troupe ?

4. Le drame

Quel genre ?
Quelle fable ?
Le mode d'échange ?
La part d'improvisation et l'aléatoire ?

5. Le travail du metteur en scène

Comment met-il la fiction en valeur (fictionnalisation) ?
Quel type de référent choisit-il (historique, contemporain, fantastique...) ?
Comment fait-il le découpage en unités ? Privilégie-t-il le continu ou le discontinu ?
Y a-t-il prédominance du visuel ou de l'écoute (parole, musique) ?

3. Questionnaire n° 3

1. Discours global de la mise en scène :

a) Ce qui tient les éléments du spectacle.
b) Rapport des systèmes scéniques.
c) Cohérence ou incohérence (de la lecture du texte, de la mise en scène).
d) Principes esthétiques de la réalisation.
e) Qu'est-ce qui vous dérange dans cette mise en scène ; quels moments forts, faibles ou ennuyeux ?

2. Scénographie

a) Formes de l'espace urbain, architectural, scénique, gestuel, etc.
b) Rapport entre espace du public et espace du jeu.
c) Système des couleurs, leurs connotations.
d) Principes de la structuration de l'espace :
- rapport du scénique et de l'extrascénique.
- lien entre l'espace utilisé et la fiction du texte dramatique mis en scène.
- rapport du montré et du caché.

3. Système des éclairages

4. Objets

Nature, fonction, rapport à l'espace et au corps.

5. Costumes

Leur système, leur rapport au corps.

6. Performance des acteurs

a) Jeu individualisé ou typique.
b) Rapport de l'acteur et du groupe.
c) Rapport texte/corps, acteur/rôle.
d) Gestuelle, mimique, maquillage.
e) Voix.

7. Fonction de la musique, du bruit, du silence

8. Rythme du spectacle

a) Rythme de quelques systèmes signifiants (échanges des dialogues, éclairages, costumes, gestualité, etc.).

b) Rythme global du spectacle : rythme continu ou discontinu, changements de régime, lien avec la mise en scène.

9. Lecture de la fable par cette mise en scène

a) Quelle histoire est racontée ?
b) Quels choix dramaturgiques ?
c) Quelles ambiguïtés dans le récit, quels éclaircissements par la mise en scène ?
d) Quelle organisation du récit ?
e) Comment la fable est construite par l'acteur et la scène ?
f) Quel est le genre du texte dramatique selon cette mise en scène ?

10. Le texte dans la mise en scène

a) Caractéristiques de la traduction (le cas échéant).
b) Quelle place la mise en scène accorde au texte dramatique ?
c) Rapports du texte et de l'image.

11. Le spectateur

a) A l'intérieur de quelle institution théâtrale se situe cette mise en scène ?
b) Quelles attentes aviez-vous de ce spectacle (texte, metteur en scène, acteurs) ?
c) Comment a réagi le public (vos désirs, connaissance, ce que dit le programme, etc) ?
d) Rôle du spectateur dans la production du sens.

12. Comment noter (photographier et filmer) ce spectacle

Quelles images vous en restent ?

13. Ce qui n'est pas sémiotisable

a) Ce qui, dans votre lecture de la mise en scène, n'a pas pris de sens.
b) Ce qui n'est pas réductible au signe et au sens (et pourquoi), ce qui échappe à la notation.

14.

a) Quels problèmes particuliers à examiner ?
b) Autres remarques, autres catégories pour cette mise en scène et pour le questionnaire.

4. Commentaires : Questions sur un questionnaire pour une analyse de spectacles

La finalité première des questionnaires est de forcer et/ou d'aider les spectateurs à formuler par écrit des remarques précises sur l'organisation de la mise en scène, quelques heures ou jours après avoir assisté à la représentation. On ne va pas jusqu'à suggérer aux étudiants de prendre des notes durant le spectacle, mais il s'avère que des notes sur des aspects techniques de la scène (scénographie notamment) ou du jeu de l'acteur sont d'une grande utilité pour la rédaction ultérieure. Voir le spectacle une seconde fois aide également beaucoup, même s'il faut convenir que ce n'est plus là la situation naturelle du spectateur « moyen ».

Les questionnaires doivent être obligatoirement remplis pour que le séminaire soit validé en fin d'année. Les étudiants s'y plient d'assez bonne grâce ; la structuration des réponses est libre, mais la règle du jeu oblige à répondre à toutes les questions dans la semaine qui suit le spectacle. Ceci n'est d'abord pas toujours possible, car, malgré nos efforts pour éviter tout jargon technique ou toute notion théorique trop obscure, certaines questions, notamment (8), (10c), (13) exigent, pour être bien comprises, quelques éclaircissements sémiologiques. Les compléments théoriques sont apportés au fur et à mesure des séances, en fonction des problèmes spécifiques posés par le type de mise en scène étudiée. Ceci évite une présentation trop statique et rébarbative des « concepts fondamentaux de sémiologie théâtrale », pour lesquels il existe du reste d'excellents manuels. Cette manière pragmatique de voir les choses est en outre dictée par la volonté d'appliquer les théories sémiologiques à l'analyse des textes et des représentations, de faire entrer la pratique sémiologique dans l'institution et « de l'intérieur ». Elle correspond aussi, de notre part, à une insatisfaction face aux questionnaires destinés au public « normal » de théâtre (à ceux qui ne sont pas étudiants de théâtrologie), car la formulation des questions est nécessairement simplifiée et adaptée aux codes de réception esthétique et idéologique relativement frustes et déformés par les mass-médias et l'image qu'ils donnent du *théâtre d'art* (pour reprendre le terme de Stanislavski qu'affectionne particulièrement Antoine Vitez aujourd'hui). Une méfiance similaire nous anime (ou nous annihile) envers les investigations statistiques de la psychologie de la perception de l'œuvre d'art ou les enquêtes sociologiques sur les origines sociales et les goûts du public de théâtre. Ces recherches sont tout à fait légitimes et éclairantes, mais elles ne testent pas ce qui nous semble être le cœur de notre problème : la production du sens par le spectateur à partir d'une théorie dialectique de la production et de la réception esthétique (Pavis, 1983).

Par le type de réponse écrite exigée, le questionnaire indique l'importance de l'acte de verbalisation de l'expérience esthétique et la réflexion *a posteriori* pour saisir le système global de la mise en scène. Le spectateur-scripteur est ainsi convié à un parcours systématique et linéaire, selon un ordre contraignant. Les questions ont été choisies pour faciliter ce parcours verbal, mais aussi pour suggérer une perception globale de la mise en scène. Enfin, le détail et l'énumération des problèmes esthétiques font du questionnaire une *check-list* (pour ne pas dire un *pense-bête*) pour l'étude du spectacle, non sans quelques inévitables redites ou recoupements dans la rédaction des réponses.

Tout questionnaire engage une idéologie et une vision nécessairement préconçue et déformante de l'objet analysé. Globalement, on peut dire que celui-ci repose sur la croyance que la représentation peut être analysée, c'est-à-dire décomposée, et qu'elle fonctionne comme un ensemble, où tout élément concourt à la formation et à l'intelligibilité du tout.

Entrouvrons à présent les coulisses de la théorie sous-jacente aux diverses questions.

1. Discours global de la mise en scène

Le premier groupe de questions invite à la synthèse des impressions reçues, à l'organisation d'un ou plusieurs signifiés globaux que l'on a obtenus par répétitions et recoupements de signifiés partiels, comme s'il s'agissait de cerner le discours dominant — qu'il soit implicite ou explicite — de la mise en scène.

(1a, b, c) Quel « ciment » tient les divers moments (diachroniques) et les filons (synchroniques) des matériaux scéniques utilisés ? La sensibilité au tissu de la mise en scène n'empêche pas et même implique une critique de la cohérence ou de l'incohérence (1c). C'est dans la perception des redondances, des contradictions, des déphasages que réside la construction de la mise en scène.

(4d) reprend sous forme non sémiologique le même type de formulation, en invitant le spectateur à organiser son savoir selon les options esthétiques les plus évidentes.

(4e) est un défouloir légèrement provocateur qui permet de canaliser l'énergie du mécontentement ou de l'incompréhension, sans négliger le jugement critique de la mise en scène, mais en confrontant une pratique du signe et une pragmatique de l'effet esthétique sur le spectateur.

2. Scénographie

(2a) On a suffisamment insisté sur l'aspect visuel et situationnel (c'est-à-dire non littéraire) de la représentation théâtrale pour qu'il paraisse logique de partir d'une description *des* espaces (Pavis, 1987, pp. 146-152).

(2b) La mise en scène est d'abord une rencontre, en un lieu, d'un spectateur, lui-même constitué et construit, et d'objets placés dans une configuration spatiale. La rencontre est vécue tantôt comme rapport frontal, tantôt comme participation conviviale. Entre ces positions extrêmes de la confrontation et de la commensalité, du voyeurisme ou de la participation, le spectateur-scripteur doit se situer dans sa relation individuelle et collective au spectacle.

(2d) présuppose que pour décrire l'espace, on doit décrire des fonctionnements différents, des contradictions entre ce qu'on voit et ce que l'on devine, entre ce que l'espace a de concret et ce qu'il devient dans la construction mentale. Cet exercice de discernement et de distinction contribue à structurer les perceptions des espaces en fonction de leur utilisation pour donner sens à la mise en scène.

3. 4. 5. Le système des éclairages, des objets et des costumes

Exige, pour être décrit adéquatement, de mettre en évidence leur fonction dans la mise en scène et les oppositions qui traversent leur organisation. Ainsi les éclairages se distribuent-ils fréquemment en teinte mate, blanche versus teinte jaune, chaleureuse. Les variations d'intensité sont liées au changement de lieux, d'atmosphère, de thèmes des dialogues. Décrire ces variations dans leurs grands principes, c'est comprendre leur valeur intégratrice dans l'ensemble et saisir la manière dont les autres systèmes signifiants se subordonnent à eux.

Il en va de même des objets ou des costumes. Plutôt que d'accessoire ou de décor, on parle d'objet ou de scénographie. Les frontières traditionnelles entre les composantes de la scène, telle qu'elle pouvait être par exemple utilisée à la fin du XIXe siècle, sont en effet, aujourd'hui, très fluctuantes.

6. La performance des acteurs est très difficile à décrire, surtout sans l'aide de la vidéo ou sans une prise de notes quasi simultanée à la représentation.

(6a) porte sur la reconnaissance d'une technique de jeu historiquement attestée ou appartenant à une tradition théâtrale donnée. Parmi les divers acteurs, on examine si le metteur en scène a tenté d'uniformiser leur style de jeu, ou si chaque acteur procède selon sa propre technique, sans songer au collectif (6 b).

(6c) porte sur la manière dont le texte et la voix se greffent sur le corps visible de l'acteur, sur la distance qui est mise entre le dit et le dire, l'énoncé et l'énonciation. Il s'agit de noter l'intonation des acteurs, leur attitude face au texte qu'ils prononcent. Est-ce que l'acteur cherche à faire croire que le texte est l'expression de la situation et de son corps ou, au contraire, est-ce qu'il scinde les deux systèmes ?

(6d et 6e) ne demandent pas un jugement esthétique sur les gestes, les voix ou l'expression faciale ; ils sont à la recherche du système et de l'articulation paradigmatique et syntagmatique de quelques unités.

(6f) observe le déroulement de ces systèmes paralinguistiques en rapport avec l'émission du texte. Le discours progresse-t-il de manière continue ou saccadée ? Y a-t-il des pauses, des accélérations, des blancs entre les fragments de discours parlé ? Quel est le sens des ruptures ?

7. La fonction de la musique et du bruit

Sans entrer dans les détails d'une sémiologie autonome de la musique, on repère les moments où intervient la musique, la façon dont elle est produite (enregistrée, jouée sur scène), la coloration qu'elle confère au reste de la représentation.

8. Le rythme du spectacle est la résultante des rythmes des divers systèmes signifiants (8b). Cette notion est proche de celle de mise en scène. Il reste à établir, théoriquement et dans le cas particulier de la mise en scène, si le rythme est imposé de l'extérieur sur le texte et la représentation ou s'il résulte de la lecture du texte à jouer.

9. La lecture de la fable par cette mise en scène indique, selon la conception brechtienne de la fable et de sa mise en évidence dans le travail théâtral, que chaque mise en scène (d'un texte dramatique préexistant) choisit de raconter une certaine histoire. C'est donc au terme d'une analyse dramaturgique que le metteur en scène et les acteurs se déterminent pour une lecture donnée. A nous, spectateurs, de reconstituer cette lecture dramaturgique (9b, 9e), de statuer sur les ambiguïtés relevées dans la représentation et sur celles qu'on avait décelées à la lecture du texte, avant ou après avoir assisté au spectacle. Un processus herméneutique de clarification ou d'ambiguïsation (9c) caractérise ces essayages du texte par la mise en scène, puis de la « lecture » de la mise en scène (Cf. Pavis, 1983). A travers la mise en scène étudiée, on reconnaît le genre du texte dramatique que la mise en scène choisit de souligner.

10. Le texte dans la mise en scène n'a pas toujours le même statut. La mise en scène peut se contenter d'illustrer et d'exemplifier ce que dit le texte, en proposant une visualisation systématique des situations suggérées par le texte. Elle peut, au contraire, réduire le texte à un système qui ne s'impose pas aux autres, qui ne prend son sens que comme bruit ou rhétorique rythmique.

Tester les rapports du texte et de l'image (10c) consiste à comparer les signifiés produits par chacun, à établir comment l'un des systèmes peut s'ancrer sur l'autre, comment chaque système possède son propre circuit de sens.

11. Le public est l'élément capital de la réception dont il faut analyser quelques mécanismes. En précisant l'identité et le statut de l'institution théâtrale qui accueille la représentation, on explique comment tout un ensemble de traditions, de pratiques, de choix de répertoire influe sur la manière de jouer et sur les réactions induites dans le public. Il faut aussi être conscient du système très diversifié des attentes de chaque spectateur et de la « vérification » exercée lorsque se déroule le spectacle (11b, 11c). (11d) vise à savoir si la mise en scène a exigé un travail de collaboration, en forçant le spectateur à compléter des informations seulement implicites, à lire les métaphores et les métonymies de la figuration scénique, à construire la fable, etc.

12. En passant d'un métalangage (le commentaire écrit) à un autre (la photographie ou le film), on change radicalement de perspective. L'étudiant(e) est invité(e) à choisir dans le spectacle les moments qui se prêteraient le mieux à la saisie de l'objectif. Un début de réflexion sur les méthodes de relevé d'une mise en scène s'engage alors, avec la possibilité d'adapter celles-ci à la spécificité du spectacle étudié. Les images qui nous restent (12b) ne sont pas nécessairement les plus importantes dans l'économie de la mise en scène, mais elles constituent l'armature de notre perception et de notre mémorisation et influent donc grandement sur notre organisation du récit (9d) et la production du sens (11d).

13. Malgré tous vos efforts pour mettre en signe la représentation, il se peut que des éléments isolés résistent. Ne vous en inquiétez pas ! Ces éléments non sémiotisables sont probablement soit utilisés par le metteur en scène de manière incohérente (par rapport au reste de la mise en scène), soit non utilisés à l'intérieur de votre lecture du discours global de la mise en scène. Dans ce dernier cas, cela ne signifie pas que votre lecture est fausse ou incomplète, mais tout simplement qu'elle a choisi une autre piste.

Une réflexion sur la pertinence et la productivité de la lecture des signes s'engage alors.

14. est une métaquestion sur le questionnaire, une dernière possibilité de noter ce qui a échappé au filet de l'investigation. Elle suggère aussi que l'ordre et la nature des questions ne sont pas immuables. Il est même possible que, répété trop souvent sous la même forme, le questionnaire induise une perception quelque peu figée de l'événement théâtral. Pas d'utilisation prolongée sans avis médical donc.

En réalité, et c'est à cette conclusion que semblent parvenir fréquemment les étudiants, cette mise à la question n'a pas d'autre but que d'inciter à une réception productive — fructueuse et variée — de la représentation, que d'instaurer un dialogue entre la mise en scène, telle qu'elle a été « émise » et telle qu'elle est mise au point par le spectateur. Ce n'est là qu'un parcours possible, tout n'est pas dit sur le spectacle, et jamais de manière définitive. Est-ce signer l'arrêt de mort de la sémiologie que de relativiser ses résultats et ses méthodes ? Autre et dernière question qui doit rester sans réponse.

Bibliographie

Patrice Pavis, 1980, **Dictionnaire du théâtre. Termes et concepts de l'analyse théâtrale,** Paris, Editions Sociales (2e éd. 1987).

Patrice Pavis, 1983, « Production et réception au théâtre : la concrétisation du texte dramatique et spectaculaire », in **Revue des Sciences humaines,** Tome LX, n° 189, Janv.-mars 1983.

VI

De la science à la création La dramaturgie

Les diverses approches sémiologiques du théâtre ont pour objectif de produire des analyses affinées de leur objet. Les résultats sont particulièrement convaincants tant pour ce qui relève des textes dramatiques que de la représentation. Pareille compétence, déduirait-on à bon droit, peut servir la genèse d'une représentation. Par une telle pratique, le dramaturge — intellectuel travaillant sur le théâtre et ayant la responsabilité du répertoire — mériterait réellement le titre de « dramaturge de la production ». Titre qui existe surtout en Allemagne mais dont le sens demeure encore à préciser.

Les possibilités d'erreurs sont à ce propos inévitables. On pourrait imaginer que le dramaturge, par avance et éventuellement en collaboration avec le metteur en scène, élabore un schéma de régie figé ; le cours des répétitions se muerait en simple reproduction de modèles de prévision. On aurait ainsi en réalité substitué un texte entièrement nouveau à l'original et hiérarchisé/frustré la créativité des acteurs.

De telles répétitions ont toujours lieu, avec ou sans analyses textuelles pertinentes comme modèles. Si l'on préfère à la lecture vraie et unique une infinitude de rencontres et si, en même temps, on refuse la singularité de la signification au profit d'approches diverses tant analytiques qu'intuitives, alors une telle aperception du texte dramatique ne sera pas nuisible à la création collective propre au théâtre. La compétence acquise du dramaturge prend alors place essentiellement à côté de l'interprétation de l'image (la scénographie) et de celle, tant psychique que physique, des acteurs dans ce jeu avec le texte que devraient favoriser les répétitions.

Ces dernières ne sont bien évidemment pas infinies. Pour que le public puisse se faire une opinion, il faut opérer une sélection, construire une interprétation finale. Et c'est peut-être là que le dramaturge exerce sa fonction la plus importante : en connivence avec le metteur en scène, il domine et analyse un énoncé hétérogène. Capable, pourrait-on dire, de fournir une analyse de la pré-représentation (entre autres, de proposer des coupes, des changements dans l'ordre des scènes, etc). Une réelle compétence sémiologique concrète est ici nécessaire. Ainsi que la capacité de se former une opinion sur l'ensemble du corpus de signes. Importe aussi la distance par rapport à un processus qui a, par ailleurs, été dominé jusqu'à la phase finale par une grande liberté de jeu et une infinie disponibilité envers les propositions, même les plus déformées. Propositions qui, bien souvent, se révèlent finalement comme ayant touché le cœur de la représentation. Du moins quand celle-ci est réussie. C'est presque un label de qualité pour le processus de création.

Nous concentrerons notre attention, dans cette étude, sur des procès qui menèrent à des représentations que tant le public que les critiques (certains en tout cas) trouvèrent passionnantes et parfois même novatrices. Nous tenterons, à partir du récit de leurs répétitions, de reconstruire le procès de création qui conduisit à ces représentations. Les résultats sont très hétérogènes et donc, il serait prématuré de conclure de façon générale. Il sera cependant intéressant de dégager, chemin faisant, des « règles de jeu » pouvant être reproduites dans d'autres conditions.

J'ai choisi trois productions : la mise en scène de *Le Songe d'une nuit d'été* par Peter Brook, l'adaptation dramatique de *Nicholas Nickleby* par la Royal Shakespeare Company et, enfin, le plus récent spectacle de théâtre dansé de Pina Bausch, *Tanzabend 2*.

1. *Le Songe d'une nuit d'été* de Peter Brook

Je n'en ai pas vu de représentation. Ma connaissance de cette représentation provient de divers commentaires et critiques. Voici l'impression générale : cette représentation a fait date. Elle était tellement caractéristique que l'on n'a pas, depuis, représenté Shakespeare sans s'y référer — directement ou indirectement. Après la première, en 1970, des tournées ont eu lieu dans le monde entier pendant deux années et l'on compte au total 535 représentations dans 36 villes différentes. Le résultat — le produit fini — a donc bien laissé des traces, mais ce n'est qu'après 10 années que l'écrivain David Selbourne a légué son récit-journal des répétitions dans son livre *The Making of A Midsummernight's Dream. An Eye-*

witness Account of Peter Brook's Production from First Rehearsal to First Night, London, 1982.

Selbourne a suivi toutes les répétitions excepté un tout petit nombre. Tel une mouche sur un mur, il a tout vu, entendu et noté. Tantôt ce qui se passait, tantôt ce qui lui arrivait. La forme génétique est donc pratiquement intacte. Il ne s'agit pas de rationalisations a posteriori.

C'est là la rencontre d'un homme de lettres et d'un homme de théâtre. Les idées de Selbourne concernant les répétitions sont traditionnelles. Là où il comptait sur un lent processus d'interprétation marqué par une interaction intellectuelle, il se trouve confronté à une tentative de Brook, influencé par Artaud et Grotowsky, tendant à entraîner les acteurs dans un mouvement totalement opposé.

> *« Un acteur demande : « La pièce entière est-elle un songe ? » Et Brook lui répond : « Ne lui imposez pas de théorie. Ne la prenez pas non plus littéralement. Découvrez-en la vérité »* (p. 9)

Brook empêche ses acteurs d'intellectualiser, c'est-à-dire d'essayer de trouver une signification à partir d'une précédente lecture de la pièce. Au lieu d'un échange de différentes propositions d'interprétation de la pièce de Shakespeare, chacun doit — sous la direction de Brook bien entendu — *découvrir* la pièce, c'est-à-dire trouver sa propre voie vers ce que Brook appelle la *vérité*.

> *« Les rythmes de la pièce » prétend-il, « sont plus profonds que les mots dont Shakespeare peut se servir. »* (p. 11)

La méthode de Brook est faite d'improvisations infinies et, à première vue, sans perspectives qui, pour Selbourne, sont dégradantes pour les acteurs et triviales par rapport à la précision et au potentiel du texte. Brook veut partir du corps, des mimiques, du rythme, des jeux, des exercices des sens, de l'acrobatique, des clowneries et traverser toutes les couches des conventions shakespeariennes de jeu théâtral pour aboutir à une production de *Le Songe d'une nuit d'été* qui soit « vraie » actuellement dans l'Angleterre des années 70.

> *« Néanmoins, dans l'effort fait pour trouver ce que Brook, il y a quelques jours, appelait un style « qui ne joue pas », où les choses arrivent comme si cela ne dépendait « que d'elles », n'y avait-il pas une acceptation tacite de la primauté de l'écrit ? Ne dit-il pas aux acteurs qu'avec une sensibilité extrême, une forme peut être trouvée là où le mot écrit dans son évocation la plus simple et la plus vraie, réveillera et maintiendra toute signification ? »* (p. 165)

Brook s'est fait connaître plus tard par ses versions des classiques dans lesquelles il recherche l'essence même des textes, par ex. *La Cerisaie* de Tchékov et la *Carmen* de Bizet. Peut-être *Le Songe d'une nuit d'été* fut-il la première tentative réussie allant dans cette nouvelle direction ; il y refusa toute la machinerie théâtrale et, dans une unique pièce blanche, concentra toute son expression sur la présence des acteurs et en utilisant quelques rares accessoires (les trapèzes !). Le texte de Shakespeare était là, présent, non altéré par le travail des répétitions, texte dont Brook à aucun moment ne proposa d'analyse globale. Et auquel il ne se tint pas pendant les répétitions. Et qu'il ne cita pas correctement chemin faisant. Son travail est a-littéraire mais guidé par un respect fondamental du Texte comme totalité. Il est phsysique et technique, il vient et du dehors et du dedans, il est à première vue anti-intellectuel mais cependant guidé apparemment par une intention unificatrice du metteur en scène :

> *« Néanmoins — comme j'ai pu le voir pendant ces semaines de répétitions, non regardées, mais soigneusement observées — la constance en tout domaine des déclarations de Brook est beaucoup plus importante (Même les contradictions et les obscurités y sont constantes). Son intention tout autant que ses principes d'interprétation et de direction ont été maintenus, depuis le début et sans répétition superflue. »* (p. 139)

Lorsqu'on regarde des photos de la représentation, c'est la sobriété et le corporel qui frappent. L'espace blanc, les costumes aux couleurs violentes, les accessoires spectaculaires et sobres tout à la fois. Un Shakespeare « concentré ». Un Shakespeare des acteurs et du texte pour non-initiés. Une histoire étonnamment toute simple pouvant même être comprise par des écoliers ; ce que, d'ailleurs, Brook expérimenta une semaine avant la première où il invita un tout premier public d'écoliers et d'adolescents.

J'ai souligné précédemment ce qui, pour les littéraires, peut être surprenant dans cette approche très corporelle. Cette méthode semble d'ailleurs encore fort étrange à beaucoup de gens du monde du théâtre.

Il semble apparemment que l'on reparte à zéro, à chaque nouveau jour des répétitions comme dans une éternelle chasse de ces moments où il est évident que quelque chose de « vrai » se passe :

> *« Il y a quelque chose de constant » Brook (une fois de plus sans effort) « qui se produit quand une pièce se met à vivre. Faites-y attention » leur dit-il. « Après qu'un de ces moments a passé, il peut être recréé ou bien reconstitué mécaniquement. Ce dont il faut se*

souvenir, ce sont des significations qui ont surgi de cette explosion de vie. Cela devient le point de départ d'inventions nouvelles.» (p. 101).

Brook bombarde ses acteurs, de façon presque maniaque, de nouveaux tirs afin de provoquer ce que l'on appelle « l'intuition libérée » émanant « d'un groupe qui participe au même projet » (p. 101). Il serait cependant illusoire de réduire le procès à la « direction » d'une personne particulièrement. Tout comme dans d'autres théâtres institutionnalisés, cette genèse est longuement mûrie. Les rôles sont distribués. La production scénographique est en marche. L'idée fondamentale est donc déjà mise sur rails. Le metteur en scène a dû escompter un résultat approximatif du travail à accomplir avec les acteurs. Une certaine vision de l'aboutissement du travail collectif a nécessairement été pensée par un homme à partir de ses points de vue et de ses expériences spécifiques sur le théâtre. Si le scénario, donc, est individuel, on ne peut toutefois négliger le fait que la forme du travail le met au plus haut degré à la merci du procès. Un projet de dépassement des limites ne peut être réalisé sans un groupe d'acteurs acceptant tous les « excès » et ayant une confiance presque aveugle dans le metteur en scène :

> *« Ces répétitions m'ont appris que, avec un faux-pas théâtral — qui peut parfois n'être pas repéré, ni même découvert —, l'amour peut devenir un sentiment pathétique et le tragique devenir comique. Et plus encore, que tout comme les blagues d'hier ne sont plus du tout drôles aujourd'hui (particulièrement lorsqu'elles sont indéfiniment répétées), le réalisme d'aujourd'hui devient l'artifice de demain. Au théâtre, la relativité est tout. »* (p. 273)

David Selbourne n'est donc pas en mesure de généraliser à propos de la pratique théâtrale et cela, même après cette longue période de présence auprès de Brook et de sa troupe. Ce qui en reste, c'est l'image, frustrante, d'une alchimie dont les éléments simples peuvent être identifiés, mais dont les moments de catalyse ne peuvent être établis que de façon très sommaire. D'un point de vue analytique, l'expérience est donc plutôt négative : on peut affirmer qu'il n'a pas été *présenté* aux acteurs une analyse détaillée du texte. Par contre, on ne peut rejeter l'idée qu'il existe un projet qui soit à la base du travail préparatoire de Brook comprenant entre autres la scénographie. Le plus vraisemblable est cependant que, plutôt que par un projet de contenu, Brook s'est laissé inspirer par une idée de forme qui impliquerait un choix idéologique : faire sobre, tailler au cœur de l'histoire, la raconter comme si la troupe elle-même l'avait trouvée.

Même si Brook avait connaissance de l'analyse profondément perspicace de Jan Kott sur la très romantique version du *Songe d'une nuit d'été,* cette analyse de Kott n'a guère été autre chose qu'une source d'inspiration parmi d'autres. Si l'on en juge par le livre de Selbourne, la genèse du spectacle s'est produite, de façon essentielle, pendant les répétitions ; celle-ci initiant à la connaissance individuelle collective des effets et compétences des représentations tant épiques que dramatiques.

2. Le *Nicholas Nickleby* de la Royal Shakespeare Company (RSC)

La production par Peter Brook du *Songe d'une nuit d'été* était traditionnelle dans ses cadres mêmes : un texte, un metteur en scène, une distribution des rôles pour des acteurs déjà choisis. Alors que, pour la RSC, il s'est agi d'une expérience institutionnelle totale lorsque le théâtre décida d'adopter l'épais roman de 900 pages de Charles Dickens *Nicholas Nickleby.*

La nouveauté ici, c'est qu'il n'existait pas de texte. C'est à l'écrivain David Edgar que l'on demanda d'en produire au cours du travail de création. Une autre nouveauté était que les acteurs eux-mêmes devaient s'inscrire dans le projet. Presque 50 acteurs s'inscrivirent sans avoir à l'avance de rôle déterminé. Et, dernière nouveauté, c'est le groupe comme ensemble qui devait produire l'histoire, le jeu, la scénographie, voire la totalité du travail scénique. Bien évidemment sous la direction de metteurs en scène : Trevor Nunn, John Caird et Leon Rubin, le premier étant le responsable, et avec la collaboration de professionnels : scénographes, compositeurs, ateliers, mais tout de même beaucoup plus en tant que groupe que comme partie d'institution.

Le travail dura 8 mois et conduisit à l'un des succès les plus importants de la Compagnie. La représentation durait deux jours. Elle fut jouée avec succès à Londres et à New York et atteignit un public encore plus vaste grâce à sa version télévisée, produite en collaboration avec Channel 4 (version qui est, elle-même, un chef-d'œuvre de théâtre télévisé). Tout le travail est décrit par Leon Rubin dans *The Nicholas Nickleby Story. The* Making of The Historic Royal Shakespeare Company Production. (London, 1981). Le livre décrit les hauts et les bas de ce processus de création ; il présente la créativité analytique, pratique et organisationnelle qui, du fait de l'union de tous, découvrit un mode de fonctionnement conçu par la Compagnie.

Les metteurs en scène avaient par avance élaboré un plan de travail structurant la première phase selon trois domaines : 1) L'arrière-plan socio-historique, 2) La narration et 3) Les personnages. L'objectif en était que tous devaient aller à la recherche de documents sur Dickens et son époque. Chacun devait trouver des façons de raconter sa propre partie de l'histoire au reste de la troupe. Chacun devait développer et représenter un personnage du roman.

Le résultat fut bien sûr considérable. Tout à la fois varié et chaotique. Riche de perspectives et troublant. Provoquant soit l'enthousiasme soit la frustration. Certains acteurs adorèrent cette indépendance nouvellement acquise, d'autres se sentirent comme des participants à un séminaire. Mais on peut quand même, rétrospectivement, constater que ces travaux marquèrent le résultat définitif de leur empreinte et ce, de façon déterminante. Une grande partie des documents découverts pour l'arrière-plan contribuèrent à réévaluer la matière. Le travail concernant le moment épique conduisit très tôt à la décision de ne pas rejeter les petits passages moins « dramatiques » du roman mais d'en faire, au contraire, la marque spécifique de la représentation : la réunion de l'épique et du dramatique et d'y trouver, entre autres, des solutions totalement originales en ce qui concerne les différentes adresses au public dans les séquences épiques.

Une autre conséquence essentielle de ce récit mutuel, chapitre par chapitre, du roman, fut la découverte de lacunes : le texte de Dickens avait « laissé quelques conclusions ouvertes ». Certains éléments de l'action étaient imprécis. Somme toute, il était question d'une sorte *d'aveuglement* du texte. Le problème de la situation économique de Nicholas Nickleby fut tout à fait central à ce propos. Un Thème — la soi-disant intrigue économique — qui avait déjà auparavant été considéré comme la texture centrale de la représentation par l'écrivain David Edgar. Si on le rattache aux adaptations filmées de Dickens visionnées par la troupe les premières semaines de son travail, films dans lesquels le script et la mise en scène avaient précisément tenté de créer une cohésion là où celle-ci n'était possible qu'avec des informations et des rédactions supplémentaires, on peut conclure que le travail collectif avait déjà contribué à l'amélioration des lignes directrices.

L'un des exercices qui imprégna fortement le « style » de la représentation fut la tentative effectuée par les différents groupes de représenter l'une des séquences descriptives fondamentales du roman, à savoir l'arrivée à Londres en diligence de Nicholas Nickleby. Cette évocation mimico-corporelle du tableau où les personnages, par une rotation de 180°, se modifient et où de grands personnages deviennent des prolétaires, était un premier signe décisif de ce que les grandes mises en scène seraient résolues par les acteurs eux-mêmes avec un minimum d'accessoires ; ainsi, par exemple, le départ de Londres en diligence, dans sa représentation finale, apparaît comme une merveille de théâtralité imaginative avec un véhicule composé de valises, un chœur qui commente et agit simultanément, une cacophonie de sons réels produits par les personnes présentes.

Certes, au cours de ce long processus de répétitions, les discussions furent nombreuses et relatives au travail théorique des acteurs, dont Nunn pensait qu'il pouvait trouver son inspiration chez Brecht plus que chez Stanislavski ; l'impression générale de cette production est toutefois que les grands déplacements, les moments où apparaissent de nouvelles perspectives et où chacun pourrait se sentir perturbé, se produisent lors des épreuves concrètes — corporelles ou verbales. Par exemple, on discuta longuement de la scène qui se passe dans Dotheboys Hall où les garçons se présentent pendant qu'on leur sert à manger : à qui devaient-il s'adresser ? Et quelles conséquences cela aurait-il globalement pour l'appel au public de la représentation ?

> *« Dans la production par David Edgar de cette scène, les garçons parlent comme s'ils s'adressaient et à Mrs Squeers et au public. La technique narrative était donc interne et externe simultanément. Dans la discussion qui s'ensuivit, nombreux étaient ceux qui pensaient que les garçons devaient parler directement au public d'une manière distancée. Mais quand, par la suite, on l'essaya, la scène perdit de son impact. Nous découvrîmes ainsi que le narratif ne doit pas nécessairement intervenir et qu'il pouvait en réalité rehausser l'impact dramatique de l'histoire. »* (p. 56)

Les obstacles de ce processus sont surmontables si on manifeste une grande ouverture d'esprit face aux mises en œuvre de toutes les possibilités. Même le déjeuner traditionnel de Noël pris par la troupe — en plein milieu d'une phase difficile — joua un rôle stimulant et interactif. Le processus de connaissance du théâtre concerne tout autant l'intellect que le corps et le sentiment ; ce qui n'est guère surprenant pour les gens de théâtre, mais qui peut surprendre violemment un dramaturge de formation académique, contraint d'accepter que ses concepts textuels très finement élaborés soient réduits à quelques détails, peut-être même inutilisables, dans une production évoluant très rapidement vers un tout autre horizon que celui qu'il s'était imaginé. Nous reviendrons plus tard à ce problème. Il semblerait intéressant à ce sujet de souligner que le succès de *Nicholas Nickleby*, son originalité théâtrale — en quelques mots : la réunion de formes théâtrales aussi différentes que celles de Meyerhold, de Brecht et de la tradition anglaise du music-hall en un ensemble épico-dramatique fondamentalement intelligent et divertissant, historique et actuel — ne peuvent être imaginés sans l'harmonieux processus de création collective antérieur. Comparé à d'autres représentations fondées sur la dramatisation d'autres genres, cela souligne justement la dureté de la lutte menée pour gagner les divers paris. En général, on ne trouve pas de solutions aussi justes aux problèmes immanents de la narration, et on trouve très rarement des exemples conservant tout à la fois *l'atmosphère* de l'original (et qui forme une grande partie des espoirs du public) et justifiant sa transposition par un autre média. L'un des exemples de tentative menée par un metteur en scène pour la résolution de ce problème, et presque même d'un combat contre une obsession, nous est donné par les deux dramatisations qu'effectue Peter Weiss du *Procès* de Kafka. Dans la première version, qui date du début des années 70, il réduit l'histoire à une fable socio-politique particulière éliminant ainsi complètement l'atmosphère du roman. Dans la seconde version — qui devait être sa dernière œuvre — il appréhende beaucoup mieux l'atmosphère cauchemardesque mais il n'arrive pas à raconter l'histoire et, pèche donc au niveau dramaturgique. Même un homme de théâtre aussi expérimenté que Peter Weiss ne parvint pas, par une approche individuelle d'écriture, à libérer le texte.

3. *Tanzabend* 2 de Pina Bausch

L'espace scénique est ici un salon de la grande bourgeoisie, de style classique et totalement blanc. Les fenêtres qui donnent sur « les éléments » — l'eau, la forêt, le désert — sont fermées. L'image finale s'organise. Huit danseurs, en position assise, se déplacent en un balancement régulier du corps, se tenant deux par deux par la main et formant une sorte de serpent rythmique ; leur déplacement se fait diagonalement sur la scène au son d'une version fracassante de *La Valse* de Ravel. En arrière-plan, un homme en smoking tente avec frénésie de monter sur d'immenses échasses. La musique et les mouvements augmentent. Tout comme les mouvements augmentent. Tout comme les naufragés du *Radeau de la Méduse* de Géricault, le groupe des valseurs se presse désespérément contre l'un des murs. L'homme aux échasses a abandonné son entreprise et il commence à se vêtir d'une robe de tulle à la façon des anges et ensuite à se maquiller de blanc ce qui fait qu'il disparaît presque complètement sur le mur du fond contre lequel il s'appuie. La représentation est-elle terminée ? Mechthild

Grossmann qui a, tout au long de la représentation, figuré une sorte de narrateur-commentateur, entre maintenant par une porte dans le mur du fond de la scène. La lumière diminue jusqu'à la pénombre. La porte ouverte laisse apparaître la lueur d'un néon bleu. Grossmann est habillée d'une robe de soirée de rêve, comme dans les années 50. Bleue avec une longue traîne et un décolleté qui révèle complètement les seins. Elle a une cigarette à la bouche et elle tient, dans les mains gantées de longs gants de soirée, une fourche à fumier avec laquelle elle ramasse du foin qu'elle dépose dans une brouette. La musique a changé. C'est la complainte de Hugo Wolf : « Tout ce qui naît a une fin ». « Hommes, nous étions nous aussi comme vous, heureux et soucieux. Maintenant, nous sommes ici, sans vie », qui dessine l'atmosphère générale de la scène. Cette caractéristique d'éphémère de l'atmosphère, où le narrateur commence tranquillement à entasser des briquettes de charbon après avoir remplacé ses gants de soirée par des gants de travail, et où l'homme du fond se confond maintenant totalement avec le mur, est interrompue soudain par le reste de la troupe qui, avec une exagération des mimiques et des gestes, entre en dansant au son d'une musique de swing américano-germanique et de son refrain *deux cigarettes dans la nuit.* Les lumières de la salle se rallument. L'atmosphère macabre subsiste comme toile de fond de cette euphorie finale désirée. La pièce est-elle terminée ? La troupe continue à ondoyer d'avant en arrière en une ouverture apparemment infinie. Quelques spectateurs commencent de-ci de-là à applaudir. Tout a une fin, mais quand ? Ainsi, après 3 heures et demie de bombardements des sens, la représentation se termine sur cette ambiguïté : la douleur retenue (la pièce commence par cette réplique : « Entrez donc, mon mari est à la guerre ») et la joie maniaque. L'image finale est la plus réussie de la représentation. Plus cohérente dans cette dis-harmonie pleine de tensions. Elle rassemble tous les éléments de la représentation sans en harmoniser les contradictions.

Ce numéro, au titre neutre, a jusqu'à maintenant eu pour caractéristique d'être composé de récits autonomes, ayant chacun pu être découverts comme plus ou moins expressifs, plus ou moins narratifs, plus ou moins réussis. La caractéristique spécifique de la représentation est sa décomposition en récits individuels, non réduits par la danse collective ou le jeu de la troupe en général. Le souvenir des représentations consiste en des moments, des histoires préférées qui ne peuvent guère être autre chose que des perles dans une structure générale brute et qui peuvent être incluses dans des signalements significatifs généraux : bonheur/malheur, homme/femme, culture/nature, oppression/libération.

La dualité, mentionnée précédemment, de la scénographie constituée par la blancheur classique et bourgeoise et la présence, presque filmique, des éléments naturels, est l'indication constante et manifeste du cadre des conditions fonctionnelles de la pièce. A partir de cet espace extrêmement civilisé, les personnages de la pièce procèdent à des écarts allant vers des « espaces plus authentiques » où, par ex., un meurtre mélodramatique dû à la jalousie peut arriver, ou bien où l'un des hommes maniaquement actifs de la pièce peut se rafraîchir dans l'eau à température utérine de l'aquarium — avec des palmes aux pieds.

La relation homme-femme est évidemment constamment présente comme thème dans l'action d'un théâtre dansé. Chez Pina Bausch, cette présence se manifeste dans les costumes : la féminité exagérée des robes des années 50 avec leurs décolletés plongeants et les smokings des hommes comme une confirmation de leur machisme. Au cours de la représentation, cette relation est également soulignée par l'effet libérateur du changement de rôles consécutif à la danse utopique du mâle travesti, en talons hauts et en robe de bal, et qui a des poils sur la poitrine. Mais elle se manifeste aussi par l'image de la socialisation des filles révélée matériellement et généralement lorsque l'une des danseuses de la représentation « accouple » gracieusement un plein sac de chaussures selon un ordre chronologique, créant ainsi chez le public une identification face à la discrimination sexuelle spécifique de sa propre croissance.

La représentation consiste en une infinité de petites histoires aux caractéristiques identiques. Leur point commun à toutes en est que, même dans leurs plus petites séquences, elles sont ambiguës : la femme qui, apparemment libérée, danse seule, pieds nus, tout autour de la pièce au son d'une musique extatique, a une casserole attachée à la jambe et ne peut sortir. La femme qui, enlaçant câlinement la jambe de l'homme, se retrouve utilisée comme casse-noisettes. Totalement instrumentalisée, elle est soulevée et redescendue en un mouvement qui fait que son postérieur casse effectivement les snacks de l'invité de la party. Harmonie mais indignation violente dans le public dont les sens sont, pratiquement pendant toute la soirée, torturés par la présence simultanée et provocatrice de ces harmonies/disharmonies. Ou par les violentes coupures entre l'hystérie et la sérénité. Dur et mou — et concrètement dans la coupure violente entre les différents genres musicaux — classique/moderne, sérieux/populaire, distrayant/déprimant.

Pina Bausch s'est créé, avec sa troupe de Wuppertal, au cours de ces dix dernières années. Ses représentations dansées sont effectivement et de la danse et du théâtre. Contrairement à la Modern Dance aux USA surtout, son théâtre corporel est un mélange de langage et de corps et il représente, dans son expression, une forme narrative de danse, une réplique épico-dramatique à l'abstraction corporelle de la Modern Dance. Ce qui a pour conséquence une influence évidemment assez considérable de Pina Bausch sur le théâtre moderne dans une période où la croyance en l'expression linguistique est contestée et où l'influence des médias visuels sur les professionnels du théâtre et le public est énorme. Il peut donc être intéressant de voir comment s'est construite une représentation comme *Tanzabend 2*. Le déroulement des répétitions est décrit dans le programme de la représentation. Les répétitions ont démarré à partir de mots ou expressions types donnés à la troupe qui devait donc illustrer, réaliser, dramatiser leurs souvenirs et associations respectifs. Voici quelques-unes de ces expressions types :

> « *Quand dit-on merde / Des phrases où Dieu apparaît / Utiliser le mot mère / Faire quelque chose avec un ventre / Le petit bonheur / Enseigner à quelqu'un / Quelqu'un s'est perdu / Jeux d'enfants / Griffe / Jeter sa propre tête / Se presser les pouces / Un mouvement de Guignol / Quelque chose dans un pas de valse / Balançoire / Mouvement accentué / L'optimiste / Cause-conséquence / Frapper avec une partie du corps / Se donner un coup à soi-même / Quelque chose de cassé / Claquer des doigts pour se moquer de quelqu'un / Quelque chose d'agréable sur la poitrine / Frapper comme Guignol / Fuir comme Guignol / Se cacher comme Guignol / Chercher de l'aide comme Guignol / Gémir et s'attrister comme Guignol / Se réciter les nombres / Quelque chose qui nous trouble / Etirer au maximum une partie de son corps /...* »

Certaines directions et certains thèmes fondamentaux se détachent évidemment de cette liste apparemment obscure d'expressions-types. Des structures et des sujets que l'on peut retrouver dans la représentation finale et qui ont été décrits précédemment. Cependant, il semble presque miraculeux de penser que, de ce conglomérat de défis, on ait pu en deux mois seulement, aboutir à une longue représentation de trois heures et demie.

La dramaturge Renate Klett a travaillé avec une autre chorégraphe Reinhild Hoffmann pour sa dernière représentation *Föhn* pour le Bremer Tanztheater. Dans un très intéressant article de l'hebdomadaire *Die Zeit,* numéro daté du 18 au 26 avril 1985, Renate Klett a décrit la genèse de ce spectacle dansé. Renate Klett, qui est normalement dramaturge de théâtre, prétend comme point de départ que, alors que la représentation théâtrale présuppose un script et une distribution des rôles, une représentation chorégraphique commence tout simplement par la création de la pièce dansée. Comme on a pu le voir avec *Nicholas Nickleby* et comme cela finit par émerger du nombre croissant de pièces improvisées en cours de répétitions, c'est loin d'être un cas général mais c'est toujours une norme. Renate Klett décrit la méthode ainsi :

> *« Le contenu surgit de la forme, de la tension entre le chuchotement / le cri, l'horizontal / le vertical, le solo / le tutti, du rapport entre le mouvement et l'espace, le mouvement et la musique, l'action et la contre-action. C'est une pensée chorégraphique qui m'est étrangère et qui s'oriente via l'image plutôt que via le sens mais avec seulement d'autres moyens. Les histoires qui sont racontées sont mystérieuses et complexes, interchangeables dans leur ambiguïté. Ce qui confère aux pièces cette troublante fascination qui fait croire au spectateur, à un moment qu'il comprend tout, et à l'autre qu'il ne comprend rien. »*

Comme nous l'avons vu tant chez Brook que chez Nunn et Bausch, c'est peut-être une séparation trop nette que Klett établit ici entre une dramaturgie intellectuelle et une dramaturgie intuitive. La séparation se situe plutôt entre la réduction analytique, l'apport de formules, l'intérêt pour les causes et les conséquences, en quelque sorte la perspicacité ordonnée d'un côté, et la production créative à multiples facettes — intellectuelle, intuitive, mais surtout déterminée par une pratique — la recherche de l'ambiguïté, des ouvertures et des contrastes de l'autre côté.

4. Conclusion

La science du texte, la science en général, se pense elle-même comme analytique. Elle fonctionne remarquablement en tant que telle dans sa pratique pédagogique quotidienne. Il semble justifié scientifiquement d'analyser un texte, — un texte dramatique par exemple pour l'établissement différencié, détaillé et exemplifié du potentiel sémantique ou pour le choix du sens le plus convaincant aux yeux de l'interprète ; cependant, toute décision de cet ordre signifie la mort d'un procès de création appelant la participation active et pleine d'imagination des acteurs, danseurs, musiciens, scénographes, etc.

Si l'on pose l'analyse a priori, le processus meurt sur place. Et si le dramaturge — ou bien le metteur en scène doué surtout pour l'analyse —, intervient trop tôt dans le processus, s'il tente de résumer, de mettre en formules, bref de *réduire,* il ne se crée alors aucune perspective nouvelle et l'on se coupe ainsi de la possibilité de découvrir de nouvelles significations. Le rôle du dramaturge est donc tout autre que celui du critique extérieur. Il ne doit pas complètement oublier l'intellect, mais il doit essayer d'utiliser son analyse de façon non réductrice, par une approche active, ouverte et non pas figée, explosive et non pas implosive, éclatante et non pas isolante. Comme Roland Barthes dans *La Chambre claire,* c'est-à-dire comme un intellectuel dont l'appareil d'analyse est constamment disponible, mais toujours en crise.

Il existe bien sûr dans les répétitions des domaines auxquels le dramaturge peut contribuer concrètement. Sa connaissance de la complexité du texte sera fondamentalement utile au metteur en scène et aux acteurs : car de nombreuses répétitions sont absorbées par une recherche de cohésion et d'harmonie véritables là où le texte ne se révèle totalité qu'en intention et recèle, en réalité, taches aveugles et ambiguïtés. Selon que les textes apparaissent dramatiques et cohérents, ou fragmentaires et riches de contradictions, le travail du dramaturge à chaque fois se modifie. Son devoir est de stimuler une entrée *dans le* texte, mais aussi une entrée *vers le* texte afin de faire place d'abord à l'imagination des participants et ensuite à celle du public. L'essentiel du travail herméneutique, participant actif au processus de création, est de contribuer à une ouverture des textes hermétiques (Ibsen par ex.), à une sélection non simplificatrice des textes non linéaires (Shakespeare par ex.). Cette conception fondamentale du texte comme partition doit fonctionner de façon libératrice, y compris pour le dramaturge de formation analytique qui aura la possibilité d'intégrer ses connaissances apparemment très académiques dans le processus.

VII
Pratiques

I. Minetti
Mise en scène de Philippe Sireuil [1]

Le *Varia,* ancien théâtre de variétés construit en 1904, devenu successivement salle de bal puis garage, constitue aujourd'hui un carrefour du « jeune théâtre » belge. Implanté dans un quartier populaire sans grande vocation culturelle, il a d'abord regroupé de jeunes praticiens en sursis (Sireuil, Delval, Dezoteux) avant de recevoir l'aval des instances officielles. Soutenu à présent par les pouvoirs publics, il accueille une pratique qui s'est développée surtout depuis 1970 ; cette époque a vu l'éclosion d'une recherche multipolaire : le théâtre dit pauvre, expérimental, inspiré par Grotowski, interpellant une multiplicité de publics et modifiant espace et dispositifs au gré des spectacles. En mars 1985, Philippe Sireuil y monte *Minetti (Portrait de l'artiste en vieil homme)* d'après le texte de Thomas Bernhard. Le projet du dramaturge se justifie d'abord par une volonté de recherche collective sur l'acteur : « Après cette superproduction *(Dans la jungle des villes),* dont la mise en scène et le décor avaient été accueillis favorablement dans l'ensemble, les acteurs se sont plaints d'une frustration, ils avaient le sentiment d'avoir dû se colleter avec trop de contraintes pour pouvoir s'exprimer vraiment. A cela s'est ajoutée pour moi la question très débattue dans le genre de pratique qu'est la mienne, de la prééminence du metteur en scène assimilé à un automate, à un démiurge. J'ai senti le besoin de rendre hommage à l'acteur, à son jeu, à ses enjeux ». On sait par ailleurs que cette pièce de Bernhard a en quelque sorte valeur de programme, pose une problématique qui implique celle même de l'art et de l'artiste. Choix de répertoire fortement connoté de la part d'un jeune dramaturge qui en découd plus d'une fois avec les autorités culturelles de son pays ; double signifiance d'une pièce sur le théâtre évoquant le déchirement d'un acteur encore vivant. Rappelons le monologue de Minetti même : « Il faut montrer la cruauté au public. Et quand il n'est pas disposé à ressentir la cruauté de la vie ou de sa situation propre, il faut naturellement que l'on joue contre lui ; et cela peut même aller jusqu'à la colère. Mais d'autre part, cela n'exclut pas que l'on soit aussi, non pas faussement complaisant avec le public mais qu'on « l'érotise », afin qu'il ressente les sentiments communiqués ».

Tant l'espace théâtral que les déclarations de Sireuil font songer à une réinvention du lieu et du désir situant ce spectacle en marge de la production officielle. L'idée même d'un spectacle centré sur un seul acteur confirme cette impression à qui connaît l'itinéraire de Sireuil, tourné vers un théâtre très visuel, n'ayant d'ailleurs pas hésité à s'essayer à la mise en scène d'opéra (*Katia Kabanova* à l'Opéra de Bruxelles).

1. La fonction apéritive

L'annonce du spectacle a beaucoup insisté sur l'effet d'innovation et d'engagement esthétique. L'affiche fait émerger cette dimension programmatique, mais ce sont surtout les commentaires de la presse lors de la première qui soulignent une lisibilité presque narcissique : « Sireuil monte *Minetti* : le théâtre est affaire de foi » [1]. Semblable double isotopie apparaît dans la conception de l'espace et du lieu : selon une technique habituelle du *Varia,* toutes les marques d'identification focalisent sur le seul spectacle en cours : à l'extérieur du théâtre, seule l'affiche relative à la pièce jouée signale le caractère théâtral de l'édifice ; après avoir franchi la porte d'entrée, le spectateur se trouve plongé d'emblée dans l'espace de la pièce : décor esthétique, livres de Bernhard, photos du spectacle et extraits de presse. Effet de précarité que viendront confirmer les conditions mêmes d'accueil : une fois installé, le spectateur se verra invité à s'envelopper d'une couverture soigneusement roulée au pied de son fauteuil. Absence de chauffage mais aussi élément de la convention rappelant l'inconfort du lieu, la difficulté à entrer dans une modernité luxueuse. Et surtout signe d'ambiguïté plus fondamental : tout au long de la représentation, le spectateur sera incité à s'enfoncer dans un univers où le théâtral et le quotidien se confondront ; à l'extérieur du *Varia,* une rue déserte, le froid, au dedans une salle glacée, une tempête de neige simulée par le souffle du vent, un décor évoquant une plage vide, et les couvertures dont les spectateurs s'empareront frileusement.

2. Le pacte spectaculaire

L'entrée au théâtre rappelle la fonctionnalité de l'espace : neutralité, froideur initiale évoquent l'historicité mouvante, les figures de lisibilité prenant la forme d'un montage dont les pièces sont le mouvement des comédiens, le jeu de l'acteur, les signes du texte, des objets, des sons et le spectateur. On peut définir les procédés principaux de l'écriture de la façon suivante :

a) le rapport contiguïté / éloignement : dès son entrée en scène, Minetti distribue sa carte de visite aux spectateurs, impliquant ceux-ci dans la fable ; par ailleurs, les entrées et sorties des acteurs se font par les issues mêmes qu'a empruntées le public : commune déambulation qui confond tous les participants de l'événement théâtral ;

b) l'exploitation de l'axialité et plus précisément la relation horizontalité / verticalité ; les trois premières scènes se déroulent devant le rideau rouge ; la mise en scène de l'épilogue ouvre de nouveaux espaces ; on découvre trois plans successifs que Minetti arpentera après avoir déchiré les rideaux qui en condamnaient l'accès :

— à l'avant-scène, une mince bande traversée latéralement par des personnages masqués (espace 1),

— ensuite un espace intermédiaire investi par Minetti et ses interlocuteurs (espace 2),

— in fine, au-delà du rideau, un espace plus large (espace 3) où Minetti se laissera entraîner et dont il découvrira la profondeur (dimension de la verticalité).

c) l'exploitation de la distance et des croisements de perspectives ; les trois espaces évoqués comprennent leurs modes de déplacement spécifiques : latéral (1), croisé (2) (les mouvements de Minetti autour de sa valise), transversal (3). Triple focalisation sur la surface, la mobilité, la profondeur à laquelle correspondent trois spatialités symboliques : illusion de la vie, prise de conscience, vérité profonde de la théâtralité et de la mort ; évolution marquant le passage de l'extériorité à l'intériorité.

3. L'espace et la scénographie

Les didascalies de Bernhard ne sont guère respectées : la pièce est située dans un grand hôtel ostendais ; bien des composantes visuelles évoquées par le texte de régie (le vieil ascenseur anglais, le bureau de la réception, le bar) sont miroir du lieu (ancien garage), symbole d'un passé usé et qui revit dans le temps de la représentation. L'accès impose un passage obligé par le foyer, espace intermédiaire où le public, dans l'attente de l'ouverture du spectacle, retrouve sa fonction narcissique ; l'intrusion dans la représentation est opérée par des signaux et des symboles : c'est du foyer que retentira la musique classique, signal d'incipit qui demeurera audible dans la salle (transition espace quotidien — espace théâtral) autorisant le public à faire mouvement ; celui-ci traversera d'abord un sas jonché de feuilles mortes, connotation onirique confirmée par des murs en forme de toile peinte évoquant des ciels, avant de passer une porte à deux battants qui le mène dans la salle. Programme somatique (déambulatoire) que l'on retrouvera d'ailleurs sur scène en cours de représentation ; lumière, bruit de pas, musique, décor fraient le passage et instaurent la convention.

4. Le dispositif et l'écriture scénique

Si, à première vue, l'aire de jeu et l'espace réservé au public (5 rangées de 20 sièges en gradins) semblent distincts, un certain nombre de signes gomment la démarcation : une même ombre crépusculaire baigne l'ensemble du lieu ; le décor, noyé dans les clairs-obscurs, tend à ne représenter rien d'autre qu'une salle de théâtre : une scène dont le rideau est fermé, le trou de souffleur apparent, une scénographie (sièges, tapis) où prédomine le rouge — sur scène comme dans la salle ; un valet nain empile silencieusement des serviettes sur « scène » lorsque le public fait son entrée : pour l'acteur comme pour le spectateur, l'incipit est flou, le partage entre le quotidien et le spectaculaire confond ses marges.

Double parti pris d'une scénographie absente et de la délégation du programme au public. Sireuil s'en explique : « Je voulais travailler dans un espace qui soit moins contraignant, dans un décor qui s'efface davantage (...) j'ai essayé en prenant cet espace à ma charge (éliminatoire du scénographe) de suggérer un espace qui soit ambigu, où la frontière entre la fiction et la réalité apparaisse floue ».

Il en résulte que l'écriture scénique sera faite de références absentes.

L'espace est essentiellement cité : pictural (Ensor), littéraire (Shakespeare), mythologique (Acteon et le *Roi Lear*). La mimesis est surtout imaginaire. Le fantastique débridé qui s'installera in fine ponctuera le basculement dans l'univers ludique ; cet éloignement progressif des appels à la quotidienneté (malgré la profusion figurative du décor et du bruitage) révèle le rôle du comédien dans la construction de l'espace : c'est par l'emplacement et le déplacement des acteurs que seront créés des rapports spatiaux à la fois métaphoriques et topographiques.

5. L'éclairage

tamisé unifie scène et salle dans un même énoncé ; toutefois des focalisations seront assurées par une rampe de projecteurs au pied de la scène, une baladeuse étant braquée sur Minetti et deux quartz intérieurs illuminant la grande salle du fond ; les trois espaces disposent donc d'un éclairage spécifique.

6. Le décor sonore

confirme le dispositif : des variations d'intensité (de la musique classique, du souffle du vent), des ponctuations plus ou moins obsessionnelles (des disques de Piaf, de Delille, des Rolling Stones) rythment l'imaginaire de la pièce et scandent la fable.

7. Le fonctionnement des objets

marque par sa rareté et sa lisibilité une rhétorique du symbole : tantôt ils sont signes du texte (le masque d'Ensor dont il est question dans la fable ne nous est montré qu'à la fin de l'épilogue, lors de la mort-délivrance de Minetti) ; le plus souvent, ils ont valeur connotative d'images d'ambiance ; une typologie des accessoires révélerait :

— les supports de la fable : les plats apportés par le garçon d'hôtel et qui scandent comme autant de repères chronologiques l'évolution du drame,
— les symboles de la théâtralité : masques, divan de velours rouge, tête de roi-cerf de l'épilogue,
— les accessoires actants, véritables interlocuteurs du personnage : la va-

lise de Minetti et son contenu (métaphore du voyage...), les « preuves » de son passé,
— les images d'atmosphère : tourne-disque rétro, piano, radio, machine à sous, cabine de plage.

8. Les costumes

Celui de Minetti est une véritable métaphore du texte : le chapeau de Minetti connote la britannicité, son parapluie marque sa mobilité, ses vêtements élimés soulignent sa déchéance ; la plupart des autres costumes sont des stéréotypes sociaux ; hormis celui du nain qui, se renouvelant à chaque scène, figurera in fine l'image d'Arlequin guidant Minetti vers la mort.

9. Le jeu du comédien

est au centre du discours. Rien n'est moins étonnant dans une pièce portant sur une figure d'acteur, à la fois personnage fictif et référence à un des plus grands comédiens allemands de l'après-guerre. La parole de Minetti, à travers son monologue, constitue le pivot vocal de la pièce ; son interprète adopte d'ailleurs un ton intériorisé de maîtrise contenue ; les mots rayonnent comme en allemand sans qu'il y ait de véritables échanges entre les partenaires. La jeune fille et la femme vieillissante (ivre), figures du départ et de l'arrivée, signes figés de la pureté et de la folie, apparaissent comme des témoins plus que comme des partenaires actifs ; c'est paradoxalement la langue qui est au centre de l'incommunicabilité, drame souligné par certaines répliques maintenues en allemand voire traduites en néerlandais.

10. La mise en scène

n'est pas référentielle mais focalise l'attention du spectateur sur un travail imaginaire.

« Nous cherchons moins à mettre en scène la vieillesse que les traces qu'elle laisse, à la faire percevoir sans la souligner. Comme François va être amené à jouer certains moments près du spectateur (...) sans qu'une rampe, une barrière quelconque ne les sépare (...), toute la difficulté de ce travail est là : faire en sorte que tout soit là sans que jamais rien ne se remarque, que tout aille de soi ».

La prédominance de l'écoute ne gomme pas le poids du visible : au contraire, un va-et-vient constant entre des focalisations sur les perceptions linéaire et tabulaire marque l'homogénéité de tous les moyens utilisés pour traduire l'imaginaire du spectacle. Le parti pris est celui de la continuité rythmée par de nombreux procédés et accentuée par l'absence d'entracte. Le projet plonge le spectateur dans l'illusion et ne le lâche pas.

Il faut savoir d'ailleurs que pour cette mise en scène Sireuil a inversé les espaces habituels du *Varia :* la scène se trouve côté spectateur et vice versa. Permutation qui s'inscrit dans une réflexion sur l'illusion ; la fin du spectacle rappelle une des clés du code : le rideau du faux théâtre, constamment présent au fond du hall de l'hôtel, s'ouvre sur une plage déserte flanquée de deux rangées de cabines. Tenu par la main par le Valet/nain déguisé en clown, Minetti s'enfoncera alors irrémédiablement de l'autre côté, dans l'image du faux-semblant. Tel Lear guidé dans la tempête par le fou.

11. La fable

Le texte dramatique de Bernhard propose une fable allégorique dont la référence constante au *Roi Lear* apparaît dès l'exergue de la pièce. Le thème se présente comme suit : Minetti, vieil acteur ne jouant plus depuis 30 ans, chassé de Lübeck pour s'être refusé à la littérature classique, exilé à Dikensbühl, vient à Ostende pour signer un contrat avec le directeur du théâtre de Flensburg. C'est la Saint-Sylvestre. La scène se passe dans un hôtel qui fut beau autrefois. Minetti va enfin jouer *Lear* et assumer un rôle qu'il n'avait jamais pu que simuler face à son miroir. L'attente (vaine) du directeur est prétexte à un long monologue : le vieil homme fait un bilan de sa vie ; inlassablement il répète la même histoire devant des personnages indifférents, souvent muets et déchus, renfermés dans leur solitude. Seule une jeune fille prête une oreille à peine attentive au soliloque de Minetti. Celui-ci prendra conscience de son isolement et évoluera lentement vers le suicide, au son de plus en plus lancinant de la tempête.

Il s'agit d'un monologue qui constitue aussi une réflexion sur la duplicité : distance de plus en plus éludée entre le comédien et son personnage dont la folie consistera précisément à revêtir l'identité de son double ; ambiguïté du drame bernhardien et de la tragédie shakespearienne : Minetti meurt affublé du masque de Lear et par trois fois récite des passages shakespeariens.

Il faut souligner à quel point la dramaturgie de Sireuil transforme le texte dramatique proposé par Bernhard. On se souviendra, en effet, du contenu idéologique de la fable initiale : réflexion sur l'oppression de l'acteur en Allemagne nazie ici insérée dans un pays démocratique et connotée métaphysiquement. De même, l'inversion de la folie dont Minetti est victime à l'instar de Lear fait émerger cette portée généralisante : comme si la mort de Minetti montrait à quel point la folie frappe les « autres », ceux qui n'entendent pas, ceux-là même qui conduiront Minetti à la mort.

Le découpage du texte dramatique est précis : trois scènes et un épilogue.

La mise en œuvre de l'énoncé renvoie à un travail de la voix, celle de l'acteur Minetti.

La dramaturgie proposée par Sireuil fonctionne à un double niveau :

a) une rhétorique séquentielle qui se situe surtout au plan du *visible*. Symboles immédiatement perceptibles : l'eau, le rideau qu'on déchire ; la découverte de nouveaux espaces marque à chaque étape l'espoir d'une renaissance, d'un retour à zéro,

b) une dynamique de figures récurrentes *lisibles* non à l'intérieur de chaque séquence mais aperçues globalement : variations d'intensité sonore rythmant le monologue, passages du nain, signes obsessionnels, redondance de signifiants scandant l'imaginaire de l'acteur.

Trame de la pièce, la parole du comédien principal va non seulement narrer à travers le monologue mais mettre en place. Le mot installe de véritables matrices de spatialité textuelle, le déplacement, la mimique, le mouvement illustrant le drame intérieur véhiculé par la fable.

12. Le mode de lisibilité

On est frappé par les redondances harmonieusement intégrées dans le projet du metteur en scène. Le plaisir visé est celui de perceptions allusives qui invitent à une réflexion sur l'essence de la théâtralité et sur ses modes *lisible* et *visible*. Les signes de la dramaturgie sont à la fois clairs et connotatifs au point que l'histoire imaginaire englobe à la fois les fantasmes du lieu, *hic et nunc*, de la théâtralité, du plaisir spectaculaire et du destin de l'artiste. Drame de la déchéance et du salut par le théâtre dans un édifice-gigogne qui sort du temps historique pour recréer un temps continu où les époques se confondent.

Richesse des contradictions qui force à la réflexion ; c'est pourquoi d'ailleurs des acteurs viendront se mêler au public après le spectacle.

Dérision d'un art total, visuel, scénique et d'un théâtre pauvre, stylisé, symbolique : suggestion d'une lecture feuilletée que les comédiens mêmes invitent à poursuivre hors de la scène.

NOTES

[1] *Minetti (Portrait de l'artiste en vieil homme)*, de Thomas Bernhard fut publié aux éditions l'Arche, Paris 1977. La mise en scène étudiée est celle du théâtre *Varia* (Bruxelles, 1985).
Texte français de Claude Porcell
Mise en scène : Philippe Sireuil
Distribution : François Beukelaers, Amid Chakir, Florence Madec, Janine Patrick, Louis Vervoort
Assistanat à la mise en scène : Alexis Poelmans
Scénographie et costumes : Philippe Sireuil
Masques : Jean-Claude De Bemels
Maquillages : Jean-Pierre Finotto

[2] *Le Soir*, 7 mars 1985.

II. La Mouette

mise en scène d'Antoine Vitez [1]

1. Discours global de la mise en scène

a) Ce qui « tient » les éléments du spectacle...

...c'est d'abord, et surtout, la reconnaissance de l'*intrigue* — mot que Vitez préfère à *fable* (Vitez et Copfermann, 1981, p. 168), la possibilité de suivre le destin de Treplev, la clarté de l'histoire contée, même si les motivations exactes des personnages, dans la dramaturgie tchékhovienne comme dans cette mise en scène, ne sont jamais livrées une fois pour toutes. Ce qui tient scéniquement les éléments du spectacle, c'est aussi leur mise en rapport spatiale comme dans une fresque ou un collage où chaque élément garde son autonomie et n'est pas intégré et réduit à un tout. Les éléments signifient par leur contiguïté, leur coexistence, par les échos qu'ils suscitent entre eux.

b) Le rapport des systèmes scéniques

est donc à la fois de convergence et de coexistence. Par exemple, la gestuelle ou les intonations produisent le même effet d'artificialité ou de fausseté que la scénographie de carton-pâte. Pourtant, les divers systèmes scéniques ne s'annulent jamais dans un signifié commun, dans un sens ultime.

c) Cohérence ou incohérence

La mise en scène recherche volontairement une certaine incohérence en refusant d'homogénéiser, de rapprocher les systèmes scéniques, en insistant notamment sur la fausseté du jeu, des situations, des lieux. Elle prend garde de ne pas faire converger les divers signifiés en un signifié commun et de créer ainsi une atmosphère générale qui donnerait finalement sens à chacun des éléments isolés.

La lecture du texte ne prétend nullement à une cohérence dramaturgique interne, d'autant que Vitez n'effectue pas (et d'ailleurs refuse) une analyse dramaturgique qui prendrait clairement parti sur le sens des personnages et de leur projet (cf. (9)). Bien plus, la mise en scène montre presque toujours les contradictions et les aspirations divergentes des personnages ; elle ne donne à personne le beau rôle, ne condamne jamais sans appel une action. En ce sens, la mise en scène témoigne d'une extrême cohérence dans le choix de ses incohérences.

d) Principes esthétiques de la réalisation

Outre le choix délibéré de l'incohérence comme signe de la non-résolution des conflits, la mise en scène évite de produire un effet d'atmosphère slave ou russe, où les silences, les allusions culturelles, la lenteur du rythme, l'ancrage historique des costumes et des décors prendraient une place prédominante. La situation historique et géographique de la pièce de Tchékhov n'est suggérée que par quelques rares indices (costumes des femmes à la mode parisienne en vogue dans la Russie de cette époque, casquette et bottes de l'intendant Chamraiev). La traduction gomme elle aussi les allusions trop explicites à la Russie. L'inévitable samovar des mises en scène tchékhoviennes est littéralement au rencart, à peine visible à l'intérieur de la maison à l'acte III, cité ironiquement comme appartenant à un type de figuration et de mise en scène dont Vitez prend ses distances, non sans respect filial. Renonçant aux facilités et aux poncifs de l'« âme slave », Vitez risque du même coup de tomber dans un universalisme et une abstraction des rapports humains. A la place du *non-dit,* qui, dans les mises en scène dites « d'atmosphère », confère à la représentation une aura de mystère et de discours potentiel qui ne demanderait qu'à s'expliciter, Vitez oppose un *trop-dit,* notamment à travers le jeu des comédiens (cf. (6)). Ceux-ci semblent dire et montrer tant de sentiments, d'attitudes et de gestes contradictoires, qu'ils décuplent leur expressivité, mais qu'on ne voit plus quels résultats cette interaction produit.

L'esthétique de la mise en scène confronte deux principes habituellement considérés comme exclusifs : un principe de figuration réaliste (les décors figurent des arbres, une maison, un jardin) et un principe d'abstraction (le décor et le jeu se donnent ostensiblement comme faux, comme théâtral et artificiel). La mise en scène établit ainsi un rapport nouveau entre réalisme et symbolisme, réalité figurée et théâtralité, illusion et dénégation, proximité et lointain. On pourrait voir là une polémique contre Stanislavski, où Vitez semble prendre le parti de Meyerhold et de son théâtre de convention, faisant lui aussi de la convention un procédé nécessaire au réalisme [2] (voir aussi (10b)).

e) Ce qui vous dérange dans cette mise en scène ; quels moments forts, faibles ou ennuyeux

Ce qui dérange, c'est précisément cette incertitude quant au statut fictionnel de la représentation, cette difficulté à lire la mise en scène tour à tour et simultanément comme illusion réaliste et/ou comme mise en valeur de l'artificiel et du faux. Incertitude très inconfortable, car le spectateur n'est pas habitué à changer son système de perception au cours d'une même représentation. La mise en scène hésite entre un principe de réalisme minimal de l'atmosphère (de l'illusion donc) et un principe de déconstruction maximale des discours, des gestuelles et des personnages, Il n'est pas toujours évident de comprendre pourquoi ces changements apparaissent à tel moment plutôt qu'à tel autre. En d'autres termes, le jeu et la figuration conservent de nombreux effets de réalisme et de psychologie qui, du fait de l'insistance sur la convention, paraissent faux ou mal réalisés ; et inversement, les procédés de déconstruction ne sont pas suffisamment poussés à l'extrême et systématisés pour éviter un effet de reconstitution et de *vraisemblablisation* de la psychologie et de l'atmosphère. Vitez refuse de résoudre les conflits, d'arbitrer les débats contradictoires ; il cherche à rendre scéniquement cette absence de totalité et de centre qui caractérise l'écriture tchékovienne (Pavis, 1985). Il dépasse l'alternative entre une mise en scène naturaliste ou symboliste. La question est de savoir si le spectateur peut lui aussi résister à la tentation de recentrer la mise en scène, s'il peut résister à cet écartèlement entre identification psychologique et déconstruction des discours et des intonations. Le malaise, face à cette mise en scène, provient sans doute des moments trop ouvertement déconstructeurs, comme les crises d'Arkadina ou de Treplev, les « sorties » de Trigorine, les effets de voix cassée de Macha, les « dévoiements » de Chamraiev. Le spectateur met sur le compte d'une analyse dramaturgique les différences considérables entre les gestuelles et les intonations des acteurs (cf. (6e)) qui, en réalité, ne sont pas opposés selon un système absolu et conscient.

2. Scénographie

a) Formes de l'espace : urbain, architectural, scénique, gestuel, etc.

Le T.N.P. est situé place du Trocadéro, dans l'un des immenses édifices qui abritaient la Société des Nations, puis l'OTAN, mais en sous-sol, dans la colline de Chaillot, « territoire détourné par Jean Vilar du XVIe arrondissement » (Vitez, 1981 : p. 11). Sur l'esplanade du Trocadéro, sur ce qui est en somme le toit de ce théâtre-bunker, les enfants font du skate-board, du patin à roulettes, ignorant qu'ils patinent sur le toit de l'intellectualité parisienne. Appelé au Théâtre National de Chaillot en 1981, Vitez voudrait le faire connaître à un plus large cercle de connaisseurs : « Au-delà du public professionnel ; au-delà des quatre mille personnes constituant le public d'un échec, huit mille forment le public d'un demi-succès d'estime, à Chaillot, pour un spectacle. Et enfin, sans transition, trente mille personnes crèvent le cercle : là, ce sont les spectateurs qui viennent quand un spectacle marche vraiment ». (Vitez, Copfermann 1981, p. 21). Cf. (11a).

L'espace de la salle a été remodelé. Le public est assis face à la scène sur des gradins aux sièges confortables, sur une pente assez forte et longue. L'espace scénique est frontal, à l'italienne. Le cadre de scène est très grand, notamment sur la longueur ; l'immense plateau est structuré en profondeur par des panneaux parallèles figurant, de chaque côté de la scène, des rangées d'arbres qui se découpent sur le ciel. Au fond de la scène, un ciel immense avec un soleil déclinant et la façade de la maison de Sorine. A l'acte II, la maison semble s'être rapprochée, tandis qu'à l'acte III, la façade et la terrasse sont désormais très proches de la rampe. L'acte IV se déroule à l'intérieur de la maison que l'on perçoit depuis la perspective inverse, sur un espace très large avec une profondeur relativement réduite. Pour meubler l'espace scénique très vaste, notamment au premier et au second acte, les comédiens doivent se déplacer considérablement et se répartir harmonieusement sur la scène. L'espace gestuel — celui des déplacements, de leurs rapports spatiaux réciproques comme celui de la projection de leur voix — est donc indispensable pour meubler un espace scénique et architectural disproportionné.

La succession des scénographies, produite par le rapprochement puis l'inversion du panneau central figurant la façade de la maison, suggère un mouvement de zoom, un gros plan sur l'intériorité des personnages, une enquête sur l'itinéraire d'une vie, un piège spatio-temporel qui se referme sur Treplev.

L'espace du lac n'est pas figuré par la scène : on s'aperçoit qu'il correspond très exactement à celui du public, puisque la scène du petit théâtre de Treplev est arrimée à la rampe (tel un ponton) et que les comédiens regardent le public lorsqu'ils parlent du lac ou du théâtre. Cette inversion de l'espace (ce que Meyerhold aurait pu appeler une *composition paradoxale)* fait du public de Chaillot un double voyeur qui observe à la fois les comédiens-personnages, leur regard sur le théâtre et les coulisses du petit théâtre (où Nina s'habille et se prépare). Elle interpelle le public contemporain, ainsi placé dans la position symbolique et énigmatique du lac, lieu de tous les désirs et questionnements. Le lien aux didascalies de Tchékhov et à l'espace dramatique qu'il suggère se caractérise par un retour à la figuration, mais une figuration du réel (maison, arbres, parc) qui se donne pour fausse et théâtrale, comme si Vitez polémiquait une fois de plus avec Stanislavski, lequel « haïssait, au théâtre, le « théâtre », c'est-à-dire l'effet

…éatral, les décors de carton-pâte et les sentiments de carton-pâte ». (Vitez/Copfermann, 1981, p. 44). Les rangées d'arbres de part et d'autre de la scène, la maison à l'horizon, tout est bien en effet « en carton-pâte », ce qui donne une réalité d'autant plus grande aux acteurs, aux rares objets (cf. p. 4). Le seul effet spatial se produit après les coups de feu de Treplev, lorsque la paroi des murs monte vers les cintres, laissant apparaître au fond le lac. La plupart du temps, les acteurs prennent possession d'une partie de l'immense espace scénique. Il arrive qu'ils créent un effet de focalisation, en venant par exemple, tels Macha et Dorn à la fin du premier acte, au bord de la scène.

b) Rapport entre espace du public et espace du jeu

Un lourd rideau de velours rouge sépare scène et salle. Il coulisse avec un bruit d'anneaux très théâtral, rompant l'illusion d'un tableau vériste qui venait à peine d'être produite, notamment en fin d'acte, rappelant les plus beaux jours de la théâtralité, une théâtralité très populaire et naïve, celle d'un théâtre de patronage, par exemple, et qui contraste ironiquement avec la sophistication du tableau.

c) Système des couleurs, leurs connotations

La couleur dominante des arbres (brun, noir) et de la façade (taches grisâtres), leur structure (effet pointilliste, impression d'une couleur « camouflage » assez sale, ni trait, ni couleur), leur fixité relative, tout ceci produit un climat assez sombre et lourd, que la figuration des lieux et des objets ne dissout jamais en une impression ou une atmosphère. La scénographie fait l'effet d'un carcan peu manipulable, refusant autant l'esthétisme des couleurs que la réalité citée du naturalisme : rien de strehlerien (comme la blancheur de sa *Cerisaie)* ou de stanislavskien (comme un milieu dense et homogène d'objets réels). Cette scénographie figure une réalité prosaïque et dominante, une réalité qui ne peut toutefois faire illusion et se révèle vite fausse et théâtrale. Aussi ne tente-t-elle pas de donner l'impression que la scène se prolonge en coulisses dans l'extra-scénique et que la scène est extraite d'une réalité plus grande. Tout ce qui est montré sur scène cache toujours en même temps autre chose, sans jamais donner une explication définitive des motivations, des gestes, des symboles (le lac, la mouette). Le caché se situe « au cœur » de la scène, « derrière » ce qui est montré ; il n'est jamais définitivement explicité.

Minetti de Thomas Bernhard au Théâtre Varia.
Mise en scène de Philippe Sireuil. 1985.
Distribution : François Beukelaers, Amid Chakir, Florence Madec, Jeannine Patrick, Louis Vervoort.
Photos Danièle Pierre, © Théâtre Varia.

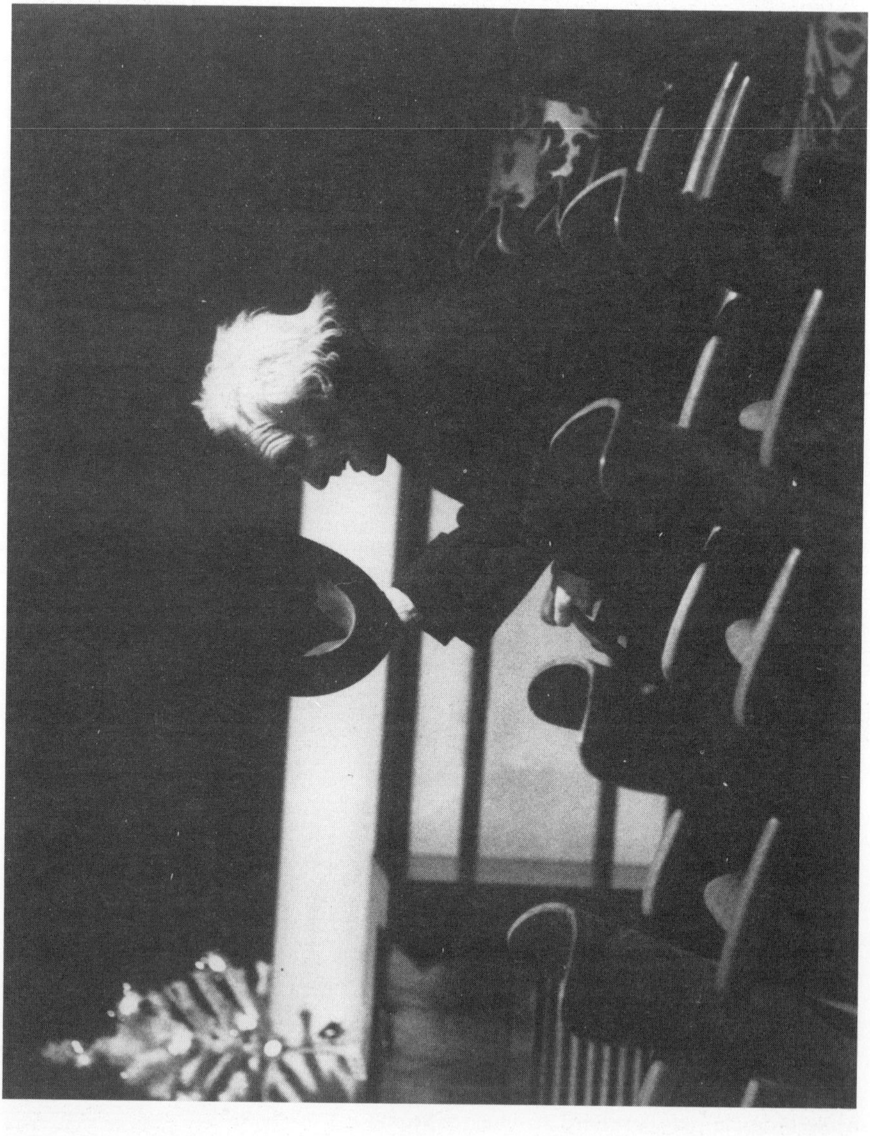

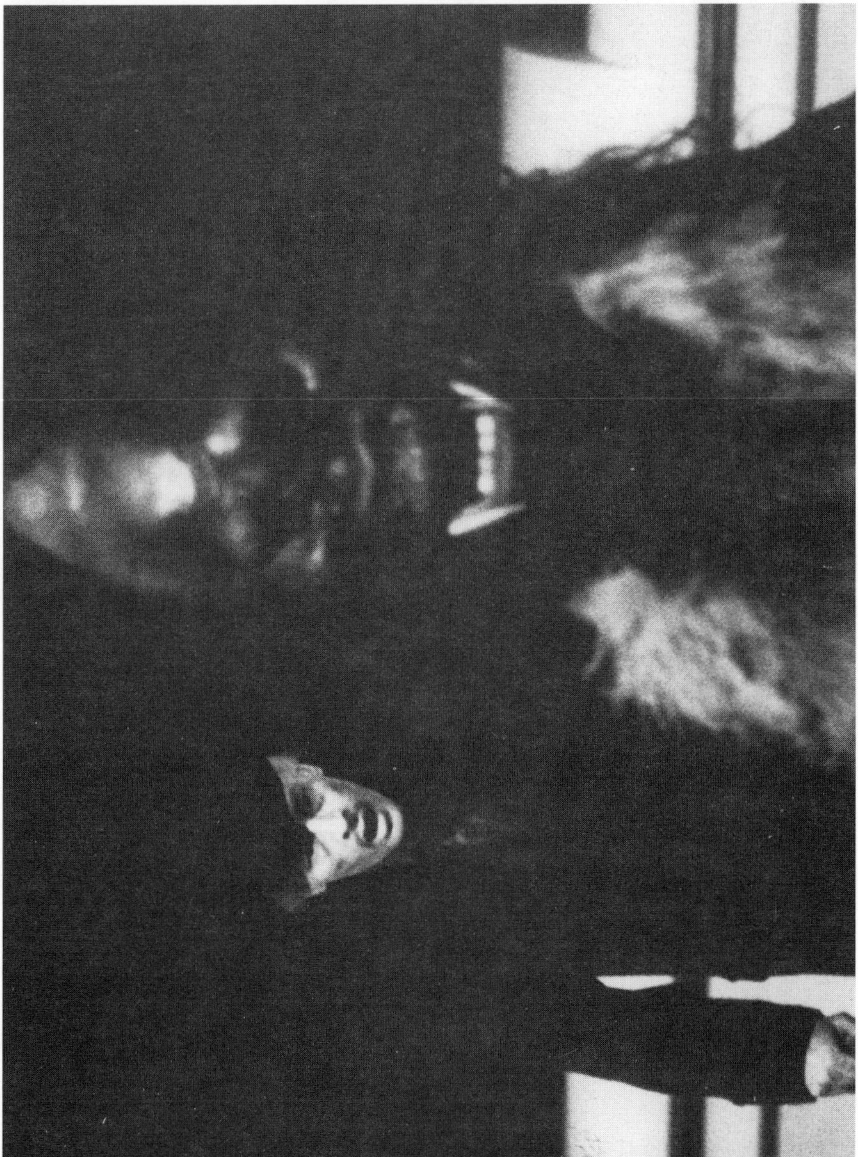

SONIA

3. Système des éclairages

L'éclairage est une composante capitale de la fiction, puisque la scène se passe au coucher du soleil (I), à midi (II), la journée (III), le soir (IV). Le mouvement du soleil visible dans le ciel au fond de la scène, dans le cyclorama, marque l'écoulement du temps. La variation de l'intensité lumineuse éclaire la scène « de l'intérieur », donne à chaque tableau une coloration émotionnelle spécifique : contrastée, romantique et agitée en I, sensuelle en II, quotidienne et tragique en III, fantastique et morbide en IV. La lumière colorie les panneaux des arbres et le sol ; elle anime entièrement une scénographie qui ne vivrait pas sans ces variations continuelles.

4. Objets : nature, fonction, rapport à l'espace et au corps

Dans le vaste espace scénique, les objets ont l'air perdus. Ils se composent essentiellement d'éléments de mobilier : des chaises (I) et un banc en osier, des arceaux de croquet (II), une table avec des ustensiles pour le petit déjeuner, des valises (III), un canapé-lit, une table de jeu, un bureau (IV). Ils paraissent les seuls objets réels et inscrits dans l'histoire, dans un milieu scénographique plutôt vague et faux, mais la scénographie n'a pourtant pas cherché à en faire des témoins véristes d'une société précise. Ils sont plutôt utilisés comme des machines à jouer, des points d'appui pour les comédiens, ils sont rarement détournés de leur fonction utilitaire courante. Ils gardent toujours leur marque réaliste, même s'ils sont en même temps le point de départ possible d'une lecture symbolique (ainsi la mouette qui semble un oiseau empaillé, la scène théâtrale mal « arrimée » au bord du lac, le jeu de croquet que Nina transforme en un slalom et en jeu d'équilibre, etc.). Au dernier acte, l'espace s'est considérablement réduit autour de Treplev ; la routine de la vie d'intérieur en cette mauvaise saison lui est pesante, mais, à l'inverse de Nina, il ne parvient pas à « s'enfuir par la porte vitrée ». Au début de la pièce, le rideau de la petite scène de Treplev descend des cintres, retournant la perspective (on voit Nina préparer en coulisses son entrée sur scène). Le rideau forme un mur d'incommunicabilité entre Nina et Treplev, placés de part et d'autre de cette séparation artificielle.

5. Costumes : leur système, leur rapport au corps

De tous les systèmes scéniques de cette mise en scène, celui des costumes ancre le mieux la pièce dans un contexte historique qui pourrait être celui du XIXe siècle en Russie. Mais le costumier Yannis Kokkos limite les références à la mode russe à quelques rares détails : la casquette et les bottes de l'intendant Chamraev ; « l'homme de peine » Iakov ne porte pas la traditionnelle blouse de moujik. Les femmes (Arkadina, Paulina, Macha) portent de longues robes élégantes, noires ou blanches. Les couleurs sont tranchées et s'opposent selon un principe assez simple de caractérisation : robe simple et blanche de Nina (I, II), robe noire plus habillée d'Arkadina. Dorn porte une veste blanche, qui renvoie à « l'homme qui a vécu », à l'estivant et au voyageur plutôt qu'au médecin.

6. Performance des acteurs

a) Jeu individualisé ou typique

Même si la plupart des comédiens sont des acteurs « vitéziens » — anciens élèves ou habitués à jouer avec Vitez —, il n'y a pas un style typiquement vitézien, ou plutôt ce style consiste à préserver l'apport individuel de chaque acteur (son accent, son phrasé, sa gestuelle, son image), donc à jouer de la diversité et de l'hétérogénéité des comédiens. Chacun possède une particularité que son jeu accentue : intonations en trémolos et changements perpétuels de tension gestuelle d'Edith Scob (Arkadina), voix très grave et profonde de Jean-Marie Winling (Medvedenko) et de Bruno Sermonne (Dorn), faculté de passer de l'abattement à la surexcitation de Jean-Yves Dubois (Treplev) ou de Dominique Reymond (Nina).

b) Rapport de l'acteur et du groupe

L'espace est investi par l'ensemble des acteurs, sans mise en vedette d'un ou plusieurs personnages, avec des procédés classiques de focalisation sur celui ou ceux qui sont au centre des dialogues. Les déplacements s'effectuent selon la logique de la situation, sans accentuation du mouvement, des arrêts ou des regards.

c) Texte/corps

La mise en scène ne cherche pas à faire croire à une identité entre le personnage, sa psychologie, sa voix et sa gestuelle ; elle accentue les effets de contraste entre ces éléments : Arkadina, sous une apparence très frêle et hésitante, a des intonations et des exclamations d'une rare violence. Dorn, dans ses paroles de consolation à Macha, à la fin de l'acte I, utilise une intonation très peu liée à la situation du moment (« O lac enchanté ! Mais que puis-je faire, mon enfant ? Quoi ? Quoi ? ») ces paroles sont dites avec un détachement qui ferait croire à une déconnection de la parole et du corps. Cela ne signifie pas simplement la froideur, l'intellectualité et la distance du personnage, ceci renseigne sur la volonté de Vitez de décomposer rhétoriquement le texte de Tchékhov, d'en visualiser les mécanismes, d'en donner à entendre l'inquiétante étrangeté.

L'acteur tient son rôle à distance, sans que l'on puisse parler pour autant de distanciation. Plusieurs comédiens jouent un rôle de composition et sont employés presque à contre-emploi : Jean-Claude Jay joue un vieillard malade et irascible, Bruno Sermonne est très jeune et plein de vigueur pour incarner un médecin de cinquante-cinq ans. Tous deux composent leur rôle (par le maquillage, l'attitude corporelle), mais seulement jusqu'à un certain point : ils n'essaient pas de faire croire à l'âge ou à la situation de leur personnage.

d) Gestuelle, mimique, maquillage

Corps, voix, texte ne sont jamais en harmonie ou en synchronie. Personne n'est bien dans sa peau, sauf peut-être Dorn, malgré sa lenteur résignée. On voit l'usure du temps sur le corps (Macha et sa déchéance d'acte en acte, mais aussi Arkadina qui veut prouver qu'elle est restée jeune, exécute une danse qui l'essouffle, elle a du mal à lire sans lunettes). Le malaise des corps est général, et il est montré de manière burlesque (Sorine gesticulant dans son fauteuil roulant) ou allusive (la non-rencontre de Nina et Trigorine : Nina attend un baiser qui ne vient pas, etc.). Par contre, l'affection entre Treplev et son oncle est montrée par une complicité gestuelle : tous deux sont juvéniles, maladroits, patauds de la même manière. Ils se comprennent par un regard ou une attitude.

Le maquillage est surtout utilisé pour vieillir les comédiens. Au dernier acte, on reconnaît à peine Treplev, tant son visage est pâle, ses cheveux gominés. La grisaille quotidienne, l'immobilité et le renoncement sont inscrits sur son visage. C'est le seul exemple d'utilisation très marquée du maquillage.

7. Fonctions de la musique, du bruit, du silence

La musique est diégétique, c'est-à-dire induite et produite sur scène, motivée par la situation. A l'acte IV, on entend Treplev jouer du piano depuis la pièce voisine : air mélancolique qui s'accorde avec l'atmosphère crépusculaire et le désespoir du personnage. Le bruit insistant du vent mugissant, venu du lac, redouble l'effet d'étrangeté, voire d'inquiétante étrangeté (l'*Unheimlich* freudien) et de fantastique qui paraît envahir le salon et la maison, mais ceci reste toujours limité à certains moments et cela ne s'éternise jamais.

Le dialogue joue beaucoup des silences, des non-dits, parfois pesants, entre les personnages (Nina et Treplev à l'acte II ; Nina et Trigorine à la fin de l'acte III). Chaque personnage possède une attitude différente face aux « trous » du discours : Nina s'exprime à travers eux, Arkadina ne les supporte pas, Trigorine n'ose pas les « entendre » et les produire, il les meuble par des banalités (« on est bien ici »). Après les coups de feu de Treplev, en coulisse, la pièce se termine sur un silence général meublé par la futilité des pions du jeu de loto qui claquent sur le damier et égrènent le temps, comme si rien ne s'était passé, comme si tout allait continuer. Musique, bruit et silence sont les systèmes scéniques qui contribuent le plus à créer une atmosphère d'angoisse et de mystère, même si d'autres signes de la représentation — l'intonation, la gestuelle par exemple — viennent immédiatement la miner et en déranger la ronronnante harmonie.

8. Rythme du spectacle

a) Rythme de quelques systèmes signifiants

b) Rythme global

Certains systèmes évoluent à un rythme régulier et continu : ainsi les variations d'intensités lumineuses. D'autres, comme la gestualité ou l'intonation, sont soumis à des ruptures et des variations extrêmes. Il y a donc une désynchronisation assez marquée des systèmes, de sorte qu'aucun rythme global n'unifie l'ensemble. (Cf. plus haut : (1c)).

Vitez n'a souhaité ni ralentir le débit des dialogues — ce qui aurait donné un ton mélodramatique et dépressif — ni accélérer le tempo — ce qui aurait conduit à un vaudeville tragi-comique. Il procède par une série de temps forts et faibles, d'accélérations et de freinages. Ainsi Nina donnant à Trigorine son médaillon (acte III) récite à toute vitesse son texte : « Je vous prie d'accepter... » Treplev passe sans transition de la tendresse à l'agression physique face à Arkadina. (Sur la question du rythme des mises en scène de Tchékhov, voir Pavis, 1985 : « La pièce et son public »).

9. Lecture de la fable par cette mise en scène

a) Quelle histoire est racontée

Il n'est pas facile de ramener la mise en scène à une histoire linéaire, à une suite d'actions aboutissant à un même résultat. Impossible de lire cette représentation comme la tragédie de Treplev ou le calvaire de Nina, etc. On connaît d'ailleurs la méfiance de Vitez pour la fable : « J'ai refusé cette notion de fable telle qu'elle a été utilisée, et maintenant j'en viens à mettre en cause le mot lui-même. Je n'ai plus envie de lutter contre la fable mais je me demande ce que cela veut dire. Je crains que l'utilisation de cette sorte de vocabulaire (repris d'Aristote par Brecht) nous enferme dans l'obligation de penser d'un côté ou de l'autre » (1981, p. 168). Cette *Mouette* n'est ni résumable, ni réductible à une histoire, une thèse, une morale.

b) Quels choix dramaturgiques

Le refus de la fable comme structure narrative organisatrice entraîne l'absence de choix marqués pour expliquer les actions ou les motivations des personnages. Les « choix » portent cependant sur les grandes options caractérielles des personnages : hystérie d'Arkadina, cyclotymie de Treplev, etc.

c) Quelles ambiguïtés dans le récit, quels éclaircissements par la mise en scène

L'ambiguïté de la motivation, de l'action, de la conclusion de la pièce est aussi grande que possible. Pourtant, un certain nombre de grandes figures caractérielles et inconscientes semblent se dessiner : la relation œdipienne de Treplev et de sa mère, le lien de la névrose à la situation d'*Hamlet* (cf Pavis, 1985 : « Le quotidien et les figures mythiques »).

Cette volonté de ne pas conclure n'empêche évidemment pas des prises de positions parfois très claires : Treplev est montré comme un adolescent caractériel et souvent ridicule autant qu'émouvant. Nina récite le monologue de façon très moderne, presque comme des paroles dans une musique contemporaine. Vitez semble faire ainsi la parodie d'un art « branché ». C'est presque une autoparodie, quand on pense à la manière dont il faisait autrefois jouer ses acteurs.

d) e) sans objet : cf (9a)

f) Genre du texte dramatique selon cette mise en scène

Une comédie noire, et non pas un vaudeville ou un mélodrame. La méthode de « douche écossaise » — entre comique et tragique, lenteur et ferveur, sens obvié et sens obtus — ne facilite pas la lecture homogène selon le canon d'un genre particulier. La mise en scène essaie plusieurs pistes de lecture, n'en privilégie aucune particulièrement, cultive l'incertitude générique.

10. Le texte dans la mise en scène

a) Caractéristiques de la traduction

Vitez est dans la situation privilégiée d'avoir effectué la traduction du russe (une langue qu'il connaît pour l'avoir étudiée et traduite pendant de longues années) et d'assurer la mise en scène. Il est donc déjà metteur en scène en décidant du texte français, et d'autant plus attentif au rythme de la syntaxe, aux mises en valeur stylistique de groupes de mots, aux effets modernistes de certains termes (« S'il vous plaît ! »). La traduction ne cherche pas à simplifier le texte russe, à en ôter les ambiguïtés ; elle ne veut pas non plus « faire russe » en traduisant à tout prix les diminutifs, les jeux sur les différents noms, mais elle conserve tout de même les noms russes de mesure (*poud, kopecks, verste*). Elle est très proche du schéma rythmique original, n'hésitant pas à sacrifier la « francisation » du texte au maintien de la rhétorique rythmique du texte russe.

b) Quelle place la mise en scène accorde-t-elle au texte dramatique

Le texte et la fable (du moins ce que l'on en reconstitue) ne sont pas « pris » ou « enfouis » dans un dispositif visuel tout-puissant (comme chez Chéreau par exemple). Ils conservent leur autonomie et ils se caractérisent par une « visualisation » de leur architecture phonique, rythmique, rhétorique. La voix, l'intonation, le silence restent les systèmes « structurateurs » par excellence. Le texte est mis sous la tension de ses énonciateurs verbaux : il est, pour ainsi dire, « poussé à bout » jusqu'à la rupture, comme si l'on voulait produire un *sur-texte* au lieu d'un *sous-texte* à la Stanislavski. Là encore, le choix de Meyerhold contre Stanislavski est patent. Vitez écrit à ce sujet : « Son fameux « système » [celui de Stanislavski], qui doit beaucoup à la rencontre du Théâtre d'Art de Moscou avec Tchékhov, est fondé sur l'idée que le travail de l'acteur est créateur aussi bien que celui du compositeur et du décorateur, et que l'acteur doit découvrir, sous le texte de l'auteur, le courant souterrain, le *sous-texte,* qui est la vie réelle du personnage, et dont le texte écrit n'est qu'une trace imparfaite » (1981, p. 45). Rien de ce *sous-texte* dans la mise en scène de *La Mouette ;* c'est plutôt la perception de l'artificialité et de la convention qui le préoccupe, comme autrefois Meyerhold : « Il faut reconnaître que tout le théâtre est convention, que tout est conventionnel au théâtre. L'emploi du même mot pour désigner la mauvaise et la bonne convention est légitime. La mauvaise convention, c'est la convention routinière, devenue si *normale* qu'on n'y fait plus attention. Meyerhold nous dit qu'il faut rejeter cette convention-là, et il propose la convention consciente : l'artiste doit créer sa convention, c'est-à-dire son système de signes, et la faire comprendre au public » (1981, p. 45).

c) **Rapports du texte et de l'image**

L'image ne jouant pas — ou rarement — un rôle de support et d'ancrage pour la mise en scène, l'acteur doit toujours et sans cesse faire tout partir de lui. Il est précipité dans un espace vide, difficile à meubler, inconfortable. Sa voix, son espace gestuel, sa trajectoire l'inscrivent dans la représentation.

11.

a) **A l'intérieur de quelle institution théâtrale se situe cette mise en scène ?**

Le *Théâtre National de Chaillot* est une institution à laquelle Vilar a donné la marque d'un théâtre populaire de qualité, où l'on gère, de manière critique, le patrimoine théâtral. Théâtre subventionné par l'Etat, fréquenté par un public de la classe moyenne, d'étudiants, de professeurs, de passionnés de théâtre suivant toutes les créations de Vitez. Cf (2a).

b) **Quelles attentes aviez-vous de ce spectacle ?**

Voir comment Vitez concilierait l'atmosphère tchékhovienne et son style expérimental, sobre, hyper-intellectuel, méfiant vis-à-vis de la sensualité. Cette contradiction n'a été ni maîtrisée, ni problématisée dans la mise en scène. D'où l'impression d'une voie moyenne, contradictoire, décevante par tous les côtés. Ceci est à la fois le pari de la mise en scène et son échec prévisible, car les principes esthétiques sont parfaitement antithétiques.

c) **Comment a réagi le public ?**

Attention soutenue durant le spectacle. Pas d'enthousiasme débordant, ni d'émotion romantique. « Ce n'était ni du Tchékhov habituel, ni du Vitez expérimental », croyait-on entendre !

Le rôle du spectateur est fondamental car il doit compléter et reconstituer le puzzle des signes divergents, des rythmes déphasés, des contradictions non résolues, faire un travail d'écoute des divers échos et intonations, des citations d'un moment à l'autre du spectacle. Vitez déclare être « contre l'illusion que d'abord on crée l'idée, et qu'ensuite on l'illustre » (1981, p. 173) ; il lui paraît vain « de vouloir regrouper les signes en fonction d'une idée préconçue (c'est-à-dire conçue avant le travail avec les acteurs). Au lieu de regrouper ses perceptions en fonction d'une fable et d'une analyse dramaturgique, il devra lire le spectacle dans sa trame horizontale, son « système mythologique » : « Ne pas jouer la fable, mais monter la succession des associations d'idées trouvées par le metteur en scène et par le groupe d'acteurs. La mise en scène consiste dans le montage, le collage bout à bout de toutes ces associations d'idées. Ce collage mène à une lecture globale de l'œuvre et bien à un sens, mais global. Il me semblait plus riche que le sens obtenu en suivant simplement la fable ». (1981, p. 211).

12. Comment noter (photographier et filmer) ce spectacle

a) Comment noter

Il serait important de noter la trajectoire des acteurs, de relever leurs déplacements comme trace de jeu sur la scène. Et, en même temps, il faudrait repérer les « explosions » gestuelles et intonatoires, leur lien avec le texte et le système global de ces points de repères. Il y a un rapport original entre la continuité et les ruptures qui n'appartient qu'à ce type de mise en scène et qu'il faudrait s'efforcer de saisir.

Le film (par exemple la vidéo réalisée par le T.N.C. pour archivage [3]) rend mal les effets de vide et les changements brusques. Echappent également — presque irrémédiablement — les voix étrangement placées d'Arkadina ou de Nina, le rapport original entre la figuration de la scénographie et l'abstraction du jeu, notamment des intonations et des déplacements.

b) Quelles images vous en restent

— Le cyclorama et le soleil couchant ;
— Le ponton au premier plan ;
— La découpe des arbres ;
— La paroi de la maison qui s'élève dans les cintres, laissant voir le lac utilisé dans la mise en scène du *Héron*.

13. Ce qui n'est pas sémiotisable

a) b) Ce qui dans votre lecture de la mise en scène n'a pas pris de sens. Ce qui n'est pas réductible au signe et au sens

Certaines explosions gestuelles ou vocales se produisent à des moments inattendus. De manière générale, toute séquence de signes semble toujours avoir au moins le sens du fragmentaire, de l'inachevé, comme si la mise en scène refusait une solution définitive et univoque. « Le théâtre — dit Vitez — c'est la fuite du temps même. C'est l'inégalité, l'imperfection, l'inachèvement ». (1981, p. 139).

14.

a) Quels problèmes particuliers à examiner

— Comment le traducteur et le metteur en scène collaborent.

— La différence avec la première mise en scène de *La Mouette* par Vitez.

— Comment Vitez s'inscrit dans la tradition d'interprétation de Tchékhov. Quels sont les rapports de cette mise en scène avec ses autres mises en scène, notamment celle d'*Hamlet,* monté la saison précédente avec beaucoup d'acteurs identiques, et surtout *Le Héron* d'Axionov ? Ainsi verra-t-on que le travail de mise en scène entretient toujours, chez Vitez, des rapports intertextuels très étroits avec d'autres œuvres travaillées par les mêmes comédiens.

[1] *La Mouette,* dans la traduction d'Antoine Vitez, publiée aux éditions *Actes Sud* en 1984, reprise au Livre de Poche en 1985, a été donnée pour la première fois sur la scène du Théâtre National de Chaillot, le 9 février 1984.

Mise en scène d'Antoine Vitez
Scénographie et costumes de Yannis Kokkos
Musique de Bernard Cavanna
Chorégraphie de Milko Sparemblek
Lumière de Patrice Trottier
Assistante à la mise en scène : Kasia Skansberg
Assistant pour la scénographie et les costumes : Nicolas Sire
Distribution :
Jean Allain : un cuisinier
Joël Denicourt : Iakov
Jean-Yves Dubois : Treplev
Jean-Claude Jay : Sorine
Patrice Kerbrat : Trigorine
Dominique Reymond : Nina
Edith Scob : Arkadina
Bruno Sermonne : Dorn
Boguslawa Schubert : Une femme de chambre
et Claudia Stavisky : (en alternance)
Dominique Valadié : Macha
Agnès Van Molder : Paulina Andréievna
Pierre Vial : Chamraiev
Jean-Marie Winling : Medvedenko

[2] Vitez s'est expliqué très clairement sur sa parenté avec Meyerhold : « Il faut reconnaître que tout le théâtre est convention, que tout est conventionnel au théâtre. L'emploi du même mot pour désigner la mauvaise et la bonne convention est légitime. La mauvaise convention, c'est la convention routinière, devenue si *normale* qu'on n'y fait plus attention. Meyerhold nous dit qu'il faut rejeter cette convention-là, et il propose la convention *consciente :* l'artiste doit créer sa convention, c'est-à-dire son système de signes, et le faire comprendre au public (...) La question du réalisme, au théâtre, n'est pas une question de vie ou de mort. Pour moi, le réalisme est secondaire à la convention, il est un des jeux conventionnels auxquels il faut jouer, sachant qu'on joue, mais pas le seul » (p. 45).

[3] Document audio-visuel conservé au T.N.C. Je remercie Jacques Roulet et Françoise Peyronnet de m'avoir permis de le visionner.

Bibliographie

Patrice Pavis, 1985, « Commentaires à l'édition au Livre de Poche de **La Mouette** de Tchékhov.

Anton Tchékhov, 1985, **La Mouette,** Paris, Le Livre de Poche.

Antoine Vitez, Emile Copfermann, 1981, **De Chaillot à Chaillot,** Paris, Hachette.

Antoine Vitez, Georges Banu, 1980, « Entretien », **Silex,** n° 16.

III. Comme il vous plaira
Analyse dramaturgique

1. Prologue

Que l'on considère comme sujet principal de la pièce l'aventure de l'ancien duc, ou celle de Rosalinde, ou encore celle d'Orlando, le résultat est exactement le même : cette intrigue dans son entrelacement avec les deux autres est tout simplement vouée à l'échec d'un point de vue dramatique, elle est injouable ! Le bannissement de l'ancien duc est un fait accompli lorsque la pièce commence et l'élément dramatique qui pourrait être obtenu (la tentative par le frère de se débarrasser de lui dans la forêt d'Ardenne) est remplacé par un bref message précisant que le frère regrette, qu'il vivra dorénavant comme ermite et qu'il remet l'ancien duc, son frère, à la place qu'il lui avait dérobée ! L'histoire de Rosalinde est tout aussi déraisonnable : étant bien arrivée, quoique avec les pieds douloureux, dans la forêt d'Ardenne où se trouvent, non seulement son père, mais aussi son amant, elle conserve son déguisement, au grand désarroi de son père et de son amoureux, et elle les mène par le bout du nez jusqu'à ce que, malhonnêtement, elle agisse telle une *dea ex machina* en remplaçant ses vêtements masculins par des vêtements féminins pour épouser ainsi celui qu'elle aurait quand même épousé sans toutes ces histoires ! En réalité, c'est dans la fable d'Orlando qu'il y a le plus d'action, mais c'est une action dans le style de celles que l'on utilise dans les contes de fées ou les romans de Dostoïevsky : Messire Roland de Boys avait 3 fils lorsqu'il mourut... Et il est bien vrai que l'on peut retrouver la structure des contes de fées dans les épreuves auxquelles Orlando est soumis : 1) la confrontation avec le frère : épreuve qualifiante 2) le combat gagné contre le lutteur du duc usurpateur : épreuve principale et 3) le combat gagné contre lui-même lorsqu'il aide son frère contre le serpent et la lionne : épreuve glorifiante.

Malgré ce scénario totalement impossible, *Comme il vous plaira* (AYLI) fait partie des comédies les plus jouées et tout comme le bourdon qui refusait de se conformer à l'avis des savants selon lesquels son vol était contre nature, de même AYLI oblige les gens de lettres et de théâtre à identifier la force qui, de façon évidente, maintient la pièce en vie. Le problème est en soi très simple : dès la fin du premier acte, toutes les conséquences provisoires des intrigues sont tirées et aucune parmi elles ne joue de rôle, de quelque façon que ce soit, avant le cinquième acte. Cela signifie que l'incontestable force de fascination de AYLI doit provenir d'une autre source que de celle des intrigues. Et aussi, de façon négative, que toute représentation dont la mise en scène reposerait sur une accentuation du seul noyau narratif serait vouée à l'échec.

2. Le monde entier est une scène

Le jeu de masque de l'Hymen n'est qu'un élément parmi d'autres de la fin formelle et stylisée de AYLI : tout d'abord l'Hymen, puis une danse et enfin l'épilogue de Rosalinde. Pourquoi cette construction plurielle ? Que nous dit-elle sur l'ensemble de la pièce ?

Dans quel but ce jeu final à la dialectique raffinée ? Ou plutôt selon quelle nécessité ? Cette nécessité selon laquelle la pièce en son entier a, jusqu'à maintenant, peut-être eu du mal à nous convaincre qu'elle possédait un noyau de réalité. L'ostensible mise en scène de la fin efface le caractère construit et ludique du reste de la pièce. Ce qui reste dans la conscience du public, c'est peut-être ceci : les sentiments, les expériences, les possibilités qui n'ont pu être présentés que dans le jeu des modèles et qui peut-être n'obtiennent de signification existentielle que quand ils survivent dans la mémoire libérée de la froide logique de l'expérience.

> « Ros : *Allons, venez.*
> *La vue des amoureux nourrit ceux qui aiment.*
> *Menez-nous donc les voir, et vous direz sous peu*
> *Que je me suis montré bon acteur dans leur jeu.* »
> (III, IV, 53s.)

Corin est intervenu dans une discussion entre Célia et Rosalinde et leur a promis qu'elles pourront voir « jouer un spectacle réel ». Les acteurs sont ici Phébé et Sylvius qui, à eux deux, forment le couple parodique [1]. Au début, Rosalinde et Célia sont dissimulées aux yeux du couple qui, ainsi, via les deux voyeurs précisément, s'expose tel quel à nos yeux. Grâce aux voyeurs, nous pouvons apercevoir ce qui se passe dans la sphère privée. Non pas quelque chose qui se dirait l'univers privé — comme dans l'illusion que nous impose le théâtre naturaliste où nous devons faire abstraction du quatrième mur — mais un reportage en direct de la pièce sur les erreurs et le jeu authentique de l'un contre l'autre dans la vie privée. A un certain moment, Rosalinde intervient et donne des ordres. Elle devient un acteur agissant et la scène se modifie. « La pièce » a maintenant perdu sa caractéristique de jeu authentique qui provenait des sentiments sincères et dissimulés des acteurs et de leurs stratégies. Ils doivent maintenant se plier à une demande officielle, et impliquer dans leur jeu une tierce personne. Nous avons ainsi bien vu dans cette scène combien la présence de tierces personnes figure notre point de vue sur la scène. Point de repère intelligible pour les prémisses de l'action : les actants sont seuls, au sens de être seuls, du fait précisément de la présence d'observateurs cachés que le public seul peut voir.

Dans ses tragédies et ses pièces historiques, Shakespeare utilise le monologue pour communiquer les pensées intérieures de ses personnages. Pour ce qui est de la forme fondamentalement dialogique de la comédie, il lui faut trouver d'autres voies pour pouvoir, au beau milieu de cette structure contrapuntique de méprises, de transformations, de jeux de rôles de stratégies, de satires, d'ironie, bref de quiproquos, ancrer certains éléments de droiture, d'harmonie, d'intention, c'est-à-dire des situations où, le masque étant tombé, la personne se révèle. Les observateurs cachés de cet authentique jeu de masques sont les pierres de touche du public. Nous pouvons être certains que ce qui a lieu, c'est ce que la force centrifuge de la pièce désire voir arriver avec leurs procédés à lui comme à elle. On peut ainsi considérer la structure de AYLI comme étant une alternance de théâtre et de théâtre dans le théâtre. Ce n'est que par un rapprochement de ces deux formes de représentations que l'on peut se faire une idée juste de l'action et des personnages de la pièce.

Dans le sombre univers du premier acte, nul théâtre dans le théâtre. Le jeu de rôles y est envisagé de façon consciente (I, II, 23 : Ros : « Voyons : que dirais-tu de tomber amoureuse ? ») ou bien encore, comme chez le courtisan Le Beau, comme une enveloppe extérieure de loyauté recouvrant une attitude critique et des sentiments généreux.

Ce n'est qu'à partir du deuxième acte, où apparaît ce masque fondamental qu'est le changement de sexe de Rosalinde, qu'augmente la fréquence des scènes où le public, via un observateur caché, a la possibilité de recevoir des informations supplémentaires lui permettant de corriger ces personnages qu'il ne peut, sinon, interpréter qu'à partir de leurs prémisses à eux.

Jacques est l'observateur essentiel mais il est, lui aussi, épié. Jacques nous est présenté indirectement au travers d'un récit de sa découverte d'un cerf blessé. Histoire dans laquelle aucun détail pénible ne nous est épargné pour nous communiquer le kitsch sentimental des réactions du mélancolique (II, I, 30 ss.). Comme nous l'avons dit, Jacques est surtout le voyeur. Dans III, II, 290 ss., il est directement l'observateur qui commente pour nous le « mock-marriage », la parodie de mariage de Pierre Detouche et d'Audre, ce qui nous permet d'avoir un aperçu des formes et des espoirs de la vie conjugale dans les couches populaires.

Mais nous percevons aussi Rosalinde, le personnage principal, à partir d'un angle de vision extérieur encore que sous une forme différente : Ros. : « Je vais lui parler comme un laquais impertinent et, en cette guise, le taquiner. Ecoute, forestier ! » Dans la réplique faite par Rosalinde à Célia, les conditions de la rencontre entre Rosalinde et Orlando sont déterminées, aussi pour le public. Même si Célia se trouve constamment sur la scène pendant cette rencontre (III, II, 452 : « Allons, sœur, venez-vous ? ») et que donc, le metteur en scène doit la situer à la fois comme très présente sur scène et cependant suffisamment éloignée d'Orlando ; ainsi, par l'introduction quelque peu cérémoniale de Rosalinde au contenu attendu de la scène, nous sommes simultanément prévenus que, même si cela ressemble à une intrusion dans le rapport entre les deux amants, tout est cependant conscient, maîtrisé : un jeu de rôles.

Rosalinde ne peut pas non plus être épiée dans des scènes de ce style. Là aussi, elle y est consciente de son rôle. D'ailleurs, Shakespeare ne la laisse pas agir comme sur une corde raide devant une tierce personne, en une sorte de peep-show involontaire. Seule la *confidente,* Célia, constitue notre point de vue formel dans les scènes où Rosalinde et Orlando sont seuls sur la scène. Ainsi dans IV, I, 35, lorsque Rosalinde entreprend de réaliser la seconde « parodie de mariage » de AYLI en impliquant Célia comme involontaire entremetteuse (Célia : « Vous avez bellement maltraité votre sexe, dans votre babil amoureux »). La présence de Célia n'a de signification que formelle — elle constitue le quatrième mur — dans le jeu de rôle totalement conscient de Rosalinde : Ros. : « Par cette main, il ne tuerait pas une mouche ! Mais allons, maintenant, je serai votre Rosalinde en plus accommodante humeur. Demandez-moi ce que vous voulez, et je l'accorderai. »

La preuve totale et finale du véritable amour de Rosalinde pour Orlando — si nous en avions douté — apparaît à l'acte IV, IIIe scène où, maintenant son identité de Ganymède, elle doit écouter le récit plutôt horrible de la bataille d'Orlando et de la lionne et où — même si ce n'est pas dans son rôle — elle s'évanouit à la vue du linge taché de sang ; ce sur quoi elle se doit d'affirmer, devant un public sceptique, tant sur scène — Olivier et Célia — que dans la salle, que ce n'était qu'un *jeu.* Olivier : « Ce ne fut pas simulé. La couleur de votre teint montre trop bien que c'était passionnément sérieux. » Ainsi, le propre metteur en scène du théâtre dans le théâtre doit à la fin fonctionner comme un simple élément de la troupe et se laisser surveiller de l'extérieur.

Le public, directement et indirectement, a pu se faire une idée des caractéristiques des personnages : Jacques qui, malgré ses possibilités sociales d'être ou de devenir le contraire, s'est laissé figer en un seul et unique emploi : celui de l'éternel voyeur. Pierre Detouche qui, du fait de sa situation sociale, ne peut représenter sa vision du monde que sous la forme de jeux verbaux. Sylvius qui, d'un point de vue sentimental, est figé dans un rôle spécifiquement périodique, celui du « berger triste », ayant une relation amoureuse, bien évidemment sado-masochiste, avec Phébé qui, elle pour des raisons sociales, ne peut réaliser son rêve d'une autre relation amoureuse. Contrairement au meneur de jeu et à Célia qui se voit récompensée de ses fidèles services, Rosalinde, qui obtient tout par son jeu de rôle, fait en quelque sorte dérive de l'efficace organisation de son amie. Peut-être ainsi le monde entier est-il une scène, mais même dans la forêt, le statut social opère une distinction entre les vedettes et les équipiers.

Toutefois, ce qui est commun au groupe dans la forêt, c'est la possibilité de faire l'innocent sans que cela entraîne des conséquences fatales. Les actions et les formes du dialogue sont dotées de la liberté propre à l'action comme jeu. En tant que tel, la rencontre des gens dans la forêt est un jeu totalement libre où les conséquences normales — parfois fatales — sont suspendues.

Les manifestations formelles de la fin ainsi que les « scènes vraies » validées par les témoignages qui y sont inclus, projettent dans leur ensemble une lumière de réalité sur la vie dans la forêt. Mais pourquoi donc ces instances sont-elles nécessaires par rapport au public ? Elles le sont du fait de la thématique et de la structure de la pièce.

3. Un manteau d'Arlequin

La structure générale de la pièce est en soi simple et claire. Le premier acte nous présente une civilisation infernale avec des souverains omnipotents inspirant la peur, et des victimes soumises à une oppression arbitraire et inexplicable. Le silence et l'acceptation implicite de l'injustice du sort n'y sont même pas une garantie contre des attaques soudaines ou des menaces de destruction. L'activité d'Orlando et la passivité de Rosalinde menacent tout autant la vie.

Dans la forêt, les conditions de vie sont diamétralement opposées. Malgré le cadre rigide autour du déroulement de l'action : les caprices concernant le temps de la nature et le pouvoir démoniaque des animaux étant de possibles adjuvants, il s'agit ici d'une scène ouverte à tous ceux qui prendraient plaisir à jouer un rôle dans l'évolution ordinaire des sentiments et des espoirs humains. Il y existe bien évidemment aussi des différences entre les gens : il ne s'agit pas d'un cadre paradisiaque où les différences de rang social et d'argent de la civilisation n'entrent pas en jeu. Même une montre au tic-tac quantitatif a été apportée pour le séjour en forêt. Ce ne sont cependant pas ces formes struturelles si restrictives dans la civilisation qui constituent le facteur essentiel et déterminant de l'interaction dans la forêt d'Ardenne. Ce sont les diverses formes de la vie sentimentale et des sexes qui dominent la scène, dans des versions hautes *(high plot)* et basses *(low plot)* des intrigues.

Les différences de rang et les ordres de succession sont résolus en un clin d'œil lorsque le séjour en forêt s'achève et que s'amorce le retour à la civilisation. De par certains retournements inattendus et soudains, tout se remet en place et ainsi, les fondements sociaux des alliances établies sur la base des sentiments sont eux aussi en règle. Le Shakespeare réaliste se manifeste là par quelques brèves répliques. Sans toutefois laisser ces présupposés, évidents pour tout spectateur au cynisme ordinaire, détruire le plaisir prédominant. Car même si Jacques ne veut pas revenir chez lui et préfère conserver son rôle d'ermite, même si Phébé aurait préféré recevoir un cadeau différent et même si l'on peut prédire à Pierre Detouche et à Audrey de délicats problèmes de communication, lorsque l'on excepte l'union charnelle, alors l'impression générale, c'est que l'on va vers des temps meilleurs (au sens de meilleures conditions de vie) pour certains qui obtiendront justice (l'ancien duc, Rosalinde, Orlando) et pour d'autres qui se sont découverts (Olivier et Célia). Au niveau inférieur, la situation est plus confuse.

C'est le mouvement essentiel de la pièce. Du mauvais ou du passionnant vers le meilleur. Il n'est pas surprenant que Shakespeare, dans cette comédie, se concentre quantitativement et qualitativement sur ce qui est captivant, à savoir la vie dans la forêt.

Dans la forêt, la vie est plus végétative. On y a du temps pour quelques échappées. La structure de la pièce dans toute cette phase est, au fond, constituée uniquement d'échappées. L'intrigue y est extrêmement peu marquée. Les moments de suspens sont pratiquement inexistants. C'est ainsi que l'intérêt d'une possible reconnaissance de la véritable identité de Ganymède par rapport à Orlando et à l'ancien duc disparaît très vite en tant que point d'ancrage de l'attention du public. Ce n'est pas ce dont il est question. Le changement de sexe de Rosalinde permet par contre à la force centrifuge de devenir une femme offrant ainsi au dramaturge un avantage supplémentaire, celui de pouvoir mettre le langage au centre de l'action par opposition aux formes linguistiques lapidaires des éléments masculins de l'intrigue ainsi qu'à leur penchant pour une approche des situations plus marquée par l'action: Ros: « Ne savez-vous pas que je suis femme? Quand je pense, il faut que je parle. » (III, II, 249). Mais, dans la forêt, les hommes eux-mêmes deviennent des causeurs. Pierre Detouche continue là où il s'était arrêté. Sylvius ne peut absolument pas s'empêcher de lire son livre de poésie page après page. Jacques a lui-même exprimé son message et l'ancien duc, pendant son exil, est devenu un commentateur quelque peu amer. Ils forment à eux tous un orchestre de voix bien dociles, ne demandant qu'à arriver sur la scène pour y faire un petit numéro. Et ils y arrivent !

Le schéma des scènes dans la forêt ressemble à un patchwork ou à un habit d'Arlequin: tissé de pièces qui s'harmonisent ou s'opposent, qui s'approfondissent, se prolongent, sont en contraste ou bien s'anéantissent. Lorsqu'un cortège est sorti avec son groupe de comédiens, un autre entre en scène. Comme une succession de numéros dans un spectacle de variétés, unis seulement par un fil conducteur. La forêt est un supermarché d'attitudes. Un forum thérapeutique pour ceux qui en ont besoin. Une pièce de théâtre pour nous — sur nous...

Le danger que constitue la distanciation totale du public par rapport à ce qui se passe sur scène a été présent, nous l'avons montré, comme un des moments structurants pour le dramaturge ; il sollicite cependant au maximum toutes nos facultés en vue d'une participation synthétisante et d'une identification avec la fable fondamentale (l'amour d'Orlando et de Rosalinde avec tout ce qui, de là, s'ensuit dans les domaines familiaux) et ce, jusqu'à l'extrême: le long numéro poétique d'Orlando sur les formes d'amour, poésies dont les pieds boitent. Le pastiche des romans d'aventures avec le bon frère qui, se sacrifiant pour sauver le mauvais frère, se bat avec le serpent et la lionne. Le mariage de Pierre Detouche et d'Audrey par le pasteur Dom Olivier Gateprêche. Soulignant le statut inférieur et aussi constamment vaines, les tirades *répétées* de Pierre Detouche. Les conférences mélancoliques de Jacques. Les rituels trompeurs sur le devoir. Des rituels authentiques comme actions contrastées ?

4. Allons, encore une autre stance

Pendant qu'il écrivait *Four Quartets,* T.S. Eliot écrivit aussi un essai « The Music of Poetry », en 1942. Il y décrit ainsi le rapport entre la poésie et la musique :

« The use of recurrent themes is as natural to poetry as to music. There are possibilities for verse which bear some analogy to the development of a theme by different groups of instruments ; there are possibilities of transitions in a poem comparable to the different movements of a symphony or a quartet ; there are possibilities of contrapunctal arrangement of subject-matter. It is in the concert room, rather than in the opera house, that the germ of a poem may be quickened. »

Cette description correspond évidemment très précisément à ce qu'Eliot entreprenait de faire dans son écriture de Four Quartets, mais ce qu'il présente dans son essai, ce sont les principes généraux d'une gestaltisation du texte poétique, et ce pourrait tout aussi bien constituer une description de la construction d'AYLI.

Que ce parallèle avec la musique soit fructueux et convienne particulièrement à la pièce, il est possible d'en donner un exemple remarquable dans le Ve acte lorsque Phébé demande à Silvius de dire à Ganymède (Rosalinde) ce qu'est l'amour. Ce qui donne la séquence suivante :

Phébé *« Brave berger, dis-lui ce que c'est que d'aimer.*
Sylv. *C'est être tout pétri de soupirs et de larmes*
Comme je suis pour Phébé.
Phébé *Et moi pour Ganymède.*
Orl. *Et moi pour Rosalinde.*
Ros. *Et moi pour nulle femme.*
Syl. *C'est être tout pétri de foi et de dévouement,*
Comme moi pour Phébé.
Phebe *Et moi pour Ganymède*
Orl. *Et moi pour Rosalinde.*
Ros. *Et moi pour nulle femme.*
Sylv. *C'est être tout entier fait d'imagination*
Toute passion, tout désirs
Toute adoration, devoir et révérence,
Toute humilité, patience et impatience,
Toute pureté, épreuve et révérence,
Comme moi pour Phébé.
Phébé *Et moi pour Ganymède.*
Orl. *Et moi pour Rosalinde.*
Ros. *Et moi pour nulle femme. »*
(V, II, 82-100)

Ce dialogue, qui continue de cette façon un peu plus longtemps, rappelle de façon étonnante les chants où un maître de chœur et des voix se répondent individuellement en une sorte de refrain ; il illustre simultanément ce que Roman Jakobson appelle les fonctions métalinguistique et poétique du langage, et leur entrelacement concret dans le procès textuel. Nous avons parlé des thèmes et de leur orchestration et la pièce comprend évidemment plusieurs thèmes. Par exemple, l'opposition, traditionnelle dans les pastorales, entre la vie de la cour et la vie des bergers, se déploie de façon très variée dans le texte (particulièrement chez l'ancien duc, Jacques et Pierre Detouche). AYLI est toutefois caractérisé par un thème principal qui domine tout, celui de l'amour entre l'homme et la femme, et c'est par son orchestration que la pièce doit — et peut — tenir en suspens. Le passage du Ve acte cité précédemment indique la méthode classique du théâtre qui est celle du contrepoint ; une série de voix autonomes, souvent regroupées par deux, qui cherchent à définir la nature de l'amour : elles avancent des postulats, donnent des exemples, questionnent, par feinte ou bien sérieusement, avec espièglerie ou bien avec désespoir. Les voix dialoguent entre elles, argumentent, se querellent, taquinent, posent des pièges, supplient, refusent, avouent, etc. et de cette polyphonie ressort une vision kaléidoscopique de l'amour et plus particulièrement du fait de devenir amoureux. Cette multiplicité ainsi que la rupture et la réflexion de ce thème principal dans chaque situation dialogique — elles ont souvent chacune presque l'autonomie d'un sketch — forment pour ainsi dire le principe centrifuge de la pièce ; mais ce principe qui, s'il était souverain, pourrait mener à un éclatement de la pièce en divers épisodes, est contrebalancé par un principe centripète qui ordonne les voix les unes par rapport aux autres, qui leur attribue des importances et des significations différentes et qui termine en établissant une hiérarchie, un ordre hiérarchique entre elles.

5. Ce Si est le grand pacificateur, il y a une grande vertu dans le Si

Sans vouloir légiférer sur la pièce de théâtre en général, nous aimerions cependant souligner une différence notoire dans la façon dont le discours fonctionne dans la tragédie et dans la comédie chez Shakespeare. On définit souvent la différence majeure entre la tragédie et la comédie comme étant la différence entre *l'aliénation* et *l'intégration,* c'est-à-dire que le héros de la tragédie se trouve, à la fin de la pièce, exclu et isolé de la société des hommes, société parfois elle-même quelque peu désintégrée, alors que le ou les protagonistes de la comédie sont intégrés dans la socialité, ce qui se manifeste le plus souvent par des festivités ayant des ressemblances avec les rituels de la fécondité (par ex. le mariage, cf. à l'opposé l'exécution ou toute autre forme de destruction du corps dans la tragédie).

C'est à la lumière de cette différence fondamentale dans les péripéties et le dénouement de la fable qu'il nous faut considérer la fonction du discours. Ce qui est caractéristique de la tragédie shakespearienne, c'est que *le discours y est fatal. Le Roi Lear* en est un bon exemple parce que le point de départ de l'action de ce drame en est le désir de Lear que ses filles expriment de façon formelle, presque ritualisée, leur amour pour lui. Il considère donc le discours comme un acte et un acte digne de foi, c'est ce qui lui sera funeste.

Un autre élément du discours de la tragédie, c'est son caractère de monologue déclamatoire. Bien que la tragédie shakespearienne, bien évidemment, comporte des dialogues, il est à noter que ceux-ci ne mènent pas à la compréhension ou au consensus : le discours n'y possède ni la capacité de créer une conception commune de la vie ni celle de mener à un accord sur la justesse des normes sociales. Il est vrai que, souvent, les discussions et les délibérations sont centrales dans la tragédie mais les modalités mêmes du discours empêchent la réconciliation parce qu'elles sont ou déclaratoires (par ex. les énoncés impératifs) ou stratégiques, c'est-à-dire qu'elles poursuivent leurs propres objectifs indépendamment de la vérité ou de la validité éthique. A ceci se rattache la relation entre le discours, l'identité et la connaissance de soi en ceci que, dans le caractère déclamatoire du discours, il existe très souvent la confirmation rigide d'une identité, la force de cette confirmation et la démonstration spectaculaire de cette identité sont très souvent proportionnelles à la méconnaissance de soi. Cela ne signifie pas que la tragédie ne puisse entraîner un processus de prise de conscience, comme par ex. la course de Lear sur la lande et vers Douvres constituant simultanément une voie qui, par la folie, mène à la connaissance ; mais dans la tragédie, la connaissance (anagnorisis), que les changements du destin (les péripéties) interviennent avant, après ou simultanément, arrive toujours trop tard parce que les forces entraînant avec elles la destruction du héros tragique sont restées depuis longtemps silencieuses et ignorées.

L'action comme jeu est la représentation ou la délimitation d'une situation et d'une suite d'actions (Freud, par ex. définit à un endroit la pensée comme une sorte d'action ludique). Dans notre caractéristique de la tragédie, nous avons parlé de la relation contraignante entre le discours et l'action réelle, mais pas de l'action comme jeu pour la bonne raison qu'elle n'y existe guère, toutes les cartes étant déjà jouées. Même lorsque le théâtre dans le théâtre est utilisé dans la tragédie, comme par ex. la représentation du meurtre de Gonzague dans *Hamlet,* il s'agit d'un *événement irréversible,* une révélation fatale, alors que la simple marque, le jeu de rôles, est au contraire *réversible.* C'est pourquoi dans la tragédie, le discours est identique à une action qui engage et qui a des conséquences. Cependant, le discours peut seulement déclencher une action, il ne peut la contrôler ; c'est pourquoi le discours de la tragédie est caractérisé par sa dualité de *toute-puissance* et d'*impuissance,* l'injonction face à la supplication, la proclamation face à la complainte du désespoir.

Le rapport entre le discours et le corps est lui aussi différent dans les deux genres. Cela concerne évidemment la thématisation du corps où l'opposition, à un niveau mythique, porte sur le corps marqué par la mort, le corps morcelé, exprimé de façon emblématique par Lear lorsque Gloucester, aveugle, veut lui embrasser la main :

Glo. « *O ! Laissez-moi baiser votre main !*
Lear *D'abord que je l'essuie. Elle sent la mort.* »
(IV, VI, 134-135).

et le double corps de la comédie, celui de l'homme et de la femme unis dans l'acte d'amour :

Ros. « *Je voudrais que tu bégaies. Tu verserais de ta bouche cet homme caché comme le vin sort d'une bouteille à goulot étroit, soit trop d'un coup, ou point du tout. Je te prie, ôte le bouchon de tes lèvres que je puisse boire tes nouvelles.*
Cél. *Et que vous vous mettiez un homme dans le ventre.* »
(III, II, 195-207).

Outre le fait que ces indécences effrontées (qui ici dépassent presque celles de Pierre Detouche) de Rosalinde et de Célia thématisent la sexualité, une représentation montrerait aussi que, dans la comédie shakespearienne, le discours en tant qu'acte est à ce point érotisé qu'il prend souvent la forme (comme ici) d'un voluptueux épanouissement physique. Le discours devient alors la manifestation physique d'un excédent mental. Par contre, le discours de la tragédie est lui rattaché au corps statuaire ou au corps morcelé, ce qui fait que la réalisation matérielle de l'expression linguistique devient une indication soit de la valeur sociale et du pouvoir, soit de l'isolement tragique ; d'un côté, l'agencement pompeux ou laconique des voix et de l'autre, le débordement ou l'étouffement de l'intonation. Dans les deux cas, la matérialité concrète de la langue est sémantisée et réfère à quelque chose de restreint, à une non-liberté.

Dans AYLI, par le fait même qu'il s'agit d'une comédie, le discours se comporte de façon diamétralement opposée à ce qui a été dit sur le discours de la tragédie ; et qui plus est, à la fin, Pierre Detouche fait une digression sur les règles du duel et sur son quasi-duel, digression qui, à première vue, semble être du remplissage mais qui, considéré de plus près, paraît contenir la poétique des comédies shakespeariennes :

Jac. « *Maintenant pouvez-vous nommer dans l'ordre les degrés du démenti ?*

Pier. *... d'abord, la Réplique Courtoise ; en second lieu le Propos Discret. En troisième, la Réplique Brutale. En quatrième, le Blâme Audacieux. En cinquième, la Riposte Belliqueuse. En sixième, le Démenti Circonstancié ; en septième, le Démenti Catégorique. De tout cela, on peut se tirer, sauf du démenti catégorique ; et on peut se tirer même de là, par un Si. J'ai connu un cas où sept juges ne pouvaient accommoder une querelle, mais quand les parties se rencontrèrent en personne, l'un pensa simplement à un Si, tel que « si vous avez dit cela alors j'ai dit ceci » ; et ils se serrèrent la main, et furent frères jurés. Ce Si est le grand pacificateur ; il y a une grande vertu dans le Si.* »
(V, IV, 87 et 102).

On peut six fois échapper aux conséquences de son discours et la septième fois, on peut s'en tirer en introduisant une hypothèse et donc une forme de fiction. Face à l'irréversibilité du discours de la tragédie, Pierre Detouche soutient la réversibilité, ou bien, avec une expression plus biblique, le rachat comme caractéristique du discours de la comédie. Il y a aussi dans la réplique de Pierre Detouche ce fait que la comédie permet un véritable dialogue ; le discours est bien évidemment aussi utilisé de façon stratégique dans la comédie, et on y trompe et on y mystifie tant qu'on peut mais cela n'empêche pas que son dénouement repose finalement sur un consensus accepté concernant ce qui est *voluptueux, raisonnable* et *autorisé.*

6. Voici la forêt d'Ardenne

Nous nous sommes beaucoup préoccupés précédemment du jeu de rôles et de la mise en scène, de la thématisation du théâtre dans le théâtre et il semble que l'on puisse trouver la caractéristique essentielle de la comédie shakespearienne dans le prolongement de ces réflexions :

Célia « *...Ainsi, ma douce Rose, ma chérie, sois plus gaie.*
Ros. *Dorénavant je le serai, ma cousine. J'inventerai des jeux. Voyons : que dirais-tu de tomber amoureuse ?* »
(I, II, 21-24).

Tout comme nous l'avons fait remarquer auparavant, c'est un bon exemple de la volonté de mettre en scène l'existence comme un jeu et ce jeu a le caractère d'une autodramatisation, d'un accommodement avec le monde extérieur de façon qu'il se plie à la représentation, pleine de volupté. Dans les dialogues entre Rosalinde et Célia, particulièrement ceux du premier acte, cette création individuelle de la réalité est purement linguistique ; les deux jeunes femmes créent un espace de discussion où, seul, Pierre Detouche peut entrer, espace qui devient un refuge situé au beau milieu de la réalité oppressive de la cour. Mais alors qu'arrive-t-il ? A peine Rosalinde a-t-elle proposé de tomber amoureuse dans leur univers discursif commun et privé qu'Orlando fait son entrée sur scène et qu'elle tombe sérieusement et irrémédiablement amoureuse (tout comme Phébé qui, au moment même où elle dédaigne l'amour, en devient la prisonnière). Cela indique l'existence d'une relation *magique* entre l'imagination et la réalité, entre l'univers du discours et l'univers de l'action. Cette magie est un phénomène bien connu des psychologues et des anthropologues sous le nom de *toute-puissance de la pensée.* On le trouve par ex. dans les contes de fées, dans une variante réalistico-humoristique, celle des trois vœux où le protagoniste se retrouve à la fin précisément là où il se trouvait au début. On peut de ce point de vue considérer AYLI comme la représentation de la *satisfaction d'un désir* où l'espace fictif physiquement présent sur scène sert de base matérielle à la représentation de Rosalinde.

Ainsi, la forêt d'Ardenne, outre sa fonction mythique en tant qu'espace naturel régénérateur, devient un paysage-lieu de la prise de conscience, une toile de fond pour le jeu de la satisfaction des désirs. Shakespeare est toutefois un trop grand poète pour se contenter de cela et c'est pourquoi, comme nous l'avons dit, il complique et orchestre la thématique de l'amour. Cependant, le paysage concret de l'imagination comprend deux autres aspects dissimulés dans la réponse à la question de savoir pourquoi Rosalinde ne se fait pas immédiatement reconnaître de son père et de Orlando. A première vue, cela semble déraisonnable : en révélant son identité, elle pourrait jouir tout à la fois de la tendre protection d'un père et de la demande en mariage d'un noble amant ; au lieu de quoi, elle choisit de se retrouver sans aucune protection sous une autre identité, plus précisément un autre sexe. L'explication peut en être donnée en deux mots : les concepts de *libération* et *d'individuation.* Du fait de son statut de jeune fille nubile, Rosalinde (et Célia aussi) se trouve dans une phase transitoire, biologiquement et socialement, phase caractérisée par le départ de la maison, et souvent par la révolte contre l'autorité familiale, le plus souvent paternelle. La fin de cette phase correspond à l'établissement d'une identité sexuelle sociale et autonome. Dans la comédie d'intrigues, qui a ses racines dans la comédie néo-attique, l'élément central de la fable et de la thématique, c'est la révolte et le refus par le fils de l'autorité paternelle ; c'est pour cette raison que Frye, entre autres, peut dire de la comédie qu'elle est une solution comique au conflit œdipéen. On trouve dans AYLI des traces de ce schéma dans la fuite des jeunes filles loin du duc Frédéric, fuite qui leur permet de se libérer de la mauvaise image du père (comme le disent les psychanalystes) ; cet épisode mis en relation avec la phase dans laquelle se trouvent Rosalinde et Célia, rend leurs actions tout à fait logiques, ce que d'ailleurs, Rosalinde exprime de façon très claire : « Mais que parlons-nous de pères quand il y a Orlando ? » (III, IV, 34-35).

Mais alors, si AYLI n'est pas une comédie d'intrigues ayant pour thème central la révolte contre l'autorité, qu'est-ce donc ? et pourquoi Rosalinde ne révèle-t-elle pas son identité à Orlando ? Une réponse possible, c'est qu'elle veut être certaine de son amour avant de se faire connaître ; mais cette explication ne nous mène pas bien loin car, en réalité, elle n'a aucune raison d'en douter. *La véritable raison, c'est qu'elle jouit de la liberté que lui accorde ce jeu de rôle.* Plus tôt dans la pièce, Rosalinde et Célia différencient le *working-day world* (la vie quotidienne) du *Holiday foolery (le jeu du dimanche)* (I.III, 12 et 14) et la fuite vers la forêt d'Ardenne représente la transition vers un monde du dimanche, c'est-à-dire un monde dans lequel les jeunes femmes ne sont pas liées à une identité sociale restreinte. Même si Rosalinde est authentiquement et profondément éprise d'Orlando (« Ah, cousine, cousine, cousine, ma jolie petite cousine, si tu savais de combien de brasses est profond mon amour » », IV, I 195-196), elle s'accorde les quelques jours de liberté où le monde est exactement *As You Like It,* Comme il vous plaira. Cette phase de transition dans laquelle se trouvent Rosalinde et Célia est caractéristique de la recherche de l'identité et de la quête et de l'attente de l'amant ; mais dans le monde magique de la pièce, le partenaire est présent dès que la possibilité de « tomber amoureux » est évoquée. C'est pourquoi la fonction de la forêt d'Ardenne n'est pas en premier lieu d'être un terrain de chasse ou un lieu d'accouplement pour Rosalinde (mais certainement pour d'autres) ; sa fonction est tout autre, à savoir être un espace de liberté où pourra avoir lieu l'individuation de Rosalinde.

7. Chacun selon son rang

Avec le choix final par Rosalinde d'une identité sociale, sexuelle et individuelle, la forêt d'Ardenne a rempli sa mission en tant qu'espace de jeu, mais, en accord avec la logique imaginaire de la pièce, elle prouve sa singularité magique lorsqu'à la fin, le duc Frédéric en y pénétrant trouve le chemin de la conversion. Toutefois, la forêt d'Ardenne, tant comme espace naturel régénérateur que comme paysage de la conscience, est un *espace de métamorphose* et non un lieu statique et ce, parce que c'est un univers irréel, imaginaire et aussi parce que l'idylle pastorale n'est pas l'idéal de Shakespeare. La métamorphose ne consiste pas, nous l'avons dit, en une transformation, mais en une évolution, c'est-à-dire que la réalité s'y harmonise avec la nature et les désirs des protagonistes — excepté Phébé, ce qui nous rappelle que cela n'est pas toujours possible.

8. Comme il vous plaira

Bien que malheureusement absent de nombreuses mises en scène, l'épilogue de Rosalinde est tout à fait fondamental pour la pièce. Tout d'abord, il reprend le *Si* de Pierre Detouche, un *Si* qui apparaît la première fois dans le serment de Rosalinde et de Célia : « Sur notre barbe (si nous en avions)... » (I, II 68) et qui dans la bouche du jeune acteur devient : « Si j'étais femme » (V, IV, 214), soulignant ainsi le caractère de fiction de toute la pièce. La thématisation du dédoublement de l'identité sexuelle, le jeune acteur, qui joue une jeune femme jouant un jeune homme, mais qui, déguisé en femme, fait remarquer qu'« elle » est un jeune homme, est en outre significative, car la liberté de revêtir une autre identité sexuelle, développement utopique du potentiel de l'individu à l'intérieur de l'univers euphorique de la forêt d'Ardenne, nous est encore une fois exposée ici ; en même temps, on nous démontre toutefois que ce n'est possible que dans l'univers du jeu théâtral. La présentation de cette différence entre la fiction et la réalité nous indique que l'univers de la pièce est une illusion coupée de la réalité qui est celle du public. Cependant, l'épilogue contient aussi une possible ouverture entre la fiction et le public, cf. la formulation par Rosalinde du *plaudite,* l'applaudissement traditionnel :

« ... Ma façon est de vous invoquer, et je commence par les femmes. Je vous conjure, ô femmes, pour l'amour que vous portez aux hommes, d'aimer de cette pièce tout ce qu'il vous plaît ; et je vous conjure, ô hommes, pour l'amour que vous portez aux femmes, — à ce que je vois de vos minauderies aucun de vous ne les hait — qu'entre vous et les femmes le jeu puisse plaire. »
(V, IV, 208-214)

L'adjuration de Rosalinde/du jeune acteur, tout à fait en harmonie avec l'esprit magique qui règne dans la pièce, remet entre les mains du public le destin de la pièce. L'épilogue est, en ceci, tout à fait traditionnel ; mais ce qui est important, c'est que le destin de la pièce est déterminé par l'amour que les femmes du vrai public portent aux hommes et vice versa. Cela nous apprend ainsi dans quelles conditions la pièce peut plaire, à savoir qu'il faut que le public soit attiré par des personnes de l'autre sexe. La concrétisation fictive de la réalisation des désirs dans la pièce n'acquiert donc de réalité psychique que pour autant qu'elle soit acceptée, non en tant qu'authentique reproduction de la réalité, mais en tant qu'interprétation probante du rêve ordinaire de la réalisation de l'amour entre hommes et femmes.

Nos arguments ont porté sur le fait que, alors que le discours de la tragédie est monologique et fatal, celui de la comédie est caractérisé par les dialogues et les discussions sur les conditions du plaisir. Dans l'épilogue d'AYLI, une corrélation est impliquée entre trois dialogues différents, le dialogue entre eux des personnages fictifs, le dialogue entre la scène et le public et enfin le dialogue dans le public. Dans ces trois dialogues, le plaisir et la joie constituent l'ordre du jour des discussions. Lorsque Rosalinde conjure les hommes : « qu'entre vous et les femmes le jeu puisse plaire », elle fait ainsi de la pièce et un objet de plaisir commun et un médiateur du désir que l'homme et la femme ressentent l'un pour l'autre : de cette façon, elle nous indique ce qu'est la finalité de la pièce et aussi ce que devrait être la nôtre ou tout du moins ce que devrait être ce *telos* pour un grand nombre d'entre nous.

9. Epilogue

La lecture avertie et créative d'une pièce de théâtre engendre une grande richesse d'expériences nuancées et d'images variées. Toute variante possible peut être tentée, les exercices d'équilibre exécutés. Pour le regard intérieur du lecteur, le jeu est illimité si les conditions de l'interaction avec le texte sont présentes. Et, peut-être quand il s'agit d'un texte de théâtre, la liberté est-elle très grande surtout chez un poète dramatique comme Shakespeare qui ne désirait pas intervenir par des indications excessives de régie. Le lecteur est ainsi son propre dramaturge, aucun metteur en scène de théâtre ne peut être de la même façon, une personne dont le sort est à envier, pouvant se permettre d'avoir à l'esprit plusieurs interprétations simultanées en vue d'une comparaison permanente. Le metteur en scène de théâtre doit choisir pour être en mesure de raconter son histoire à un public dont on peut attendre qu'il soit là dans la salle avec les mêmes données pour s'approprier la pièce. Pensée de cette façon, la réalisation concrète, celle d'une pièce de Shakespeare par exemple, est toujours en principe une réalisation limitée pour laquelle il a fallu rejeter des interprétations possibles au seul bénéfice de celle que l'on a choisi de présenter au public.

Une approche littéraire du texte dramatique peut prendre de nombreuses formes. Cela peut aller de la méthode philologique (le déroulement mot à mot des variantes partielles avec leurs conséquences possibles pour l'interprétation relative à l'ensemble du texte) à des études analytiques fondées sur des théories issues d'une vision globale de l'homme, de la langue, ou de l'histoire, choisissant de mettre l'accent sur des éléments fondamentaux fort différents dans le texte. Les notes pourront expliquer des répliques par ailleurs difficiles à comprendre. Les analyses fondamentales peuvent constituer de possibles esquisses, même si le plus souvent, elles se révèlent être trop abstraites dans leurs indications de réalisation.

Une bonne analyse dramaturgique doit combiner la compétence de l'analyse littéraire à la faculté de représentation scénique fondée à la fois sur l'attention aux indications scéniques directes ou indirectes du texte dramatique et sur la synthèse entre le projet et la texture fondamentale de la réalisation (fable, jeu, univers). L'analyse dramaturgique dépasse l'analyse littéraire sans pour cela la rendre superflue en aucune façon. On peut plutôt dire que l'analyse dramaturgique, à partir de préoccupations tout à fait concrètes — comment jouer cette scène ? avec quels accessoires ? que font-ils pendant qu'ils parlent ? pourquoi y a-t-il trois personnes sur scène alors que deux seulement font la réplique ? —, pose certains critères concrets de pertinence face à la richesse d'inspiration de l'analyse littéraire ; ceux-ci peuvent contraindre à une révision, un développement ou tout simplement à un nouveau savoir, et ce dans le potentiel du texte aussi ; ce à quoi la fixation, ordinaire en analyse littéraire, sur ce qui se trouve concrètement dans ou sous le texte, n'aura peut être pas accordé la même importance.

Partant des relations littéraire et dramaturgique avec le texte dramatique, il faut alors hasarder une approche, un projet ou plus simplement, une bonne idée ; mais, notons-le, une idée qui est *une forme plutôt qu'un contenu*. De façon idéale, elle se crée lors d'une répétition où tous — le dramaturge, le metteur en scène, les acteurs, le scénographe — font des propositions, discutent et mettent à l'épreuve. La fonction essentielle de cette esquisse de base consiste, en premier lieu, en une éventuelle traduction et en une élaboration de la scénographie et des costumes, et à ce stade, tout est déjà en marche. Cet élément fait que, souvent, les théâtres choisissent ce qui est sûr et certain, à savoir une représentation traditionnelle (un metteur en scène connu ayant déjà derrière lui une mise en scène de cette pièce), ou bien une représentation anti-traditionnelle dont on prévoit qu'elle sera le contrepied de la tradition mais qui échouera souvent dans ses objectifs politico-culturels avoués face à un public dont on ne peut attendre qu'il connaisse la tradition ; et l'on a alors, dans le meilleur des cas, une sorte de révolution de palais à l'intérieur des limites de l'institution culturelle.

Peut-être la version de AYLI en 1977 par la Schaubühne (que les auteurs de cet essai n'ont vue que dans une version tronquée sur vidéo) tombe-t-elle dans ce piège, car le metteur en scène, Peter Stein, dans son empressement antiromantique, en arrive à donner plutôt un AYLI anti-traditionnel qu'une interprétation cohérente et convaincante dans son ensemble, ou qu'une bonne histoire fondée sur ses propres prémisses.

En faisant de la vie dans la forêt, une sorte de terrain vague pour une interaction et une communication aliénées parmi des restes de citations naturelles et culturelles où dominent la décadence et le factice, il ne fait que raconter sa propre histoire à un public d'initiés qui, se souvenant individuellement de représentations précédentes *trop* idylliques, trop romantico-naturelles de la forêt d'Ardenne, est capable d'établir consciemment un jeu inter-textuel, un méta-jeu sur la base de différentes versions d'AYLI. Le théâtre devient ainsi une entreprise quelque peu intellectuelle. La version de Stein est passionnante mais borgne. Provocante mais ratée en tant que comédie spontanée pour un public appelé ordinaire.

La version télévisée de la BBC est exactement le contraire de celle de la Schaubühne. Elle est commune et servile. Naturaliste et antithéâtrale. Fidèle envers le genre dans la gaieté dominante de son ton mais totalement rigide du fait de son incompétence à nuancer et à contraster. Le schéma, la thématique, la dynamique et les contrastes, c'est-à-dire toute la pertinence et la modernité provocatrice et impérieuse de la fable, y disparaissent sous de belles envolées lyrico-musicales, le tout enfoui dans un parc naturel recouvert de fougères.

Là où la Schaubühne tue le récit fondamental de Shakespeare dans sa tentative de le lire différemment, la BBC perd son public — excepté ses fidèles abonnés — en racontant l'histoire telle que les mots la disent dans les endroits qui correspondent à des indications de régie. L'expressionnisme pas plus que le naturalisme, l'originalité pas plus que le conventionnel ne garantissent un heureux résultat lors de leur rencontre avec AYLI. L'originalité doit être fondée tant sur le texte que sur les exigences du genre.

Une version théâtrale possible devrait, dans le prolongement de réflexions du genre de celles que nous avons évoquées, maintenir simultanément deux éléments : d'un côté, l'aspect de conte de fées de l'histoire et la caractéristique de production imaginaire des lieux, et de l'autre la réalité de la fable et le statut des actions qui impliquaient ces utopies.

Dans une scénographie initiale, seuls de petits changements devraient créer un monde nouveau à nos yeux. Là, au beau milieu de l'imbroglio des excès inhibitifs, la fable devrait s'épanouir comme point d'identification et élément moteur. Par la mise en évidence du dégourdissement au beau milieu de la pastorale, la vision d'une vie meilleure devrait très fortement transparaître. La présentation de la civilisation de la scénographie initiale ne doit pas, dans son rétablissement, ressembler telle quelle à celle du premier acte. La deuxième version est le produit imaginaire des attentes des personnages et non une vérité étouffante située hors du théâtre.

NOTE

[1] La version shakespearienne comique du couple amoureux de la tradition pastorale. L'édition de travail de *As you like it* est celle de Arden ed., 1977.

Présentation des auteurs

Rédaction des textes

Marvin Carlson (Indiana University), rédaction du chapitre III(I).

Marco De Marinis (Univ. de Bologne), rédaction du chapitre III(II).

André Helbo (Univ. de Bruxelles), coordination du volume, rédaction des chapitres I, V et VII.

J. Dines Johansen (Odense Universitet), rédaction des chapitres III(IV) et VII.

S. Erik Larsen (Odense Universitet), rédaction du chapitre III(IV).

Ane Grethe Østergaard (Odense Universitet), rédaction du chapitre III(IV).

Patrice Pavis (Univ. de Paris III), rédaction des chapitres II, V et VII.

Franco Ruffini (Univ. de Bologne), rédaction du chapitre III(III).

Lars Seeberg (Odense Universitet), rédaction des chapitres VI et VII.

Anne Ubersfeld (Univ. de Paris III), rédaction des chapitres IV et V.

Traduction et révision des textes

Françoise Arndt, André Helbo, Patrice Pavis, Valéria Tasca.

Achevé d'imprimer
le 25 septembre 1987.